劇作家
ハロルド・ピンター

Kishi Tetsuo
喜志哲雄

研究社

劇作家ハロルド・ピンター◆目次

劇作家ハロルド・ピンター

引用について

一　ピンターの作品や発言からの引用の出典は、それぞれの引用の末尾に括弧に入れて示す。

二　引用の日本語訳が既刊の単行本、すなわち『ハロルド・ピンター全集』全三巻（新潮社）（巻末の「ハロルド・ピンター関係基本資料一覧」の整理番号は「ＡⅠｂ１」）、『何も起こりはしなかった——劇の言葉、政治の言葉』（集英社）（整理番号は「ＡⅠｂ２」）、『ハロルド・ピンター』Ⅰ～Ⅲ（早川書房）（整理番号は「ＡⅠｂ３」）のどれかに収録されている場合は、該当する本の頁番号を示す。たとえば「ＡⅠｂ３—Ⅰ—二〇一頁」は、その引用が『ハロルド・ピンター　Ⅰ』の二〇一頁に現れることを意味する。なお、引用の訳はすべて私が作成したが、その中には単行本に収録されていないものもある。それについては日本語文献の出典を示さない。

三　英語の原文についても、同様のやり方で出典を示す。ピンターの著作は「ハロルド・ピンター関係基本資料一覧」の「ＡⅠａ」の項に挙げられている。

——著者

序章

ハロルド・ピンターと三つの日付

ハロルド・ピンターとの関わりで忘れられない日付が三つある。

一九六〇年九月から翌年六月まで、私はコロンビア大学大学院の学生としてニューヨークで暮した。私にとっては生れて初めての外国生活だった。アメリカでいちばん芝居が盛んなニューヨークという町での暮しを、私は心ゆくまで楽しんだ。百本以上観た芝居の中でいちばん印象に残っているのは、当時はまだ無名作家だったエドワード・オールビーの『動物園物語』だったが、それはひとえに台詞の聴覚的迫力のせいだった。こんな響きをもった台詞を劇場で聞いたことは一度もない、日常生活の言葉遣いをこれほど生々しく再現し、しかもそれを劇的効果にみちた台詞にすることができるこの劇作家は何と耳がいいのだろう——そう私は思った。

学年が終ると、私はロンドンへ行き、ニューヨークにいた頃にもまして劇場通いに精を出した。もはや大学の講義に出る必要はないのだから、時間はいくらでも自由になる。

ある日、私は旧知の詩人アントニー・スウェイト氏を訪ねた。スウェイト氏はオックスフォード大学を卒業するとすぐに来日し、一九五五年から五七年まで東京大学でイギリス文学を講じたが、一九五六年には私が学部学生だった京都大学へ二度やって来て、集中講義を行った。一九三〇年生れのスウェイトさんは、その頃はまだ二十代半ばだったのだから、一九三五年生れの私よりほんの少し年長であったにすぎない。しかし、外国文化についての情報に飢えていた当時の日本人学生にとっては、詩人らしい感性を全身にみなぎらせているこの若々しい先生は、実に刺戟的な存在だった。スウェイトさんは、講義の中で、私が全く知らなかった数々の英詩を紹介してくれたが、個々の作品について何を述べたかは、もはやほとんど覚えていない。ただ、それぞれの詩を朗読するスウェイトさんの声は、まだ記憶に残っている。詩とは、耳で聞くものである――少くとも、耳で聞くものでもある――ことを、また、耳で聞くと理解できることを――あるいは、理解できる気になることを――私は知った。

私が初めてロンドンへ行った一九六一年には、スウェイトさんはBBCに勤めていた。職場を訪ねた私のために、この詩人は情報誌を繰っていくつかの芝居を薦めてくれたが、そのひとつがハロルド・ピンターの『管理人』だった。まだニューヨークにいた頃、イギリスではピンターという劇作家の『管理人』という作品が評判になっているという新聞記事を読んだことがあったが、それがどんな劇であるのかについては、私は何も知らなかった。この劇のロンドン公演は既に終っていたが、別の配役による上演がウィンザーで行われていることを、スウェイトさんは教えてくれた。こうして私はウィンザーまで出かけて行った。一九六一年七月二十日のことである（半券が手元に残っているので、日付を確かめることができる）。

二時間あまり経ってウィンザーのシアター・ロイアルから出て来た時、私の人生は変っていた。こういう声を劇場で聞いたことはそれまでに一度もなかった。『管理人』を観たのは(と言うより、『管理人』を聴いたのは)、『動物園物語』の場合と同じく、全身を打ちのめされるような衝撃的な体験だったが、私は、『動物園物語』の時には感じなかった戸惑いを味わっていた。オールビーが日常会話を再現して劇的な台詞にしていることは、私にもうすうす感じ取れたが、『管理人』の台詞がなぜこれほど印象的なものになっているのかは、すぐには理解できなかったからである。

現在の私なら、ピンターの台詞術についてそれなりの説明を加えることができるであろう。しかし、二十代半ばの未熟で無知な若者には、全身を打ちのめされたような思いが何に由来するのかは、まるで見当がつかなかった。私は出版されていた『管理人』の台本を買ったが、それを読んでみると、全く理解していなかった個所や誤解していた個所がたくさんあることがすぐに分った。それはそうだろう。生れて初めてロンドンへ行った日本人の若者に、強いロンドン訛の俗語だらけの台詞が簡単に聞き取れる筈はない。それでも私が名状し難いほどの衝撃を受けたのは、ピンターの台詞には、未熟で無知な外国人の若者をも動転させるほどの並外れた迫力がこもっていたからであるに違いない。私は既に出版されていたピンターの他の戯曲をすべて読み、彼の新しい仕事についての情報を待ち望むようになった。

一九六三年のことである。劇団文学座の俳優が大挙して退団するという、当時の新劇界を騒がせた事件が起った。俳優たちは、福田恆存氏を中心にして発足した現代演劇協会という団体に属する雲という劇団によって活動することとなった。劇作家の山崎正和氏や、コロンビア大学での留学生仲間だった沼澤洽治氏といった友人を通じて、私はこの新しい劇団とつながりができた。間もなく、新宿文化という小さな映画館で、映画が終った後に短い劇を上演する企画が生れ、それに協力することになった劇団雲の演出家の荒川哲生氏から、私は演目について相談を受けた。発表されたばかりだったピンターの『恋人』を私は推薦した。

私の提案は受容れられ、『恋人』は、荒川氏の訳と演出によるピンターの『料理昇降機』(『殺し屋』という題になっていた)に続いて上演された。一九六四年八月のことである。これは、ある夫婦が奇妙な恋愛ゲームを演じる物語だが、実生活でも夫婦だった仲谷昇、岸田今日子両氏が夫婦を演じ、荒川氏が演出を担当した(お三方は今ではすべて故人である)。自分が翻訳した戯曲が上演されるのは、私にとっては初めての経験だった。

一九六六年九月から翌年六月まで、私は再びアメリカで暮した。西海岸のスタンフォード大学で日本文学の講義を担当したのである。今では考えられないが、その頃は、いくらか英語が話せるだけで、専門家でもない者がアメリカの大学で日本文学の講義をすることがあったのだ。ある日のこと、私は週刊誌『ニューヨーカー』でピンターについての記事を読んだ(それはこの雑誌の一九六七年二月二十五日号だった)。ブロードウェイではピンターの『帰郷』が上演されており、それに出演している夫人の女優ヴィヴィアン・マーチャントと一緒に、ピンターはニューヨークで暮しているということだった。

私は『帰郷』が上演されている劇場気付で、ピンター宛に手紙を出した。自分は『恋人』を日本語に訳した者であること、いずれニューヨークへ行く予定だが、その後はロンドンへも行くつもりであることなどを、書いたと思う。劇場の誰かが私の手紙を転送してくれたらしく、意外にも返事が来た。それにはピンターの自宅の電話番号が記してあり、ロンドンへ来たらこの番号に電話してほしいと書いてあった。その時には分らなかったが、実はピンターは自宅の住所や電話番号をみだりに洩らすひとではない。どうやら彼は、まだ逢ったこともない日本人に心を許したらしかった。やがてロンドンに着いた私がその番号に電話したら、電話口の向うのピンターは歓声を挙げた。

ピンター氏が面会のために指定した場所は、ウェスト・エンドのあるパブの前だった。初めて彼に逢った時のことについて、私は「ハロルド・ピンターとの一時間」という文章を書き、それは劇団雲のプログラムを兼ねた機関誌『雲』の第十四号（一九六七年九月発行）に掲載された。その一節を引用する――

六時にパブが開くまでにはまだ少し間があった。ピンター氏は、困ったなと言ってから、もう一軒心当りがあるからそこへ行こうと言って、道の信号も何もないところをすたすたと横断し始めた。私が車の流れを見てためらっていると、ピンター氏はいきなり私の片腕をつかんで道を一気に駆けぬけ、渡り切るとにたりと笑って、ひどいねえ、と言った。

私どもはそれから二軒のパブを回った。私は日本の伝統演劇の話をしようとしたが、ピンターはそういうものには関心がないようだった。ピンターが興味をもっていた日本とは、何よりもまず、数々の印象的な映画を生んだ国としての日本だった。最近まで暮していたアメリカという国についても、私どもは話をした。ピンターはアメリカ社会の激しい貧富の差について憤っているようだった。その後、ピンターはアメリカの外交政策を激しく批判したり、映画の仕事に深入りするようになったりするのだが、初対面の折の会話を思い出すと、既にその頃からピンターの関心がどんなものに向っていたかがよく分る。

別れ際にピンターは「君とは連絡を取り続けたい」と言った。自分の戯曲に関心を抱き、それを翻訳したいと思っている日本人が、別に変な人間ではないらしいと、彼は感じたのであろう。一九六七年八月三日のことだった。

それから私は、ロンドンへ行くたびにピンターに連絡するようになった。もちろん多忙な劇作家の都合がつかないこともあったが、時には彼は時間をやりくりして食事をご馳走してくれたり、自宅に招いてくれたりした。たまたま彼の劇が上演されている場合には、私はそれを観て感想を述べた。そういうつきあいが三十年あまり続き、その間に私は彼の戯曲のほとんどすべてを日本語に訳した。

一九七二年、ピンターはプルーストの『失われた時を求めて』を映画化するためにシナリオを書いた。しかし、映画は作られなかった(シナリオはやがて出版された)。それから長い時間が経ち、シナリオは舞台劇としてイギリスのナショナル・シアターで上演された。二〇〇〇年のことである。これを観ておかなければ一生悔いるに違いないと私は思った。その年十二月に私はロンドンへ出かけ、一週間ばかり滞在した(その時には、『管理人』の何度目かのリヴァイヴァル公演も観ることができた)。

滞在期間が短かったので、ピンターには連絡しなかったが、帰国後、手紙を出し、観劇の感想を記した。その年の十月に彼は七十歳の誕生日を迎えていたので、それに対する祝意も述べた。返事が来た。「七十歳になったが、体調は悪くない。次にロンドンへ来たら連絡してくれ」と書いてあった。

しかし、私は連絡しなかった。二〇〇一年十二月、ピンターは食道癌を患っていることが判明した(こういう個人的な事柄にふれるのを私は好まないが、ピンターの病気のことには、公表した文章で彼自身が何度も言及しているから、敢えて述べることにする)。幸い彼は一命は取り止めたが、伝わって来る情報から判断すると、その後も健康状態は決して上々とは言えないようだった。それに彼が多忙であることは分りきっていた。昔のように気軽に電話するのは遠慮すべきだと、私は思った。
そして二〇〇五年秋になった。その時に起ったことについては、私が別の場所で発表した文章の一部を引用する——

二〇〇五年十月十三日のような日を、私がもう一度経験することは、決してないだろう。午後八時すぎに電話が鳴った。先方はある通信社で、イギリスの劇作家ハロルド・ピンターがノーベル文学賞を受けることになったということだった。嬉しかったが、少しも驚かなかった。劇というもののあり方を決定的に変えてしまったこの劇作家が、いずれはノーベル賞を受けることを、何十年も前から確信していたからである、取材が終り、受話器をおいた瞬間、また電話が鳴った。取材や原稿依頼の電話はそれからも続き、静けさが戻った時には、既に三時間近く経っていた。それから私は、引受けた二本の原稿の執筆にとりかかった。書上げた時には、すっかり夜が明けていた。爽快な気分だった。その時初めて、私は二十四時間以上眠っていないことに気づいた。

二〇〇七年三月、ノーベル文学賞受賞記念公演を初めとするピンターの講演、エッセイ、インタヴューなどを集めた『何も起こりはしなかった——劇の言葉、政治の言葉』という本を、私は集英社新書の一冊として出したが、引用したのは、この本の「編訳者あとがき」の冒頭である。
ピンターは私より五歳年長だから、私どもは紛うかたなき同時代人だ。私がこれほど深く関わった文学者は他にはいない。これから私が披露しようとしているのは、劇作家としてのピンターの仕事の分析だが、彼の劇には、私は、単なる読者ではなくて、観客としても、また翻訳者としても関わって来た。だから、これは、私がこれまでに書いたどの本にもまして個人的な本なのである。

第一章

劇作家の形成

ノーベル文学賞受賞記念講演『藝術・真実・政治』の中で、ハロルド・ピンターは、「私は自分の戯曲がどんな風にして生れるのかと訊ねられたことが何度もあります。私には答えることができません。私には自分の戯曲を要約することもできません。私に言えるのは、ただ、こんなことが起った、人物たちはこんなことを言った、人物たちはこんなことをしたといったことだけです」（AIb2—九～一〇頁）（AIa14—二八五頁）と述べている。しかし、それに続いて、彼は「私の戯曲のほとんどは、ある文、ある単語、あるいはあるイメージから生れています」（AIb2—一〇頁）（AIa14—二八五頁）と言い、『帰郷』と『昔の日々』という二篇の戯曲のそれぞれについて、自分がまずどんな台詞を思い浮べ、それからどんな展開を経て戯曲が出来上って行ったかについて、甚だ具体的な説明をしている。同じ講演で、ピンターは、この二篇だけでなく、他の戯曲のいくつかについても、自分の解釈を詳しく述べている。

つまりピンターは、直感だけを頼りにして作品を書く素朴な文学者という、ロマン派の文学観が理想とする存在のように見えることがたとえあるとしても――また、彼自身があたかもそういう存在であるかのように振舞うことがあるとしても――それは見かけだけの話にすぎないのである。実際には、彼もまた、すぐれた文学者の例に洩れず、綿密な計算に基づいて作品を書き、自分の作品を距離をおいて捉えることができる人間なのだ。考えてみれば当然のことであろう。

ピンターが自作について語ったのは、ノーベル賞記念講演の折だけではない。彼は数多くのインタヴューに応じており、自分の作品について非常に細かい説明をしている。すぐれた文藝作品にはさまざまの異る解釈がありうるのが常だから、ピンターが自作について下す解釈が最終的なものであるということにはならないが、しかし、それが無視できないものであり、また、甚だ興味深いものであることは、否定できないだろう。

自分の作品だけでなく、私生活についても、ピンターは寡黙なひとであるとよく言われる。しかし、これまた必ずしも事実とは言えない。なぜなら、ピンターはいくつものインタヴューで個人的な事柄についてもかなり具体的な話をしているからだ。ピンターについての最初の本格的な研究書は『不条理の演劇』の著者として知られるマーティン・エスリンの『人が充ちた傷口――ハロルド・ピンターの戯曲』(一九七〇)だが、既にこの本にも、ピンターについての個人的な情報がたくさん含まれている(エスリンの本は、その後、『ピンター――彼の戯曲の研究』、次いで『劇作家ピンター』と題名を改め、内容を補って、版を重ねた。最後の第六版は二〇〇〇年に刊行された)。

一九七一年十二月から一九九三年九月にかけて、メル・グソーというアメリカの劇評家が合計八回、ピンターに対してインタヴューを行い、その結果をまとめた『ピンターとの会話』という本が一九九四年に出版された。その中でピンターは、たとえば女優ヴィヴィアン・マーチャントを伴侶とする最初の結婚が破綻した事情のような極めて個人的な事柄についても率直に語る一方、自作の多くについても自分の解釈を述べている。

更に一九九六年、イギリスの劇評家マイケル・ビリントンが『ハロルド・ピンターの生涯と仕事』というピンターの大部な評伝を発表した(増補版が『ハロルド・ピンター』という題で二〇〇七年に出た)。これはピンター自身の全面的協力を得て書かれたもので、やはり彼の私生活が詳しく扱われている。つまり、ピンターが自分の作品や実生活についてはあまり述べたがらないという、広く信じられている噂は、決して事実ではないのである。

私の本はピンターの評伝ではないから、彼の実生活の事件については、作品と密接なつながりがある場合を除いて言及しないつもりでいる。ただ、劇作家となるまでの彼の経歴については一通り述べておくことが必要であろう。

ハロルド・ピンターは一九三〇年十月十日、東部ロンドンのハックニーで生れた。両親はユダヤ人で、父親は婦人服の仕立屋だった。ピンターについての多くの文献には、父親はスペインかポルトガルのユダヤ人の血を引いていると書いてあるが、ビリントンの評伝によると、これは誤りで、ピンターの四人の祖父母のうち、三人はポーランド出身、もう一人はオデッサの出身だということである。

ピンターの両親はユダヤ人という出自を重んじ、伝統的な信仰をもつひとだったが、ピンター自身は全くそうではない。一九九六年十二月、バルセローナで、ミレイア・アラガイという学者とラモン・シモという演出家によるインタヴューが行われたが、「あなたはユダヤ人ですが、そのこととあなた自身の関係はどんなものでしょう」という質問に対して、ピンターはこう答えている——

私は信心深いユダヤ人だったことは一度もありません。……私はどんな信仰ももってはいませんが、それでも私はユダヤ人です。それが何を意味するのか、私には分りません。誰にも分らないでしょう。しかし、それが何を意味していないかは、私にも分っています。つまり、私はイスラエルという国で起っていることを支持しないのです。イスラエルで起っていることは厭わしいと私は思います。この立場ははっきりと表明して来ました。ユダヤ人としてではなく、ひとりの市民として、ひとりの人間として。

（ＡＩb2—一七四～一七五頁）（ＡＩa14—二五二～二五三頁）

もちろんこのことは、ピンターがユダヤ人として全く差別を経験しなかったことを意味するものではない。『パリス・レヴュー』一九六六年秋季号にローレンス・Ｍ・ベンスキーという編集者による長文のインタヴューが掲載されているが、その中で、ピンターは、第二次大戦後のイギリスではファシストたちが力を得、ユダヤ人である自分は、何度も夜道で彼等に襲われそうになったと述べている（ＡＩa16—三一頁）。同じインタヴューで、彼は、この世界は非常に暴力的な場所だとも語っている（三〇頁）。つまりピンターは、自らに向けられた暴力を、単にユダヤ人を対象とする暴力として捉えるのでなく、世界に充満している暴力のひとつの表れとして理解したのだということになるであろう。

ピンターの少年時代は第二次大戦中に当り、その頃のイギリスはドイツ軍による激しい空襲に悩まされていた。

「デイヴィッド・コーエン・イギリス文学賞」という、二年に一度、現存のイギリス人作家の生涯の業績を顕彰して贈られる賞がある。ピンターはこの賞を一九九五年に受けたが、その時の「謝辞」は、少年時代のピンターの様子をよく伝えている。たとえば、こういう一節がある——


私の若い頃の読書体験は系統的でも秩序立ったものでもありませんでしたが、それは戦時中の子供の例に洩れず、色々な住所を転々としたからでした。私は二度疎開し（そのうちの一度はコーンウォールへ移ったのですが、そこで私は事実上初めて海を見ました）、いくつもの学校へ通い、何度もロンドンへ戻って来ましたが、そのたびに空襲が激しくなっていました。本を読むのに、あまりふさわしい雰囲気ではありませんでした。しかし私は、一九四四年遅く、やっとハックニー・ダウンズ・グラマー・スクールに落着いて通うようになり、無駄にした時間を取り返すことができました。ハックニーには充実した公立図書館もありましたが、そこで私はジョイス、ロレンス、ドストエフスキー、ヘミングウェイ、ヴァージニア・ウルフ、ランボー、イェイツなどに出逢いました。

その数年後、確か一九五一年でしたが、『アイリッシュ・ライティング』という雑誌でベケットの『ワット』の抜粋を読んだ私は、ベケットの著書を求めて図書館めぐりをやりましたが、無駄でした。とうとう見つけたのは、ベケットの最初の小説『マーフィ』でした。それは一九三八年以来、バーモンジー公立図書館で眠っていたのです。ベケットに対する関心は高くないと私は断定し、その本をいわば無期限に借りることにしました。それは今も手許にあります。

（ＡⅠｂ2―一三七～一三八頁）（ＡⅠａ14―七〇頁）

ピンター少年が熱を上げたものがもうひとつある。彼は地元ハックニーの映画クラブに加入し、ありとあらゆる映画を見た。ピンターの評伝の著者マイケル・ビリントンがピンターと映画との関わりについて質したインタヴュー（一九九六）があるが、その中で、ピンターはこう語っている――

三〇年代後半から四〇年代というのは、世界の映画にとって、とりわけシュルレアリスム映画にとっては、大変な時代でした。私はブニュエルに熱中しました。『アンダルシアの犬』や『黄金時代』を私はごく若い時に見ました。ブニュエルとサルヴァドール・ダリは、当時の私の心理に強烈なイメージを焼きつけたのです。未だにその衝撃から完全に立直ってはいません。マルセル・カルネも大好きでした――『陽は昇る』や『霧の波止場』などですね。そういうわけで、私の世界は映画だらけ、イメージだらけでした。エイゼンシュテインもごく若い時に見ました。それから『カリガリ博士』も。

（ＡⅠｂ2―一八〇頁）（ＡⅠａ14―七四頁）

こういう発言から窺えるのは、ピンターの異常なほどの早熟さである。十四歳か十五歳の少年なら、いわゆる少年向きの映画や分りやすい活劇映画あたりを喜ぶのが普通だろう。シュルレアリスム映画に夢中になる少年というのは、敢えて言うなら、少からず不気味な存在ではあるまいか。

文学の趣味においても、ピンターはおおむねの少年よりも――いや、大抵の成人の文学愛好者よりも

——はるかに《前衛的》だった。彼が好んだ作家の中には、ヘミングウェイのようにリアリズム作家として扱ってもいいひともいるが、ジョイスやウルフは——そして、彼が二十代の初めに知ったベケットも——およそ伝統的なリアリズム作家ではない。彼等の小説は分りやすいものでも取っつきやすいものでもないのだ(ベンスキーによるインタヴューの中では、ピンターは愛読した作家としてヘンリー・ミラーやカフカも挙げている)。

十代のピンターは小説や詩を読んだり、映画を見たりしていただけではなかった。同じ頃、彼は詩作を始めた(この活動は、終生続けられた)。そして二十歳の時、彼の詩が初めて『ポエトリー・ロンドン』という雑誌に掲載された。この作品を含む彼の初期の詩のいくつかは、活字になっているが、それらは、言葉遣いに趣向を凝らした、素直でも平易でもないものばかりである。こういうことを言うと、ピンターは青白い文学少年だったのではないかと思うひとがいるかも知れないが、実はそうではなかった。彼はスポーツが大好きで、クリケットとサッカーに熱中した。彼は優秀な短距離走者でもあり、彼が立てた記録は、ハックニー・ダウンズ・グラマー・スクールでは、しばらく破られなかったという。

一九四五年のことだった。この学校にジョーゼフ・ブリアリーという英語教員(日本風に言うなら、国語教員)が赴任して来た。ブリアリーは芝居好きで、生徒たちによる劇の上演を計画し、演目として『マクベス』を選んだ。彼はピンターを主役に指名した。ピンターは十六歳だった。彼の両親は記念として『シェイクスピア戯曲全集』を息子に買い与えた。ピンターはブリアリーと親友になったが、もしもこの教師によって芝居への興味をかき立てられていなかったら、彼が芝居を生涯の仕事とすることはなかったかも知れない。

一九四八年にハックニー・ダウンズ・グラマー・スクールを卒業したピンターは、オックスフォード大学かケンブリッジ大学でイギリス文学を専攻したいと思ったが、ラテン語を学んでいなかったので、それをあきらめ、奨学金を得てロイアル・アカデミー・オヴ・ドラマティック・アートに入学して、俳優としての勉強を始めた。しかし、自分が周囲の学生に比べて垢抜けしていないように感じ、学校の雰囲気にとけこめなかったので、やがて神経障害を装って学校をやめ、何もせずにぶらぶらする生活を一年ほど続けた(なお彼は、一九五一年に今度はセントラル・スクール・オヴ・スピーチ・アンド・ドラマに入学し、半年あまり、俳優としての訓練を受けた)。

演劇学校に入学した一九四八年から翌年にかけて、やがて政治的発言を盛んにするようになる彼のあり方を予告するような事件が起った。当時のイギリスにはまだ徴兵制があったから、十八歳に達したピンターにも召集令状が届いた。だが彼は徴兵を忌避し、裁判にかけられた。宗教的な理由で徴兵を忌避することは認められていたが、ピンターは、「私が徴兵を忌避するのは信仰のせいではない。私は戦争の悲惨さや恐ろしさに気づいているから、戦争に手を貸すことを拒否する」と述べ、裁判官を務める軍人たちを怒らせた。ピンターは投獄されることを覚悟していたが、どういうわけか二度行われた裁判の結果、罰金刑に処せられるだけですんだ。

一九八四年、ピンターは、全体主義国家の秘密警察らしい組織を扱った『景気づけに一杯』という劇を発表する。批評家たちは、「ピンターは変った。この作品はこれまでのピンター劇とは全く違っている。曖昧さを全く含まないピンターの作品はこれが初めてだ」と述べたが、私は賛成できなかった。その年の夏、ピンターに逢う機会があったので、私は自分の考えを率直に述べた――「あなたが変ったとは私は思いません。『料理昇降機』や『誕生日のパーティ』や『温室』といったあなたの初期の作品もまた、体制の暴力を扱った政治的な劇として解釈することができます」。するとピンターは私の意見に同意し、「つまるところ、私は十八歳の時に良心的反戦論者だったのだから」と言った。もちろんピンターのすべての劇は政治劇だなどと、私は主張しているのではない。しかし彼は、政治的な意味をもった劇を一般に考えられている以上に多く書いて来たと私は思う。

一九五〇年、ピンターはBBCラジオに出演し、プロの俳優としての活動を始めた。次いで彼は、アニュー・マクマースターが率いる劇団が俳優を募集しているのを知って、面接を受け、一九五一年から五二年にかけて、この劇団の一員としてアイルランドを巡業した(一九五三年に、彼はもう一度この劇団に参加した)。マクマースター(一八九四〜一九六二)は、いわゆる「アクター・マネジャー」——つまり、主役を演じる俳優が座長として興行をも取り仕切るという、現在のイギリスでは見られなくなったやり方を実践していた、最後の人物のひとりだった。マクマースターの劇団の主な演目はシェイクスピア劇だった。ビリントンの評伝によると、シェイクスピアを演じながらアイルランドを旅するのは、若いピンターにとってはこの上なく楽しい経験であったようだ。

一九五三年二月から四月にかけて、ピンターは、やはりアクター・マネジャーだったドナルド・ウルフィット(一九〇二〜六八)の劇団に属して、シェイクスピア劇を演じた。ウルフィットは、どちらかと言うと古風で大仰な演技で知られた俳優だった。一九八〇年初演で、後に映画化された『ドレッサー』という戯曲がある。作者のロナルド・ハーウッド(一九三四〜)は、ピンターと同じくウルフィットの劇団に属していたひとで、この作品の主人公はウルフィットをモデルにしている。

この劇団に参加するという体験は、ピンター個人にとっても重要な意味をもつものとなった。すなわち、彼はヴィヴィアン・マーチャントという女優と知合い、三年後の一九五六年に二人は結婚するのである。そしてヴィヴィアン・マーチャントはピンターの初期の劇のほとんどにおいて中心的な役を演じるようになる。

しかし、ピンターが劇作家として本格的に活動するようになるまでには、まだしばらく待たねばならない。マクマースターの劇団とウルフィットの劇団でシェイクスピアを演じたピンターは、一九五四年半ばから約五年間、地方のレパートリー劇団で俳優の仕事を続けた(レパートリー劇団とは、地方都市の特定の劇場と契約を結び、一定期間、さまざまの劇を上演する組織だった)。俳優時代のピンターの活動については、デイヴィッド・T・トムソンの『ピンター――俳優の劇作家』(一九八五)という本に詳しく紹介されているが、この本によると、たとえば一九五六年三月から同年九月まで、ピンターはボーンマスのレパートリー劇団に属し、二十四本の劇に出演した。もちろん、すべての劇において重要な役を演じたわけではないが、それにしても七ヶ月で二十四本というのは驚くべき数である。短期間の稽古で芝居をまとめ上げ、それを上演しながら次の作品の稽古をするという、非常に厳しいスケジュールを何ヶ月も続けてこなさねばならないのだ。そして、これは当時のレパートリー劇団のごく普通のあり方だった。

レパートリー劇団の演目はスリラー劇、笑劇、軽い喜劇、メロドラマなど――要するに観客が気楽に受容することができるウェルメイド・プレイがほとんどだった。ピンターの戯曲を「観客が気楽に受容することができるウェルメイド・プレイ」と見なすひとはどこにもいないと思われるが、約五年間に延べ八十本に上るその種の劇に出演したという経験が、劇作家としてのピンターの仕事に何の影響も及ぼさなかったとは考えられない（なお、レパートリー劇団時代のピンターはデイヴィッド・バロンという藝名を用いた。トムソンの本によると、ピンターが最後にこの名前を使ったのは、一九六〇年九月、チェルトナムで自作の『誕生日のパーティ』に出演した時であったという）。

この間、ピンターはずっと詩作を続けたが、やがて短篇——と言うより、掌篇と呼ぶべき散文の作品をも書くようになった。一方、彼は一九五二年から五六年にわたって、『こびとたち』という自伝的な中篇小説を執筆した。この小説は長い間、幻の作品だったが、一九九〇年になって、いくらか手を加えたかたちで出版された。それより先、一九六〇年に、ピンターはこの小説の内容の一部を利用した同じ題名の戯曲を発表している（この小説については、戯曲版を採り上げる時にあわせて紹介する）。

こうして二十代のピンターは、俳優として生計を立てながら詩や小説を書いていたのだが、戯曲の執筆に自発的に取組むことはなかった。彼の劇作家としての出発は、ある親しい友人の慫慂によってもたらされたのである。

第二章――劇作家の登場

『部屋』

ピンターの少年時代からの親友にヘンリー・ウルフという人物がいた。やがて俳優になり、ピンターの劇にも出演するのだが、一九五六年にはブリストル大学大学院の演劇科で学んでいた。当時のイギリスで演劇科のある大学はブリストルだけだったが、この大学で学生たちによる芝居を上演する計画が持上った。ウルフはピンターに連絡した。その一年あまり前、ピンターはある部屋に二人の男がいる光景を目撃したことがあった。一人は帽子をかぶった大男で、テーブルに向って漫画を読んでいた。もう一人は小男で、大男に次々に食物を給仕していた。大男は一言も口を利かなかった。この光景から強い印象を受けたピンターは、それについて戯曲を書いてみたいとウルフに告げた。そこでウルフがピンターに戯曲執筆の可否について打診したというわけである。レパートリー劇団で俳優としての仕事をしていたピンターは、生れて初めての戯曲を四日間で書上げた。それが『部屋』である。この作品は翌一九五七年五月十五日に、ブリストル大学演劇科によって上演された。演出はウルフが担当した。

『部屋』は、ある大きな家の一室に設定されている。ローズという六十歳の女とバート・ハッドという五十歳の男がいる。但し二人の厳密な年齢は台詞を聞いただけでは分らない。年齢の指定は、俳優がそれぞれの人物を演じるについて参考とするためのものにすぎないと理解すべきだろう。

また、女は男に向って「バート」と呼びかけ、後に登場するキッド氏という、家主らしい人物は彼に「ハッドさん」と呼びかけるから、この男の名前が「バート・ハッド」であることは、観客にも分るが、女の名が「ローズ」である——あるいは女が「ローズ」と称している——という事実は、台詞を聞いているだけでは把握できない。これはこの戯曲の、私の考えではかなり重要な問題点である（これについては後ほどあらためて言及する）。バートとローズは夫婦であろうと一応は考えられるが、二人が正式に結婚しているかどうかは分らない。

日が暮れようとしており、戸外はひどく寒い。それに比べてこの部屋は暖かくて落着くと、ローズは言う。バートは運転手で、これから仕事で出かけようとしている。ローズは彼が寒がらないように、飲物や食物を次々に与える。そうしながら、彼女はこの建物の地下室に何度も何度も言及する。そこは、この部屋と違って湿気が多く、快適ではない。今は一体誰が住んでいるのだろうと、彼女はいぶかしがる。

この間、バートは全く口を利かない。そこで、観客の心中にはひとつの疑問が生じるであろう。つまり、この男はあるいは口が利けないのではないか、この男にはローズの言うことは聞えていないのではないかと、観客は感じ始めるに違いないのだ（もちろん、二人の関係は、あくまでも自然なものとして演じられねばならない。かりに、この夫婦の関係には妙なところがあるのではないかと観客が感じるとしても、観客のこの印象を正当化するような演技を俳優が披露してはならないのだ。ピンター劇の俳優や演出家が何よりも避けねばならないのは、説明的で安っぽい演技なのである)。観客は、また、この女がなぜこれほど地下室にこだわるのだろうかと思い始めるであろう。ここでピンターが用いているのは、それほど複雑な手法ではないが、観客の疑問を誘発することによって、観客が劇に対する関心を失わないようにするという基本的な要求に、劇作家としてのピンターが十分に応えていることは確かである。

家主らしいキッド氏という老人が登場するが、彼の発言にはいくつもの曖昧な点が含まれている。たとえば、彼はその部屋に置かれているゆり椅子について、それは最初からそこにあったと言う。だがローズが、それは自分がもって来たものだと主張すると、彼は、あるいはそうかも知れないという意味のことを述べるのだ。彼はまた、この家には女気はなかったと語るが、間もなく、死んでしまった妹の存在に言及する。

ここで起っているのは、アイデンティティの混乱という現象だ。事実としては、ゆり椅子は以前からそこにあったか、ローズが持込んだものか、どちらかであるとしか考えられないが、キッド氏が念頭においているゆり椅子と、この部屋にあるゆり椅子とは、別のものであるという可能性も否定しきれない。この家に女気があったかどうかについても、答はひとつしかない筈であるのに、事実は曖昧にされている。どうやら作者は、単純極まりないと思われる設問が明解な回答を導き出すとは限らないのだと主張しているようだ。ある存在は、その存在であるかも知れないし、別の存在であるかも知れないのである。ピンター自身が意識していたかどうかは分らないが——そして、それは別に決定的な問題ではないが——ここで提示されているのは、実は認識論の根幹に関わる事柄なのである。

そのことは、台詞を見れば一層明らかになる。たとえばこういうやりとりがある――

ローズ　この家には何階あるんですか。
キッド氏　何階か。（笑う）そう、昔は随分何階もありましたな。
ローズ　今は何階？
キッド氏　それが、実を言うと、近頃は数えたことがないんで。
ローズ　まあ。
キッド氏　ええ、近頃はね。
ローズ　きっと大変なんでしょう。
キッド氏　いや、昔は数えたんですよ。面白かったもんでね。昔は家中のもの一つ一つにちゃんと目を配ってました。目を配るものがたくさんあったんです、その頃は。それに、私の方でも元気があったし。まだ妹が生きてた時分ですよ。でも妹が死んでから、少しぼけてしまいましてね。もう大分になりますよ、妹が死んでから。その頃はいい家でした。妹ってのは、よくできた女でね。そう。それに見た目もなかなかでね。母親に似たんですな。ええ、母親似だったような気がしますよ、思い出してみると。母はユダヤ人だったと思います。ええ、ユダヤ人だったとしても、不思議はありません。子供はあまりいませんでした。
ローズ　妹さんの方はどう？
キッド氏　どうって？

ローズ　お子さんはありました？
キッド氏　そう、妹は確かにおふくろに似てたと思いますよ。もちろん背は妹の方が高かったけど。
ローズ　じゃ、いつ亡くなられたんです、妹さんは？
キッド氏　そうだ、確か、妹が死んでから数えるのをやめたんだ。妹はものをとてもきちんと片づける女でね。私も手伝ってやりましたよ。とても有難がってましたね、死ぬ間際まで。いつも言ってました、ほんとに有難い、私に、その、何かと世話をして貰うのがって。それから死んでしまいました。年は私が上です。そう、私の方が。綺麗でしたよ、妹の部屋は。綺麗な部屋でした。
ローズ　何でお亡くなりになったの？
キッド氏　誰が？
ローズ　妹さん。

間。

キッド氏　私は赤字の暮しなどしておりません。

（ＡＩｂ１―１―一四〜一五頁）（ＡＩａ１―九三〜九四頁）

このやりとりにおいて何よりも目立つのは、ローズの発言とキッド氏の発言とが必ずしもつながらないという現象であろう。ローズの「いつ亡くなられたんです、妹さんは？」という問いに対して、キッド氏はまともに答えることはしない。ローズの「何でお亡くなりになったの？」という問いに、キッド氏は「誰が？」と応じる。しかし、この文脈において、ローズがキッド氏の妹に言及していることには、疑問の余地がない。とすると、「誰が？」というキッド氏の台詞は、ローズの質問が理解できなかったから発せられるものではなくて、回答を探るために時間を稼ぎ、自分の態勢を立て直すためのものだと捉えるべきであろう。

キッド氏が退場すると、ローズは「あの人に妹なんていた筈ないんだけど」と言う。キッド氏は完全にぼけているのか。それとも彼は嘘をついていたのか。あるいは、ローズの記憶が間違っているのか。もちろん分らない。そして、事態の曖昧さがやはり観客の興味をかき立てることになるのである。

ローズはバートにセーターとマフラーとを身に着けさせ、更にオーヴァーを着せようとするが、バートはそれを無視して退場する。結局、彼は一言も口を利かなかった。ローズはごみ入れを手に取り、それをもってドアを開ける。すると、若い男女が立っている。ローズは驚くが、観客もどきりとするに違いない。

『部屋』はロバート・オールトマンによってテレビ用に映画化され、一九八七年に公開された（このアメリカの映画監督の名は、わが国では「アルトマン」と記されるが、「オールトマン」が正しい）。この映画には、ピンターの出世作『管理人』の主役を演じた名優ドナルド・プレゼンスがキッド氏の役で出演しており、なかなか興味深い作品になってはいるのだが、決定的な問題がひとつある。すなわち、この部屋以外の場面がいくつも含まれていて、そういう場所でのキッド氏や若い男女の動きが描かれているのだ。だから、若い男女の出現によってローズが経験する驚きを、観客が味わうことはない。場面をこの部屋に限定すると、あまりにも舞台劇めいた映画になるとオールトマンは判断したに違いないが、しかし、この作品の恐怖感や衝撃は、状況がもっぱらローズの視点によって捉えられており、観客は彼女の視点を共有するという設定から生れているのである。映画版では、恐怖感や衝撃が殺がれていると言わざるをえない。

若い男女はサンズ夫妻と名乗り、家主を探していると言う。ローズが家主の名はキッドだと告げると、サンズ夫妻は、自分たちが聞いていた家主の名はそれではないと答える。キッド氏は家主ではないのだろうか。それとも、家主が二人いるのだろうか。

若い男女が語るところによると、この家に空室があると聞いたのでやって来たのだが、地下室まで行くと、暗闇の中に一人の男がいて、実際に空室がある、それは七号室だと述べたという。七号室とは、他ならぬこの部屋だ。

退場したサンズ夫妻と入違いに、キッド氏が再登場する。ローズは空室の件について彼を問いただそうとするが、キッド氏はそれには答えず、やっとバートが外出したので、ここへやって来た、実は地下室にいる男がうるさくてしかたがないので、先方の要求を容れて逢ってやってくれと迫る。最初ローズは、知らない男に逢うことはできないと主張するが、とうとう彼に逢うことを承諾する。

キッド氏は退場し、目の見えない黒人が登場する（目が見えないから、真暗でも困らなかったことが分る）。ローズは彼のことなど知らないと言うが、果してそうだろうか（オールトマンの映画では、ローズ役の女優は、明らかにこの男とは旧知の仲だと観客に思わせる演技をする）。男はライリーと名乗り、彼女の父親が帰って来いと言っていると告げ、彼女に「サル」と呼びかける。すると彼女は「そんな名で呼ばないで」と言う。ここは作者が狙っていたと思われる効果が必ずしも達成されない、この作品の唯一の場面である。なぜなら、この女がローズと名乗っていることは、台詞を聞いただけでは分らないからだ。おそらく彼女にはひとに知られたくない過去があるのだろう。いかがわしい仕事をしていたのかも知れない。ライリーが言及する「父親」は、実の父親ではないかも知れない。あるいは、実の父親が彼女にいかがわしい仕事を強いていたのかも知れない。「サル」とは、その頃の彼女の名なのだと考えられる。彼女はかつての生活から逃れ、ここへやって来た。そして「ローズ」と名乗るようになった。こういう事情は、現在の彼女がローズと称していることをあらかじめ台詞で知らせておかないと、観客には十分に伝わらない。

ローズは次第にライリーに対して打解けた態度を示すようになり、両手で彼の両眼、後頭部、そしてこめかみにふれる。その時、バートが帰って来る。彼は自動車を運転した様子について語る（ここで、彼は普通にものが言えることが初めて観客に分る）。バートは自動車を指すために「彼女」という代名詞を使うし、彼の描写によると、車を運転する行動はまるで性行為のように聞える。明らかに彼は車を性的対象と見なしているのである。次いで彼は、ライリーが座っていた肱掛椅子を持ち上げて男を床に倒れこませ、頭を蹴ったりガスこんろに打ち当てたりする。男は動かなくなる。バートは退場する。ローズは両眼をおさえ、「見えないわ。目が見えない。目が見えない」と言う。劇が終る。

ローズの失明（あるいは一時的な失明）は、激しい衝撃のせいであろうと考えられる（ピンターの他の戯曲にも、失明や視力の衰えを扱っているものがあるが、特に男性の場合には、これは性的能力の低下を意味する）。

『部屋』という戯曲の新しさは、起る事件だけを提示し、それについての解釈を省いたところにあった。ピンター以前の劇の多くは、事件だけでなく、事件だの人物の行動の動機だのについての説明をも含んでいるのが通例だった。その結果、観客は、あたかも事件や動機についての説明もまた現実の一部であるかのように錯覚することとなった。劇作家ピンターが革命的であったひとつの理由は、この錯覚が錯覚にすぎないことを疑問の余地のないやり方で指摘したところにある。彼は、事件の解釈はあくまでも観客に委ねることにしたのだ。

『部屋』の基本的な設定はミステリー風である。あるいはピンターは、レパートリー劇団の俳優として自分が出演した劇から影響を受けたのかも知れない。隠された過去が人物を襲い、その人物が破滅するに至るという物語を扱う劇は、少しも珍しくない。ローズもまたそういう物語の主人公なのであろう。ライリーに対するバートの唐突な暴力は、自分とローズとが営んでいた平和な生活に侵入して来た《過去》を抹殺しようとするものかも知れない。しかし、明白なことは分らない。

ブリストル大学での公演は好評だった。そして一九六〇年一月二十一日、『部屋』は『料理昇降機』と二本立てでロンドンのハムステッド・シアター・クラブという小劇場で上演された。ピンター自身が演出を担当し、既にピンター夫人となっていたヴィヴィアン・マーチャントがローズ、ヘンリー・ウルフがキッド氏を演じた。同年三月八日、『部屋』は今度はアントニー・ペイジの演出によって、やはり『料理昇降機』との二本立てで同じロンドンのロイアル・コート劇場で上演された（配役の一部は変更され、ヘンリー・ウルフは出演しなかった。なお、後に映画俳優として有名になるマイケル・ケインがサンズ氏の役でこの公演に参加した）。

この公演のプログラムには、ある文章を印刷した紙が添えられていた。文章は無署名だったが、マーティン・エスリンは、それを「明らかに、観客に前もって警告を発しようとするピンター自身による試み」と理解し、彼の著書に全文を再録している。一九七七年に、私は新潮社のために、それまでにピンターが発表していた全戯曲を収録した三巻の全集を編集したが、戯曲以外の重要な資料もいくつか収めることにした。問題の文章も収めたが、これはピンターの現実観や演劇観を知るための不可欠の資料なので、エスリンに倣って全文を引用する——

『部　屋』

一人の男が部屋の中にいる。やがて彼のところへは訪問者がやって来るであろう。部屋へ入って来る訪問者は何かの目的をもって来るのである。もしも部屋の中にいる人間が二人であれば、訪問者は、二人のそれぞれにとって同じ人間ではない。部屋の中にいて訪問を受ける男は、この訪問によって何かを悟るか何も分らなくて怯えるかするであろう。訪問者自身も同様に何かを悟るか怯えるかするかも知れない。男は訪問者と一緒に部屋を出るかも知れないし、一人で部屋を出るかも知れない。訪問者は一人で立去るかも知れないし、男が行ってしまった後一人で部屋に残るかも知れない。あるいは二人とも一緒に部屋に留まるかも知れない。人々の動きの結果がどうなるにせよ、男が一人きりで部屋の中にいたというもとの状態は、ある変化を蒙ったことになるだろう。男が部屋の中にいて誰も部屋へ入って来なければ、その男は訪問を期待しながら生きるであろう。彼は訪問者が現れないことによって何かを悟るか怯えるかするだろう。しかし、どれほど期待されたものであっても、訪問はいざとなると予想外でほとんど常に歓迎されぬものとなる（もちろん彼自身がドアから出て行き、ドアをノックして入って来て、自らに対する訪問者となってもいい。こういうことはこれまでにも例がある)。

我々は誰しも自己の機能をもっている。訪問者も彼なりの機能をもっている。しかし、彼が最近の住所、最近の職業、次の職業、扶養家族の数などについて、詳しい情報を記した名刺をもってやって来るという保証はない。同様に、誰もが安心するように身分証明書をもっていたり、胸にレッテルを貼りつけていたりするという保証もない。真実を突きとめたいという欲求は無理もないが、それは常にみたされるとは限らない。リアルなものとリアルでないもの、真なるものと偽なるものとの間には、厳密な区別はない。ある事柄が真か偽かどちらかであるとは、必ずしも言えない。それは真であってしかも偽だということもある。起ってしまったことや現に起っていることを突きとめるのは何でもないとする考え方は、私には正しくないと感じられる。舞台に登場する人物が、自分の過去の経験だの現在の行動や願望だのについて、何らもっともらしい議論や情報を提供できず、また、自らの動機を隅々まで分析することもできないとする。こういう人物といえども、驚くべきことにこうしたことをすべてなしうる人物と同じように、まっとうで注目に値するのだ。経験とは、痛切になればなるほど、明瞭なかたちで表現しにくくなるものなのである。

(ＡＩｂ１―１―一三四〜一三五頁)(ＡＩａ14―二六〜二八頁)

ピンターが特に主張したかったのは、もちろん、この文章の後半で述べられている事柄であろう。「リアルなものとリアルでないもの……真であってしかも偽だということもある」というくだりは、ピンターの公式ウェブサイトのトップページにも現れる。ノーベル賞記念講演の冒頭でも、この一節は引用された。これはピンターの現実観を端的に要約したものに違いない。

エスリンは気づいていなかったようだが、この文章は実はピンターが一九五八年に書いた文章の一部を再利用したものだった(私がそのことを知ったのは、一九九八年にピンターのエッセイや詩を集めた『さまざまの声』という本が出版され、その本にもとの文章が「『誕生日のパーティ』について II」という題をつけて収録されていたからである)。

ピンターが『誕生日のパーティ』を発表したのは一九五八年のことだが、この劇のロンドン初演は興行的には大失敗だった。その頃——厳密に言うと一九五七年から翌年にかけて——ケンブリッジ大学で『芝居がすべてだ』という演劇誌が出ていた。この雑誌の編集責任者が『誕生日のパーティ』の興行的失敗について寄稿するように、ピンターに求めた。問題の文章は、編集責任者の問いに対して答える手紙というかたちを取っている。『誕生日のパーティ』はロンドンに先立ってケンブリッジとオックスフォードでも上演されたが、観客は非常に好意的にこの作品を迎えた。ピンターは大学人の観客と商業演劇の観客や劇評家とを比較し、後者はこの劇の根底にある現実観を受容れる用意がまだできていなかったのだろうと考えている。彼等は事件だけでなくて事件についての説明や解釈も含まれる劇を、まだ期待していたのだ。『誕生日のパーティ』は明らかに早く発表されすぎたのである。今ではこの戯曲は傑作として広く認められている。事件についての説明や解釈を含まない劇を抵抗なく受容れる観客も確実に増えている。ピンターの仕事だけがこういう変化をもたらしたとは言えないが、こういう変化をもたらすについていちばん大きな力があったのは、やはりピンターの仕事だったのである。

第三章——組織の暴力（Ⅰ）

『誕生日のパーティ』

『部屋』と同じく、『誕生日のパーティ』も、秘密の過去をもつ人物をその秘密を知っている人物が訪れ、当の人物を破滅させるという物語を扱っている。ただ『部屋』のローズの隠された過去はどうやら割合に個人的なものらしいし、彼女のもとへやって来る黒人も別に大きな組織から派遣された者ではないようだ。これに対して『誕生日のパーティ』の主人公と見なされるスタンリーという男は、ある組織を脱退したという過去をもっており、彼を訪れる二人の男は、明らかにその組織から送られて来た者たちである。問題の組織がどんなものであるのかは分らないが、どうやらそれは反社会的な活動に従事し、時には暴力に訴えることもあるものらしい。つまり、『誕生日のパーティ』は『部屋』と違って政治的な含蓄を伴うかも知れない状況を扱っているのである（なお『誕生日のパーティ』のテクストには、一九六〇年に出版された初版と一九六五年に出版された改訂版とがある。後者は前者の台詞をかなり削除し、作品の緊張感を高めたものになっている。もちろん一九五八年の初演は前者を用いて行われたのだが、この版は現在は入手困難なので、以下の分析は後者に即して行う）。

『誕生日のパーティ』第一幕の時は夏のある朝、場面はある家の居間だ（劇は終始この居間で展開する）。劇が始まると、ひとりの男（戯曲の指定によれば六十代）が登場し、テーブルに向って腰を下して、新聞を読み始める。彼の妻（やはり六十代で、メグという名だが、この女の名がメグであることが観客に伝わるまでには、少し時間がかかる）が彼に向って「ピーティ」と呼びかけるので、男の名がピーティであることが分る（この家は海の近くにあり、ピーティは海岸のデッキチェアの番人をしていることが、やがて観客に伝えられる）。メグはピーティにコーンフレークを給仕し、新聞に面白い記事が載っていたら、読んで聞かせてくれと言う。『部屋』のローズは気を使ってバートの面倒を見ていたが、この劇のメグはむしろ夫に甘え、夫に過度に依存しているように見える。

実は『誕生日のパーティ』は一九六八年に映画化された。監督はウィリアム・フリードキンで、シナリオはピンター自身が書いた。マイケル・ビリントンによるインタヴューの中で、ピンターは、「（この映画は）あまりうまくは行きませんでした」と述べているが（ＡＩb2―一八四頁）（ＡＩa14―七六頁）、私はこれは非常に興味深い映画だと思う。それは、主人公のスタンリーをロバート・ショーが演じ、「組織」から送られて来た男のひとりであるマキャンを、アニュー・マクマースターの劇団の一員としてピンターと一緒にアイルランドを巡業したパトリック・マギーが演じるという風に、ピンターと縁の深かった名優たちが出演しているからでもあるが、もっと重要なのは、舞台での上演を観ているだけでは得られない情報を伝えてくれる場面がこの映画にはいくつも含まれているという事実である。

映画には、たとえば、メグが夫に食べさせるためのコーンフレークをボウルに注ぐ場面がある。ところが彼女は大量のコーンフレークをボウルの外にこぼし、それを両手でかき集めてボウルに入れる。分りきったことだが、コーンフレークをボウルに注ぐのはそれほど難しい作業ではない。メグは何十年もの間、この作業をほとんど毎朝して来た筈だが、未だにそれをうまくやれないのだとすると、どうやら彼女は極めて単純な家事も満足にこなせない女であるようだ（そういうことを伝えるために、ピンターはこの場面を加えたに違いない）。この家は下宿屋であることがやがて分るのだが、メグは女主人として下宿屋を切り回す能力を果してそなえているのだろうかと、観客は思うであろう。また、新聞記事を読んで聞かせてくれと夫に求める台詞から察すると、彼女は読み書きが必ずしも得意ではないのかも知れない。

メグは、食事をしながら新聞を読んでいるピーティに向って問いかける――

メグ　今、どこを読んでる？
ピーティ　誰だかに子供が生れた。
メグ　あら、ほんと！　誰に？
ピーティ　どこかの娘だ。
メグ　誰なの、ピーティ、誰？
ピーティ　お前が知ってる人じゃないと思うよ。
メグ　名前は？
ピーティ　メアリー・スプラット卿夫人。

メグ　知らない人だわ。（ＡⅠａ１―五頁）

こういうかなり間の抜けたやりとりから、また、メグの語彙が極めて貧弱であるという事実から、この女は相当に愚鈍な人間であるに違いないという結論に、観客は到達するのではないだろうか。

劇の冒頭のやりとりは、もっぱらメグが一方的に夫に向って問いを発し、夫がそれに答えるというかたちをとっている。だが、やがて夫は初めて自発的に新しい話題を出し、「そうだ、メグ、男が二人やって来たんだ、おれのところへ、昨夜、海岸で」と言う（女の名がメグであることは、ここで観客に伝わる）。これは重要な伏線である。

これより先、メグはスタンリーという男に言及していた。やがて、彼が朝食に来ないので、メグは彼を起すために寝室へ向う。現れたスタンリーは、戯曲の指定によれば三十代後半の男で、パジャマの上着のままで、髭を剃っていない。つまり彼は相当にだらしない恰好で現れるのだが、このことは、彼が本質的にだらしない人間であることを示しているとも、彼とピーティやメグとの関係は彼のそういう行動を許容するものであることを示しているとも理解できる（事実はどうやら後者であるらしいことが後に判明する）。彼は眼鏡をかけているが、この眼鏡はやがて重要な役割を果す（『部屋』の場合と同じく、この劇でも、視力ないし視覚は人格の根源をなすものとして捉えられている）。

スタンリーは朝食にけちをつけ、メグに対して失礼ともなれなれしいとも受取れる態度を取る。間もなくピーティは仕事に戻るために外出するが、二人きりになったメグとスタンリーの応酬を聞くと、この二人の間には、下宿屋の女主人と下宿人との関係に収まりきらないものがあることが分る。

ピーティとメグには子供はいないらしい。既に言及した、ある上流の女の出産を報じる新聞記事を受けて、メグは、女の子よりも男の子の方がずっといいと言うのだが、三十代後半のスタンリーは六十代のメグにとっては息子のような存在であるのかも知れない。二人の間にある、いささか常軌を逸した親しさないしなれなれしさは、二人のどちらもがそういう関係を受容れている証拠であると理解することもできる。しかし、果してそれだけのことなのだろうか。中年男を起すために彼の寝室へ女がやって来るのは、彼が言う通り「筋違い」のことであるだろう。メグは、その寝室では「すてきな午後を過したわ、私」と言うが、彼女は夫が仕事をしている間に、そこでスタンリーと親密な関係を結んだのだろうか。もちろん正確なことは分らない。しかし、スタンリーとメグとの関係が単純一様なものでないことは認めるべきであろう。

メグは、二人の男がやって来るから買物に出かけねばならないと言う。彼女のこのさりげない台詞に対して、スタンリーは激しく反応する。彼は、一方では、そんな男たちなど来る筈はないと言いながら、他方では、男たちの名前を訊ねたりする。明らかに彼には心当りがあるのだ。

メグは、スタンリーが以前のように波止場でピアノを弾いてほしいと言う。イギリスではかつては保養地の海辺に簡素な劇場があり、ショーが演じられたが（出演者はピエロの恰好をすることが多かった）、スタンリーはそういうショーのピアニストとして働いていたらしい。メグは、やがてやって来た男たちに対しても、同じ話をする。メグの言葉を疑う理由はないから、スタンリーは、かつてはこうして生計を立てていたと考えられる。だが彼はもはや仕事をしてはいない。とすると、部屋代を払わないばかりか、居候としてこの家で暮しているようだ。

ところがスタンリーは、自分には仕事の話が舞込んでおり、それによれば、ベルリン、コンスタンティノープル、ザグレブなどで演奏会を催し、世界一周をすることになっているのだと語る。これはどう見ても嘘である。保養地の野外劇場のピアニストをしていた男に、そんな仕事の口がかかることは考えられない。これは、この男の夢想ないし願望であろう。つまり、二人の男がやって来ることを知ったスタンリーは、この場所から逃れたいと思って、こういういい加減な話をするのである。

それなら、彼には全く才能がないのかというと、必ずしもそうではないらしい。彼はある時ロンドン郊外の町で演奏会を開いたが、それは大成功だった。ところが、その次に別の場所で開かれることになった演奏会のために会場へ出かけて行くと、建物には鍵がかかっていた。誰かが彼をひどい目に遭わせたらしい。もちろん、スタンリーの話が本当かどうかは分らないが、彼が過去に何か屈辱的な経験をしたことは事実だと考えるべきであろう。

二人の男の来訪について曖昧な反応を示していたスタンリーは、ここで開き直ったとも腹をくくったとも言える態度になり、メグに向って、男たちは今日、トラックでやって来る、そのトラックには手押し車が載せてある、男たちは手押し車を押して玄関まで来て、ドアをノックすると告げる。スタンリーがこの家から出て行くのを恐れているメグは、彼の話を懸命に否定する。その時、玄関のドアを不意にノックする音が聞える。『部屋』のローズがごみを捨てるためにドアを開けると、若い男女が立っていたという場面があった。観客はどきりとしたが、『誕生日のパーティ』のこの場面も同様の効果をもたらす。いくらかあざといが、スリラー劇などではよく用いられる手法である。

だが観客の驚きはたちまち解消される。ノックに続いて若い女の声が聞えるからである。迎えに出たメグと若い女との間でやりとりが交されるが（観客には、そしてスタンリーにも、二人の声が聞えるだけである）、二人が何の話をしているのかははっきりしない。メグはそのまま買物に出かける。若い女が登場する（近所に住むルールーという二十代の娘だが、彼女の名前が観客に伝わるのは、二人の訪問者が現れた後である）。彼女は大きな包みをもっており、スタンリーが包みにふれないように命じながら、それを食器棚の上におく。

スタンリーは不意にルールーに向って、一緒にどこかへ行こうと言うが、別に当てがあるわけではない。もちろんルールーは応じない。このやりとりは、仕事の口がかかっているという嘘をメグに向ってついた場面の場合と同じく、スタンリーの脱出願望と、結局において脱出することはできないという自覚とを示すものとして理解すべきであろう。

ルールーが去ると、スタンリーは調理場へ移り、顔を洗い始める。その時、二人の男が裏のドアから居間へ入って来る。それに気づいたスタンリーは裏のドアから退場する。残された二人が、ピーティが話題にしていた人物たちであるらしいことは、観客にはすぐに分るに違いない（戯曲の指定によれば、一人は五十代、もう一人は三十歳だ）。若い方の男は、ひどく不安がっている。ここが確かに目的の家であるかどうかについて、彼は確信がもてないのだ。年長の男は懸命に彼を安心させようとする。

年長の男は若い男を「マキャン」と呼ぶ。どうやら彼はアイルランド人であるらしい。マキャンは年長の男を「ナット」とファースト・ネイムで呼ぶ。ところが、年長の男はマキャンを終始ファミリー・ネイムで呼ぶ（マキャンのファースト・ネイムはダーモットだが、この名は第三幕になって初めて言及される。ダーモットもアイルランド系の名である)。彼はマキャンに対して距離をおいているとも、相手を見下しているとも理解できる。二人の関係が対等のものでないことは、記憶しておいた方がいいだろう。実はナットと呼ばれる男のファミリー・ネイムは「ゴールドバーグ」だ。これは典型的なユダヤ人の姓である。この名を観客が初めて耳にするのは、帰って来たメグに対して彼が自己紹介をする場面のことだが、この男がユダヤ人であることは、これ以前にも、言葉遣い(自問自答という形式はユダヤ人がよく用いるものだ)や話題(彼は安息日に言及したりする)によって示されている(なお、『誕生日のパーティ』は一九八七年にBBCによってテレビ用に映画化されたが、この時にゴールドバーグを演じたのはピンター自身だった。翌年、私はピンターに逢う機会があったが、「私もゴールドバーグを演じられる年齢になった」と彼が語ったのを記憶している。一九三〇年生れのピンターは、当時は五十代後半だった)。

ここでひとつ疑問が湧いて来る。二人の男はある組織から派遣されて、「仕事」のためにこの家へやって来たらしい。組織の方ではゴールドバーグに仕事を託したが、ゴールドバーグは仲間としてマキャンを推薦したという。だが、アイルランド人とユダヤ人という人種的にも宗教的にも全く異る二人の男がともに所属する組織とは、一体どんなものなのだろうか。差障りがあるのを承知で敢えて言うが、二人がどちらもアイルランド人であったら、観客はIRAのような組織を思い浮べるであろう。二人が揃ってイタリア系だったら、マフィアのような組織が想定されるかも知れない。だが、マキャンとゴールドバーグが属する組織は、政治団体であるとも宗教団体であるとも——あるいは犯罪組織であるとも——断定できない。二人をアイルランド人とユダヤ人にすることによって、作者は組織の正体を——ひいては、その組織とスタンリーとの関係を——曖昧なものにしようとしたに違いない。

買物から帰って来たメグに対して、二人の男はスタンリーのことをさりげなく尋ねる（メグの台詞によって、スタンリーの姓がウェバーであるらしいことが分る）。メグは男たちに、今日はスタンリーの誕生日だが、そのことは夜になるまで彼には告げないつもりだと語る。ひとが自分の誕生日を忘れるなどということがありうるだろうか。もちろんメグが思い違いをしているのかも知れない。あるいは、スタンリーは自分の過去を隠したがっており、自分の誕生日についてもはっきりしたことを言わないのかも知れない。いずれにせよ、ゴールドバーグは彼の誕生日を祝うパーティを催すことを提案する。メグも賛同する。

メグが男たちを二階の部屋へ案内するために消えると、スタンリーが現れる。彼は戻って来たメグに、二人の男についてしつこく問いただす。沈んだ様子のスタンリーを元気づけようとして、メグは今日が彼の誕生日であると告げ（スタンリーは否定する）、食器棚の上にあった包みを渡す。彼女は誕生日の贈り物として玩具の太鼓を用意していたのだ（ピアノがないから、代りにそれを贈ることにしたというのだが、これを見てもメグが相当に間の抜けた人物であることが分る）。スタンリーは太鼓を打ち鳴らすが、次第に狂ったような表情になる。第一幕が終る。

第二幕は同じ日の夜だ。『誕生日のパーティ』は三幕構成になっているが、ピンターの戯曲で全三幕というのは、他には『管理人』があるだけだ（最初ラジオで、続いてテレビで発表された『夜遊び』も三幕構成になっているが、これはそれほど長い作品ではない）。当時の舞台劇は三幕構成が普通だったから、ピンターはそれに従ったのであろう（現在の舞台劇は大抵は全二幕になっている）。なお、『誕生日

『誕生日のパーティ』

のパーティ』の第三幕は次の日の朝に設定されている。つまり、この劇は同じ場所で二十四時間以内に起る単一の事件を扱うのであり、三統一の規則を忠実に守っているのだ。ピンターは前衛的な作家と見なされることが多いが、たとえば『誕生日のパーティ』のように、構造においてはウェルメイド・プレイと呼んでもいい作品も彼は書いているのである。

第二幕が始まると、マキャンがテーブルに向って腰を下し、新聞紙を千切って同じ幅の五つの紙片にしている。二等分や四等分なら何でもないが、五等分というのはかなり難しい作業である。彼は気持を落着かせようとしてこんなことをしているようだが、五等分というのは、この男のいささか偏執狂めいた性格を示していると言えないだろうか。

スタンリーが登場する。二人は丁重に挨拶するが、何となく険悪な雰囲気が漂う。たとえば、マキャンはスタンリーと握手する時、わざと力をこめるので、スタンリーは手を引っこめる。やがてマキャンは「モーンの山々」という歌のメロディを口笛で吹き始める。これはパーシー・フレンチ(一八五四～一九二〇)というアイルランド人の作詞作曲家が友人のヒューストン・コリソンという音楽家と一緒に作った歌で、ロンドンにいるアイルランド人の男が故郷をなつかしむという内容になっている。おそらくピンターはマクマースターの劇団の俳優としてアイルランドを巡業していた頃に、この歌を知ったのであろう。

アイルランド人であるマキャンがこの歌を知っているのはごく自然だ。ところが、スタンリーも同じメロディを口笛で吹き始める。これは一見和気藹々とした行動のように感じられるかも知れないが、実は二人は口笛を競い合うというかたちで隠微な争いを展開しているのである(上演の場合には、俳優たちは口笛の吹き方をさまざまに工夫せねばならないから、二人の対抗関係ははっきりするに違いない)。だが、何よりも重要なのは、スタンリーが「モーンの山々」を知っているという事実である。彼とマキャンとは同じ背景、同じ過去を共有しているのだ。

スタンリーは何度も外出しようとするが、そのたびにマキャンは丁重に——しかし決然と——それを妨害する。スタンリーは凄んだり、下手に出て相手を懐柔したりしようとするが、マキャンの態度は変らない。そこへゴールドバーグとピーティが登場する。ピーティは今夜はチェスをするために出かけるので、スタンリーの誕生日のパーティには残念ながら出席できないと言う。一方ゴールドバーグは、パーティのために註文しておいた酒を取りに行くようにマキャンに命じる。

ゴールドバーグと二人きりになると、スタンリーはまたもや凄み始めるが、ゴールドバーグは相手にしない。マキャンが戻って来る。そして男たちは、最初は穏やかに、だが次第に高圧的に、スタンリーを尋問する(尋問というかたちをとった台詞は、ピンターの後年の明白に政治的な劇——たとえば『景気づけに一杯』——にも現れる)。この尋問は必ずしも首尾一貫したものではない。ゴールドバーグは「なぜ女房を殺した?」とスタンリーに問いかけるが、その少し後で、今度は「なぜお前は一度も結婚しなかった?」と訊く。尋問は、明瞭な答を要求するものでさえもないと思われる場合がある。たとえば、こういうやりとりがある——

ゴールドバーグ　八四六という数は可能か必然か?
スタンリー　どっちでもない。

『誕生日のパーティ』

ゴールドバーグ　違う！　八四六という数は可能か必然か？
スタンリー　両方だ。
ゴールドバーグ　違う！　必然だが可能ではない。
スタンリー　両方だ。
ゴールドバーグ　違う！　なぜ八四六という数は必然的に可能だと思う？
スタンリー　その筈だ。
ゴールドバーグ　違う！　そいつは必然的に必然であるだけだ！　可能性を認めるためには、まず必然性が認められていなければならない。必然であるがゆえに可能である、これはそうだが、可能であるがゆえに必然であるとはとんでもない。可能性が想定されうるためには、まず必然性が証明されなければならんのだ。
マキャン　その通り！
ゴールドバーグ　**その**通り？　もちろんその通り！　おれたちは正しい、お前は間違ってるんだ、ウェバー、最初から最後まで。
マキャン　最初から最後まで！

（ＡＩａ１―四四～四五頁）

ゴールドバーグの問いも、彼の陳述も、論理的には意味をなさない。ここでは言葉は、具体的な意味内容を伝達するためではなくて、もっぱら情緒的に用いられているのである。ゴールドバーグとマキャンとがしているのは、スタンリーに対して精神的圧力をかけることである（ただ、マキャンとゴールドバーグは、スタンリーが組織を裏切ったとか名前を変えたとかといって非難する。これは、あるいは事実に基づく発言なのかも知れない）。こういう一種の精神的拷問にかけられることによって、スタンリーは次第に無力化し、とうとう悲鳴を上げる。それより先、マキャンはゴールドバーグに命じられてスタンリーの眼鏡を奪っていた。どうやら強度の近視であるらしいスタンリーは、周囲を明確に認識することができなくなる。当然ながら、彼は自らの存在についても不安を感じるようになり、意味のある発言を次第にしなくなる。

言葉を発することができなくなったスタンリーは、不意にゴールドバーグの腹部を蹴る。マキャンが椅子をスタンリーの頭上に振りかざす。スタンリーは別の椅子をつかみ、自分の頭をかばう。緊迫した場面である。その時、太鼓を叩く大きな音が聞える（ここも、ややあざとい場面だが、ピンターが観客の反応を十分に計算して戯曲を書いていることはよく分る）。登場したのはめかした姿のメグだ。彼女はスタンリーに贈った太鼓を叩いていたのである。パーティの始まりだ。スタンリーは「眼鏡返してくれないかな？」と言い、眼鏡を取り戻す。彼が台詞らしい台詞を語るのは、実はこれが最後である。ゴールドバーグたちによる尋問のせいで、彼は人格を破壊されたらしい。尋問がなぜそれほど強力な効果をもつのかは、観客には理解できないだろう。だが、だからこそそれは余計に恐ろしいとも言えるのだ。

ルールーが一同に加わる。スタンリーを除く人々は、酒を飲んだり歓談したりする。マキャンはゴールドバーグに促されて歌を歌う。「エデンの園は消えたとひとは言うが、私の故郷こそはエデンの園だ。それは私に向ってささやいている——帰っておいで、パディ・ライリーと」といった内容で、「モーンの山々」と同じく望郷の歌である。ピンターは何も断ってはいないが、実はこれもパーシー・フレンチが作った歌で(彼は詞と曲の両方を書いた)、「帰っておいで、パディ・ライリー」という題になっている。ただ奇妙なことに、ピンターの引用からは、詞にして約四行、曲にして約十五小節が脱落している。しかも、詞の一部は少し間違っている。おそらくピンターはアイルランド巡業中にこの歌を聞いたのだろうと思われるが、彼の記憶はいくらか不正確であったようだ。

メグやルールーの提案に従って、一同は目隠し鬼のゲームをやることになる。やがてスタンリーが鬼になる。マキャンはスタンリーの眼鏡を外す。メグは自分のスカーフでスタンリーに目隠しをする(スタンリーは完全に視覚を失うのだ)。マキャンはスタンリーの眼鏡の枠を折ってこわす。スタンリーはマキャンがあらかじめ床においておいた太鼓にぶつかり、それを踏み抜く。彼はメグに近づき、両手で彼女の首を絞め始める。ゴールドバーグたちは彼をメグから離す。その時、部屋の電燈が消える(この家の電気はメーター式で、硬貨を補給しないと電流が停ることが、第三幕で説明される)。

暗闇の中で混乱が起るが、マキャンが懐中電燈で照らし出すと、気を失ったルールーがテーブルの上に寝かされ、スタンリーが、彼女を犯そうとするかのように、かがみこんでいるのが見える。懐中電燈の光を当てられたスタンリーは、くすくす笑いながら壁に向って後退する。ゴールドバーグとマキャンは彼に襲いかかる。どうやらスタンリーは正気を失って凶暴な存在になってしまったようだ。ここまでが第二幕である。

第三幕は翌朝だ。ピーティが朝食の席につき、新聞を読む。メグが彼に呼びかける。つまり、第一幕冒頭と同じ光景が演じられるのだ。ただ、メグはコーンフレークが切れてしまったと言う。スタンリーがなかなか現れないのは第一幕の場合と同じだが、ピーティは何かの異変が起ったことを察知しているらしく、用心深い態度を取る。メグは、ふだんは自分が起しに行くまでスタンリーは眠っているのに、今朝は話し声が聞えたと語る。その後間もなく、ゴールドバーグとマキャンが食事をするために下りて来たとも、彼女は言う。

ピーティはメグがこの場にいない方がいいと考えているようで、彼女が買物に出かけるように何度も促す。その時、ゴールドバーグが現れる。メグが出かけたので、ピーティはゴールドバーグに向って、スタンリーが少しはよくなったかと尋ねる。ゴールドバーグは曖昧な返事をし、スタンリーは精神的ショックによってノイローゼの発作を起したが、今はダーモットが相手をしていると述べる。ゴールドバーグがマキャンをダーモットと呼ぶのは、この場面だけだ。明らかに彼はマキャンに直接に話しかける場合と、他人に向って彼のことを語る場合とで、呼び方を変えている(つまり、自分とマキャンとの関係や自分がマキャンに対して抱いている気持についての意識を、状況に応じて切り替えるのである)。

ピーティは、昨夜戻って来たら真暗だったので、電気のメーターに硬貨を入れて電燈がつくようにしたら、既にパーティは終っていた、そして、マキャンが自分に向って状況を説明してくれたと述べる。ピーティがスタンリーの身の上に何かが起ったことを知ったのは、その時のことに違いない(もちろん、マキャンがピーティに対して状況をありのままに伝えたとは限らない)。彼が、スタンリーの様子を見てから医者を呼ぶことにしようと言うと、ゴールドバーグは、打つべき手はすべて打ったから、その必要はないと答える(ゴールドバーグとマキャンの正体は最後まで分らないが、二人が病院の関係者で、患者を連行するためにやって来たという可能性も否定しきれない)。

『誕生日のパーティ』

マキャンが登場し(ピーティは間もなく外出する)、スタンリーは今はおとなしくしているが、自分はもう二階へ行くのは御免だと言う。昨夜、マキャンとゴールドバーグはスタンリーを二階へ連れて行き、何らかの(おそらく暴力的な)処置を施したらしい。第一幕で、ゴールドバーグはマキャンに向って、「どうしたわけなんだ、お前さん、仕事の前にはすっかり取り乱しちまって、そのくせ、いざ仕事にかかると冷静そのものってのは?」と言うから、この「処置」はマキャンが主導権を握って行われたと考えられる。ただ、一夜明けてみると、自分が決定的な処置を実行した現場へ行くのはあまりに恐ろしく感じられる。しかし、結局において彼はもう一度、二階にいるスタンリーのところへ行く。

ルールーがやって来る。昨夜、彼女はこの家に泊ったらしいが、ゴールドバーグが彼女の部屋へ入って来て、彼女と関係を結んだ。第二幕で、ゴールドバーグは彼女の身体をまさぐったり(BBC製作のテレビ映画では、ゴールドバーグ役のピンターは、ルールー役の女優のスカートの下に両手を差し入れ、彼女の太腿を愛撫する)、彼女と抱き合ったりするから、その延長として彼女と関係したようだ。別に確証はないが、マキャンがスタンリーに「処置」を施しているのを見るのがいやで、ゴールドバーグはルールーの部屋へ行ったのかも知れない。マキャンが現れ、ルールーに向って凄んで彼女をこの家から追い出す(なお、ピンターがシナリオを書いたフリードキンの映画には、ルールーがゴールドバーグを非難するこの場面は含まれていない。スタンリーの変容という本筋の事件に観客の注意を集中させるべきだと、ピンターは判断したのであろう)。

マキャンが、待機させておいたスタンリーを招じ入れる。彼はきれいに髭を剃り、仕立のいいダークスーツに白いカラーという恰好をしている。第一幕のだらしないいでたちとは大違いだ。彼は堅気の社会人に変えられたのだが、そのかわり、一言ものを言うことができなくなっている。壊れた眼鏡を片手にもっているが、これは彼の破壊された人格を表していると考えられる。ゴールドバーグとマキャンはスタンリーに向って、穏やかに、かつ楽しげに語りかける——

ゴールドバーグ　お前さんを男にしてやる。
マキャン　女にも。
ゴールドバーグ　目標が変るんだ。
マキャン　金ができる。
ゴールドバーグ　落着きができる。
マキャン　おれたちの自慢の種になる。
ゴールドバーグ　人間らしい人間になる。
マキャン　何不足ない男になる。
ゴールドバーグ　社会の有力な一員だ。

（ＡＩａ１—七七～七八頁）

もちろん、これは第二幕の尋問の台詞の変型だ。スタンリーは全く反応しないが、やがて何かを言おうと努力し始める。しかし、のどから奇妙な音を出すことしかできない。
ゴールドバーグとマキャンはスタンリーに山高帽をかぶらせ（これまた体制を象徴するものだ）、彼を連れて行こうとする。そこへピーティが戻って来て、それをとめようとするが、ゴールドバーグたちは脅迫的な態度を取る。ピーティには「スタン、言いなりになるんじゃない、こんなやつらの！」と叫ぶことしかできない。一九八八年十二月に劇評家メル・グソーを聞き手として行われたインタヴューで、ピンターは、ピーティのこの台詞は自分がこれまでに書いた最も重要な台詞のひとつであり、自分は生涯この台詞の通りに生きて来たと語っている（ＡＩａ15―七一頁）。ピンターが自作の戯曲の特定の台詞を自分自身の人生観や世界観の表明として捉えるのは極めて珍しいが、要するに彼は、既成秩序のものの見方をおとなしく受容れて、体制の求めるままに生きることを拒否して来たのだと言いたかったに違いない。

スタンリーを乗せた車が遠ざかって行く音が聞える。メグが買物から帰って来る。スタンリーの様子を尋ねる彼女に、ピーティは、スタンリーはまだ眠っている、このまま眠らせておこうと言う。劇が終る。

もちろんピンターはスタンリーに単純に共感したり、彼を全面的に肯定したりしているわけではない。『誕生日のパーティ』の初演は一九五八年四月二十八日にケンブリッジのアーツ劇場で行われたが、稽古が始まる直前にピンターは演出者のピーター・ウッド宛に手紙を書き、スタンリーは自分のあり方を正確に把握することができない人物なのであり、もしも彼に自分の真のすがたを認識することができていたら、ゴールドバーグとマキャンがやって来る必要はなかったと述べている（ＡＩａ14―二二頁）。つまり、この劇が扱っているのは、幻想においてしか自分の存在を確認することができなかったひとりの男が破滅する物語でもあるのだということになるであろう。

一九五八年五月十九日にハマスミスのリリック劇場で始まったこの劇のロンドン公演は、劇評家たちによってこぞって酷評され、上演は僅か一週間で打ち切られた。劇評家たちの不満の主な理由は、登場人物たちが自らの行動や思考を説明することができない——具体的に言うと、スタンリーの過去には何があったのか、ゴールドバーグとマキャンは何者で、どんな組織からどんな目的をもって派遣されて来たのかといったことが、謎のままだという点にあった。もちろんこれが作者の狙いであったことは明らかだ。劇評家の中でほとんどただ一人、この作品を激賞したのは、『サンデイ・タイムズ』のハロルド・ホブソンで、色々な点が曖昧になっていることこそが、この劇の最大の長所のひとつだと述べた。多くの劇評家が期待していたように、作者が登場人物の口を通じてすべての謎を説明していたら、『誕生日のパーティ』は、おそらく凡庸で古風なスリラー劇になっていたであろう。

『誕生日のパーティ』のゴールドバーグとマキャンはもっぱら《加害者》として描かれている。しかし、加害者は被害者にもなりうるのではないか。そういう視点に基づいて書かれた劇が『料理昇降機』である。

第四章——組織の暴力（II）

『料理昇降機』

『誕生日のパーティ』のゴールドバーグとマキャンがどんな仕事をしているのかについては、確かなことは何も分らない。『料理昇降機』の二人の登場人物の《仕事》については、疑問の余地は全くない。二人は殺し屋である。

『料理昇降機』は『部屋』とあわせて一九六〇年一月二十一日にハムステッド・シアター・クラブで、続いて同年三月八日にロイアル・コート劇場で、上演された（演出はジェイムズ・ルース＝エヴァンズだった）。どちらの作品も、閉ざされた空間に外部の存在が侵入し、その空間にいた人物の運命が激変するという物語を扱っている。よく似た物語は『誕生日のパーティ』にも現れるのであり、初期のピンターがどんな状況を劇化することに興味をもっていたかがよく分る。劇評家アーヴィング・ウォードルはこの時期のピンター劇を《脅威の喜劇》と名づけたが、これはまことに適切な呼称だった。これらの作品は、特定の状況にこもる恐怖感だけでなく、滑稽感をも伝えているからである。ただ、『部屋』や『誕生日のパーティ』と違って『料理昇降機』の場合には、室内の人物に脅威を与える外部の存在が実際に舞台に登場することはない。それは、さまざまのかたちで自らの存在を感知させるだけで、肉体をもった者として目に見えるかたちで現れることはないが、それゆえに余計に恐ろしいとも言える。

『料理昇降機』の場面はある建物の狭い地下室で、上手には調理場と便所に通じるドアが、下手には廊下に通じるドアがある。部屋にはベッドが二つあり、ひとりの男が一方のベッドに横になって新聞を読んでいる。もうひとつのベッドには別の男が腰をかけ、靴を脱いだりはいたりしている。新聞を読んでいる男の名はベンであることが間もなく判明する。もうひとりの男の名はガスであることも、やがて分る。断定はできないが、名前から察して、ベンはユダヤ人、ガスはアイルランド人である可能性がある。劇が進むにつれて、ベンの方が兄貴分でガスは弟分であることが明らかになる。とすると、この二人は『誕生日のパーティ』のゴールドバーグとマキャンの再現なのだとも考えられる。

ベンは新聞に報じられている数々の《非人道的》な事件に憤慨する。この段階ではまだ分らないが、観客は、彼が殺し屋であることを知ると、この反応は甚だ皮肉なものであったことに気づく筈だ。ベンは茶を飲みたくてたまらないのだが、《仕事》を控えて落着かない様子のガスは、なかなか支度に取りかかろうとしない。ガスはベンに向って、今朝早くこの家へやって来る途中、ベンが道の真ん中で車をとめたが、あれはなぜなのかと訊ねる。ベンは最初は言葉を濁そうとするが、やがて「おれたちは早すぎた」と答える。もちろんベンが本当のことを言っているのかどうかは分らない。このやりとりは、あるいはベンはガスが知らないことを知っているのではないかという疑いを、ガスに――そして、観客にも――抱かせるものとして機能している。

自分たちがいるのがバーミンガムであることを知ったガスは、明日は土曜だから、サッカーの試合を見に行きたいと言う。その時、下手のドアの下から封筒が差しこまれる。度胸ありげに振舞っていたが、実は臆病であるらしいベンは、その封筒を拾うようにガスに命じる。封筒には十二本ばかりのマッチ棒が入っていた。ベンは更にガスに外の様子を探れと言う。ガスは枕の下に隠してあったピストルを取り出し、ドアを開けるが、廊下には誰もいない。ここで観客は、ガスは——そしておそらくベンも——堅気の市民ではないかも知れないと考え始めるに違いない。堅気の市民なら、ピストルを持ち歩くなどということは考えられないからだ。

マッチが手に入ったので、茶の支度ができることになった。「これでやかんに火がつけられるな」とガスは言う。その少し後に、次のようなやりとりが現れる（ト書きは省略する）——

ベン　さあ、早く火をつけて来い。
ガス　え？
ベン　火をつけて来い。
ガス　何に火をつけるんだ？
ベン　やかんだ。
ガス　ガスだろ。
ベン　何だと？
ガス　ガスだろ。

ベン 何のことだい、ガスだろうとは？

ガス だって、そう言ってるんだろ？　ガスに火をつけろって。

ベン おれが、やかんに火をつけて来いと言ったら、つまり、やかんに火をつけて来いってことだ。

ガス やかんに火をつけられるわけないよ。

ベン 言葉のあやだよ！　やかんに火をつける。こいつは言葉のあやだ！

ガス 聞いたことがない。

ベン やかんに火をつける！　誰だって言ってる！

ガス お前の間違いじゃないかな。

ベン と言うと？

ガス やかんをかけるって言うよ。

ベン 誰が？　おれはな、生れてこのかた、やかんをかけるなんて言ったやつには、お目にかかったことがないんだ。

（ＡＩｂ１—１—一一四頁）（ＡＩａ１—一二五〜一二六頁）

ベンは高圧的にガスを黙らせる。ガスがなお調理場へ行かないのを見ていらいらしたベンは言う——「じれったいな、いい加減にやかんをかけろよ」。

この場面の面白さは、第一に、ガスが「これでやかんに火がつけられるな」と言っておきながら、当人もベンもそのことを忘れてしまっているという事実から生れている。第二に、「やかんをかける」という言い方を断固として否定したベンが、しばらくすると、その言い方を自ら口にする。もちろんこのやりとりを状況から切り離して受取るなら、それは漫才のやりとりに他ならないことに誰しも気づく筈だ（ガスはぼけ、ベンはつっこみになる）。しかし、これは単に滑稽であるだけの応酬ではない。些細な言葉遣いについて二人がこれほどむきになるのは、《仕事》を控えて彼等が極度の緊張状態にあるから――分りやすく言うと、気が立っているから――なのである。語り手のそういう心理を読み取らねば、この台詞を本当に理解したことにはならない。

戯曲は何も言ってはいないが、二人は監視されていると考えるべきであろう。隠しカメラや盗聴器が仕掛けてあるのか、それとも、物陰に潜む人物が様子を窺っているのかといったことは分らないが、いずれにせよ、二人の一挙一動は、二人が属する組織の誰かによってすべて把握されていると考えねばならない。なぜなら、マッチ棒を収めた封筒がドアの下から差しこまれるタイミングがよすぎるからだ。殺し屋たちが茶を飲みたがっているのを確認した上で、マッチ棒が提供されるのである。ガスは調理場へ行き、湯を沸かそうとする。ところが、彼が次に調理場へ行くと、ガスは消えていた（メーター式で、硬貨が切れたのである）。マッチ棒を提供した側では、ガスが消えるのを知っていて、殺し屋たちをからかったのかも知れない（劇の終り近くで、ガスは「ガスが出ないことを知っていながら、なぜあいつはマッチをよこしたんだろう」と言う）。

ガスは、今夜の犠牲者がどんな人物なのかをベンが知っているのではないかと疑い、また、最近殺した娘について長々と語る（これで二人が殺し屋であることが、決定的に示される）。彼がこの仕事について、また、自分が受けている扱いについて、強い不満を感じていることは明らかだ。その時、《外部の存在》が二度目の介入を果す。すなわち、壁の向うで大きな音が聞え、ガスが壁の一部になっている羽目板を持ち上げる（封筒の場合と同じく、実際に事態に接するのは、兄貴分のベンではなくて、ベンによってややもすると無能扱いされるガスなのだ。事態の変化に先に気づくのはガスであり、実はベンよりもガスの方が落着いているのである）。すると料理昇降機（ダム・ウェイター）が見える（「ダム・ウェイター」、つまり「もの言わぬ給仕」とは、レストランで調理場から料理を運んだり、汚れた食器を下げたりするために使われるエレヴェーターのことである）。なお、ベンとガスは――そして観客も――ここで初めてこの仕掛けに気づくことになっているのだから、舞台美術はそういう設定を生かしたものでなければならない。料理昇降機の存在が最初から目立つようであってはならないのだ。

滑車で支えられた大きな箱の底に一枚の紙片があるのをガスは見つける。それには「ステーキの煮込み、ポテトチップスつき、二つ。プディング二つ。砂糖ぬき紅茶、二つ」と記してある。註文がすべて二人前になっているのは、ベンとガスの存在を意識したせいだと考えられる。ここに挙げられている料理は、現在の二人がほしがっていながら入手できないものばかりであろう。ことに紅茶は、二人が一度は飲めそうになったのに、結局飲めなかったものである。殺し屋たちが属する組織の上司らしいウィルソンという人物の名が既に何度か挙げられていたが、もしも料理昇降機を操っているのがウィルソンないしウィルソンの指示を受けた者であるのなら、ウィルソンは殺し屋たちにいやがらせをしているのかも知れない。あるいは、ウィルソン自身も退屈しており、ベンとガスを翻弄することによって気を紛らそうとしているのかも知れない。

註文を記した紙片を読んだベンは、「きっとここは昔、食堂だったのさ。上が。こういうところは持主がどんどん変るものなんだ」と言う。この反応は筋が通らない。この建物が食堂だったというのは、その通りかも知れない。食堂の持主が頻繁に変るというのも、事実かも知れない。しかし、現在の持主が、調理場が既に機能しなくなっていることに気づかず、食堂の営業を続けているなどといったことは考えられない。ところがベンは、「何か送ってやった方がいい」と言う。そして、たまたま手元にあったビスケットやチョコレートや牛乳や紅茶の包みやケーキを、料理昇降機で上へ送る。これもおかしい。上の階にいる人物は甚だ具体的な註文を寄越しているのであり、食物（あるいは飲物）なら何でもいいというわけではない。不安に取りつかれているベンは正常な判断ができなくなっているのであり、彼に命令を下している人物の機嫌を損ねることを何よりも恐れているのである。ベンは自信ありげに振舞うから、観客は彼の判断は正しいと錯覚する危険があるが、もしそうなったら、上演は失敗だ。この男は実は気が小さく、そういう人物の常として虚勢を張っているにすぎない。料理昇降機の指示に反応する時の彼は、明らかに取り乱しているのである。この場合に限らないが、作者は、『料理昇降機』という劇の観客が常に人物たちに対してある距離を保つことを期待していると考えるべきであろう。

上の階にいる誰かが最初に註文して来たのは平凡なイギリス料理だったが、二度目の註文はフランス料理めいており、三度目の註文はイタリア料理らしく（ベンは「ギリシア料理だ」と言うが、これはおそらく誤りであろう）、四度目の註文は中華料理だ。状況は完全に殺し屋たちの手にあまるものとなった。その時、ガスが（例によって、ベンではなくてガスが）壁に通話管がかかっていることに気づく。それを使って、ベンが上にいる人物と話をする。ベンが報告するところによると、先ほど送ったケーキやチョコレートや牛乳やビスケットは、とても口に入れられるような代物ではなかったらしい（少くともベンは、外部の存在と直接に口を利く)。憤慨したガスは激しい言葉で上にいると考えられる人物(あるいは人物たち)を罵倒する。

ベンは彼をなだめ、《仕事》の手順を復習する――

ベン　呼出しがあったら、お前は行ってドアのかげに立つ。
ガス　ドアのかげに立つ。
ベン　ドアがノックされてもお前は返事をしない。
ガス　ドアがノックされてもおれは返事をしない。

(AIb1―1―一二八頁)(AIa1―一四二頁)

そのうちに、ベンが何かに気づいた様子で顔をしかめる。ガスが応じる――

ガス　何かとばしたぞ。
ベン　そうなんだ。何だろう。
ガス　お前の言う通りだと、おれはまだピストルを抜いてないんだ。
ベン　お前はピストルを抜く――
ガス　ドアを閉めた後だ。
ベン　ドアを閉めた後だ。

ガス　お前、それをとばしたのは今度が初めてだぜ。

（ＡＩｂ１―１―一二九頁）（ＡＩａ１―一四三〜一四四頁）

ベンがこのくだりをとばしたことには理由があったのではないかと感じる観客もいるに違いない。劇の結末を知ったら、なおのことである。これより早く、今夜の犠牲者が何者であるのかを話題にした時に、ガスは「どうも、お前が何か知ってるんじゃないかって気がしたもんでね」と言う。しかし、これらの場面で、実はピンターは推理小説やスリラー劇の作者がよくやるように、受け手を混乱させる情報をわざと提供しているのである。結末を素直に理解するなら、ベンが犠牲者について事前に何かを知っていた筈はないことが、明らかになる筈だ。

ガスが上手のドアから退場する。便所へ行ったらしい。戻って来た彼は興奮状態で自分たちが属する組織を非難する。料理昇降機の羽目板が下りて来て、もとのように壁の穴をふさぐ。ガスが、水を飲んで来ると言って、もう一度、上手のドアから退場する。通話管の笛が鳴る。管を取ったベンは上からの指示を受け、それを復唱する――「諒解。繰返します。男はここに着いた、すぐにやって来る。普通の方法を用いること。諒解」。彼はガスの名を二度呼ぶ。犠牲者が来るのだから、ガスにもいて貰わねばならない。

下手のドアがさっと開く。ベンが振向いてピストルをそちらへ向ける（彼はガスが退場した上手の方を向いて、ガスを呼んでいたのだ）。ガスが下手から登場するが、退場した時には身に着けていた上着、チョッキ、ネクタイ、ガンベルト、ピストルを奪われている。次の犠牲者はガスだった。

上手へ退場したガスがなぜ下手から登場するのかと、観客はいぶかしがるに違いない。ベンにとっても、これは意外な事態であるだろう。観客がこのことを確認するだけの時間をとったら、すぐに芝居を終えねばならない。余計なことを考える時間を観客に与えてはならないのだ。しかし、ガスが下手から登場するのは別に不自然なことではない。この建物の構造がどうなっているのかは分らないが、水を飲むために調理場へ向うガスを襲って着衣やピストルを奪い、下手の廊下まで連れて行くことは可能であるに違いない。ベンが通話管を通して上からの指示を受けている間にそれを実行することも充分に可能だと考えられる。上手に向って「ガス！」と二度も叫ぶベンは、明らかにガスが上手から戻って来ることを予想している。彼が、次の犠牲者がガスであることを事前に知っていたなどということはありえない。ベンにとっても意外であるからこそ、この結末は恐ろしいのである。

一体、この組織の上層部は——具体的に言うとウィルソンは——ガスを始末することを最初から決定していたのだろうか。もちろん、そうかも知れない。しかし、殺し屋たちの言動を観察した結果、ガスを消すことに決めたということも、ありうるのではないか。興奮状態で組織を罵倒するガスは、もはや殺し屋として役に立たないのではないだろうか。彼は色々なことを知っているに違いないから、このまま放置しておくのは危険ではないか。

いずれにせよ、確かなことがひとつある。この次の犠牲者はベンだということである。そして、ウィルソンと呼ばれる男もいずれは組織によって始末されるであろう。暴力的な組織が恐ろしいのは、他者に対して暴力を振るうだけでなく、それに所属する人間、内部の人間をも犠牲にせずにはおかないからである。もしもこの組織が巨大な体制の一部であるのなら、『料理昇降機』は『誕生日のパーティ』に劣らず政治的な劇となる。

『部屋』と同じく、『料理昇降機』もロバート・オールトマンによってテレビのために映画化され、一九八七年に公開された。ベンをジョン・トラヴォルタ、ガスをトム・コンティという、いずれも魅力ある俳優が演じているのだが、映画そのものはまことにつまらない。まず、場面になっている地下室が調理場などを含む広大な空間で、この劇が要求している閉塞感を欠いている。細部においても、ピンターの意図に反するとしか考えられない点が多すぎる。ひとつだけ例を挙げると、大詰でガスがピストルを失う経過が原作とは全く別のものになっている。料理昇降機が運んで来た註文を見ようとしたガスが、うっかりしてピストルを料理昇降機の内部に置く。料理昇降機はそのまま上って行く。ガスは自らの不注意のせいでピストルを失ってしまうのだ。これは殺し屋にあるまじき迂闊な行為ではないだろうか（ガスはそれほどまでに神経が参っているのだろうか）。ガスが仲間によって無理に武器を奪われるのでなければ、恐怖感は生れない。

ピンターの劇は分りにくいとする誤解がある。確かに人物の過去だの動機だのが説明されていないという意味では、それは旧来のリアリズム劇より分りにくいであろう。しかし、たとえば『料理昇降機』で起る事件には、厳密なリアリズムの原理によって判断しても、不自然なものはひとつもない。この劇が提示しているのは、現実に起りうる事件ばかりである。オールトマンはピンターが暗示しているだけの事件の多くを視覚化している。そうすれば作品は分りやすくなるのかも知れないが、この手法は、作品全体にとって不可欠の恐怖感を消し去ってしまう。オールトマンの解釈による『料理昇降機』は、もはや政治劇ではない。

第五章——崩壊する家庭（I）

『かすかな痛み』

『かすかな痛み』は、ピンターにとっては二つの意味で新しい出発を意味する作品だった。まず、それまでの戯曲の登場人物はおおむね労働者階級に属していたが、この作品の三人の登場人物のうち、エドワードとフローラという、どうやら子供がいないらしい中年の夫婦は、イギリスの田舎に住んでいる。二人の家には広い庭があり、庭にはプールもあるから、二人はかなり裕福な暮しをしていると考えられる。ピンター劇に紛う方なき中産階級の人物が登場するのは、これが初めてだった。

二ヶ月ほど前から、この屋敷の裏門のところにマッチ売りの男が立っているが、エドワードはこの男のことが気になってしかたがない。とうとう彼は男を屋敷に招き入れ、あれこれと話しかけるが、男は全くものを言わない。フローラが話しかけても、男はやはり黙っているが、女は男の意向とは関わりなく、彼を新しい伴侶に選び、マッチ売りの男が首からかけていた商品の盆を夫に渡す。夫とマッチ売りが立場を交換したのである。ある家庭に外部の存在が侵入し（厳密に言うなら、外部の存在がやや強引にある家庭に連れこまれ)、その結果、家庭内の人間関係に激しい変化が起るのだ。つまり、『かすかな痛み』は『部屋』や『誕生日のパーティ』と図式的には同じ状況を扱っていることになる。ただ、登場人物は中産階級に属しているから、標準的な言葉遣いをする。ピンターはこれまでとは異る言葉で戯曲を書こうとしたのだった。

次に、これは最初はラジオドラマとして書かれ、一九五九年七月二十九日にBBCで放送された。演出はドナルド・マクウィニーだった。一九五〇年代末から一九七〇年代初めにかけて、ピンターはラジオやテレビのためにいくつもの作品を提供したが、『かすかな痛み』はそういう一連の仕事の最初の試みだったのである。これらの劇は、その後すべて舞台化された。『かすかな痛み』は、ジョン・モーティマー(一九二三〜二〇〇八)の『昼食の時間』、N・F・シンプソン(一九一九〜)の『かたち』という二篇の一幕物と合せて、『スリー』(『三人三様』とでも訳すべきだろうか)という題で、ロンドンのアーツ劇場で上演された。一九六一年一月十八日のことである。演出はやはりマクウィニーだった。

マーティン・エスリンは、『かすかな痛み』は舞台で上演するよりもラジオで放送する方が、効果的だと考えた。なぜなら「中心人物であるマッチ売りは全くものを言わないから、この男が実際に存在しているのか、それとも他の二人の人物の恐怖心の投影にすぎないのかが、最後まで謎のままでありうるからだ」と彼は書いている(B III 24—七七頁)。幸か不幸か、この見解は一種の定説になってしまった。『かすかな痛み』は二〇〇八年にイギリスのナショナル・シアターで再演されたが、それについて、たとえば『ガーディアン』紙の劇評家リン・ガードナーは、次のように述べた——

(『かすかな痛み』は)ラジオのために書かれたのであり、そのままにしておくべきであった。……『かすかな痛み』を舞台化することは、終始受け手を悩ませるこの作品の力を台無しにする。そして、謎めいていたものは、明々白々なものとなってしまう。古代ギリシアの劇作家たちは、我々が最も恐れているものを目に見えるようにしないことが、どれほど我々を戦慄させるかを知っていたが、おそらくピンターも同じだろうと思われる。ラジオだと、聴取者は、マッチ売りの男が実際に存在しているのか、それともこの夫婦の想像力の産物にすぎないのかが分らない。舞台だと、この人物の姿は丸見えである。そしてこの男は、まるでマックス・モーズリーが催すパーティへ出かける男のように見える。

(『ガーディアン』二〇〇八年七月三十日号)

マックス・モーズリーは自動車レースの世界の有力者だが、SMの世界に深入りしていることでも知られている。それはともかく、ガードナーの劇評には論理の混乱が認められるのだが、この点については、後でふれることにする。

エスリン以来の解釈は確かにもっともらしく聞えるが、私は、マッチ売りはやはり現実の存在だと理解するのが自然だろうと思う。戯曲を注意深く読んだら、そのことは明らかになる筈だが、私がこういう判断を下すについては決定的な証拠がある。

二〇〇〇年になって、『かすかな痛み』はあらためてラジオドラマとして録音され、同年十月十三日にBBCによって放送された。エドワードを演じたのはピンター自身だった。演出を担当したのはネッド・シャイエという別人だったから、すべてがピンターの意図通りだったとは限らないが、結果が作者としてのピンターが受容れられないものになってはいないと考えても、それほど見当違いではないであろう。放送を録音したテープを、イギリス人の友人がくれたが、それを聴くと、確かにマッチ売りは一言もしゃべらない。だが彼の動きは随所で効果音によって示されている。彼が存在するかどうかは分らないと、本当に断言できるのだろうか。

この劇は、エドワードとフローラが屋敷の庭で朝食をとっている場面で始まる。今日は夏至だ。イギリスでは夏は一年を通じていちばん快適な季節であり、もうすぐそんな季節がやって来ようとしている。新聞を読んでいるエドワードに向ってフローラが問いかける——

フローラ　すいかずらに気がついた、今朝？
エドワード　何に？
フローラ　すいかずら。
エドワード　すいかずら？　どこの？
フローラ　裏門のそばよ、エドワード。
エドワード　あれはすいかずらなのかい？　あれは……昼顔か何かだろうと思ったよ。
フローラ　でも、あれはすいかずらなのよ。
エドワード　確かに、あれは昼顔だと思ったんだよ。

（ＡＩａ１——一五三頁）

こういうやりとりがこの後も続き、フローラ（この名は「植物」を意味する）は花について精通しているのに、エドワードは無知である――と言うより、そういうことにはそれほど関心がない――ことが分って来る。この夫婦の間には、共通の話題があまりないらしい。

やがて、一匹の蜂が食卓に近づく。フローラが蜂は「咬む」と言うと、エドワードは激昂し、蜂は「刺す」のだと言い張る。些細な言葉遣いをめぐって人物たちが争う場面は『料理昇降機』にも現れたが、実は『かすかな痛み』のこのやりとりに酷似したやりとりが、ノーエル・カワードの『私生活』の第二幕に含まれている。すなわち、仲睦まじく時を過していたかに見えた一組の男女が、蛇が「咬みつく」か、それとも「刺す」かという問題をめぐって言い争い、遂に取っ組合いの大喧嘩に至るのだ。

ピンターが『私生活』のこの場面を意識していたかどうかは分らない。ピンターとカワードは扱う題材においてはひどく異っているが、台詞の書き方においては、この二人の劇作家の間には、実は数多くの共通点が認められるのである。『かすかな痛み』は一九八七年にも再演されたが、その時にエドワードを演じたのは、アニュー・マクマースターの劇団でピンターの仲間だったバリー・フォスターであった。ピンターの評伝を書いたマイケル・ビリントンによると、フォスターは冒頭の場面におけるエドワードの「すいかずら？　どこの？」という台詞について、「これは単純な質問なのかも知れないが、新聞を読んでいる時に邪魔をされたことに対する激しい苛立ちを表しているとも考えられる。……（このやりとりは）二人の結婚生活にひそむ緊張関係を示しているのだ」と語ったそうだ（BⅡ1―九七頁）。このように、一見単純な台詞に複雑な含蓄がこめられているという現象は、他ならぬカワードの戯曲についても指摘できるのである。

更に興味深いことに、エドワードを演じるピンターの台詞まわしは、俳優としてのカワードの台詞まわしに実によく似ている。やや早口で、あまり感情をこめず、簡潔な文体を生かした、いわば即物的な語り方で、ウィットを感じさせる。そして、エドワードのこういう台詞まわしは、フローラに語りかける時だけではなくて、マッチ売りを相手にする時にも保たれるのだ。相手によってエドワードの調子が変るわけではないのである。

エドワードはマーマレードの瓶に入りこんだ蜂に熱湯を注ぎ、それを取り出して皿の上で押しつぶす。たかが蜂一匹になぜ彼はこれほどこだわるのだろうか。どうやら彼にとっては、蜂は家庭に闖入して来て平安を乱す不届きな存在なのであり、徹底的に痛めつけねばならないものであるようだ。

これより早く、エドワードは、両眼が少し痛むと述べていた（これが題名の由来である）。急に視力を失う『部屋』のローズや、眼鏡を壊される『誕生日のパーティ』のスタンリーの場合と同じく、視力の衰えは人格が壊れたことを――とりわけ性的能力の喪失を――意味する。共通の話題に乏しく、些細な言葉遣いについてむきになるこの夫婦は、明らかにうまく行ってはいないが、二人の間の最大の問題は性的不一致（と言うより、おそらくは性生活の欠如）であろうと思われる。

蜂という闖入者を抹殺してエドワードは一安心するが、その時、彼はマッチ売りの姿に気づく。この男は二ヶ月も前から裏門のところにずっと立っているが、マッチが売れている様子は全くない、一体何をしているのだと、エドワードは言う。これに対してフローラは、あれは無害な老人なのだから、気にすることはないと答える。もしも劇がここで始まっていたら、一言もものを言わないマッチ売りの男は、実際に存在してはいないのではないかとする解釈も、あるいは成立つかも知れない。しかし、夫婦がマッチ売りに気づくまでに起ることは、現実の事件だと考えねばならない。録音を聞いても、蜂の羽音などの効果音が用いられている。そして、マッチ売りが話題になり始めても、劇の調子が変るわけではないのだ。ここから先は夫婦の幻想であるなどと考えるのは困難だ。この後も、たとえば鳥の声が聞えたりするが、これは現実の鳥の声以外のものではないだろう。それに、この場合に限らないが、戯曲についてのどんな解釈も、実際の上演において表現できるようなものでなければ、無意味である。マッチ売りが存在するかどうかは分らないと主張するひとは、どうすればそういう曖昧さを伝えることができると考えているのだろうか。

もうひとつ考慮せねばならないのは、二人の人間が同じ幻覚を共有するなどということがありうるのかという問題である。エスリンは、マッチ売りは「二人の人物の恐怖心の投影」ではないかと言うが、実際には、マッチ売りを恐れているのはエドワードだけで、フローラは、彼は穏やかな男だと感じており、そのうちにこの男を一種の憧れの対象として捉えるようになる。最初から、二人の態度は対照的なものとして描かれているのである。

夫婦が朝食をとったのは午前九時半頃だったが、戯曲ではここで少し時間が飛び、正午頃になる。エドワードはエッセイストとして生計を立てているらしいが、この日は午前中ずっと、仕事をせずに調理場に隣接する洗い場にこもり、マッチ売りの様子を監視していた。そしてフローラに、男の正体を知りたいから連れて来いと言う(エドワードは自ら男に逢いに行こうとはしない。どうやら彼は自分の場所を離れるのを、ひどくいやがっているようだ)。フローラがマッチ売りに話しかける声が聞える。マッチ売りは全く返事をしないが、フローラの台詞によって、彼が庭を通って、エドワードが待受ける書斎へ向っていることが分る。

やって来た男にエドワードは話しかけるが、やはり男は何も言わない。エドワードは（そして聴取者ないし観客も）不安になる。この男は耳が聞えないのだろうか。口が利けないのだろうか。それとも、何らかの理由があってわざと押し黙っているのだろうか。そのうちに、後退りせよというエドワードの指示通りに男が動くので、この男は自分の言葉が理解できるのだと思ったエドワードは少し安心する。それより早く、男が商品を入れた盆を落し、散乱したマッチ箱をエドワードが拾い集める場面があるが、ここでは、そういう事件を示す多様な効果音が使われている。これはエドワードの幻覚なのだろうか。しかし、鳥の声は現実の音で、マッチ箱が散乱する音は幻覚なのだと判断する根拠はどこにもない。やはりマッチ売りの男は現実の存在なのだと考えざるをえないだろう。

エドワードは男に向って、自分の仕事のことや休暇の過し方について語り、さまざまの酒を挙げて好きなものを男に選ばせようとする。エドワードがふだんつき合っているような相手なら、これでいいのだろう。しかし、マッチ売りにはこういうやり方は通じない。エドワードとは、相手に応じて接し方を変えることができない不器用な人間なのだ。とうとう彼は、男が裏門のところで何をしているのかと聞くが、もちろん答は得られない。

フローラに訊ねられて、エドワードは、男のことがいくらか分ったと答えるが、視聴者ないし観客は、彼は虚勢を張っているにすぎないと思うに違いない。代ってフローラがマッチ売りに話しかける。彼女のやり方がエドワードのやり方と全く違っていることは、すぐに明瞭になる。エドワードは男の口を開かせようとして四苦八苦し（エッセイストである彼は、言葉による意思の疎通を信じている）、結局においてどんな情報も手に入れることができなかった。フローラは男の沈黙を自分にとって好都合な条件として利用する（彼女は夫ほどには言葉を信じていないようだ）。この女は、自分は若い頃に密猟者によって強姦されたことがあるが、マッチ売りの男はその密猟者に似ているという話を、いきなりする。この話の真偽のほどは分らないが、いずれにせよ、これは他人に聞かせるにふさわしい話だとは到底言えないだろう。それでもフローラが敢えてこういう話をするという事実は、彼女がマッチ売りを何よりもまず性的存在として捉えようとしていることを示している。彼女は彼に対して思わせぶりな調子でものを言ったり、彼の額の汗をぬぐったり、両腕で彼を抱いたりする（エドワードは男に対して肉体的接触を試みたりはしなかった）。そして「あなたにはこのままここにいて貰うわ」と言う。「このままここにいて貰う」というくだりは「キープ」という動詞を訳したものだが、この動詞には「(愛人を）囲う」という意味がある。いささか露骨な言い方をするなら、フローラはマッチ売りを男妾ないし性的奴隷として扱おうとしているのである。そして彼女は彼を「バーナバス」という異国風の名で呼ぶことにする（フローラは、『コレクション』のステラ、『恋人』のセアラ、『帰郷』のルースなど、男を巧みに支配するピンター劇の一連の女のさきがけである。ついでながら、これらの人物はすべて初演の折にはピンター夫人だったヴィヴィアン・マーチャントによって演じられた）。

エドワードがもう一度、マッチ売りを相手に自己主張を試み、男を詰問したりするが、実際にはそれは弁解のようにしか聞えない。エドワードは完全に受身の存在になっている。彼の視力は更に衰えてしまった。彼は床に倒れ、断片的な言葉を口にするだけだ。フローラがマッチ売りの盆をエドワードに渡す（この行為は、彼女が夫としてのエドワードを斥けることを意味する）。そして彼女はマッチ売りと手をつないで庭へ向う。

エスリンは、ラジオドラマの場合なら、マッチ売りについて聴き手は自由に想像力を働かせることができるが、舞台劇にすると、この男はごく平凡な老人になってしまうから、恐ろしさが減少すると述べている。『ガーディアン』の劇評家リン・ガードナーも同意見であるようだ。マッチ売りをどのように視覚化するかについては、検討の余地があるが、確かに、この人物を目に見えるかたちで登場させたら、受け手の想像力が制約を受けることは事実である。ただ、ガードナーが古代ギリシア劇を引合いに出しているのは、信じられないような思い違いの現れだ。たとえば、オイディプス王が自らの両眼をつぶすという事件は舞台では演じられないが、だからと言って、この事件を伝える使者の台詞の内容を疑う観客はひとりもいない（しかも、この台詞の内容は、間もなく痛ましいすがたで登場するオイディプス自身によって裏づけられる）。ある事件が舞台で演じられなかったり、ある人物が目に見えなかったりすることは、決して、その事件が起ったかどうか、あるいは、その人物が存在するかどうかが分らないということを意味するものではない。かりに『かすかな痛み』がある種の曖昧さを含んでいるとしても、それは古代ギリシア悲劇の約束事——残酷な事件は使者によって伝えられるという約束事——とは、何の関係もないのだ。

ガードナーは——そして、おそらくエスリンも——気づいてはいないようだが、見るからに恐ろしげな者を恐れ、見るからに魅力的な者に憧れるのなら、当り前すぎて面白くも何ともない。舞台劇としての『かすかな痛み』において重要なのは、登場するマッチ売りの男が恐ろしく見えるか、それとも魅力的に見えるかという点ではなくて、エドワードとフローラがこの男をどのように認識するかという点なのである。もっと具体的に言うなら、一般観客の——想像力が特に豊かでもなければ、突飛な認識に走ったりすることもないと思われる一般観客の——目に映るマッチ売りの姿と、この男についてエドワードとフローラのそれぞれが下す認識との間にある決定的なずれが、重要なのである。夫婦はどちらも現在の自分の心理や感情に基づいてマッチ売りを捉える。エドワードは不安感や自信のなさ（特に性的な自信のなさ）に取りつかれているから、観客の目からすれば少しも恐ろしくないマッチ売りに怯えるのである。フローラは性的欲求不満にさいなまれているから、マッチ売りを自分を性的に満足させてくれる存在として捉えるのだ（もちろん、この男が本当に彼女を性的に満足させるかどうかは、全く別問題である）。大抵の観客にとっては見当違いとしか思えない反応を示すからこそ、この夫婦は劇的に興味ある人物となっているのである。

もしもこの劇から何らかの教訓を読み取ることができるとすれば、それは、存在とは主観的なものなのだという考え方であろう。従来のリアリズムは、存在は客観的なものだとする前提の上に成立っていた。劇作家は哲学者ではない。しかし、古風なリアリズムに対して最初から疑問を発していたピンターは、存在はそれを認識する者のあり方に応じて、どうにでも変りうるものなのだという主張に、もろ手を挙げて賛同するのではあるまいか。

〈**付記**〉　本書の原稿を書上げた後に、私は『ピンターその他』という論文集を入手した。寄稿者の一人であるクリストファ・ウィクソンは、言葉遣いについてのエドワードとフローラの応酬は『私生活』を意識したものだと判断している（B III 59—三二頁）。

第六章――場所を失った人々（一）

レヴュー・スケッチ

『かすかな痛み』がＢＢＣから放送された一九五九年に、ピンターはもうひとつ新しい経験をした。ロンドンの劇場で上演された二本のレヴューのためにスケッチを提供したのである。レヴューという言葉は、日本では、歌や踊りを中心にした華麗なだしものを指すことが多いようだ。もちろんイギリスにもそういうレヴューはあるが、同時に、滑稽な短いスケッチ（日本では「コント」というフランス語を使うことが多い）を並べ、その間に歌をはさんだりする割合に地味なだしものもレヴューと呼ばれる。ピンターが関わったのは後者の方である。

レヴュー・スケッチ（あるいはコント）は制約の多い形式である。ある状況を設定し、小人数の人物の間の対話（時には特定の人物の独白）を展開させる。そして必ず、観客を笑わせたり驚かせたりする落ち（あるいはさげ）（英語では「パンチライン」と呼ぶ）によって終らねばならない。つまり、レヴュー・スケッチの作者に要求されるのは、始まると同時に観客をつかみ、観客が全く予想しなかった結末をもつ、ごく短い喜劇を書く才能なのである。短いだけに、作者には、観客の心理を理解し、それを思いのままに操る運動感覚のようなものが具わっていなければならない。この点ではピンターは申し分なかった。もちろん彼のスケッチは本格的な戯曲と比べたらそれほど重要な作品ではないが、観客ないし読者の反応を自由に操作するピンターの台詞術を堪能するには充分である。

ピンターがスケッチを提供した最初のレヴューは『ワン・トゥー・アナザー』(『次から次へ』とでも訳すべきだろうか)だった。一九五九年七月十五日にハマスミスのリリック劇場で初日を開け、同年八月十九日からはウェスト・エンドのアポロ劇場で公演を続けた。ピンターが執筆したスケッチは「工場でのもめごと」と「ブラック・アンド・ホワイト」の二篇である。

「工場でのもめごと」の場面は、機械の部品を製造している工場の経営者らしいフィブズという男の執務室である。現場の責任者かと思われるウィルズという男がやって来る。現場でちょっともめていることがあるという話を耳にしたフィブズが、事情を探るためにウィルズを呼びつけたのである。ウィルズは最初は遠慮して言葉を濁すが、とうとう、工員たちにはこの工場の製品が気に入らないのだと言い放つ。そして、工員が嫌っている製品の名を具体的に挙げ始める。このスケッチのやまは、「真鍮豆コック」「半球形ロッド・エンド」「高速先細軸螺旋形横笛型穴ぐり具」「雄型L字形誘導器」「平行雄型軸首連結器」「ハンドル車つき青銅びきオフコック」など、どんな部品であるのかが必ずしもはっきりしない、そして、性器を連想させないでもない(「コック」は男性器を指す俗語として使われることがある)製品名が列挙されるくだりである。製品の呼称が複雑化するにつれて、ウィルズはどんどん無遠慮になる。唖然としたフィブズが言う――「ねえ君。連中は代りに何を作りたいというんだ?」。ウィルズが答える――「あめ玉です」。もちろん、この落ちはフィブズにとっても観客にとっても全く予想していなかったものである。

「ブラック・アンド・ホワイト」は、ピンターがレパートリー劇団の俳優だった時期に書いた同じ題名の散文の小品をもとにしている(小品そのものは、一九六六年になって『トランズアトランティック・レヴュー』誌に掲載された)。この作品は浮浪者の老婆の独白という体裁をとっている。この女はほとんど毎晩、終夜バスに乗ってフリート・ストリートまで行き(フリート・ストリートはロンドンの盛り場の少し東になる)、そこにあるブラック・アンド・ホワイトの店に入る(ブラック・アンド・ホワイトは午前五時まで営業しているチェーン店の軽食堂という想定になっている)。彼女には友達がおり、その店でよく一緒になる。二人とももう若くはないのに、売春婦の取締りに引っかかることがある(二人ともかつては売春をしていたのかも知れない)。要するに、深夜の街の生活についての浮浪者の老婆の述懐を綴った作品である。

レヴュー・スケッチ版は、この語り手(老婆二)と彼女の友達(老婆一)との対話になっている(上演の場合、二人が浮浪者であることを衣装などで伝えるという手がある)。老婆二がスープとパンをもって老婆一が待っているテーブルへ戻り、こう言う――

あんた見た、カウンターのとこであの男が私に寄って来て話しかけたの?

(AIb1―2―五四頁)(AIa2―二二八頁)

老婆一が話に乗って来ないので、老婆二はもう一度同じことを言う。そして、詳しい説明を始めるが、実はその男は時刻を訊ねただけであるらしい。しかし老婆二は「なれなれしい」と言って憤慨する。この女はまだ色気が残っているので、知らない男から話しかけられると決して悪い気はしないのである。他方、老婆一に対しては優位を保ちたいので、彼女が知らない男二人と話をしていたのを戒める。やがて老婆二は、かつて警察の手入れに遭ったが、警官に気に入られたという、真偽のほどは定かでない話をする——

老婆二　私は一度車で連れて行かれたことがあるよ。
老婆一　ぶちこまれはしなかったね、だけど。
老婆二　ぶちこまれはしなかったよ、でもそれは私が連中に気に入られたからさ。車に乗せた途端に、私は気に入られちまってね。
老婆一　私も気に入られるかしらね?
老婆二　まあ無理じゃないかね。

（ＡＩｂ１—２—五五頁）（ＡＩａ２—二三〇頁）

これは老婆二人の会話なのだから、滑稽にも不気味にも聞えるに違いない。
夜明けが近づいて来る。掃除のためにここは一旦閉店され、客は追い出される。老婆一はウォータールー・ブリッジの方へ行って、二九六番の最終バスがテムズ川の南からやって来るのを見ることにする。

「ちょいと見ておこうっと。……昼間だと終夜バスのようには見えないものね、そうだろ?」と彼女は言う。

この落ちは「工場でのもめごと」の落ちほど分りやすくはない。夜明けのロンドンを浮浪者の老婆が徘徊している情景を思い浮べなければ、何が面白いのかは分らないであろう。これはいわばとぼけた(あるいは、侘しい)落ちなのである。同時に、このスケッチからは、『管理人』で鮮明になるロンドン(特にロンドンの地名)に対する作者の偏愛の片鱗が窺える。

ピンターがスケッチを提供したもう一本のレヴューは、一九五九年九月二十三日にアポロ劇場で初日を開けた『ピーシズ・オヴ・エイト』である(「ピース・オヴ・エイト」とは、昔のスペインの八レアル銀貨のことだから、その複数形は「銀貨がたくさん」といった意味になる。このレヴューの出演者は全部で八人だったから、この題名には『八人のだしもの』といった意味もこめられているのかも知れない)。プログラムによると、ピンターが書いたスケッチは「知合いになって」「特別提供」「リクウェスト・ストップ」「最後の一部」の四本だったが、「知合いになって」は原稿が残っていないのだそうである。

「特別提供」はBBCで秘書として働いている女性が同僚に向って語る独白という体裁をとっている。彼女がスワン・アンド・エドガー(これはかつてピカデリー・サーカスにあった百貨店である)で休憩していたら、ひとりの老婆が近づいて来て、小さなカードをくれた。それには「男性売ります」と書いてあった。老婆の説明によると、女性公務員の慰安のために設立された国際団体があって、ありとあらゆる種類、型、サイズの男性を取り揃えて売り出している。男性は一人残らずテストずみの極上品で、代金も妥当だが、万一不満だったら、七日以内に返品したら代金は返すということだった。このスケッチの面白さは、男性――野暮を承知で言うと、女性を性的に満足させる者としての男性――が、通常の商品と同じように扱われているところから生じている。

秘書は老婆を相手にせず、そのまま店を出たが、同僚にカードを見せ（彼女はカードを捨ててはいなかったのだ）、それからこう言う――「ねえ、これ冗談かしら……それともほんとかな？」。この落ちは、観客がそれまで抱いていた印象を完全にくつがえすものである。印象をくつがえされることによって観客が快感を味わうようになるためには、これに先立つ部分がある程度の長さをもっていなければならない。五行や六行の説明の後にこの落ちが現れたのでは、スケッチ全体が無力なものになってしまうであろう。

「リクウェスト・ストップ」の場面はロンドンのどこかのバス停留所である（「リクウェスト・ストップ」とは、下車したいという意向を表明する乗客がひとりもおらず、また、停留所にいる客のうちに、乗車の意思を伝えるためにバスの運転手に合図をするひとがひとりもいない場合は、バスはそのまま通過することになっている、そういう停留所である）。バスを待つ人々が列を作っている。先頭は女、次いで小柄な男、そして二人の女と一人の男がいる。先頭の女が小柄な男にしつこく話しかけ、他の人たちにも聞えるような声で彼を非難する。シェパーズ・ブッシュへ行くバスはここから出るのかと訊ねたところ、その小柄な男は自分を娼婦のように扱ったというのである。やがてこの女は、別の女に向って、男を警察へ連れて行くつもりだから、証人になってくれと頼む。頼まれた女はタクシーを停めて行ってしまう。そのうちにバスがやって来る。先頭の女以外の人々は、腕を差出し、バスを追って走り去る。

間もなく一人の男が停留所に現れる。女は微笑しながら彼に話しかけて言う——「すみません。あの、ここから出るバスでいいんでしょうか、マーブル・アーチへ行くには」。

マーブル・アーチはハイド・パークの東北角、シェパーズ・ブッシュはそれよりもかなり西である。つまり、この女は別に特定の場所へ行こうとしているのではなかったのだ。このスケッチは神経症めいた女が何の罪もない他人に言いがかりをつける様子を描いているのだが、この女は他人を攻撃するというかたちでしか他人とつながりをもつことができないのだと解釈してもいいだろう。

「最後の一部」の場面は深夜のコーヒー店で、カウンターをはさんでバーテンと新聞売りの老人とが立っている。このスケッチについて不思議なのは、「沈黙」で始まる点である。場所がコーヒー店のカウンターで、二人の男が店員と客とであることは見れば分るから、両方が押し黙っているのは極めて不自然である。最初の「沈黙」の長さは、どれほどの時間があれば観客がこの不自然さを意識するようになるかによって決るであろう。

やがて客の方が口を開き、「さっきはも少し混んでたな」と言う。バーテンは「ああ」と答える。客は「十時頃だ」と言い、バーテンの「十時頃、だったかな?」、客の「その頃だよ」という台詞が続く。このやりとりも奇妙である。ここはコーヒー店なのだから、どちらかと言えばバーテンが客に愛想よくするのが自然であろう。しかし、沈黙を破るのは客の方なのだ。しかも、彼は自分の仕事ではなくてその店の商売のことを話題にする。客の「その頃だよ」という台詞に至る冒頭のやりとりの間、新しい話題を口にするのはもっぱら客の方であり、バーテンの発言は客の発言に対して何の新しい情報も加えはしない。つまり、バーテンの言葉はいわゆる生返事なのであって、彼はこの対話に積極的に参加してはいないという印象を、観客は受けるに違いない。

それなら、バーテンは客の話をまともに聞いてはいないのかというと、そうとも言い切れない。と言うのは、この少し後、客がまたもや先ほどのこの店の混み具合を話題にして「見たらなかなか忙しそうだったよ」と言うと、バーテンは「間」をおいてから、「そう、商売はとても忙しかったよ、十時頃には」と答えるからだ。決定的なのは、この「間」である。バーテンの台詞は、内容においては依然として客の台詞の反復にすぎないのであり、わざわざ「間」をおいてから言うようなことではない。ところが、ここに「間」がある。客は——そして観客も——虚を突かれる。「間」がある以上、バーテンは客の発言を吟味してからものを言うだろうと考えていたからだ。ピンター劇に頻出する「間」が滑稽感を生出すことが少くないのは、台詞の語り手が聞き手に対して——そして観客に対して——行う、こうした駆引きのせいなのである。

更にこの少し後、客の新聞売りは、今夜は『イーヴニング・ニューズ』が最後に売れたが、「日によっちゃ、最後に残るのは『スター』が最後ってこともある」と、文法的には多少問題のある文体で、とりとめもないことを言う。バーテンは「ふん」とお座なりな返事をする。しかし客が「でなきゃ……ほら、あれさ」と言うと、バーテンは全く間をおかずに「『スタンダード』」と言う。バーテンが進んで新しい情報を提供するのは、これが初めてである。ひどく消極的な人物に見えたバーテンが別の面を見せたのだ。今度は新聞売りの方が「そう」という受身の答をする。

やがて新聞売りはジョージという男に逢いに行ったという話をする。バーテンは「ジョージ何さ?」と、その男の姓を訊ねる。客は「ジョージ……何とかいったな」という曖昧な返事しかできない。ところがバーテンは「なるほど」と答える。バーテンの反応は、スケッチの冒頭で彼が見せていた態度にそぐわない。彼は、新聞を売って生計を立てている男がすぐには思いつかない新聞の名を直ちに口にしたり、その新聞売りがジョージという男の姓を思い出せないのに納得したりする。これはどう考えてもおかしい。

どうやらバーテンも新聞売りも、ジョージという男には何年も逢っていないらしい。スケッチを結ぶのは、こういうやりとりである――

バーテン　あいつ、ここいらにはもういないんじゃないかな。

間。

男　そう、最後に残ったのは『イーヴニング・ニューズ』が最後だった、今夜は。
バーテン　でも毎晩それが最後でもないだろ、でも？
男　そう。そりゃそうさ。つまりさ、日によっては『ニューズ』だ。日によっては他のどれかだ。前もっては分らないんだな、これが。最後の一部になるまでは分らないのさ、もちろん。そこまで行けばどれになるか分るね。
バーテン　なるほど。

間。

男　そうなんだよな。

間。

あいつ、ここいらにはもういないんじゃないかな。

（ＡＩｂ１―２―六三頁）（ＡＩａ２―二三六頁）

このスケッチは、人々が現実の場で交す会話がどれほど出鱈目で間の抜けたものであるかを完璧に捉えている。しかも、相手の発言を機械的に反復したり、発言の前に必要とは思えない間をおいたり、相手の発言に対して先回りして応じたりするバーテンは、客の新聞売りを翻弄している。ピンター劇においては、言葉は人と人との間の隠微な争いの武器としても用いられるのである。

『ピーシズ・オヴ・エイト』のスケッチの多くを執筆したのは、ピーター・クックだった。クック（一九三七〜九五）は、アラン・ベネット（一九三四〜）、ジョナサン・ミラー（一九三四〜）、ダドリー・ムア（一九三五〜二〇〇二）とともに、自作自演のレヴュー『周縁を越えて』によって一躍有名になった。一九六〇年のエディンバラ・フェスティヴァルで発表され、翌年ロンドンで上演されたこのレヴューは、知的な諷刺を披露することによって、イギリスのレヴューのあり方を決定的に変えた。そのスケッチには政治的なものや時事的なものも少くなかった。

ピンターがこのレヴューの作者の一人と一緒に仕事をしたことがあるという事実は、記憶しておいてもいいであろう。後年の彼は『丁度それだけ』『新世界秩序』『記者会見』など、明白に政治的なスケッチを書くようになる。だが一九五〇年代末のピンターの関心の中心にあったのは、政治的存在ではなくて言葉を使う存在としての人間だった。この関心は『管理人』において結実するのである。

第七章——組織の暴力（Ⅲ）

『温　室』

『温室』は一九五八年に書かれたが、一九八〇年まで上演されなかった。つまり執筆から初演までに二十年以上かかったことになるが、この間に、劇作家は自作に対してどんな態度をとりうるのかという問題について、ピンターはどうやら自分の考え方を、微妙に、しかし決定的に変えたようだ。『パリス・レヴュー』一九六六年秋季号に掲載されたローレンス・ベンスキーによるインタヴューには既に第一章で言及したが、そこでピンターは、『温室』についてその頃に自分が抱いていた不満を極めて率直に開陳している——

私は、苛立ちのあまり、諷刺的な主張を含む戯曲を書こうと時々思ったことがあります。一度、実際にそうしたこともありますが、この戯曲のことは誰も知りません。多幕物の戯曲で、『管理人』の次に書きました。……それは『温室』という題で、患者が収容されるある施設を扱っていました。

……恐ろしく諷刺的で、全く無用な作品でした。登場人物は好きになれない者ばかりで、要するに生きている人間ではなかったのです。だから、私はその戯曲をすぐに捨ててしまいました。人物たちはどうしようもなく平面的でした。私は意図的に——そうしたのは、その時だけだったと思いますが——自分の主張を表に出しました——この劇に登場するのはいとわしい人物たちで、私は彼等を否定するのだということをはっきりと主張しようとしたのです。そういうわけで、人物たちには全く生命が通っていませんでした。しかし、私の他の戯曲の人物はひとり残らず、『誕生日のパーティ』のゴールドバーグのようなろくでなしでも、私には愛着があるのです。

（ＡＩａ16—二八〜二九頁）

だが一九八〇年に出版された『温室』のテクストには、作者の次のような註記が添えられている——

私は一九五八年に『温室』を書いた。私はそれを更に推敲を加えるために手元に留め、差当っては上演のための努力はしなかった。そのままで私は『管理人』の執筆に進んだ。一九七九年に『温室』を再読した私は、この作品は上演に値すると判断した。私はいくつかの削除を加えたが、書きかえはしなかった。

ベンスキーによるインタヴューでは、『温室』は『管理人』の次に執筆したとピンターは述べているが、これは誤りに違いない。

『温室』の初演は一九八〇年四月二十四日にハムステッド劇場で行われた。演出はピンター自身だった。この公演は六月二十五日にアンバサダーズ劇場へ移ったが、たまたま私はこちらの舞台を観ることができた。それには、活字になっている台本と異っている個所がいくつもあった。そして一九八二年に出版された台本では、「私はいくつかの削除を加えたが、書きかえはしなかった」という註記の末尾の文は、「私は稽古期間中にいくつかの書きかえを行ったが、それらは主に削除であった」と変えられていた（AIb3―I―三三九頁）（AIa1―一八六頁）。現在流布しているのは後者の版なので、以下の議論はこちらに即して行う（なお二つの版の間の違いは、たとえば『誕生日のパーティ』の最初の版と改訂版との間の違いと比べたら、全く問題にするほどのものではない）。

それでは、作者が『温室』についての考え方を変えるに至る二十年あまりの間に何が起ったのだろうか。これまた第一章でふれたが、アメリカの劇評家メル・グソーが行った一連のインタヴューがある。一九七九年十二月のインタヴューで、ピンターは『温室』の上演を決意した経緯をもっと詳しく説明している――

二ヶ月ほど前、私は何年も何年も前に書いた戯曲を見つけました。多幕物の戯曲で、書いたままでほうっておきました。それを執筆したのは、『誕生日のパーティ』の後、『管理人』の前です。要するに、ほうっておいたのです。捨てはせず、もっと手を入れるつもりでいました。この作品のことは何年も考えたことがありませんでした。二十年の時間をおいて第三者としてこれを読んだところ、随分笑えるくだりがたくさんあることが分りました。そういうわけで、この劇を自分で演出することにしました。『温室』という題です。場面は一種の国営の精神病院です。登場人物は職員だけです。患者が実際に登場することはありませんが、患者がいることは分ります。この戯曲を読むのは奇妙な経験でした。

（ＡＩａ15―六二～六三頁）

登場人物が気に入らないとは、もうピンターは言っていない。おそらく彼は、劇作家にとって、登場人物を理解することは必要だが、登場人物に共感することは必ずしも必要ではないのだということを、悟ったのであろう。『景気づけに一杯』や『山の言葉』といった、ピンターが一九八〇年代に発表した明瞭に政治的な作品には、共感の余地が全くない人物が現れる。こういう作品が書かれるようになった前提には、『温室』についての自分の評価が変るという経験が――と言うより、政治的な戯曲を成立させるためには、悪者を登場させる必要があると、彼が考えるに至ったという事実が――あったのではないだろうか。

『温室』は、国営の精神病院らしい施設の責任者であるルートという五十代の男が、自分の執務室で部下のギブズという三十代の男に話しかけている場面で始まる――

『温　室』

ルート　ギブズ君。
ギブズ　何でございましょう？
ルート　なあ君……
ギブズ　何でございましょう？

ルート　六四五七号はどんな具合かね？
ギブズ　六四五七号でございますか？
ルート　そう。
ギブズ　あの男は死亡しました。
ルート　死んだ？
ギブズ　木曜に死亡致しました。
ルート　木曜？　何を言ってるんだい、君は？　今日は何曜だ？
ギブズ　土曜でございます。
ルート　土曜か……おいおい、いい加減にしてくれ、私は現にあの男と口を利いたんだよ、あれはいつだったか？　（卓上日記を開く）最近だ。ついこの間だ。昨日だよ、確か。待ってくれ。
ギブズ　昨日ということはあるまいと存じます。
ルート　なぜだい？
ギブズ　この私が自分で埋葬手続の指揮をとりましたものですから。

（ＡＩｂ３―Ｉ―九～一〇頁）（ＡＩａ１―一八九～一九〇頁）

ギブズはルートの卓上日記を見て、昨日は二十四日の金曜だったが、ルートがその患者と口を利いたのはその一週間前、十七日の金曜であること、つまりルートは思い違いをしていることを指摘する。更にギブズは、日記に記されている数字は「六四五七」のように見えるかも知れないが、実は「六四五九」

であること、つまりルートは二重に思い違いをしていることを明らかにする（この施設では、患者はまるで囚人のように番号をつけられており、本名ではなくて番号で呼ばれることになっている）。ルートは施設の責任者ではあるが、かなり注意散漫な人物であるようだ（彼は今日が十二月二十五日、すなわちクリスマスであることにも、ギブズに言われるまで気づかない）。こういう無能さを、彼は高圧的な態度を取ることによって隠そうとしている。要するに、彼はどんな組織にもいそうな上司なのである。ルートよりもずっと頭がよくて、事務的才能においては抜群であるらしいギブズは、そういうルートを明らかに馬鹿にしている。彼の度外れて丁寧な言葉遣いには、そういう思いが表れていると考えられる。ギブズは、「ルートは六四五七号について訊ねたが、その患者は死んでいるのだから、実際には六四五九号について訊ねたことになる。だが、その質問に対して自分はまだ答えてはいない」といった趣旨のことを述べる。

ルートの執務室の照明が消え、居間の照明がつく。三十代の女性職員カッツ嬢と二十代の男性職員ラムが登場する。ラムは本省の命令で一年以上前にこの施設へ配置転換されたのだが、未だにここがどんな風に運営されているのかが呑みこめないでいる。彼の現在の仕事は、建物を巡回して、外界に接しているすべての門と個々の患者の部屋との鍵を点検し、施錠を確認することである。こういう退屈な仕事をさせられているにもかかわらず、理想家肌ともうぶとも言えるこの青年は、患者を治療するやり方について色々な案を上司に提出し、それが認められて自分が昇進することを夢想している。カッツ嬢は約束があると称して退場する。ラムは彼女に従う。

居間の照明が消え、ルートの執務室の照明がつく。すると、ルートとギブズが照明が消えた直前と同じ位置にいる。つまり、これから展開する事件は執務室の照明が消えた直後に起るものだと考えられる。従って、これに先行するカッツとラムとのやりとりは、時間的には、劇の冒頭のルートとギブズとのやりとりに続くものではなくて、それと並行してなされるものなのだと理解せねばならない。ピンターは、ルートとギブズとのやりとりが交される時間を二分し、同じ時間に行われるカッツとラムとのやりとりを挿入しているのである。別の空間で起る複数の事件を並べて描くカットバック（切返し）と呼ばれる映画の手法があるが、ピンターはここで、この手法をごく単純なかたちで用いている。映画ではしばしば使われる手法だが、それが舞台劇で用いられるのはかなり珍しい（『温室』で時間がこんな風に処理されるのは、この場合だけである）。少年時代から映画好きだったピンターは、かつて映画から学んだ手法を戯曲に採り入れたに違いない。『温室』という戯曲は、物語においては、あまり独創的ではないミステリーを――レパートリー劇団の俳優だった頃にピンターが出演した類のミステリーを――思わせるが、手法においては、この作品はこういう実験を含んでいるのである。

さて、ルートがあらためて六四五九号はどんな具合なのかと訪ねると、ギブズは、彼女は男児を出産したと答える。ルートは、自分で日誌に記入した患者の番号について思い違いをしたばかりか、患者の性別も正確に把握してはいなかった。彼はこの施設にどんな人間が収容されているか、そこでどんなことが起っているかについて、ほとんど何も分ってはいないようだ。問題の女性患者の相手が誰なのかとルートが訊ねると、ギブズは「女が申しますには、はっきりしたことは言えない、何しろここ一年の間にほとんどの職員と関係してるからと」と一度は答えるが、やがて、「心当りがあります」と言う（ここではまだ分らないが、野望を抱いているギブズはひとのいいラムを犠牲にするつもりでいる）。

カッツ嬢が登場し、ギブズは退場する。カッツはルートを執務室に隣接する寝室へ誘う。二人の間に肉体関係があることは明白だ。執務室の照明が消え、居間の照明がつく。ギブズが登場し、トランプの一人占いをやり始める。そこへ、やはり三十代のラッシュという男性職員が現れる。すると、増幅された長い溜息や増幅された長い泣声や増幅された笑声が聞える。劇の流れからすれば、これらの音声は性的なものだと考えるのが自然であろう。つまり、カッツとルートが現在いる筈の寝室にはひそかにマイクロフォンが取りつけてあり、そこで起ることは居間で聞き取れるようになっているのである。だが施設の責任者であるルートはそのことを知らないらしい。もしも知っているのなら、女性に誘われて寝室へ行ったりはしないであろう。つまり、秘密のマイクロフォンはルート以外の誰かが、ルートに無断で設置したものだと考えねばならない。

もっとも、寝室には本当に隠しマイクロフォンが設置してあり、居間にいる者が聞くのは、本当にそこから流れてくる音声であるのかというと、必ずしもそう断定することはできない。なぜなら、もしも寝室にマイクロフォンが設置してあるのなら、そこで起ることはことごとく居間で聞き取れることになる筈であるのに、そうはなっていないからだ。理窟からすれば、性的な音声を流し続けるのが自然である筈だが、もしもそういうことをしたら、この劇のこの場面は単純なポルノグラフィになり、観客の注意はもっぱらそのことに向けられるようになるから、劇の印象が決定的に変ってしまう。それでは具合が悪いだろう。ピンターは音声の正体や出所を曖昧にすることによって、観客が割り切れない感じを抱くように誘導している。そのために、彼は事件の自然さを敢えて犠牲にしているのである(上演の場合、演出家はこの曖昧さを尊重すべきであろう)。

ギブズがいる居間へやって来たラッシュは、彼に報告することがあると言う（ラッシュはギブズと同年代だが、この職場ではギブズよりも下の地位にいるようだ。そして、丁度ギブズが上司であるルートを馬鹿にしているように、ラッシュはギブズを馬鹿にしている）。ラッシュによれば、死亡した六四五七号の患者の母親が今朝やって来たが、彼女の息子は既に別の場所へ移された旨説明しておいたということだ。ラッシュの恐ろしく長い台詞の大部分は、彼が患者の母親に向って語った（と彼が称する）言葉をそのまま繰返しているのだが、その一部を引用する——

（御子息は）先だってここから保養所へお移りになりました、と言ってやった。でもここが保養所だと思ってました、そう六四五七号の母親は言ったね。（笑う）馬鹿な女さ。保養所ですって？　とおれは答えた。いやいや、とんでもない、とんでもない、一体なぜそんなことを？　ここは療養所です。そうなんですか、と六四五七号の母親は言った。分りました。すると、あの子はここではちゃんと療養してなかったんでしょうか、保養所へ送られねばならなかったなんて？　いやいや、六四五七号のお母さん、とおれは言った。そんなに単純な話じゃありません。そんなに単純な話じゃないんです。療養所では、よろしいか、ただ療養するだけじゃない。同様に、保養所でもただ保養するだけじゃない。そうじゃなくて、どちらの施設でも、よろしいか、働き、遊び、毎日の共同活動に可能なかぎり参加するのです。そうしなければ、療養とか保養とかといった概念が無意味になる。それにまた、療養と保養という言葉が同じ意味だとはゆめゆめお考えにならぬように。全くもってとんでもない。この二つは、よろしいか、段階の違いです。時にはまず療養してそれから保養せねばならない。時にはそれが逆になる。もちろん、どうするにせよ、何が患者のためにいちばんよいか検討してから決められるのです。従って、とおれは続けた、御子息がここからよそへ移されたとすれば、それが御子息のためにいちばんよかったんだ、そう確信されることです。こういう処置をとる前には、御子息の症状について徹底的に検討がなされている、この国の最も優秀な頭脳のいくつかが集っているこの施設の権威ある意見を結集して慎重に考慮した結果なんだ。決定を下す前には、想像もつかぬほどの時間と注意を費し、会議を重ね、関係資料、文書、供述書の山また山を蒐集し、録音を冒頭から結末まで、また結末から冒頭までと再生してる、それも夜の夜中まで。大量の時間、どんな細部も見逃さぬ注意、惜しみなき労働、たゆまぬ努力、当面の問題に対する精根こめた没入、事態のあらゆる側面についての細心なる分析、これらによって、御子息の症状のための最も安全にして有益なる方針が打出されたのです。かくのごとく献身の模範ともいうべき過程の後に下された結論は、御子息を保養所へ送ること、これでした、そこへ送られた暁には御子息が満足を得られること、間違いございません。

（AIb3―I―六一～六二頁）（AIa1―二三二～二三三頁）

世の中には、言葉がふえればふえるほど、あるいは情報がふえればふえるほど、聞き手は状況についての正確な認識に近づくのだとする、素朴な考え方を抱いている人がいる。しかし、それは必ずしも事実ではない。ラッシュの台詞はおよそ無意味な長広舌であり、聞き手を混乱させるだけだ（聞き手を混乱させることこそが、語り手の意図するところであるに違いない）。こういう饒舌体は、『誕生日のパーティ』のゴールドバーグの台詞にもいくらか認められたが、それがここまで徹底したものになったのは、『温室』の場合が初めてだった（ルートもこういう台詞を語ることがある）。ピンターは、言葉に対する偏愛と言葉の空洞化についての先鋭な意識の両者をこういう台詞にこめているのであり、その意味でも、『温室』は彼にとっては、それまでにない実験的な作品なのであった。そしてこの饒舌体は、『管理人』のミックの台詞においてひとまず完成するのである。

ラッシュが退場すると、ギブズはカッツに電話して、あることを依頼する。ラムと一緒に自分が指定する場所へ行ってほしいというのである。白衣姿のカッツがラムを連れて防音室に入る。これまた白衣姿のギブズが加わる。そしてラムに向って、ちょっとしたテストをやりたいから協力してくれと言う。それが自分の昇進につながると思いこんだラムは、喜んで承諾する。

カッツたちはラムの両手に電極を、それから彼の頭にイヤホーンをつけ、電線をプラグに差しこむ。こうして、彼の両手と両耳に電気が流れるようになる。ギブズとカッツは部屋を出て「指令室」（1Aという番号で呼ばれる）へ移動する。そして二人は、赤い電燈が点滅する防音室に残っているラムに、さまざまな質問を浴びせる（ラムにも観客にも、二人の声が聞えるだけである）。質問は主として被験者の心理状態に関するものだが、その中には、「あなたは童貞ですか」といった答えにくいものや、まともな答を要求しているとはとても思えないものも含まれている。やがてラムは、矢つぎ早に繰出される質問に翻弄され、神経を痛める不快な音に耐えられなくなって、無気力状態に陥る。もちろん、この場面は『誕生日のパーティ』でゴールドバーグとマキャンがスタンリーを尋問する場面を思い出させる。どちらの場合も、言葉は具体的な意味内容を伝達するための手段ではなくて、聞き手を精神的、肉体的に苦しめるための暴力的な手段として用いられているのである。

なお、『温室』そのものは一九八〇年まで上演されなかったが、この尋問の場面は「応募者」という題のレヴュー・スケッチに仕立てられ、一九六四年にBBCラジオで放送された。ある仕事に応募して来たラムという青年に、ピフス嬢という人物が「応募者の心理的適性」を調べるためと称して、電気を流しながら矢つぎ早に質問を浴びせる。最後に、床にのびてしまったラムに向ってピフス嬢が言う――「どうもご苦労様でした、ラムさん。結果は追ってお知らせします」。

『温室』では、ラムを防音室に残したままで、ギブズたちのいる部屋のスウィッチが切られる。防音室では、放心状態のラムが、じっと動かず、点滅する赤い電燈を見ている。ここまでが第一幕である。

第二幕が始まる。ラッシュがルートに対して、第一幕冒頭のギブズのように馬鹿丁寧な態度を取っているところへ、ギブズが登場し、六四五九号の患者が生んだ男児の父親はラムであることが判明したと述べる。観客は、ギブズがラムを防音室へ連れ込んでどんな扱いをしたかを既に知っているし、「実は自分は童貞だ」というラムの答を聞いてもいるから（ラムはこういう場合に嘘をつく人物だとは考えられない）、ギブズは何か魂胆があって、こんなことを言っているのだろうと思うに違いない。

登場人物たちの間の隠微な心理的駆引きが続いた後、ルートの執務室の照明が消え、居間の照明がつく。カッツが入って来る。居間に通じる階段をギブズが下りて来る。その時、増幅された長い溜息が、続いて増幅された長い泣声が、そして増幅された笑声が聞える（声は階段にいるギブズにも聞えることになっている）。音は寝室から聞えて来るのだとすると、この瞬間に寝室にいるのは誰なのだろうか。寝室はルートの執務室に隣接しているのだから、寝室にいる人物のひとりはルートだと考えるのが自然であろう。しかし、カッツ嬢はこの瞬間には居間にいるから、ルートが相手にしている女性はカッツ以外の人物だと考えねばならない（もちろん、ルートが女性相手に何かをしていると断定することはできない）。怪しげな声は、この後更にもう一回聞えるのだが、そのたびに謎が深まるように、作者は工夫している。

カッツはギブズとも肉体関係がある。彼女は、今朝1Aの部屋で彼と一緒に仕事をしたのがとても楽しかったと言うが、どうやら二人はラムを質問攻めにすることによってサディスティックな快感を味わい、それを一種の催淫剤として肉体関係に及んだようだ。彼女はまたあの部屋へ行きたいと言う。だが、彼は彼女を冷く斥ける。カッツによれば、ギブズはルートを殺害してラッシュに罪を着せるつもりだと語ったということだが、ギブズはそれを否定する。ギブズは自分の計画を実現させるために彼女を利用し、肉体関係を結んで彼女の口を封じようとしたのかも知れない。

執務室でルートとラッシュが酒を飲んでいる。ルートは自分の女性経験について語るが、もちろんそれが事実であるかどうかは確認しようがない――

青い服を着た女のこと、話したことがあるかな？　スパイだった。青い服のスパイだ。カサブランカで逢ったのさ。まさかと思うかも知れないが、この女は外国のスパイだった。下腹にペリカンの刺青をしてたよ。そう。下腹一面にペリカンがいた。この女にかかると、ペリカンが部屋をよたよた歩いてこっちへ来るのさ。四つん這いの恰好、横向き、足から先、尻を上に向けて――どんな動きも自由自在だ。全く人間離れしたやり方だったよ。女にしかできないね。青い服の下にはシミー

ズ。そしてシミーズの下にはペリカンだ。　（ＡＩｂ３―Ｉ―一三四頁）（ＡＩａ１―一九九頁）

この戯曲のこれまでの台詞の大半は、現在の状況に密着した即物的なものだった。こういう回想めいた台詞が現れるのはここが初めてだ。この台詞と、ルートが昔を思い出すもうひとつの台詞、そして、カッツがルートに対する熱い思いを述べる抒情的な台詞などを集めて、ピンターは「三人の対話」と題するレヴュー・スケッチに仕立てた（「応募者」と同じく一九六四年にＢＢＣラジオで放送された）。登場人物は、ルートに該当する「第一の男」、カッツに該当する「第一の女」、そしてラッシュに該当する「第二の男」（彼の台詞はただひとつ「雪が解け出したよ」というものだけである）だった。このスケッチは、第一の男がしゃべっているうちに絶句してしまうというかたちで終る――つまり、明白なパンチラインを欠いている。非常に珍しいかたちをとったスケッチである。

ルートとラッシュがいる執務室にギブズが加わる。険悪な雰囲気になる。その時、またもや溜息や泣声や笑声が聞える（声はルートの執務室でも聞き取れるのだとすると、音源は一体どこなのだろうか）。この瞬間には、もちろんルートは寝室にはいない。ギブズとラッシュが退場すると、寝室からナイトガウン姿のカッツが現れる。彼女はひとりで寝室にいたのだろうか。それとも、誰かと一緒にいたのだろうか。それにしても、ルートの執務室に隣接する寝室で、カッツが男相手に何かをしていたなどということがあるのだろうか。（彼女がルートに対する熱い思いを述べるのは、この後である）。

ルートがマイクロフォンを通してクリスマスの挨拶をし、一致団結を説く。この挨拶は施設全体に流れることになっているようだ。

執務室の照明が消えると、奇妙なことが起る。鍵を開ける音、鎖の音（患者たちは鎖につながれているらしい）、扉を開ける音、そして患者たちのものと思われる笑声や叫びが聞え、幾筋もの光が舞台に射す。騒音は耳をつんざくばかりになり、やむ。次に照明がつくと、そこは本省の執務室だ。本省の役人ロブがギブズを出迎える。

二人はさりげないやりとりを交すが、間もなくギブズが、自分を除く職員は全員、患者たちに殺されたと言うので、観客は何が起ったのかを知る（厳密に言うと、殺害されたのは専門的な仕事を担当していた「上級職員」だけで、清掃係などの「下級職員」は難を免れた）。ギブズによれば、たまたまある部屋の鍵がかかっていなかったので、その部屋の患者が抜け出し、事務室に保管してある鍵を盗み出して、他の部屋の鍵を開けたらしい。そういう事態になったのは、施設全体の鍵の管理責任者であるラムが仕事を休んでいたからで、この男は現在は行方が分らないと、ギブズは述べる。これが嘘であることは、観客にはすぐに分る。ラムは行方不明ではなくて、植物人間のような状態で防音室にいる。

ギブズがカッツを巻きこんでラムを一種の拷問にかけたのは、鍵を容易に手に入れるためであったに違いない。そして、計画通り鍵を手にしたギブズは患者たちを部屋から出し、彼等を操って大量殺人を犯させたというのが、事件の真相であろう。ギブズはロブに向って、施設の責任者のルートは六四五九号の患者を犯して妊娠させ、六四五七号の患者を殺害したので、患者たちから嫌われていたと告げるが、もちろんこれも嘘だとしか考えられない。ルートはそんなことができる男ではない。たとえ彼がそんなことをしていたとしても、患者たちがルート以外の職員まで殺してしまう理由はどこにもない。施設の責任者になりたいと思ったギブズが、大量殺人を主導したと考えるのが最も自然であろう。

最後に、防音室にいる放心状態のラムが示される、ごく短い場面が現れる。この場面の時間がいつであるのかは、必ずしもはっきりしない。クリスマスの事件があってから、ギブズが本省へ報告にやって来るまでに、どれほどの時間が経過しているのかは、明瞭ではないが、何日かたっているのなら、ラムは既に死亡している可能性がある。ピンターの後年の作品『パーティの時間』の大詰では、明らかに死んでいる人物が登場して台詞を語るが、『温室』の最後に現れるラムも死んでいるのかも知れない。あるいは、この場面は現実の場面ではなくて、作者が、観客の記憶に残っているラムのイメージを視覚化させたものであるのかも知れない。

『温室』は『誕生日のパーティ』や『料理昇降機』と同じように組織の暴力を扱っているが、実はこの作品と他の二つの作品との間には重要な違いがある。『誕生日のパーティ』のゴールドバーグとマキャンや『料理昇降機』の殺し屋たちが属しているのは、あるいは国家ないし政府によって運営されている組織であるのかも知れないが、そう断定する根拠はない。ところが『温室』では「本省」の存在が何度も言及され、エピローグめいた場面で、この存在はロブという人物として目に見えるかたちで観客の前に現れる。劇の舞台となる施設が中央政府によって運営されていること、《国営》のものであることには、全く疑問の余地がない（全体主義的な政権が支配する国で、反体制的な人物が《精神障害者》として国営の施設に強制的に収容されるのは、よくあることである）。戯曲が扱う状況について、ここまで曖昧さを消し去るやり方は、『景気づけに一杯』や『山の言葉』のような一九八〇年代の作品には——そして一九九一年初演の『パーティの時間』でも、かなりの程度まで——認められるが、ピンターの初期の作品においては極めて珍しかった。

一九八九年十月三日、ニューヨークで、劇評家メル・グソーによる公開インタヴューが行われたが、それに先立って、ピンターは『温室』の一場面と『景気づけに一杯』全篇とを朗読した。これは、二つの作品の間に共通点があることを――別の言い方をするなら、自分が政治的な劇作家として出発し、二十年近くという時間をおいて、またもや出発点に戻ったことを――自分で確認しようとする試みの表れであった。

それでは、『温室』はどんな意味で政治劇になっているのだろうか。この劇について決定的なのは、ギブズという《悪人》の行為が、ただ単に彼個人の恣意によるものではなくて、彼の背後にある権力組織によって支えられているという事実である。もちろんギブズの行為がロブなり本省の誰かなりの命令に基づくものだったというわけではない(公開インタヴューで、ピンターはこの人物を「権力欲に取りつかれた異常者」と呼んでいる)。また、施設の運営方針について本省がどれだけ細かい指示を出していたかを確かめるすべはない。しかし、施設で起ることについて本省には何の責任もないということはありえない。かりに国営の病院で患者たちが職員を何人も殺すといった深刻な事件が起ったら、担当の官庁の責任者は監督不行届のかどで責任を取らざるをえなくなるに違いない。

二〇〇六年三月十一日のことである。ヨーロッパ演劇賞という権威ある賞を受けるためにトリーノへやって来たピンターを、マイケル・ビリントンがインタヴューした(インタヴューは三月十四日の『ガーディアン』紙に掲載された)。その中でピンターは、イラクのアブグレイブ監獄で収容者がアメリカ軍の兵士によって拷問された事件にふれて、こう述べている――

今や無視することができないのは、大抵の人は、たとえばアブグレイブの場合ですが、ああいう拷問行為はとても偶発的なものとは言えないことに気づいているという点です。ただひとつ混じっていた腐れりんごではなかったのです、たとえて言えば。あれは最上部から発していたのです。私たちが問題にしているのは、ホワイトハウスです。ペンタゴンです。それに、ダウニング・ストリート十番です。

（ＡＩｂ２―二〇五～二〇六頁）

具体的な指示の有無は問題ではない。ある種の暴力行為は国家権力という背景がなければ生じないのだと、ピンターは主張しているようだ。

『温室』という戯曲について決定的なのは、実はギブズというひとりの人物を作者がどう捉えるかという問題ではなくて、悪の根源としての国家権力の存在を明示するかどうかという問題なのだと、私は思う。この作品を執筆した頃のピンターは、自作のいちばん決定的な点について曖昧さを残すべきかどうかを、まだ決めかねていたのではないだろうか。しかし、この劇を上演することを決意した時のピンターには、一種の覚悟ができていた。二十年という時間は、自分が政治的な劇作家として出発したという事実を彼があらためて確認し、今後の活動の方向を見定めるために、必要なものだったのである。

第八章――アイデンティティの混乱（I）

『夜遊び』

『夜遊び』は性的存在としての男と女の対立関係を扱った――あるいは、抑圧された性欲を扱った――ピンター劇のひとつである。一九六〇年三月一日にラジオで、同年四月二十四日にテレビで、発表された（演出は、ラジオ版の方がドナルド・マクウィニー、テレビ版の方がフィリップ・サヴィルだった）。活字になっているのはテレビ用の台本である（カメラの動きを指定したト書きが含まれているから、これがテレビ版であることが分る。なお、この劇は一九六一年には舞台でも上演された）。

この作品はそれほど長いものではないが、三幕構成になっている。第一幕第一場は、台本の指定によれば、ロンドン南部にあるストークス夫人という女の家の調理場で、この女の息子のアルバートという青年が鏡を見ながら髪に櫛を入れている。彼はこれから出かけようとしているらしい。母親のストークス夫人は、何とかして息子が出かけるのをやめさせようとする。彼女は息子が女性とつき合うのをひどく恐れているのだ。彼女の夫は十年前に死に、今では彼女は息子と二人で暮しているのだが、今日は休

『夜遊び』

日を控えた金曜なので、息子を相手にトランプをするのを楽しみにしている。

だがアルバートは、勤務先では古顔のライアン氏という人物が退職することになったので、経営者——と言うより、経営者のひとり——であるキング氏が、同じ部署の社員を自宅へ招いてささやかなパーティを開こうとしており、出かけないわけには行かないと言う。彼は今朝、出勤する前に、自分が気に入っているネクタイにアイロンをかけるように母親に頼んでおいたのだが、母親はとぼけて、アイロンなどかけてはいないと言う。今夜は食事は要らないと息子が言っていたのに、彼女は夕食を用意した。だが、やがて息子が見つけたネクタイには、ちゃんとアイロンがかけてあった。

台詞を聞いているだけでは分らないが、台本のト書きによればアルバートは二十八歳である。たとえそのことを知らなくても、この親子の間に異様に密着した関係があることには、誰もがすぐに気づくに違いない。息子がある程度の年齢に達したら、親の思い通りにならないのは当然だ。二十八歳と言えば、恋人がいても——いや、結婚していても——少しもおかしくない年齢である。だがストークス夫人は、息子の女性関係について度外れて神経質になっている。そのせいか、アルバートには親しい女性はいないらしい。それどころか、彼は童貞である可能性さえある。この作品が発表されたのは一九六〇年だが、男女関係が現在ほど自由でなかったと考えられる当時のイギリスでも、二十八歳で童貞という男はかなり珍しかったであろう。

ストークス夫人は、息子を自分の支配下におくことによって、彼が大人になるのを妨げている。息子は母親のやり方を息苦しく感じているに違いない。だが厄介なのは、この状況は彼にとっても好都合なものであるという事実である。二十八歳にもなったら、大抵の男は親の家を出る。そうはせずに、週末は母親とトランプをするといった生活をしているのはかなり不気味だ。しかし、母親は食事を作ってくれるし、身の回りの世話もしてくれる。これは、その限りにおいては快適である筈だ。

戯曲をいささか深読みすることが許されるなら、出かける前のアルバートがネクタイについて異常にこだわるのは意味深長かも知れない。ネクタイは男根の象徴の一種だとする説があるが、もしもこの説が正しいなら、アルバートという青年は、未だに、精神分析学者が《男根段階》と呼ぶものに留まっている——つまり、彼は精神的には大人になっていない——のだと考えられるかも知れない。彼の父親は——つまり、ストークス夫人の夫は——死んで十年になる。そして、夫人は息子を夫の代理として、また、息子は母親を恋人の代理として、接するようになってしまった。冒頭の場面はこういう救いのない状況を簡潔に提示していると言えよう。

第一幕第二場は、ガード下にある軽食堂だ。アルバートの同僚で、彼とほぼ同年齢のシーリーとケッジという男がいる(前場でアルバートは、この二人が自分を待っていると述べていた。なお、ラジオでもテレビでも、初演でシーリーを演じたのはピンター自身だった)。この店には老人の客もいる。彼は青年たちに、先ほど若い男が、着替えのために家へ帰るが、戻って来るから待っていてくれという趣旨の伝言を残して行ったと告げる。もちろん若い男とはアルバートのことだ。彼は沈んだ様子だったらしい。青年たちが勤めている会社にはサッカーのティームがあるのだが、先週の土曜に別の会社のティームと試合をした。その時、ケッジが病気で出場できなかったので、アルバートがふだんと違うポジションを守り、それが祟って試合に負けた。アルバートが沈んでいるのは無理もないと、シーリーはケッジに告げる(もちろんアルバートは試合の結果のせいで沈んでいるのではない)。この場面は物語の展開にとって不可欠のものとは言えないかも知れないが、アルバートという男のあり方を——あるいは彼と母親との関係を——第三者の視点を通じて捉えることによって、観客もまたそれを客観的に見ることができるようにするという効果をもたらしている。

第三場は再びストークス家だ。アルバートがどうしても出かけると言張るので、母親は彼の上着にブラシをかけ、ついでに彼が締めているネクタイを直そうとする。アルバートはひどく嫌がる。やはり彼はネクタイに異様にこだわっているようだ。母親は息子の胸ポケットにハンカチを挿してやり、「父さんはいつも身綺麗にしていた」と言う。彼女にとっては、息子は夫の不在を埋める存在なのである。

第四場は第二場と同じ軽食堂である。ケッジが、もう行こうと言うが、シーリーはあと五分待とうと答える。ケッジは、「きっとあいつは、母親に髪を櫛で整えて貰ってるんだ」と言って笑い、アルバートを批判し始める。シーリーは不機嫌になる。明らかに彼はアルバートに好意を抱いている。

やっとアルバートが現れるが、頭痛がするのでパーティへは行きたくないと言う。彼はなお母親の機嫌を損ねるのを恐れているのである。ケッジはパーティに出席する筈の女性社員たちの名を挙げるが、それでもアルバートは乗気にならない。とうとうケッジは「ギドニーが怖いのか」と言う。ギドニーとは、アルバートのせいでサッカーの試合に負けたことについて腹を立てている男である。アルバートは、自分が女性に興味のない男かも知れないと思われるのは我慢できるが、自分が弱い男だと思われることには耐えられない。彼はパーティに出席する決意を固める。

第五場はまたもやストークス家の調理場である。母親が息子のために用意した料理をオーヴンに入れ、さめないようにする。そして目覚し時計を食卓に置き、トランプの一人占いを始める。時計は七時四十五分を指している。元気な若者が外で遊んでいても不思議のない時間だ。彼女はこれから息子の帰宅を待ち続けるのだろうか。ここまでが第一幕である。

第二幕第一場は、アルバートたちが勤めている会社の経営者のひとりであるキング氏の自宅の居間だ。パーティが進行中である(なお、台詞から判断すると、この会社は保険代理店である——少くとも、そういう仕事もしている——らしい)。

第一幕第四場で話題になっていたギドニーがいる。自信家で女にかけては手が早そうな、いやな男で、明らかにアルバートを嫌っている。彼は自分に気があるらしいジョイスという女を操ってアルバートを挑発させようとするが、ジョイスが嫌がるので、アイリーンという別の女を利用することにする。ジョイスとアイリーンは、おとなしくしているアルバートをからかい、「あなたは疲れているらしいが、きっと女とつき合うので大変なのだろう」などと言う。キング氏が乾杯に先立ってライアン氏に対する謝辞を述べかけるが、その時、アイリーンが悲鳴を上げる。誰かが彼女の身体にふれたらしい。アイリーンはアルバートを犯人扱いする。テレビ版では、ここでカメラの動きについての指定が現れる。すなわち、カメラはまずライアン氏の手を、ついで顔を捉えるが、彼の表情を見れば、この男が犯人であることは確実だ。

アルバートは濡れ衣を着せられたことになるが、あるいはアイリーンはアルバートという男に抑圧された性欲を感じ取り、彼なら痴漢めいたことをやりかねないと思ったのかも知れない。ギドニーもアルバートが犯人だと決めつける。アルバートは退場し、なお彼を赦そうとしないギドニーとアルバートの潔白を信じるシーリーとが彼に従う。ギドニーはアルバートに喧嘩を売り、「お前はお母さん子だ」と言い放つ。アルバートは彼をなぐる（自分が母親に頭が上らないことを彼はもちろん意識しており、その事実を指摘されたのが耐えられなかったのである）。二人を離そうとしたシーリーをも巻きこんでもみ合いになるが、キング氏が現れたので、もみ合いは収まる。アルバートはその場から去る。ここまでが第一場である。

第二場はストークス家の調理場だ。母親が眠っている。目覚し時計が十二時を指している。帰宅したアルバートが足音を忍ばせて二階へ上ろうとするが、母親は彼に気づく。息子の服装は乱れ、ネクタイにもしわがよっているので、母親はすぐに、息子がいかがわしい女を相手にしていたのではないかと勘ぐる。それでも彼女は息子のために用意しておいた料理をオーヴンから出し、それから長台詞を語る。「お前が真面目な娘さんをこの家へ連れて来るなら、お前は本気だと思うのに、お前は一度も娘さんを連れて来たことがない」と彼女は言うのである。彼女は不満気だが、もちろん息子を他の女に奪われるのが怖いのだ。彼女は更に愚痴を続け、「お前のためにこれだけよくしてやっているのに、お前は母親のことを何とも思っていない」と述べる。とうとう息子は逆上し、目覚し時計を頭上に振りかざす。母親は悲鳴を上げる。第二幕が終る。

この段階で観客が何よりも関心をもつのは、果して息子は母親に暴力を振ったのかという問題である。真相は劇の大詰になるまで明かされない。だから観客は今後の展開を退屈せずに追うことになる。ピンターが用いているのは別に独創的な手法ではないが、それが有効なものであることは確かである。

続く第三幕第一場は、第一幕第二場と第四場の場面だった軽食堂だが、既にシャッターが下りている。アルバートがそれにもたれかかっていると、ひとりの街娼が現れる（初演では、この役はピンター夫人だったヴィヴィアン・マーチャントが演じた)。彼女は男を自室へ誘い、男は無言で彼女について行く。

第二場は彼女の部屋である。彼女はひどく落着かなげで、その部屋の様子がその家の他の住人に知られるのを恐れている。マントルピースの上には少女の写真が飾ってあるが、娼婦は、あれは自分の娘で、現在は寄宿学校にいると言う。この女は、言葉遣いにこだわり、盛んに上品ぶるが、そういう女が売春をしているのは不自然だから、女が嘘をついていることは、観客にはすぐに分るに違いない。他方アルバートの方も嘘をつき、自分は映画の助監督だと告げる。すると女は、自分もかつてはスクリプト・ガールをしていたと言う。もちろんこの話の真偽のほども定かではない。

マントルピースの上には目覚し時計も置いてある。時刻は午前二時二十分だ。もちろん観客はアルバートが母親に向って振りかざした目覚し時計を思い出し、母親はどうなったのだろうと思う。時計を見つめるアルバートの心中では、娼婦と母親が重ね合わせられている。これも独創的とは言えないが、人物の心理を分りやすく観客に伝える手法である。

娼婦は何度も「私たち、そろそろ……」と男をベッドへ誘うが、男は応じない。女は男を馬鹿にしたような態度を取り始める。すると男は開き直り、彼女に向ってすごむ。そして、自分は目覚し時計を使って母親にけりをつけたのだと述べる。この台詞を聞いたら、ほとんどの観客は、やはりこの男は母親に暴力を振ったらしい、その結果、母親は死んでしまったのかも知れないと思うであろう。当然と言えば当然だが、劇作家としてのピンターは観客の反応を注意深く操作している。

とうとうアルバートは、女が嘘をついていたことを示す決定的な証拠を見つける。マントルピースの上の写真の裏には、一九三三年という年が記してあった。写真の少女は娼婦自身だったのである。(この

『夜遊び』

作品の初演は一九六〇年のことだから、娼婦は三十代半ばかと思われる)。この場面の二人の登場人物は、どちらも、自分のあり方に満足していない。娼婦は、金のかかる寄宿学校に娘を入れることができる裕福で上品な母親としての自分を思い描いている。母親に頭が上らず、女性にもてることもない安月給の青年は、藝術的な仕事をしている者として振舞おうとしている。二人とも、願望の中の自分が現実の自分であるかのように思いこもうとする。彼等は、現実の自分と夢想の中の自分という二重のアイデンティティをそなえているのである。

会社のパーティで屈辱的な目に遭わされた上、母親からしつこく愚痴を聞かされたアルバートは、衝動的に家を飛び出し、たまたま出くわした娼婦を相手にして童貞を捨てようとした。それは彼にとっては、自分のこれまでのあり方と訣別する決定的な行為となる筈だった(もちろん彼が童貞だという確証はないが、そう考えるのが自然であろうと私は思う。それに、彼が童貞であった方が、娼婦との場面は劇的にははるかに緊張感に富んだ、見ごたえのあるものになる)。

ただ、彼はためらいを捨てきれなかった。母親の前では強がりを言ってパーティに出ようとしたのに、第一幕第四場の彼は、頭痛を理由に出席を取りやめようとした。同様に彼は、一方では童貞を捨てようとしながら、他方では娼婦と関係せずにすます口実を探していたのだと考えられる(彼はやはり母親が怖かったのだ)。理窟を言うなら、娼婦が自分の身の上について嘘をつくのは珍しくも何ともないことであって、写真の少女が実は娼婦自身だったからといってむきになるアルバートは、世間知らずで大人気ない男だと言われてもしかたがないだろう。だが彼は、娼婦が嘘をついていることを知った時、実はほっとしたに違いない。娼婦と関係することができないのは自分の臆病さのせいであるのに(おそらく彼は不能者であろう)、それを相手のせいにすることができるからだ。彼は娼婦に小銭を与え、部屋を出る。最後の第三幕第三場はもとのストークス家だ。母親は怪我などしてはいなかった。目覚し時計を使って母親にけりをつけたと、アルバートは娼婦に告げたが、あれは本当ではなかったのだ。観客がいくらか拍子抜けすることは避けられないであろう。母親は自分に暴力を振いかけた息子を赦し、「二週間ほどすれば、お前の会社の休暇がやって来るから、一緒に旅行しよう。お前はいい子だ」と言う。母親が息子を支配する状態はこれからも長く続くのだろう。息子は自立を果そうとする試みに完全に失敗し、これまで通りに安住できる、それなりに快適な境遇に戻ったのだ。やりきれない結末である。

ストークス夫人とアルバートとの関係は、たとえば『誕生日のパーティ』のメグとスタンリーとの関係を思わせる。しかし『夜遊び』の男女は実の親子なのだから、女性の男性に対する支配ははるかに徹底的で容赦のないものになっている。ピンター劇に、男性と対等の存在である女性が登場する例は実は極めて少い。男性に従属し、男性に支配される女性が登場するというのではない。ピンター劇の女性の多くは、実は、男性を支配し、屈従させ、無力化させる存在なのである。女性側のこういう行為はもっぱら性的な次元で捉えられるのが普通だが、『夜遊び』の場合もまた例外ではない。もちろん私は、ストークス夫人とアルバートとの間に近親相姦関係があるなどと、主張しているのではない。しかし、たとえ単純な意味での肉体関係がなくても、この母親と息子との関係が本質において性的なものであることを認めなければ、『夜遊び』という劇の面白さや不快さを理解することはできないであろう。

第九章――場所をめぐる争い（Ⅰ）

『管理人』

『誕生日のパーティ』に続く二本目の長篇戯曲『管理人』によって、ピンターは舞台劇の作者として安定した地位を獲得した（執筆された時期を基準にするなら、『温室』が二本目の長篇戯曲になるが、この作品は一九八〇年まで上演されなかった）。『管理人』の初演は、一九六〇年四月二十七日にアーツ劇場というロンドンの小劇場で行われた。これが好評だったので、同年五月三十日からダッチェス劇場というウェスト・エンドの劇場で長期公演が始まった。演出を担当したのは、既に『かすかな痛み』や『夜遊び』を手がけたことがあるドナルド・マクウィニーだった。

この劇は、ある人物が生活している場所へ外部の人物が侵入して来るという状況を扱っており、その意味で、『部屋』や『誕生日のパーティ』や『かすかな痛み』を思い出させる。もちろん、これらの劇において重要なのは物理的な場所そのものよりも、むしろそこで営まれている生活なのであり、侵入者は、それまでは安定していた生活を乱す脅威として機能しかねない。ただ厳密に言うと、『管理人』の場合、

《外部の人間》は自発的にやって来るというより、内部の人間によって招き入れられる。その限りにおいて『管理人』は『かすかな痛み』に似ているのだが、前者においては、侵入者は最後には内部の人間によって排除される。つまり『管理人』という劇は、発端において『部屋』や『誕生日のパーティ』と異っているばかりか、発端においては似ているかに見える『かすかな痛み』とも、結末においては決定的に異っているのである（なお『管理人』の定本は一九六二年に刊行された改訂版である。この版では、一九六〇年の初版の台詞がかなり削除されている。以下の分析は改訂版に即して行う）。

劇は終始、ロンドン西部の荒れた家の屋根裏部屋で展開する。季節は冬でひどく寒いから、屋外にいるのは辛い。この屋根裏部屋には、使われていないガスこんろ、古いトースター、古新聞、脚立、食器棚の抽斗など、さまざまのがらくたが溢れている。劇が始まると、皮のジャンパーを着た若い男（戯曲の指定によれば年齢は二十代後半）がひとりで部屋にいるが、話し声が聞えるので、退場する。入違いに、三十代後半の男と老人が登場する。『管理人』は、この時期までのイギリスの劇の多くと同じく三幕構成になっているが、皮ジャンパーの青年は、第一幕の最後まで登場しない。つまり観客にとっては、第一幕を通じてこの男の正体が気になり続けるのである。作者はあざといとも巧みとも言える手を使って、観客が、三十男と老人の応酬に注意を向けながらも、青年の存在を意識せずにはいられないように仕向けている。この男は何者なのか。この男は三十男や老人とどんな関係があるのか。青年を冒頭に登場させ、一言も発しないままで退場させることによって、ピンターは観客の反応をかなり厳密に規定しているのである。

登場した三十男はこの部屋の住人で、建物全体を管理していると語る。彼はたまたま今夜、近所の食堂で老人に出くわした。老人は見苦しい恰好の浮浪者めいた男で、その食堂で働いていたのだが、同僚相手にもめごとを起し、喧嘩になった。三十男は老人を助け、自分の部屋へ連れて来た。冒頭の二人のやりとりから、そういった事情が明らかになる。『管理人』は、ピンター自身のシナリオ、クライヴ・ドナーの演出によって、一九六三年に映画化されたが、冒頭の老人の台詞の一部は、二人がこの部屋へ向って来る路上で語られる(当然ながら、映画には屋外の場面がたくさん含まれている)。

既に序章で述べたが、私は一九六一年にウィンザーで『管理人』の上演を観た。その時に、すぐに気づいたことがひとつあった。三十男の反応が鈍く、老人に話しかけられて答えるまでにほんの僅かな間があくことがあるのだ。テクストを見ると、男の台詞の前に、しばしば「間」という指定があることが分る(なお、この男の名はアストンだが、台詞にこの名前が現れることは一度もない)。映画版では、アストンは『管理人』のニューヨーク公演でこの役を演じたロバート・ショー――映画版の『誕生日のパーティ』にも出演しているロバート・ショー――が演じたが、彼がごく短い間をおいてから物静かな受答えをするのが非常に印象的である。どうやら彼の周囲には一種の心理的な壁があり、彼は外界から隔絶されているようだ。あるいは彼はいくらか神経を病んでいるのかも知れない。

一方、テクストではデイヴィスと呼ばれている老人について観客がすぐに感じ取るのは、この人物が嘘つきだという事実である。アストンが缶に入った刻み煙草を勧めると、老人は、自分もついさっきまではそういう缶をもっていたが、くすねられたと言う。これだけでは、男が嘘をついていると断定することはできないかも知れないが、「一流のひとと飯を食ったこともある」と彼が語るに及んで、観客は、この人物は相手に調子を合せたり見栄を張ったりするために出鱈目なことを言うのだと思うに違いない。

最初はひどく卑屈だった老人は次第につけ上り、アストンに向って靴を所望する。そして、ある修道院へ行ったら靴が貰えるという話を聞いたので、出かけて行ったと語る——

アストン　それで、行ってみたらどうなった？

間。

デイヴィス　昔、アクトンにいる靴屋を知ってた。いいやつだったが。

間。

あんた、その糞坊主がどう言ったと思う？

間。

このあたりには他に何人ぐらい黒いのがいるんだい、それで？

アストン　何だって？

デイヴィス　他にも黒いのがいるのかい、このへんには？

アストン　（靴を差出して）はいてみないか？

（ＡＩｂ１―１―一七七～一七八頁）（ＡＩａ２―一二頁）

デイヴィスはアストンの問いにすぐには答えない。修道院でどんな扱いを受けたかをやっと語りそうになると、今度はアストンの反応を待つことなく、人種差別意識に取りつかれていて、黒人が嫌いなこの老人は、近所に黒人が住んでいるかどうかを問題にする。このように、直線的に進行しない会話によって戯曲を書いたのは、ピンターが最初だったとは言い切れないであろうが、彼がきわめて意識的にこの手法を採入れていることは確実である。

あくまでも親切なアストンは、デイヴィスがここに泊ってもいいと言出す――

アストン　あの……あの、ここで寝るかい？
デイヴィス　ここで？
アストン　ここで寝てもいいよ、よかったら。
デイヴィス　ここでね？　さて、そいつはどうかな。

間。

いつ頃までさ？

（AIb1—1—一七九～一八〇頁）（AIa2—一四頁）

恵まれない暮しをして来たので他人に対して強い警戒心を抱いているデイヴィスは、アストンのせっかくの申し出をすぐには受入れない。だが、「いつ頃までさ？」と問いかける時、彼はここに泊ることを既定の事実と見なしている。凡庸な劇作家なら、この台詞の前に、「じゃ、そうするよ」「いや、せっかくだから、そうさせて貰おうかな」などといった説明的で冗漫な台詞を挿入するに違いない。だがピンターは台詞を飛躍させる。それが緊迫感や滑稽感を生むのである。

アストンとデイヴィスはがらくたを片づけてデイヴィスのためにベッドを整える。アストンはデイヴィスに金を恵んでやる。するとデイヴィスは、天気がよくなったらシッドカップへ行きたいと言い出す。彼が述べるところによると（もちろん、彼の話の真偽のほどは定かではない）、彼の本名はマック・デイヴィスだが、何年も前からバーナード・ジェンキンズという名で暮して来たのであり、保険証にもその名が記載してあるという。ところがシッドカップにいる知人が自分の身元を証明する書類を預かってくれており、それを受取りさえすれば、一切の問題は解決されるというのである。この劇の舞台となっている家は、台詞に現れる地名から察すると、繁華街の少し西のハマスミスあたりにあると考えられるが、そこから場末のシッドカップまでは東南方向へ直線距離で二十四キロほどある。デイヴィスが靴をほしがるところから判断すると、彼はシッドカップまで歩いて行くつもりらしい。歩いて行くのは不可能ではないが、容易なことではない。身元を証明する書類についての彼の話はかなり胡散臭いが、シッドカップという地名を彼が口にするのは、そこが簡単に行くことができない場所であるからなのかも知れない。

デイヴィスはベッドに入り、アストンはプラグをねじまわしでいじり続ける(アストンは懸命に電気器具などを修理しようとしている)。照明が消える。

照明がつく。翌朝である。アストンは、デイヴィスが眠っている間にうめいたり何かぶつぶつ言っていたりしていたと言う。デイヴィスはそれを強く否定する。理窟を言うなら、アストンの指摘が真実かどうかは分らないということになるが、観客は、アストンはいい加減なことを言うような人間ではないと既に考えているに違いないから、彼の言葉を信じるであろう。デイヴィスは、気をつけないとあわれで気の毒な人物として演じられかねないが、そういう演じ方は作者の意図に反するものであろうと思われる。

『管理人』については、一九六〇年八月四日の公演の録音がある。長い間、この録音の存在は知られていなかったが、二〇〇六年に二枚組のCDとして発売された(劇場での録音だから、初演の観客がどんな個所で笑ったかが手に取るように分る)。初演でも映画版でも、デイヴィスを演じたのはドナルド・プレゼンスだったが、どちらにおいても——程度の差は多少あっても——彼はこの老人を声の大きい攻撃的な人物として演じている(なお、初演でアストンを演じたのはピーター・ウッドソープだが、録音を聴く限り、彼はこの人物の神経質なところを、ロバート・ショーほど鮮明に表現してはいないように感じられる)。

もちろん、デイヴィスが攻撃的に振舞うのは、彼が不安感にさいなまれていることの何よりの証拠である。手仕事に熱心なアストンが、近所の店で鋸を買うために出かけようとすると、デイヴィスは慌てて、自分も一緒に行こうと言う。アストンはそれには及ばないと答え、建物の入口とこの部屋との鍵を彼に渡す。ひとのいいアストンはデイヴィスを信用し切っているように見える。だが、彼といえども何か不審なものを感じていないわけではない——

アストン　あんた、名は何だって言った？
デイヴィス　バーナード・ジェンキンズがかりの名だ。
アストン　いや、もうひとつのやつさ。
デイヴィス　デイヴィスだ。マック・デイヴィスだ。
アストン　ウェイルズの出かい、あんた？
デイヴィス　え？
アストン　あんたウェイルズかい？

間。

デイヴィス　そうだな、あたしゃあちこちに行ってるから……つまりさ……方々……
アストン　すると生れはどこだい？
デイヴィス　（陰気に）と言うと？
アストン　生れはどこだい？
デイヴィス　それは……その……ちょっと簡単には行かないよね、昔のことを思い出すのは……分るだろ……ずうっとこう……古いことだから……もやもやとして来て……ほら……

（ＡⅠｂ１―１―一八八頁）（ＡⅠａ２―一二三頁）

どこで生れたかとアストンから訊ねられたデイヴィスは、「と言うと？」と問い返す。彼はアストンの質問が聞えなかったとか、質問が理解できなかったとかというのではない。この台詞は、自分にとって都合の悪い質問、素直に答えたくない質問にどう答えるかを考慮するための時間を稼ぎ、自分の立場を少しでも有利なものにするために発せられるものなのだ。ここで起っているのは、ほとんど革命的な事件である。つまりピンターは、劇の台詞は、必ずしも言葉の意味内容ではなくて、それが語られる状況によって生じる情緒的な効果に即して語られるのだという、考えてみれば当然であっても、旧来の劇作家や観客が明確に意識してはいなかった事実を、ここで確認しているのである。

アストンが退場した後、デイヴィスは室内のがらくたのあれこれを調べてみる。その時、皮ジャンパーの青年が再登場する（ミックという名だが、この名も台詞には現れない。なお、初演でもニューヨーク公演でも映画版でも、この役はアラン・ベイツが演じた）。彼はデイヴィスをしばらく観察し、それから老人の片腕をつかんでねじ上げる。やがて彼はデイヴィスを解放し、「何の真似だい？」と言う。第一幕が終る。

第二幕はその直後だ。ミックはデイヴィスに向って、名を訊ねたり、昨夜ここで寝たかどうかを聞いたりする一方、なぜ語られるのかが必ずしも明瞭でない長台詞を連発する。たとえば、こんな風だ――

お前みたいな糞ったれがいると、この家の穢れだ。泥棒爺め、文句は言えないだろう。糞ったれ。こういう堅気の場所に入りこんで申訳ないと思え。野蛮人だ、お前は、全く。まともな、家具なしのアパートでうろうろするなんて太いやつだ。その気になれば、この部屋で週七ポンドは取れるんだぞ。明日にも借手がつくさ。もろもろの費用ぬきで年三百五十ポンド。文句なしだ。もしそういう金が払えるのなら、遠慮なくそう言えってことだ。この通りだぜ。家具に調度、これでできれば四百ポンドは頂こうじゃないか。課税対象価格が年に九十ポンド。水道ならびに光熱費として、ざっと五十ポンド。つまりどうしても借りたいとなると、八百九十ポンドかかるということだ。一言声をかけてくれたら弁護士に契約書を作らせるぜ。それがいやなら、外にトラックがあるから、五分もあれば警察に乗りつけてお前を突き出すまでだ、理由は不法侵入、計画的徘徊、白昼強盗、かっぱらい、窃盗ならびに糞をたれたること。さあどうなんだい？　もっとも、どうしてもすぐに買取りたいというんなら、話は別だ。もちろん、まず兄貴にこの部屋の飾りつけをやらせるよ。おれの兄貴ってのは第一級の室内装飾家だ。その兄貴が、お前のために飾りつけをやってくれるんだ。もしここだけでは狭いというんなら、踊り場のまわりに四部屋あって、いつでも使えるぜ。浴室、居間、寝室、それに子供部屋。この部屋は書斎にすればいい。さてこの兄貴だが、丁度他の部屋にかかるところなんだ。そう、丁度かかるところだ。さあ、それでどうだい返事は？　この部屋で八百ポンドなにがし、あるいは二階全部で三千ポンドどまり。それとも長期契約で行く方がいいのなら、ウェスト・ハムに知合いの保険会社があるから、喜んで契約を扱ってくれるよ。付帯条件なく、公明正大、履歴に汚れなきこと。二割の利息、五割の保証金。即金払い、後払い、家族手当、特別配当制度、素行良好による期間の短縮、六ヶ月契約、関連記録の毎年の検査、湯茶の接待、出資金の処分、給付の延長、解約に対する補償、暴動・私的暴行・労務上の混乱・嵐・風害・雷・盗難・家畜に対する包括的弁償、すべて毎日検査し、再検査する。もちろん、お前が責任を引っかぶるだけの肉体的能力をそなえているという証明を、お前の主治医から署名入りで貰わなくちゃならない、そうだろう？　取引銀行はどこだい？

（AＩb 1—1—一九六〜一九七頁）（AＩa 2—三三〜三四頁）

こういう台詞は具体的な意味内容を伝達するためではなくて、聞き手を混乱させるために書かれている。個々の単語には意味があっても、全体としては意味をなさない。寡黙なアストンが善意に満ちた人物であるのに対して、饒舌で、ほとんど躁状態にあるかと思われるミックは、ひたすら言葉によって老人をいたぶるのだ。こういう台詞を書いた劇作家は、あるいはピンター以前にもいたかも知れない。だが、この作業をこれほど大がかりにやったのは、おそらくピンターが最初だったであろう。ピンターの劇においていちばん重要な、またいちばん興味深い要素は、言葉の使い方なのだ。別の言い方をするなら、彼の戯曲においては、ほとんどテクスチャーがすべてなのである。

ミックは自分がこの家の持主だと言うが、デイヴィスは信じない。デイヴィスが、自分はここへ連れて来られたのだと言うと、ミックは彼を嘘つき呼ばわりする。映画版では、ミックはアストンがデイヴィスを連れて帰って来る様子を物陰から窺っているから、連れて来られたというデイヴィスの説明が事実であることを知っていると考えねばならない。だから、彼が万事承知の上で老人を翻弄していることが明瞭になる。
アストンが戻って来る（アストンとミックが同時に舞台にいる場面は戯曲全体を通じて二つしかないが、ここはそのうちのひとつである）。アストンはベッドに腰を下してトースターの修理をやり始める。立っていたミックは椅子に座る。この部屋は雨漏りがするので、天井にバケツが吊ってあるのだが、それがこの場面で効果を発揮する――

バケツにしずくの音がする。一同見上げる。
沈黙。

ミック　まだ漏ってるんだな。
アストン　ああ。

間。

屋根からなんだ。
ミック　屋根から？
アストン　ああ。

間。

塗らなきゃ。

ミック　塗るんだって？

アストン　ああ。

ミック　何を？

アストン　割れ目を。

間。

ミック　屋根の割れ目を塗ろうというんだな。

アストン　そう。

間。

ミック　それでいいかな？

アストン　いいだろう、しばらくは。

ミック　う。

間。

デイヴィス　(出しぬけに) どうするんだね――？

二人とも彼を見る。

どうするんだね、その……バケツが一杯になったら？

間。

アストン　空けるんだ。

(ＡＩｂ１―１―一九七〜一九八頁)(ＡＩａ２―三五頁)

デイヴィス相手に異常に饒舌だったミックは、アストンが相手だと恐ろしく寡黙になる。もちろん、観客がこの変化に気づくことを作者は意図している。デイヴィスの問いに対する「空けるんだ」というアストンの答は、当り前すぎてかえって滑稽に響くのだが、アストンの台詞の前に間があることが、滑稽感を高めていることは言うまでもないだろう。

ミックは退場する。デイヴィスの問いに答えて、アストンは、この男は自分の弟で建築関係の仕事をしており、弟が所有しているこの家を自分は手入れすることになっているのだと語る。自分は手仕事が得意なのだとも彼は言うが、観客がこれまでに見たのは、簡単な電気製品を修理しようとする（しかも、決して手際がいいとは言えない）彼のすがただけだから、彼の台詞を素直に信じることはできないに違いない。どうやらこの男は、自分自身のあり方を正確に把握してはいないようだ。

相変らず親切なアストンは、デイヴィスに向って、この建物の管理人にならないかと言い出す（これがこの劇の題名の由来である）。安定した生活をするあてができたのでデイヴィスは驚くが、すぐに話に乗ることはない。自分が偽名を使って暮して来たことを気にしている彼は、ためらわざるをえない。照明が消える。

薄暗がりの中でデイヴィスの声が聞える。電灯をつけようとするが、つかない。ひとの気配を感じ、彼はナイフを取り出して身構える。不意に電気掃除機が動き始める。間もなく電灯がつき、ミックが、電気掃除機のプラグを電灯のソケットに差しこんでいたことが判明する。ミックは初めてデイヴィスに逢った時と違って、妙に友好的な態度をとり、「実を言うと、家賃を下げて、ほんの名目だけのものにしようかと言ってたんだ、あんたの身の振り方が決るまでな」などと言う。もちろん、デイヴィスが家賃を払っている筈はないから、この台詞は、一見友好的でありながら、デイヴィスが居候として滞在していること、彼が身の振り方を決める様子はないことを暗に指摘するいやみでもある。

ミックはデイヴィスに、アストンに仕事を頼んでいるのに、一向にはかどらないと語る。彼はデイヴィスを信頼して、兄についての悩みを打明けているかのように振舞うのだが、もちろんそれはデイヴィスを安心させるための計算に基づく行動だと考えるべきだろう。更にミックは、デイヴィスがこの場所の管理人をやるように持ちかける。ミックとアストンとの間に綿密な打合せがあったかどうかは分らない。ミックがどこまで見通しを立てて行動しているのかも分らない。しかし彼は、少くともアストンが既に管理人の仕事についてデイヴィスに打診したことは知っていると考えねばならない。兄弟の両方から同じ仕事の話を持ちかけられたら、ずるいデイヴィスは両方を天秤にかけてミックを選ぶに違いない。そうなれば、ミックはデイヴィスを思うように操れる。ミックは頭の回転の速い有能な男のようだから、その程度のことは考えるだろう。

デイヴィスは、管理人になれという話は「これまでに山ほどあった」と言い、この仕事を引受けてもいいと述べるので、ミックは、身元の保証を要求する。デイヴィスは明日にもシッドカップへ行けば問題は解決する、ついてはいい靴がほしいと言う。デイヴィスはアストンにしたのと同じ話をミックにもしている。こういう反復は戯曲を平板なものにする危険があるが、この作品の場合、これはかえって効果的なものになっている。なぜなら、反復はデイヴィスが嘘つきであることを、いやが上にも観客に印象づけるからだ。

映画版では、この場面の後に屋外の場面が続く。その場面について、ピンターは、一九九六年十月二十六日にマイケル・ビリントンによって行われたインタヴューの中で、次のように語っている——

屋外のショットには効用があると思います。『管理人』のシーンで私が気に入っているもののひとつは、兄弟が家を出て庭へ行くところです。庭には小さな池があって、それは戯曲では言及されているだけなのですが、ロバート・ショーとアラン・ベイツが演じる兄弟が立ったまま、ただ池を覗きこんでる、そして老人は窓から外を見ながら、やつらは一体何をやってるんだろうと思ってる。ところが兄弟はただ池を覗きこんでるだけなんですね、互いに理解し合って、何も言わずに。……これは映画でしかやれないことです。

（ＡⅠｂ２―一八三～一八四頁）（ＡⅠａ14―七六頁）

この場面のいちばん重要な目的は、この兄弟の間には相互理解が存在することを観客に知らせることなのである。

戯曲では、デイヴィスがミックに靴を所望する台詞の後で照明が消える。次に照明がつくと朝で、アストンがデイヴィスを起す。シッドカップへ行くから起してくれと、デイヴィスは頼んでいたのである。しかし、天気が悪いからシッドカップへは行けないと彼は言う（彼はまるでシッドカップへ行くのをやめるための口実をたえず探しているかのようだ）。デイヴィスはアストンに対してこれまでになく大きな態度をとる。ミックからも管理人の話を持ちかけられて、いい気になっているのである。

それでもデイヴィスに気を許しているアストンは長い身の上話をする（アストンのこの台詞は、彼の台詞の中でも群を抜いて長いものであるだけでなく、戯曲全体を通じても最も長いものである）。アストンの語るところによれば、彼はかつてはある工場で働いていたが、幻覚を経験するようになり、病院へ連れて行かれた。そして電気ショック療法を受けた。その結果、ものを考えるのが非常に緩慢になり、ひどい頭痛に悩まされるようになった。観客が劇の冒頭で抱いたに違いない、この人物は神経を病んでいるのではないかという疑いは、やはり正しかったらしいことがここで判る。

ただ、アストンの長台詞の内容がすべて事実であるとは限らない。彼は自分の記憶に従ってものを言っているにすぎないからだ。仔細に吟味すると、彼の台詞には、説明が足りない個所がいくつも見つかるのである。とにかく、この長台詞で第二幕は終る。

第三幕はその二週間後に始まる（二週間ほど前にアストンが長い話をしたというデイヴィスの台詞があるので、観客は、どれほどの時間が経過したかを理解する）。雨が盛んに降っているのに雨漏れがなくなったのは、アストンが割れ目をふさいだからに違いない、誰かが屋根の上を歩いていたが、あれはアストンなのだろうと、デイヴィスは語る。塗料で屋根の割れ目をふさぐというのは、この劇で初めてアストンが実行した積極的で建設的な行動である。彼の心理状態は変ったのかも知れない。デイヴィスに向って詳細な身の上話をしたことによって、彼はそれまでの心理状態を克服することができたのかも知れない。

デイヴィスはミックに向ってアストンの悪口を言い、アストンが自分を安眠させてくれないと語る。彼がこんな話をするのは、相手のミックは自分が信頼できる人物——そして、自分のことを親身になって考えてくれている人物——であると、信じこんでいるからだ。だがミックは、アストンが戻って来たことに気づき、デイヴィスにそれ以上対応することなく、唐突に退場する（デイヴィスは不安になる）。親切なアストンは、別の靴を勧める。ところがデイヴィスは、靴紐がないと不満を言う。そしてアストンが紐を見つけ出すと、今度は、色が違う、靴は黒だが紐は茶色だと、苦情を言い続ける。デイヴィスがここまで厚かましくなったのは、もちろん、ミックから管理人がらみの話を持ちかけられて、強気になっているからだ。「うまい仕事の話があるんだ。ある男が言ってくれてるんだがね、こいつが色々頭の働くやつでね」とデイヴィスは言う。ところが、アストンはデイヴィスの話の途中で出て行ってしまった(こういうことは、これまでにはなかった)。デイヴィスがアストンに対して次第に高圧的になるだけでなく、アストンもデイヴィスに対して次第によそよそしくなるのである。

照明が消え、次に照明がつくと、時刻は夜中で、デイヴィスが寝言を言ったりうめいたりしている。デイヴィスが睡眠中に音を立てるというアストンの苦情が根拠のあるものであったことを、観客は、疑問の余地のないかたちで初めて確認した。アストンが不満を洩らすとデイヴィスは猛然と反撥し、アストンが精神病院に入っていたという過去について聞くに堪えないことを言う。ミックは自分の味方で、アストンについてはミックは自分の考え方を共有していると信じこんでいるからである。とうとうアストンは「どうも……どうもあんた、そろそろどこか他へ移った方がいいな。お互いにうまく行かないよ」と言う。言葉遣いは穏やかだが、アストンはデイヴィスを追い出すことにした――しかも、自発的にそういう決断を下した――のである。ミックが力になってくれるとまだ思いこんでいるデイヴィスは、凄んでから出て行く。照明が消える。

照明がつくと、ミックとデイヴィスが登場する。デイヴィスにとっては意外な展開であるに違いないが、彼がアストンを批判してもミックは全く耳を貸さない。そして、管理人の仕事はもうこれきりだと言い放つ。

実はこの部屋には小さな仏像が飾ってある。アストンがどこかで見つけたもので、彼はそれに愛着を抱いている。デイヴィスの態度がはっきりしないのを見て、ミックはこの仏像をガスこんろに叩きつける。仏像は粉々になる。この行為は、デイヴィスに対して自分の決意の固さを印象づけるためのものだと、一応は考えられる。だが同時にそれはアストンを現在の状況から強引に解放する効果をもってもいる。事実、この直後にアストンが登場するのだが、彼は仏像の破片を見ても何も言わない。それより先、ピンターは「(アストンとミックは) 見つめ合う。どちらもかすかに微笑んでいる」というト書きをわざわざ挿入している。ここは兄弟が同時に登場している僅か二つの場面のうちのひとつなのだが、作者は、ここでは、兄弟の間には理解が成立していることを一層明瞭なかたちで示そうとしているようだ。

ミックは退場する。残されたデイヴィスは恐怖心に駆られ、アストンに懸命に訴えかけるが、もう手遅れだ。アストンはデイヴィスがこの部屋に留まることを決然と拒否する。

ピンターは古風なリアリズム作家ではないから、人物の行動の動機を説明したりはしない。しかし、この劇の三人の登場人物の心理の動きは、それほど分りにくいものではない。アストンは純粋の善意からデイヴィスにねぐらを提供し、金を恵み、仕事さえ与えようとした。デイヴィスはどんどんつけ上って行った。アストンの過去を知った彼は、この男の弱みをつかんだと考え、高圧的な態度を取るようになった。ミックからも仕事を与えられて、デイヴィスの自信は頂点に達する。だが彼はミックの気持を決定的に誤解していた。ミックがアストンを理解し、彼に愛情を抱いていることに、デイヴィスは全く気づいていなかったのだ (アストンは仕事らしい仕事をしてはいないから、彼の生活はミックが支えていると考えられる)。デイヴィスの態度に反撥したアストンは、彼を追い出すという決断を自主的に下す。ミックがどれほどの計算を働かせていたかは分らないが、これこそミックが何よりも望んでいたことであったに違いない。結果的には、ミックはデイヴィスを利用することによって、アストンが自主性を取り戻すようにしたのだ。今後アストンは社会に適応して生きて行けるのかと問われたら、残念ながらかなり望み薄だと答えざるをえないだろう。しかし、アストンはとにかくそういう方向へ一歩踏み出したのだ。どれほど頼りなげなものであっても、この劇の結末は、ピンター劇においては珍しく、肯定的なものなのである。

興行的にも成功した『管理人』は、アメリカのある会社が製作費を出して映画化されることになった。だがこの会社は、撮影開始直前に手を引いてしまった。ピンターを含む関係者たちは、知人の演劇人や映画人に手紙を出し、映画化のために資金を提供してくれるように求めた。やがて製作された映画の冒頭には、資金提供者たちの名前が現れるが、そのひとりはノーエル・カワードである。

カワードといえば、ジョン・オズボーンの『怒りをこめて振り返れ』(初演は一九五六年五月八日)がイギリス演劇のいわゆる《新しい波》を招来した後、古い演劇の代表者と見なされて、冷笑を浴びるようになった人物だ。当然ながら、カワードの方でも新しい劇作家たちに好意をもってはいなかった。彼はピンターも嫌いだった。一九六〇年三月二十四日に、彼は『料理昇降機』と『部屋』の二本立てを観たが、二十七日の日記に、「これらは全くわけが分らず、退屈でひとを馬鹿にしている」と、書いている。ところがカワードは『管理人』を観て考えを変えた。同年五月二日の日記に、彼はこう記した——

私は『料理昇降機』と『部屋』が大嫌いだったが、(『管理人』を)観てから、あの二本をもう一度観たくなった。なぜなら、私はピンターと波長が合うと思うからだ。少くとも彼はほんものの独創的な作家だ。彼は、たとえ違ったやり方をしようとしても、こういう書き方しかできないのだろうと思う。外見においては、『管理人』は私が劇において最も嫌うものばかり——汚辱、反復、事件の欠如など——を含んでいるのだが、どういうわけかそれは観客をつかんで放さない。……何も起らないのだが、ただ、何かが起る。筆致はしばしば秀逸で、他の誰のものとも異っている。

カワードは何よりもまずピンターの言葉遣いに注目し、それを高く評価している。これは、やはり簡潔で含蓄に富む文体によって知られた劇作家の発言として、まことに納得が行く。こうしてカワードはピンターの支持者となり、『管理人』の映画化のために資金を提供するだけでなく、撮影現場にも足を運んだ。

ピンターはしばしば《不条理劇》の作者のひとりに数えられるが、私自身はこういう傾向に疑問を抱いている。『管理人』は、人間存在や世界の不条理性を描いてもいなければ、難解でもない。この作品に登場するのは現実にいそうな人間ばかりであり、この劇で起るのは、すべて実際に起っても不思議ではない事件ばかりである。この作品が好評で、興行的にも成功したのは、不自然さが全くなく、しかも結末が肯定的であるという、ウェスト・エンドの観客が抵抗感なく受容れられるものであったからではないだろうか。もしもこの劇が革新的で独創的なものを含んでいるとすれば、それはただひとつ、既成のウェルメイド・プレイには認められない言葉遣いなのである。

『夜間学校』

『温室』は、この作品について作者が抱いていた疑念のせいで、執筆されてから二十年以上も上演されなかった。『夜間学校』も、これほど長期にわたって無視されはしなかったが、やはり作者の疑念の対象となった。

この戯曲は一九六〇年七月二十一日に、まずテレビドラマとして発表された（演出はジョーン・ケンプ=ウェルチが担当した）。だがピンターは、この戯曲の内容はあまりに類型的だと考え、出版を許さなかった。やがて彼は戯曲に加筆を施し、一九六六年九月二十五日にラジオドラマとして発表した（演出はガイ・ヴェイゼンだった）。そして翌一九六七年、このテクストは『「ティー・パーティ」その他の戯曲』に収録され、ようやく一般読者にとって手の届くものとなった。一九七七年にエア・メシュエン社から出版されたピンターの『戯曲集』第二巻に収められたのもラジオドラマ版だった。ところが、この本が一九七九年に再版された時には、ラジオドラマ版は『「ティー・パーティ」その他の戯曲』に収められている旨の断り書きを添えた上で、テレビドラマ版が収録された。つまり、二つの異なるテクストの両方が読めるようになったのである（但し一九九九年にフェイバー社から出た『戯曲集』第二巻に収録されているのは、ラジオドラマ版である。テレビドラマ版を収録した『戯曲集』は、現在は入手困難だが、とにかく作者は、少くとも一時的には、どちらの版も出版に値すると判断していたことになる）。

テレビ版とラジオ版との間には、台詞に関する限り、実は問題にするほどの違いはない。決定的な違いは、前者が含む視覚的な情報が後者には欠けているという点に関わっている。テレビ版には台詞を含まない――つまり、視聴者の視覚のみに訴える――短い場面がいくつか含まれているが、ラジオ版では、当然ながらこれらの場面は削除されているのである。また、サリーという謎めいた女性の写真が、物語の展開において重要な役割を果しているのだが、この写真についての詳しい情報は――もちろん、それは視覚的情報だが――ラジオ版では最初は伏せられている。別の言い方をするなら、ラジオ版の方が、受け手が想像力を働かせる余地を多く残しているのである。

劇の大部分の場面はある家で（テレビ版には、この家はロンドン南部にあるという指定が含まれている）、アニーという老女性が、九ヶ月ぶりに刑務所を出た甥のウォールター・ストリートを迎えている。この家にはミリーというもう一人の老女性が暮しており、間もなく彼女も登場する。アニーとミリーはウォールターの叔母で（アニーの方が年長だ）、どちらも独身だ。言葉遣いから察すると、どちらも教養のある人物とは思えない。一方ウォールターは、郵便貯金通帳を偽造したりする小悪党で（彼は他人の署名を真似て金をだまし取ろうとするようだ）、入獄は今回が二度目らしい。

ウォールターは出所を楽しみにしていたが、家へ帰ってみると、思いがけないことが起っていた。す

『夜間学校』

なわち、年金で暮している叔母たちは、収入をふやすためにウォールターの部屋を若い女に貸していた。女はサリーという名で、教師をしており、その上、週に三回は夜間学校に通って外国語を勉強している。叔母たちは、もの静かで清潔なこの女が気に入っている。だがウォールターは、知らない女が自分の部屋を占有し、自分の好きなベッドを使っていると聞いて激怒する。もちろん、特定の場所をめぐる争いというこの題材は、既に『部屋』や『管理人』でも扱われたものである。

ウォールターは、自分が入獄していたことをサリーは知っているのかと聞く。叔母たちは、サリーはそのことを知っているが、彼がどんな罪を犯したのかは知らない（この設定は、後でウォールターが見栄を張って嘘をつくという事件の伏線になる）、いずれにせよ、彼女は気にしてはいなかったと、答える。劇を通じて、真面目でおとなしい女に見えるサリーが実はしたたかなすれっからしであることが、次第に明らかになって行くのだが、自分に部屋を貸している家族の一員が犯罪者であることを知っても気にしなかったというのは、この女のしたたかさを示す最初の情報である。この段階ではサリーはまだ登場してはいないが、視聴者ないし聴取者は、彼女はどうやら手ごわい女であるらしいと考えるようになるであろう。

テレビ版では、これに続いて、サリーらしい女が生徒の練習帳を添削している場面が現れる（ラジオ版には、この場面はない）。これは、彼女が本当に教師であることを示す場面である。マーティン・エスリンを初めとして、サリーが本当に教師であるのかどうかについて疑問を発する批評家がいるのだが、彼女が教師であることを疑う理由はどこにもないと私は思う。

今はサリーが使っている部屋に、ある品物がおいてあるから、それを取りに行きたいとウォールターは言い、その部屋へ行こうとすると、サリーが現れる。彼女が登場するのはこれが初めてである。ウォールターが事情を説明し、それから次のようなやりとりが交される――

サリー　何を探してるんですか？
ウォールター　個人的なものです。
サリー　ピストルですか？

（AIa2―一九八頁）

サリーのこの台詞も、叔母たちが思い描いているおとなしい女が口にするようなものではないだろう。ただ、サリーの《したたかさ》をどのように表現するかは、工夫を要する。あまり露骨にやったのでは、演技が底の浅いものになってしまう。かと言って、こういう質問をするサリーを徹底的に無邪気な人物として演じると、観客は戸惑うだけだろう。

ウォールターが探しものをする場面は、ラジオ版では、封筒をあける効果音などによって表現されるだけだが、テレビ版は、詳細で具体的な描写を含んでいる。ウォールターは一枚の写真を見つける。そして、次のような記述が続く――

それは髪をアップにしたサリーの写真だ。彼女は二人の男と一緒にテーブルに向って腰を下ろしている。彼女はタイトで襟ぐりの深いブラウスを着ている。男のひとりは、やがて登場することになるタリーだ。写真の彼女は、右手で男のひとりの顔にふれ、左手にはグラスをもっている。このサリーは明らかに水商売の女だ（作者は、実際にタリーが登場した時に、視聴者がこの写真を思い出すことを期待しているが、すべての視聴者が写真を記憶しているかどうかは、保証の限りではない）。ラジオ版では、ウォールターがどんな写真を見つけたのかは全く分らない。そもそも彼が写真を見つけたことさえ、聴取者には伝わらない。これはかなり重要な違いである。なぜなら、ラジオ版の聴取者は、重要な情報を知らない状態で今後の劇の展開を追うことになるからだ。

場面が変ると、この家の持主のソールトー氏という人物が、客としてやって来ている。ウォールターは彼に問題の写真を見せ、この写真の女はナイトクラブのホステスらしいが、この女を見つけてくれないかと頼む（ソールトーは世慣れしていて顔の広い人物であるようだ）。ソールトーは、一緒に写っている男のひとりには見覚えがあると言う。ところが彼が、この女は知合いなのかとウォールターに尋ねると、ウォールターは否定する。このやりとりの意味は、やはり二つの版で異る。テレビ版の視聴者は写真の女がサリーであることを知っているから、ウォールターが嘘をついていることに気づく。だがラジオ版の聴取者が写真のことを聞かされるのはこれが初めてだから、それ以上のことは知る由もない。

テレビ版では、この場面に続いて二つの短い場面が現れる。第一の場面では、サリーがベッドに寝転がって煙草をふかしている。果して彼女はミリーやアニーが考えているほど真面目な人間なのだろうか。第二の場面では、ウォールターが郵便貯金通帳を積上げ、それぞれの通帳の署名を書き写している。彼はソールトーに向って、もう犯罪からは足を洗うと言っていたが、どうやら本気ではなかったらしい。

どちらも登場人物が他人には見せたがらない面についての情報を含む場面だが、もちろんラジオ版にはこんな場面は含まれていない。

ウォールターがブランディをもってサリーを訪れる（アニーとミリーは二人のやりとりを立ち聞きしようとするが、年を取って耳が遠くなっているので、うまく聞き取ることができない）。ウォールターが酒を勧めると、サリーは、酒は滅多に飲まないと言いながらも、勧めに応じる。それから、この部屋を一緒に使うことにしてはどうだろうと言い出す。自分は昼間はずっと勤め先の学校にいるし、週のうち三晩は夜間学校へ行く、それに同僚の女教師とクラシックの音楽会に出かけることもあるから、この部屋にはほとんどいないと、彼女は語る。テレビ版では、ウォールターは（そして視聴者も）彼女がホステスであるらしいことを既に知っているから、この話には嘘が含まれていることに気づく筈である。それにしても、若い男と一緒に部屋を使おうという提案は、堅気の娘が口にしそうなものではない。どうやら彼女は男をからかっているようだ。

女の嘘に対抗するかのように、男は、この部屋では仲間と一緒に武装強盗の計画を練ったことがある、自分はガンマンなのだと語る（彼がどんな罪を犯したのかを女は知らないから、こういう嘘をつくことはできる。女が「探しものはピストルか」と言ったので、彼は「おれはガンマンだ」と言う気になったのかも知れない）。ところが、女は平然としている。その上、酒は滅多に飲まないと言っていたのに、この女はなかなか飲みっぷりがいい。この場面を通じて明らかになるのは、サリーはウォールターより一枚も二枚も役者が上だという事実である。

男は女に対して高圧的な態度を取り始め、女が両足を組んだりほどいたりするように命じる。マーティン・エスリンはこの場面を『夜遊び』のアルバートと娼婦との場面と比べているが（BIII24―一〇三～一〇四頁）、ウォールターもアルバートと同じように女性に対して劣等感を抱いており、それが高圧的な態度となって現れるのだと考えられる。

場面が変って、サリーが働いているナイトクラブになる。このクラブを突きとめたソールトーが例の写真に写っていたタリーと話をしている（タリーはナイトクラブを渡り歩いている腕利きの男らしい）。ホステスの更衣室では、サリーが同僚たちに、ある客からクラブの外で逢おうといって誘われたという話をしている。ホステスたちは不特定多数の男を相手にする娼婦ではないが、客の言うことを聞いて何らかの報酬を得ることはあるようだ。それにサリーの言葉遣いはひどく柄が悪い。クラブの支配人がサリーに、タリーたちのテーブルへ行くように命じる。ソールトーはタリーに席を外させ、自分はあなたの写真をもっていると言って、それをサリーに見せる（ラジオ版では、ようやくここで写真についての事情が聴取者に明らかになる）。ソールトーは、サリーを海辺の別荘へ誘い（サリーはいやとは言わない）、実はウォリー・ストリートという知人から、あなたを探してくれと頼まれたが、本当のことを告げる気はないと述べる。ソールトーの言い方は穏やかだが、女の正体を隠してやるかわりに自分の意に従うように脅迫しているのだと理解すべきであろう。

その日の夜更けにソールトーはウォールターを訪れ、写真の女は結局見つからなかったと告げる。その時、帰宅したサリーの足音が聞える。ウォールターは女の部屋へ向い、話があるから入れてくれと言う。

翌朝になると、置手紙を残してサリーは消えていた。「急用ができたので行かねばならない。荷物はすべてもって行く」といったことが置手紙には書いてあった。昨夜ウォールターがサリーに向ってどんな話をしたのかは分らないが、おそらく彼女は自分がホステスであること、夜間学校についての話は嘘であることを男に知られたので、姿を消したのであろう。外部の人間がある場所へ侵入して来るという設定は『管理人』でも用いられていたが、『夜間学校』の場合には、侵入者は自発的に身を引いた。そこが新しいと言えるかも知れない。ウォールターは、確かにある程度はサリーに好意を抱いていた。だが、二人の間に理解が生れることはなかった。彼は部屋を取り戻すことができたが、女は消えてしまった。

消えるに際して、彼女は一枚の写真を残して行った。それはゲーム用のボールをもった彼女が女生徒たちと一緒に写っている写真である。ミリーとアニーは彼女が体育の教師であったことを初めて知る。彼女はすべての荷物をもって行ったのだから、わざわざこの写真を残したについては相当の理由があったと考えねばならない。彼女は自分が本当に教師であった証拠を示し、自分の嘘をあばいたウォールターに挑戦したのである(もちろん、この写真はホステスである彼女の写真と対照をなす)。

この人物について、マーティン・エスリンは「彼女は実際に昼間は教師をしていて、収入をふやすために夜の仕事をしているだけなのか、それとも、専業の水商売女であるのかは、分らない」と述べている(BⅢ24—一〇四頁)。私はこの見解に賛成できない。彼女が生徒たちの練習帳を添削している場面はテレビ版にしか現れないが、最後に彼女が残して行く写真のことは、二つの版のどちらでも言及されている。この写真が偽物だと考える根拠はどこにもない。それに、ホステスが教師であるふりをしていただけなら、別にどうということはない。ひとりの女が教師とホステスという一見両立し難いあり方を兼ね備えていた方が、ずっと面白いのではないだろうか。

古いリアリズムは人間のアイデンティティを一義的なものとして捉えがちであった。しかし、たとえば健全な社会人に見えた人物が犯罪者であったり変質者であったりする例を、我々はいくつも知っている。ピンターの劇はいわゆる不条理劇に含められることが多いが、アイデンティティが一義的なものとして提示されていないことだけを理由にして、ある劇を不条理劇呼ばわりするのは、批評家の怠慢である。『夜間学校』には、現実に起りえない事件は何ひとつ含まれていない。手法においては、この作品が依拠しているのはリアリズム以外の何ものでもない。但し作者は、旧来のリアリズム劇の根底にあった人間観とは明瞭に訣別している。この劇の新しさは、劇的手法ではなくて人間観に関わっているのである。

第十一章——アイデンティティの混乱（III）

『こびとたち』

『こびとたち』はまず一九六〇年十二月二日にBBCからラジオドラマとして放送された。演出はバーバラ・ブレイだったが、後年ピンターはマルセル・プルーストの『失われた時を求めて』に基づく映画シナリオを執筆するに際して、プルーストの権威であるこの人物の協力を得ることになる。『こびとたち』は次いで一九六三年に舞台劇としてロンドンのアーツ劇場で上演された。初日は九月十八日だった。演出はピンター自身が担当し、ガイ・ヴェイゼンが演出助手を務めた（なお、現在出版されているテクストは、舞台版の方である）。

この戯曲は、無名の俳優だった頃にピンターが執筆した同じ題名の小説を自ら脚色したものである（この小説には第一章で言及した）。但し、小説そのものは戯曲が発表されたほぼ三十年後になって、ようやく出版された。この間の事情を理解するためには、小説が刊行された時に作者が加えた「覚書」をそのまま引用するのがいいだろう——

私は『こびとたち』を一九五〇年代前半、つまり私が戯曲を書き始めるより前に執筆した。その時には、それを出版しようとはしなかった。

一九六〇年に、私はこの作品のいくつかの要素を選んで、同じ題の短い戯曲を書いた。この戯曲は極めて抽象的なものだが、それは主として、ヴァージニアという重要な人物を登場させなかったからだと思う。

一九八九年になって、私はこの小説を実に久しぶりに読み返し、手を入れたらこの作品はよくなると判断した。手を入れるとは、主として削除することを意味した。私は無駄だと思われる五つの章を削除し、多くのくだりを再構成したり圧縮したりした。こういう改訂作業にもかかわらず、この小説のテクストは、基本的には一九五二年から一九五六年にかけて執筆されたもののままである。

（ＡⅠａ13―前書き）

『こびとたち』

ピンターは『二十世紀』誌一九六一年二月号に掲載された「自分のために書くこと」というエッセイの中で（このエッセイは劇評家リチャード・フィンドレイターの質問に答えるというかたちをとっている）、小説『こびとたち』について、「これはある程度は自伝的で、ハックニーでの青年時代の経験を多少もとにしています。私もすがたを変えて登場しますが、主人公ではありません」（ＡⅠｂ１―１―二三七頁）（ＡⅠａ２―viii頁）と述べている。つまりこの小説は、ピンターが生れ育ったロンドン東部のハックニーを主な舞台として、知的で感受性豊かな若者たちの友情や悩みや背信を扱った物語なのである。

四人の主要人物はすべて二十代前半の若者だ。すなわち、俳優のマーク、シティの会社で経理の仕事をしているピート、鉄道の駅で働いているレン、学校教師のヴァージニアである。マークとレンはユダヤ人だ。マークがピンター自身をモデルにしていることは明らかだが、ピンターの評伝を書いたマイケル・ビリントンによると、他の三人もピンターが親しくしていた人物をモデルにしているとのことである（BⅡ1—五八頁）。

三人の男たちは親友同士で、藝術や哲学について一緒に議論することがよくある。女性のヴァージニアが仲間入りすることもある。彼女とピートとは肉体関係がある。最初ピートは彼女を対等の知的存在として扱っていたが、傲慢なこの男は次第に彼女に飽き足らなくなり、遂に二人の関係は壊れてしまう。また、ピートが実はマークを馬鹿にしていることが、レンを通じてマークに伝わったため、ピートとマークとの友情も終りとなる。マークは、まるでピートに仕返しをするかのように、ヴァージニアと肉体関係を結ぶ。

一方レンは、音楽好きの神経質な青年だが、自分の家の庭にこびとたちが出現するという幻覚に悩まされている（これが題名の由来である）。もちろん、こびとたちはレン自身にとっては現実の存在なのだが、彼が語るのは実際にはありえない事柄なのだから、この青年が神経を病んでいることは明らかだ。小説を通じてレンの症状は進行するが、やがて彼は正常な状態に戻る。彼の生活が健康ではあるが退屈なものになったところで、小説は終る。

つまりこの小説は、ピンター自身がそうであったような多感な青年たちの友情が、知的競争心や恋愛によって損なわれる物語と、同じく感受性に富む青年が神経障害を克服するまでの物語とをないまぜにすることによって成立している。こういう経験を経て、若者は大人になり、体制に順応するようになるのである。だから、この作品は一種の青春小説——理想や憧憬を喪失する過程としての青春を描いた物語——として読むこともできる。

この小説の特徴は二つある。まず、大抵の小説よりも会話が非常に大きな割合を占めている（そして、小説の会話はほとんどそのままのかたちで戯曲版でも利用されている場合がしばしばある）。人物が実際に声に出して語る言葉だけでなく、いわゆる内的独白も頻出する。少年時代から青年時代にかけてピンターが愛読していた作家には、ジョイスやヴァージニア・ウルフも含まれるから、彼は内的独白という手法の使い方をこういう作家から学んだのかも知れない。

次に、この小説には抽象的、哲学的な議論が頻繁に現れる。但し戯曲版ではこの種の議論はほとんど削除されている。その上ヴァージニアは、登場せぬばかりか、言及されることさえない。その結果、戯曲はもっぱらレンの神経症とそれに対するピートとマークの反応をめぐって展開するものとなっている。

戯曲の指定によれば、舞台には、レンの家の一室とマークのアパートの居間の装置とがある。この他に、舞台中央手前の空間も使われることがあり、また、劇の終り近くの場面のために、舞台奥には病院のベッドがある。

劇が始まると、マークの部屋で、仕事で旅に出ているマークの帰りをピートとレンが待っている。ピートは本を読み、レンはリコーダーを演奏しているが、音がうまく出ない。そして、こういうやりとりが交される——

レン　ピート。

ピート　何だい？
レン　来てくれ。
ピート　何だって？
レン　どうしたんだろう、このリコーダー。（彼はリコーダーを引張って二つに分け、見下し、息を吹きかけ、叩いてみる）何か変なんだ、このリコーダー。
ピート　茶を飲もう。
レン　こいつはどうにもならない。

リコーダーをまたつなぎ合せる。もう一度演奏しようとする。

牛乳はどこだ？

彼はリコーダーを盆の上におく。

ピート　君がもって来ることになってたよ。
レン　そうだった。
ピート　じゃ、どこにあるんだ？
レン　忘れてた。注意してくれてもよかったじゃないか。

ピート　茶碗をくれ。
レン　どうしよう？
ピート　茶をくれよ。
レン　牛乳をいれずに？
ピート　牛乳はないんだ。

（ＡＩａ２―七九〜八〇頁）

小説では、このくだりに該当する個所は次のようになっている――

――何か変なんだ、このリコーダー、とレンは言った。
――茶を飲もう。
――こいつはどうにもならない。
レンは茶を注ぎ、方々のポケットを叩いてみた。
――牛乳はどこだ、と彼は言った。
――君がもって来ることになってたよ。
――そうだった。
――じゃ、どこにあるんだ。
――忘れてた。注意してくれてもよかったじゃないか。

『こびとたち』

——茶椀をくれ。
——どうしよう？
——茶をくれよ。
——牛乳をいれずに？
——さあ。
——牛乳もいれずに？
——牛乳はないんだ。

（ＡⅠａ13—三〜四頁）

両者はほとんど同じだが、注意すると、異る点が二つあることが分る。まず、戯曲ではレンは相手に「ピート」と呼びかける。小説だと、この男の名は地の文に現れるが、戯曲なら台詞に含めないと観客に伝わらないからだ。

次に、小説ではピートが「茶を飲もう」と言うと、レンはほとんどすぐに紅茶を注ぐ。だから、彼が茶碗をなかなかピートに渡さないことの必然性が薄れる。しかし戯曲では、レンはまずリコーダーに、次いで牛乳がないことに、こだわり続ける。引用は省略するが、この後、彼は一旦退場して調理場へ行き、ピクルズをもって戻って来る。そしてまたもや調理場へ行き、今度は牛乳を見つけて来る。彼が茶を注ぐのは、その後のことなのである。小説には、こういう場面はない。つまりピンターは、レンがなかなか茶を注がず、退場と再登場を繰返すように変えることによって、この男が物事に過度にこだわる神経質な人間であることを観客に伝え、この場面に緊迫感を与えているのである。

レンは、自分は大食漢だと言い、次のような台詞を語る――

ねえ、先週は一日に五回、しっかり食事をしたことがあるよ。十一時、二時、六時、十時、それから一時だ。悪くない。働くと腹が減る。その日は働いてたんだよ。(間)目が覚めると、必ず腹が減ってる。日の光を見ると、おかしな気分になる。夜はもちろん言うまでもない。他人は知らないが、僕が夜にできるのは食べることだけだ。食べると体調がよくなるんだ、特に家にいる時は。階段を駆け下りてやかんをかける、階段を駆け上ってやりかけのことを片づける、階段を駆け下りてサンドウィッチなりサラダなりを作る、階段を駆け上ってやりかけのことを片づける、また駆け下りてソーセージを料理する、ソーセージを食べるならだな、また駆け上ってやりかけのことを片づける、また駆け下りて食卓に食器を並べる、また駆け上ってやりかけのことを片づける、また駆け下りて――　　(AIa2―八二頁)

こういう言葉遣いに現れているのは、細部についての徹底的なこだわり、正確さや厳密さについての偏執狂めいた注意といったものであり、語り手は神経症に罹っていると考えねばならない(レンには『管理人』のアストンを思わせるところがある)。辟易したピートは「分ったよ!」と叫ぶ。

レンの症状は、後に現れるマークとピートがチェスをしている場面で頂点に達する。二人から無視されたレンは、自分の家の庭にはかつてこびとたちがいたが、また戻って来たという話を始める。こびとたちについてのレンの描写は甚だ具体的だから、こびとたちが実際にいると彼が信じていることは明らかだ（理窟を言うなら、レンが意識的に嘘をついている可能性もないではないが、内的独白においても彼はこびとたちに言及するから、やはり彼は本気なのだと考えねばならない。独白において嘘をつくことはありえないからだ）。

レンは、こびとたちは自分が呼んだからやって来たのであり、自分は彼等と一緒にマークとピートの行動を監視することにしたと述べる。自分の行動が誰かに監視されていると信じこむのは、広く認められる妄想だが、レンはこの妄想を更に発展させている。こういう人物が《正常》であるとはとても思えない。事務的に有能で常識的で、あらゆる意味で《正常》なピートは、レンに対して冷やかな態度を示す。一方マークはレンに対していくらか同情的に振舞う（小説では、マークとレンがユダヤ人であることが明示されている。マークがレンに同情的なのは、こういう事情のせいであるかも知れない。あるいは、マークが俳優という《正常さ》とは必ずしも両立しない仕事をしているという事実も関係があるのかも知れない）。ところがレンはピートだけでなくマークにも敵対的な態度で接し、二人を非難する。

それなら、レンは《正常》な判断ができない人間であり、彼の発言はすべて筋が通らないのかというと、実は決してそうではない。ある場面で、彼はマーク相手に人間の認識行為についての議論を長々と展開する――

時々、僕には君がどういう人間なのかが少し分るような気がする、でもそれは全くの偶然さ。全くの偶然だよ、見られる君にとっても、見る方の僕にとっても。もちろん偶然とは思えないよ、そのつもりでやったことだもの、馴合いでそんなふりをしてるんだもの。こういう偶然があるから、こういうわざと仕組んだ偶然があるから、何とかやって行けるんだよ。となれば、どうだっていいさ、馴合いだろうと、幻だろうと。君のすがた、僕に見える君のすがた、君に見える君のすがた、そいつは、とても速く、とても恐ろしく変ってしまうんだ、だから僕にはまるでついて行けない、それに君だってきっとついてなんか行けるものか。でもね、君が誰だか見分けもつかないことがあるかと思うと、時には、とてもはっきり、何から何まで、見分けがついて、じっと見ていることもできないことがある、そうなると、見えているものなんて信じられるだろうか。君には番号はついていない。何を見ればいいんだ、何を見ればいいんだ、何を探せばいいんだ、何とかして安心したい、何とかしてこの地獄の苦しみから逃れたいと思ったら？　君は要するにいくつもの影の寄せ集めだ。いくつものとは、どれ位の？　それは誰の影なんだ？　それが君という人間なのか？　潮が引いた後にはどんな泡が残るんだ？　その泡はどうなるんだ？　それはいつ起るんだ？　どうなるかを、見たことはあるよ。でも口では言えないんだ、現に見ている時には。指さすことしかできない。いや、それもできない。泡が割れて、潮に呑まれてしまうもの。それがどこへ消えるかは分らない。いつ消えるかも分らない、何が見えるんだ、僕には、何が見えたんだ？　何が見えたんだ、僕には、泡か、それとも実体か？

（ＡＩａ２―一〇〇頁）

これまた『管理人』のアストンあたりの口から出てもおかしくない神経症的な台詞ではあるが、ここで語り手が採り上げているのは、人間にとって客観的認識という行為は可能なのか、そもそも人間にはリアリティを把握することはできるのかという、極めて深刻でまっとうな問題なのである。

この長台詞に続いて、レンは、実はピートはマークを馬鹿だと考えていると語る。これは事実なのだろうか。そうかも知れない。しかし、台詞全体を注意深く吟味すると、必ずしもそうは断定できないことが分って来る。

具体的に言うと、長台詞の中でレンは、ピートはチーズを食べすぎて病気になったと述べる。ところがこれより前に、自分はチーズを食べすぎて病気になったと、レンがピートに語る場面がある。この場面のレンの台詞が事実に基づいているのなら、長台詞の中では、彼は自分の経験をピートの経験として捉えていることになる。同様に、彼は自分がマークに対して抱いている判断をピートの判断として認識しているのかも知れない。いずれにせよ、この台詞を聞いたマークはピートに対して反感をもつようになる。やがて二人は一種の対決を演じるが、マークに問いただされたピートは、自分がマークを馬鹿だと考えていたことを認める。だが、それが真実かどうかは分らない。ピートはマークの態度を見て、咄嗟にそういうことを言っただけのことかも知れない。

これより先、ピートはレンが「腎臓疾患」で入院しているとマークに告げ、一緒にレンを見舞う。しかし、「腎臓疾患」で入院したという情報をピートに提供したのは当のレンなのだから、それを素直に信じることはできないのではないだろうか(余計なことかも知れないが、かりにチーズを食べすぎて体調を崩しても、「腎臓疾患」を患うことは考えられない)。どうやらレンが入院しているのは神経科であるようだ。見舞の後でピートはマークに「君はああいうところに入ったことがあるか?」と問い、マークは「思い出せない」と答えるからだ。やがて、治療の甲斐あって、レンの状態がよくなったらしい。自分の庭にいたこびとたちは消えてしまったというレンの内的独白によって、戯曲は結ばれる。

『こびとたち』は最初はラジオドラマとして発表されたのだったが、その方が、内的独白という手法は効果的なものになったに違いない。ラジオという媒体の場合、ある台詞が実際に人物が声を出して語っているものか、それとも、その人物の内心の思いを言葉にしたものかを、はっきりと区別することは困難であるからだ。もちろん舞台で上演する時にも、あらかじめ録音したものを流すというやり方で内的独白を処理することはできるが、ピンターの戯曲にはそういう指定はない。

この劇の主人公はレンであり、劇の内容の大半は彼の認識の結果なのだから、聴取者ないし観客には、それが真実なのかどうかを確認することはできない。『こびとたち』とは、いわば人間の認識行為というものを劇というかたちで吟味した作品なのであり、この劇の受け手は、主人公が認識について抱える悩みを共有するように強いられるのだ。

なお、小説『こびとたち』はケリー・リー・クラブというひとによっても劇化されている。この『こびとたち』は二〇〇二年十月にテレビドラマとしてBBCから放映され、次いで二〇〇三年四月十七日にロンドンのトライシクル劇場で上演された。これはピンターの戯曲よりも色々な意味で原作に《忠実》な作品であり、もちろんヴァージニアも登場する。また、台詞はほとんどすべて原作に現れるものである。ちなみにこの戯曲は二十九の短い場面からなるが、原作は三十一の短い章から成り立っているのだから、構成においても、これが原作に極めて《忠実》なものであることは察しがつくであろう。

原作の小説でもクラブの戯曲でも、マークは友人ピートの恋人だったヴァージニアと関係を結ぶ。小説を書いていた時にピンターが意識していたかどうかは分らないが、同じ女性と親密な関係になる二人の男性の間に生れる奇妙な親近感という主題は、ピンターの劇では何度も何度も扱われることになった。いちばん分りやすい例は『背信』であろう。この劇に登場する男は、親友の妻との不倫関係を何年も続ける。また『誰もいない国』の二人の初老の男は、かつて同じ女性と親しくしていた可能性がある（それが事実かどうかは曖昧にされている）。更に、『恋人』が描いているのは、こういう状況の変型である（なぜ「変型」になるのかは、この作品を論じる章で説明する）。そして『コレクション』では、妻が旅先で浮気をしたのではないかという疑いに取りつかれた男が、浮気の相手かも知れない男を詰問する。しかし、真相は最後まで明らかにならない。一方、この男と妻の浮気の相手かも知れない男との間には、親密な関係が生じたようにも感じられる。小説『こびとたち』は、男と男の間の同性愛めいた関係を描いた後年の戯曲を予告する作品としても読むことができる。

第十二章——アイデンティティの混乱(Ⅳ)

『コレクション』

『コレクション』は、一九六一年五月十一日にロンドンのアソシエイティッド・リディフュージョン・テレヴィジョンによって放映された(演出はジョーン・ケンプ=ウェルチが担当した)。唯一の女性の登場人物であるステラを演じたのは、ヴィヴィアン・マーチャントだった。次いで翌年六月十八日に別の出演者による舞台版がオールドウィッチ劇場で上演された。ピンターはピーター・ホールと共同でこの舞台を演出した(これ以後、ホールはピンターの劇を数多く演出することとなる)。出版されているテクストは舞台版の方である。なお、この劇はローレンス・オリヴィエなどの出演によって、もう一度テレビドラマとして制作され、一九七六年にグラナーダ・テレヴィジョンから放映された。このグラナーダ版はDVDとして市販されている。

この劇は、『こびとたち』と同じく、人間にとって真実を認識するのはいかに困難であるかという問題を扱っている。但し、『コレクション』の場合には、この困難さは形而上学的なものではなく、人間は嘘をつくから、ある人間が語っていることの真偽を確認するのは容易なことではないという、もっと日常的な現象から発している。

作者の指定によると、舞台は三つの部分に分れている。まず上手には、ベルグレイヴィアにある家の内部を示す装置がある。ベルグレイヴィアは、バッキンガム宮殿の西、ハイド・パークの南にあるロンドン有数の高級住宅地で、金満家の住民が集っていることで知られている。この家の住人はハリーという四十代の男だが、彼は同性愛者で、ビルという二十代の男と一緒に暮している。舞台の下手には、チェルシーにあるアパートの居間の装置が組まれている。チェルシーはベルグレイヴィアの南西方向にある瀟洒な地区で、先端的な風俗や藝術が生れる場所として定評がある。このアパートの住人はジェイムズとステラという、いずれも三十代の夫婦である。それから舞台中央には公衆電話のボックスがある。こういうわけで、この劇では、異る空間で起る事件がほぼ並行して示されることが何度もある。

劇の季節は秋だ。新しいシーズンを控えて、デザイナーたちが新作を披露するファッション・ショーが最近催されたことがやがて分る（こういうファッション・ショーについて「コレクション」という言葉が使われることがあるが、戯曲の題は直接にはそれを指す）。

劇が始まると、ハリーがパーティから帰って来る。午前四時である。家へ入ると電話が鳴っている。電話をかけて来た男は、ビルに取り次げと言うが、ハリーは断る（電話ボックスにいる男の背中がぼんやりと見えるが、この男の正体はまだ分らない。観客には彼の声が聞えるだけである）。この戯曲にはミステリーめいたところが多分にあり、ピンターは細部に細心の注意を払って作品を組み立てている（もちろんある細部と別の細部が矛盾する場合がある）。

次に照明がつくと翌朝で、ステラがアパートから出かけようとしている（この次の日は日曜であることがやがて判明するから、今は土曜である。この劇の事件は土曜の午前四時から日曜の夜にかけて起るのだ）。ステラが声をかけてもジェイムズは生返事しかしないので、彼女はひとりで出て行く。この段階では、まだはっきりとは分らないが、ジェイムズはその店の経理を担当している。ステラはデザイナーで、近所にあるブティックを経営しており、ジェイムズはその店の経理を担当している。ピンターの指定によれば、このアパートには「趣味のいい現代風の家具」があるが、グラナーダ版のテレビドラマでは、抽象画などが飾ってあった。

一方、「古風な家具」のあるベルグレイヴィアの邸宅では、ビルとハリーが朝食を取っている。ハリーは機嫌が悪い。とんでもない時間にどこかの男がビルを名指しで電話をかけて来たことに彼はこだわっている。そして、先週ビルが仕事で一晩だけ家をあけた時に、誰かに逢ったのかなどと尋ねる。ハリーは大金持だが、ビルよりもはるかに年上だから、その意味では自信がなく、ビルが別の男と親しくなるのを恐れて、異常に嫉妬深くなっているようだ。

ハリーの家へまたもや電話がかかって来る。ビルがそれを受け、自分がビルであることを認めると、相手は彼にそのままそこにいるように命じる。だがビルは家を出て行く。間もなくジェイムズが登場し、ハリーと問答を交す。勘のいいハリーは、この男が二度も電話して来たのではないかと思うが、ジェイムズはそれを否定し、ビルが留守なので、名乗ることもなく退場する。

夜になる。ステラがアパートでチャーリー・パーカーのレコードを聴いている。この夫婦は美術についても音楽についても、現代的な趣味の持主であるようだ。彼女は白い子猫を愛撫する（この夫婦には子供はいない）。

街頭で様子を窺っていたジェイムズは、ハリーが外出したのを確認すると、ビルを訪れ、強引に上りこむ。そして唐突にオリーヴを要求するが、オリーヴはない（このくだりは今後の展開の伏線になる）。ビルは「どうして分ったの、僕の名前？」と言うが、ジェイムズは答えない。そして意外な話を始める。すなわち、ビルは先週ファッション・ショーの仕事でリーズへ行ったが（リーズはイングランド中北部の都市で、衣料産業が盛んである）、彼が泊ったホテルには自分の妻も泊っており、彼は妻の部屋へ押しかけて関係を結んだというのである（ジェイムズは、妻の名がステラであることをビルには一度も明かさない）。この話は妻から聞いたとも、彼は言う。

ビルは、ジェイムズの話を即座に否定し、自分は先週リーズへ行ったりはしていないと述べ（観客には、これが嘘であることはすぐ分る。先週ビルが仕事で外泊した旨のハリーの台詞を既に聞いているからだ）、それより何より、自分にはそういう趣味はないと断言する。上演の場合には、あるいはビルの言う通りなのかも知れないと、観客が感じるようでなければならない。服飾業界に同性愛者の男性が多いことは周知の事実だし、ビルはハリーに囲われているようだから、本当に女性には興味がないのかも知れない。しかし、彼が両性愛者である可能性も否定しきれない。この点はあくまでも曖昧なままでなければ、この劇は成立しないのである。

やがてビルは、最初の発言をやや修正して、こう述べる——

（ホテルの）エレヴェーターを降りて、そしたら不意に奥さんがおれの腕に抱かれて来たんだ。（中略）とにかく、二人でちょっとキスした、ほんの二、三分、エレヴェーターのそばで、まわりには誰もいなかった、と、それだけのことさ——それで奥さんは部屋へ帰ったんだ。
（AⅠb1—2—一五四頁）（AⅠa2—一二四頁）

ジェイムズはビルの説明を無視し、深夜の十二時頃に自分が妻に電話したが、その時、「お前さんがベッドに腰かけてたんだ、家内のすぐ横に」と言う。するとビルは、間をおいてから、「腰かけてたんじゃないよ。横になってた」と言う。もちろんこれは観客の虚を突く台詞である。ここで照明が消え、この場面は終る。

翌日は日曜で（教会の鐘の音が聞えるので、日曜であることが分る）、ビルとハリーが朝食を取っているが、ハリーは昨日よりも更に不機嫌になっており、つまらないことでビルにからむ。

アパートでは、ステラとジェイムズが朝食を取っている。ジェイムズが不意に、オリーヴが食べたいと言うが、オリーヴはない（もちろんこれはジェイムズが初めてビルに逢った場面の反復である）。彼は「君は要するにオリーヴにまるで興味がないから、僕が好きかどうか訊ねてみる気にもならなかったんだ」と言って、ステラにからむ。この劇では、どうやらオリーヴは性的連想を伴うもの、もっと具体的に言うなら、男性の同性愛の象徴として用いられているようだ。

ハリーの家の電話が鳴る。この瞬間には、観客にはジェイムズの姿が見えているから、電話をかけているのが彼ではないことは分る。すると、他にも電話をかけて来る人物がいるのだろうか。しかし、実際には単なる番号違いだった。観客を不審がらせるために、ピンターはこういうややあざとい手を使うことが時々ある。

ハリーが料理に取りかかろうとして、じゃが芋は丸焼きにするかフライにするかと聞くと、ビルは、じゃが芋は要らないと答える(オリーヴの場合と同じく、これも伏線になっている)。ハリーは昨日の来訪者のことでビルにあれこれと質問する。その男は「昨夜」やって来たと彼は言うのだが、もちろんこれはおかしい。ハリーがジェイムズに逢ったのは朝食直後のことで、ジェイムズがビルのところへ押しかけて来た夜には、ハリーは外出していたからだ。ハリーは思い違いをしているのだろうか。ただ、ハリーの発言にはおかしな点がたくさんある。たとえば彼は、訪問者は「素っ裸」だったと言うが、そんなことはありえない。どうやらハリーはわざと筋の通らないことを述べて、ビルの反応を試しているらしい。ビルは何も答えない。彼はジェイムズがやって来たことには全くふれない。ジェイムズの来訪を(あるいは、ジェイムズの存在そのものを)彼はハリーから隠す気でいるとしか考えられない。

アパートでは、ジェイムズは「その男」に逢いに行くことに決めたと言う。ステラは「逢いに行くのはやめて。どうせ住所だって知らないじゃないの」と言うが、これもおかしい。彼女がビルの名前や住所や電話番号を教えなければ、ジェイムズがビルを訪ねることはできなかった筈であるからだ。ジェイムズは、ビルには既に逢ったことがあると言う。ステラはそれを否定し、「あなたはあの人を知らない。住所だって知らないでしょう?」と言う。些細な点かも知れないが、劇の台詞についてしばしば認められる誤解がある。すなわち、事実に反する内容の台詞はおかしいと考えるひとがいるのである。だが、人間は事実に基づく発言しかしないわけではない。この場面のステラの台詞は、事実の判断ではなくて自分の願望から発するものなのだと考えねばならないだろう。

ジェイムズは、ビルはステラの話を全面的に認めたと述べるのだが、この発言の真偽のほどは確認できない。「腰かけてたんじゃないよ。横になってた」というビルの台詞の後、ビルとジェイムズとの間にどんなやりとりがあったのかは、示されていないからだ。

ジェイムズは、ビルはいい趣味の持主で、尊敬できる男だと言い、そういう人物に逢う機会を作ってくれたことについてステラに感謝する。彼は本気でそう言っているのかも知れないが、陰湿ないやみを言っているのだとも解釈できる。この作品の場合に限らないが、ピンターの台詞の重要な特徴は、いくつもの異る解釈を下す余地が含まれているところにある。

ジェイムズによれば、ビルに逢ってホーキンズという昔の友達を思い出したが、ホーキンズはオペラ好きで、「あの何とかいう男」もそうだという。しかも、「ずうっと隠してた」が、実は自分もオペラ好きだというのである。この文脈において、「オペラ好き」を「同性愛者」と読み替えることは、ごく自然だろう。ホーキンズという男が実際にいたのかどうかは分らないが、もしも実際にいたのなら、この男とジェイムズとの関係は何ほどか同性愛的なものであったのかも知れない。そしてジェイムズはステラに、「僕は君に礼を言わなきゃいけないと思うよ、何よりもまず。二年間の結婚生活の後に、どうやら、ちょっとした偶然から、君は僕のために新しい世界を教えてくれたようだね」と言う。これも厄介な台詞である。ジェイムズは自分が同性愛者であるという事実に目覚めたと述べているのだとも解釈できるが、わざと同性愛者のふりをすることによって、出張先での浮気を告白した妻に復讐しようとしているのだと解釈しても完全に筋が通るからだ。

日曜の夜になる。ビルが、オリーヴやチーズやじゃが芋を用意して客を待っている（ここで、オリーヴやじゃがが芋についての既に現れた台詞が生きて来る）。ヴィヴァルディの曲が流れている。グラナーダ版のテレビドラマでは、古風な、そしておそらくは非常に高価な肖像画が壁にかけられていたが、この家の住人は《古典的》な趣味の持主であるようだ。

ジェイムズがやって来るが、オリーヴが用意されているのを見て微笑する。二人は酒を飲み始める。ハリーがステラに電話して、これからそちらへ行くと言う（彼がどうやってジェイムズとステラが住むアパートの住所や電話番号を知ったのかは、戯曲では説明されていない。ビルがそれらを知っていたのだろうか）。自分のパートナーの背信を疑っている人物として、ハリーがジェイムズと同じ立場にいることは言うまでもないだろう。

その間、ビルとジェイムズは仲良く時を過している。ジェイムズはビルが旧友のホーキンズを思い出させると言う。この発言が事実に基づくものかどうかは、例によって確認しようがない。ビルとステラとの間に何があったか（あるいは、なかったか）も、分らないのだが、とにかく、ビルとジェイムズとの間には、同じ女性と親密な関係になった（あるいは、親密な関係になったのかも知れない）男同士として、同性愛めいた親近感が生れている。既に『こびとたち』についての章の結びで言及したが、これ以後、こういう感情はピンターの作品の重要な主題になるのである。

ハリーがステラを訪れる。ビルを知っているかと彼が訊ねると、ステラは否定する（これは嘘であろう）。ハリーは、ビルをスラムで見つけたが、デザイナーの才能があることが分ったので、ねぐらと仕事を与え、その結果ビルは有名になったと語る。この台詞には、観客が初めて耳にする、ビルの出自についての興味深い情報が含まれている。ハリーが貧しかったビルの後盾になったことは確かだが、それと引き換えに、ビルは彼の性的奴隷になることを強いられたのかも知れない。もともと彼は同性愛者ではなかったのかも知れない。もしそうなら、ビルが自分の庇護者を憎んでいることは十分にありうる。

夫がとんでもない話をでっち上げたと、ステラが述べるので、ハリーは一応は安心する。ステラが言うように、ジェイムズは過労のせいで神経がおかしくなっているのかも知れない（しかしそれなら、彼がビルの名や住所をどうやって知ったかは説明がつかない）。

ビルと仲良くしているかに見えたジェイムズは、不意に、自分はオリーヴが嫌いだと言い放つ。これは、同性愛を拒否するという意思表示なのだと解釈できるのではないか。

ハリーがステラのもとを辞去する。

ジェイムズはビルに向って、リーズでの《事件》のことを蒸し返す。ビルは、確かにそういう事件は起ったが、もうその話は終りにしようと言う。ハリーが帰宅し、しばらく玄関からジェイムズとビルの様子を窺っていたが、やがて姿を現す。そしてジェイムズに、「奥さんにお目にかかったが、例の話はすべて奥さんの作り話だと言っておられた」という趣旨のことを述べる（もちろん、ステラがハリーに本当にどんな話をしたかは分らない。そういう場面は戯曲には含まれていない）。ジェイムズはビルに、作り話なら認めたのはおかしいではないかと言うと、ビルは、面白いから認めたのだと答える。

するとハリーは、ビルはスラムの出身で（当のビルの前でそう語るのだから、これは事実だと考えられる）、スラム風のユーモアの感覚をもっているから、パーティへは決して連れて行かないと言う。しかし、それだけが理由なのだろうか。この劇が発表された一九六一年のイギリスでは、人々は現在ほどには同性愛について寛容ではなかった。ハリーをパーティに招く人々は、彼が同性愛者で青年と一緒に暮していることを知っていたかも知れないが、その青年をも招くことは控えたのではないか。ハリーの方でも、ビルを格式のある場へ同道することについてはためらいがあったであろう。その上、ハリーはジェイムズという他人の前で、ビルを辱める。ビルがまたもや前言を翻し、「本当のこと」を述べるのは、ハリーに対する復讐なのだと理解できる。

ビルは言う——

おれ、奥さんに指一本ふれてないよ……おれたち、座ってたんだ……ラウンジのソファに……二時間ばかり……話をした……話をしたんだ、あのことについて……おれたちずっと……ラウンジにいた……奥さんの部屋へは行ってない……話しただけだ……もしも部屋へ行ったら……どんなことをするかって……二時間ばかり……二人ともお互いに指一本ふれてない……あのことの話をしただけだ……

（ＡＩｂ１—２—一七二頁）（ＡＩａ２—一四四〜一四五頁）

アパートへ戻ったジェイムズは、ステラに向って、ビルが最後に語ったことを繰返し、確認を求める。だがステラは肯定も否定もしない。

たとえ彼女が何かを述べても、ジェイムズには、それを素直に信じることはできないであろう。かりにステラとビルを直接に対決させても、真相が突きとめられるわけではない。夫が消えることのない疑念を抱えて生きて行くように仕向けることによって、ステラは彼を永遠に支配する。更に彼女は間接的にはハリーをも支配する。ハリーもまた、ビルの行動についていつまでも疑いを抱き続けねばならないからである。

一九七〇年、ピンターはジェイムズ・ジョイスの唯一の戯曲『亡命者たち』を演出した。翌年、それはロイアル・シェイクスピア劇団の演目として再演された。この戯曲が述べているのは、妻が自分の親友を相手として、自分を裏切ったかどうかを確かめることができないまま、疑いを抱えて生きて行く男の物語である（二度の上演のどちらでも、妻を演じたのはヴィヴィアン・マーチャントだった）。『コレクション』を執筆した時、ピンターは既に『亡命者たち』を知っていただろうか。ピンターは少年時代からジョイスを愛読していたから、おそらく知っていたであろう。それなら、『コレクション』を執筆しながら、彼はジョイスの戯曲を意識していたであろうか。分らない。それに、これはそれほど重要な問題ではない。なぜなら、妻が不貞行為を働いたのではないかと夫が疑うというのは、劇の設定としては特に独創的なものではないからだ。

ただ、確実なことがひとつある。すなわち、『コレクション』という作品の根底にあるのは、ピンターが劇作家として出発した時からずっと信じて来た現実観なのだ。ここで、既にこの本の第二章で引用した文章の一部をあらためて引用するのは無駄ではないであろう——

真実を突きとめたいという欲求は無理もないが、それは常にみたされるとは限らない。リアルなものとリアルでないもの、真なるものと偽なるものとの間には、厳密な区別はない。ある事柄が真か偽かどちらかであるとは、必ずしも言えない。それは真であってしかも偽だということもある。起ってしまったことや現に起っていることを突きとめるのは何でもないとする考え方は、私には正しくないと感じられる。

大抵のひとは、情報がふえればふえるほど、我々は真実に近づくと考えているに違いない。だが、情報がふえると、かえって真実が遠ざかる場合が確かにあるのだ。『コレクション』はミステリー風ではあるが、それは謎解きを拒否するミステリーなのである。

『恋人』

『恋人』は『コレクション』と同じように、まずテレビドラマとして発表され、次いで舞台化された。テレビ版は一九六三年三月二十八日にアソシエイティッド・リディフュージョン・テレヴィジョンから放映され（演出はジョーン・ケンプ＝ウェルチ）、舞台版は同年九月十八日にアーツ劇場で上演された。後者の演出にはピンター自身が当り、ガイ・ヴェイゼンが演出助手を務めた。どちらの版でも、セアラという女性の役はヴィヴィアン・マーチャントが演じた。

テレビ版は次のような描写で始まる——

男の手がボンゴを軽く叩いている。女の指がそれを引っかく。男の手はじっとしている。女の指は軽く太鼓を叩き、それから動かなくなる。二つの手は太鼓の上で向き合っている。女の指が一本伸びて男の指の間を引っかく。男の指が一本伸びて女の指の間を引っかく。指と指が太鼓の上でもつれながら、不意に太鼓を叩く。

テレビ版は二幕構成になっており、この描写は第二幕冒頭にも現れる。そして、劇全体は次のような描写によって結ばれる——

彼女は手探りで太鼓を見つけ、それを二人の間におく。太鼓のクローズアップ。彼女は彼の指の間を引っかく。彼も同じようにする。指が突然もつれ合いながら太鼓を叩く。

この描写が性行為をかなり露骨にほのめかしていることは、言うまでもないであろう。テレビ版は、この劇が極めて性的なものであることを、始まると同時に視聴者に告げるのである。

『恋人』の初版は一九六三年に出版されたが、それはテレビ版だった。だが翌年出版された第二版では、舞台版が採用された（従ってテレビ版は現在は入手困難である）。この舞台版では、引用した描写のうち、冒頭と大詰のものは削除されている。舞台ではクローズアップなどという手法は使えないから、当然であろう。舞台版は二幕ではなくて一幕になっており、視覚のみに訴える場面が他にも削除されていて、全体としてはテレビ版よりも簡潔な印象を与える。テレビ版のエロティシズムも捨て難いものではあるが、作者は明らかに舞台版を定本と見なしていたのであり、状況設定はこの版の方が明瞭に伝わるから、以下、この版に従って作品を検討する。

台本の指定によれば、場面はウィンザー附近の一軒家で、リチャードとセアラという夫婦が暮している。リチャードは地味なスーツを着た勤め人で、自家用車でロンドンへ通勤しているが、職場はシティにあることがやがて分るから、金融関係の仕事をしているのかも知れない。セアラもやはり地味な服装をしている。時刻は朝で、リチャードは出勤しようとしている。夫婦は次のようなやりとりを交す――

リチャード　今日は来るのかい、君の恋人？
セアラ　うん。
リチャード　何時に？
セアラ　三時に。
リチャード　で、出かけるのかい……それとも家で？
セアラ　さあ……家にいると思うわ。
リチャード　あの展覧会へ行くつもりじゃなかったのかい。
セアラ　そのつもりだったの……でも今日は一緒に家にいたいのよ。
リチャード　ふうん。それじゃ、行って来るよ。

（ＡＩｂ1―2―一七六頁）（ＡＩａ2―一四九頁）

このやりとりを聞いた観客は驚くに違いない。妻に愛人がいることを夫は知っており、妻の方でもそのことを隠そうとはしない。二人とも、その事実を分りきったことのように受けとめているのである。

照明が消え、次に照明がつくと、夕方である。セアラはやはり地味な服を着ているが、最初の場面と違って非常にかかとの高い靴をはいている。リチャードが帰宅し、セアラが恋人と逢っていた午後の様子についてあれこれと訊ねる。そのうちに、彼は妻がはいている靴を見とがめる。セアラは「間違ったわ。ごめんなさい」と言う。どうやら彼女は恋人に逢う時には、服装を変えるらしい。ただ今日は、夫の帰宅にそなえて靴をはきかえるのを忘れたようだ。まるで夫に逆襲するかのように、彼女は、今日の午後、彼が情婦と一緒にいたのを自分は知っていると述べる。するとリチャードは、自分には確かになじみの娼婦がいるが、情婦はいないと答える（この台詞の意味は後で分る）。これで観客は、この夫婦は配偶者が別の異性と関係することを互いに認め合っているらしいと考えるであろう。ピンターは劇の特定の段階で観客が劇の状況をどのように理解するかを綿密に計算して、作品を書いている。この後、セアラは夫の《情婦》の、そしてリチャードは妻の恋人のひととなりについて問い、どちらもしかるべき返事をするから、やがて判明する真相は確実に観客を驚かせるのである。

翌朝になる。セアラは今日も恋人がやって来ると言うので、リチャードは辟易する。夫が出勤すると、一旦退場したセアラは、「胸を大きくあけた非常にタイトな黒い服」を着て再登場し、かかとの高い靴にはきかえる。時計が三時を打つと、玄関のベルが鳴る。いよいよ恋人がやって来たのかと観客は思うであろう。しかし、現れたのは牛乳屋だった。観客が肩すかしを食らわされた思いになると、またベルが鳴る。セアラは「いらっしゃい、マックス」と言って訪問者を迎える。現れたのは夫のリチャードだった。但し彼はスエードの上着を着、ネクタイはつけていない。これで観客はすべてを理解するであろう。すなわち、妻の恋人とは砕けた服装をした夫であり、夫のなじみの娼婦とは、やはり服装を変えた妻だったのである（妻の方では、「情婦」のつもりでいたのに、夫は彼女を「娼婦」としか——つまり、性欲をみたす対象としか——捉えていなかったのだ)。

マックスとセアラはボンゴを使って、テレビ版が描写していたような行為をする。ただテレビ版では、冒頭に謎めいた、そして印象的なショットがあったのに、舞台版にはそういうものが欠けているから、この場面はやや唐突に感じられ、さほど迫力をもたない。二人はそれから一種の劇中劇を演じる(ボンゴの上で二人が指をからませるのは、舞台版では、性行為の記号というよりも《前戯》のように感じられる)。

この夫婦は、それぞれ別人を演じるというかたちで、性的なゲームに従事していたという事実を観客が知ってしまうと、それから先、芝居をもたせるのはかなり難しい。だから作者は劇中劇を採り入れ、夫婦が更に別の人物を演じるように仕組んでいる。まず、女は公園で夫を待っている人妻になる。すると男は彼女に迫る痴漢になる。次に男は、痴漢を撃退する公園の番人になる。今度は女が番人を露骨に誘惑する。最初は遠慮していた番人は急に態度を変え、逆に女に挑みかかる。二人はテーブルの下に消える。「マックス!」と叫ぶ女の声が聞える。

分りきったことをあえて言うなら、この夫婦は単調な夫婦生活に変化をもたらすために、ゲームを演じることによって、おそらくは何ほどか倒錯的な行為に耽って来たのであろう。だが《マックス》は、女の夫のことが気になると言い始める。私は『こびとたち』を論じた章の結びで、同一の女性と親密な関係になる二人の男性の間に奇妙な親近感が生れることがあり、『恋人』の場合はその変型だと述べた。それは、この戯曲においては、二人の男性とは実は同一人物であるからだ。マックスは(あるいはリチャードは)ゲームの終了を宣言するが、セアラは拒否する。遂にマックスは、寄宿学校にいる子供たちを持出し、子供たちのためにもこういうことはやめなければならないと主張するが、セアラはなお拒否する（寄宿学校に子供たちを入れることができるのだから、この夫婦は経済的にはかなり余裕があると考えられる）。男は女に愛想をつかして退場する。

夕方になる。もとの地味なスーツを着たリチャードが帰宅する。彼を迎えるセアラも地味な服を着ている。二人とも何となく沈んでいる。リチャードは、妻の不貞をこれ以上我慢する気はないと言い放つが、妻の勢いに呑まれ、いつの間にか、リチャードのままでゲームを演じ始める。セアラは彼が着替えることを求め、自分も着替えようと申し出る。リチャードは彼女が着替えるように命じ、最後に「この可愛い娼婦め」と言う。

この戯曲は、ピンターの作品の中では際立って図式的なものである。二人の登場人物の意識においては、ゲームはあくまでもゲームである筈だった。だが二人が演じる役は彼等の実体よりも優位に立つに至った。別の言い方をするなら、やくざっぽい男と娼婦という虚構が、堅気の勤め人と真面目な妻という現実にとってかわったのである。ここで決定的なのは、こういう逆転は女性が主導権を握るかたちで起ったという事実である。もちろん、この場合に女性を動かしているのは、抑えがたい性欲だ。この時期のピンター劇の例にもれず、『恋人』も、女性の男性に対する支配が――特に性的な支配が――完成するというかたちで終る。こういう作品の根底にある女性観は、必ずしもあらゆる人を喜ばせるものではないであろう。こういう女性観の集大成は、やがて『帰郷』の女主人公ルースとしてすがたを現すのである。

第十四章——場所を失った人々（II）

レヴュー・スケッチ

一九六四年の二月から三月にかけて、ＢＢＣラジオでピンターのレヴュー・スケッチ九篇が放送された。すなわち「最後の一部」「応募者」「リクウェスト・ストップ」「そこがいけない」「それだけのこと」「インタヴュー」「工場でのもめごと」「ブラック・アンド・ホワイト」「三人の対話」である。このうち、「最後の一部」「リクウェスト・ストップ」「工場でのもめごと」「ブラック・アンド・ホワイト」の四篇は、既に一九五九年に舞台で上演されていた。残る五篇はやはり一九五九年に執筆されたが、まだ発表されてはいなかった。但し、「応募者」と「三人の対話」は、一九六四年には未上演だった戯曲『温室』の一部を利用したものであり、この本の第七章で紹介したので、あらためて論じることはしない。

放送に際して演出を担当したのはマイケル・ベイクウェルだった。ベイクウェルはプロデューサーないし演出家として、初期のピンターの作品をＢＢＣで発表するために尽力した人物だが、後にピンターとの関わりで奇妙な立場におかれることとなった。彼の夫人のジョーン・ベイクウェルとピンターとが不倫関係に陥ったのである。ピンターの戯曲『背信』は、この事件のいきさつをかなり忠実に辿っている(もっと詳しいことは、『背信』を扱う第二十四章で述べる)。

「そこがいけない」の場面は公園だ。AとBという二人の男がサンドウィッチマンに気づく。Aは、あんな看板を背負っていると、今に頭痛がして来ると言う。Bは猛然と反対し、頭ではなくて首が痛くなると言う。Bによれば、筋肉の負担は順に下へ移るものだというのである。これに対してAは、筋肉の負担は上へ上へと向うと主張する。つまり、さして重要とも思えない問題について、大の男たちがむきになって言い争うのだ。最後にこういうやりとりが現れる――

B お前にはな、ひとの話を聞くってことがまるでできない、そこがいけないんだよ。
A どこがいけないかは、自分で分ってるよ。
B どこがいけないか、お前には分ってないよ。そこがいけないんだ。

(AⅠb1―2―六六頁)(AⅠa3―二二二頁)

つまりBは、筋肉の負担がどの方向へ移るかという問題について議論するのをやめ、自分の主張に反対するAの態度そのものを非難する。議論の場合にこういうやり方を取ることは、敗北を意味する。BはAを強引に黙らせようとするが、実は彼は議論においては敗れているのである。このパンチラインはごく分りやすいものだろう。

「それだけのこと」は、A夫人とB夫人という主婦かと思われる二人の女性の対話で成り立っている。A夫人は、二人の共通の知合いらしい別の女性のことを話題にする。この女性はかつてはA夫人の近所に住んでいたのであり、その頃は必ず水曜にA夫人の家へ茶を飲みに来た。ところがこの女性はよその土地へ引越し、当然ながら、A夫人のところへ遊びには来なくなった。A夫人は――そしてB夫人も――金曜に肉屋へ行くが、たまたまある時、A夫人が木曜に肉屋へ行ったら、引越した女性が来ていた。彼女は、新しい土地では肉屋が見つからないので、週に一度、なじみの肉屋へ来ていたことが分った。彼女との再会を喜んだA夫人が誘ったら、その女性は木曜には必ずA夫人の家へ来るようになった、というのである。

A夫人はこの女性に親近感を抱いていたが、どうやらこの気持は一方的なものであったようだ。引越した女性がA夫人を親友だと考えていたのなら、この土地へ規則的にやって来ることを当然知らせたであろう。だが、彼女はそうはしなかった。彼女が木曜に肉屋へ来ることにしたのは、金曜に来たらA夫人に出くわすから、それを避けようとした結果である可能性さえある。

A夫人が嬉しそうにする話を、B夫人はただ「ええ」「なるほど」などといった言葉で受けるだけだったが、やがてA夫人に残酷にとどめをさす――

A夫人　おかしかったわ、だってあの人もとは必ず水曜に来たんだもの。

間。

でも、よかったわ。

長い間。

B夫人　あの人もう訪ねては来ないんでしょ？

間。

A夫人　来るわよ。しょっちゅうは来ないけど、でも来るわよ。

間。

B夫人　もう来ないんだと思ってた。

間。

A夫人　来るわよ。

間。

ただしょっちゅうは来ないだけよ。それだけのことよ。

（ＡＩｂ１—２—六八〜六九頁）（ＡＩａ３—二三四頁）

「長い間」をおいてから、Ｂ夫人は決定的な発言をする。だからこの言葉はＡ夫人を深く傷つける。Ａ夫人は友情の復活を喜んでいたが、どうやら彼女は見栄を張って嘘をついていたようだ（Ｂ夫人は金曜に肉屋へ行くのだから、嘘をついても見破られることはないとＡ夫人は考えたに違いない）。このスケッチは、人間がごく日常的な言葉を使って残酷なことをやってのける様子をよく捉えている。

「インタヴュー」はクリスマスを前にして色々な職業のひとに対してテレビやラジオで行われるインタヴューのパロディである。なぜなら、インタヴューを受けるのは、ポルノ書店の経営者といういかがわしい仕事をしているジェイクスという男であるからだ。ジェイクスによると、クリスマスにポルノを贈るひとはあまりいないから、商売は下向きになるという。店の客はどんな人間かというインタヴュアーの問いに対して、ジェイクスは、秘密警察には客のファイルがあると答える。この国には秘密警察はないとインタヴュアーが言っても、ジェイクスは取り合わない。それどころか、自分の手元にも客のファイルがあり、それを用いて客たちの正体をあばくつもりだと、彼は語る——

ジェイクス　特別の見世物をやるのよ、いい？　連中をみんなここへ入れるんだ、みんな真青な顔で、眼の色変えてのぞきこんで、汗かきながらインチキの身分証明出して上の階へ通して貰おうとする、それを通しといて、時間が来たらドアに鍵をかけて、照明をさっと当てるって寸法よ。これで連中の正体が知れるってわけよ。

インタヴュアー　正体って……何ですか？

ジェイクス　連中はみんなおんなじね、一人残らず。共産主義者よ。

（ＡＩｂ１―２―七五頁）（ＡＩａ３―二三一頁）

ポルノ好きの人間は共産主義者だというこのパンチラインは、冷戦の時代にはあるいは受けたのかも知れないが、私にはあまり鋭いものとは思えない。ピンターはジェイクスの粘液質めいたしゃべり方をうまく伝えているから、言葉遣いにおいては面白いスケッチだが、全体としては、上出来なスケッチとは言えないだろう。

『ティー・パーティ』

戯曲『ティー・パーティ』は、同じ題の短篇小説を作者ピンターが自ら脚色したものである。この短篇は「私の目は一層悪くなった」という文で始まるが、この文を読んで我々は二つのことに気づく。第一に、この短篇が扱うのは、『部屋』や『誕生日のパーティ』に現れ、特に『かすかな痛み』で鮮明なかたちをとった、視力の衰え、あるいは広い意味の視覚障害という現象であるらしい。『かすかな痛み』の場合、この現象は性的能力の衰えをも意味したが、『ティー・パーティ』でも同じことが起るのではないか。敏感な読者はおそらくそういったことを予想するであろう。第二に、この短篇は一人称で語られており、その語り手は視覚障害に悩まされているのだから、語り手の認識——とりわけ視覚的認識——が正確なものであるかどうかは必ずしも決められない。短くはあっても、重要な情報がこめられている書き出しだ。

語り手の主治医によれば、彼の視力が衰えている証拠はないという（なお、この医院のスタッフは全員が眼鏡をかけている)。もしも医師の診断が正しいなら、語り手の認識は錯覚にすぎないのだろうか。あるいは、視力の衰えは神経的な症状なのだろうか。

語り手の仕事は順調で(短篇では、彼がどんな仕事をしているのかは示されない)、家庭も円満だ。双生児である二人の息子とも妻とも、彼はうまく行っている。妻の兄、つまり彼の義兄は、共同経営者として彼の仕事に参加している。

彼は妻との夫婦生活について次のように述べる――

ベッドでは私は想像力を働かせる。私たちは電燈をつけたままで愛し合う。私は彼女を仔細に観察し、彼女も私を観察する。朝になると彼女の目は輝いている。眼鏡の向うで彼女の目が輝いているのが私には分る。(AIb1―3―四八頁)(AIa3―二三七〜二三八頁)

この男は、性生活においても《見る》ことにかなりこだわっているようだ。彼が得る快感には、視覚的なものが少からず含まれているらしい。問題は、彼の妻が彼の好みを共有しているかどうかである(ついでながら、彼の妻も眼鏡をかけている)。朝になると彼女の目が輝いていると彼は言うのだが、この認識は果して正しいのだろうか。

彼にはウェンディという名の秘書がいる(どういうわけか、この人物だけは名前を与えられている)。仕事中に、彼は秘書の豊満な肉体にふれることがよくある(彼は妻とはうまく行っていると言うのだが、一方では、秘書相手にいかがわしい行為に耽っていることになる)。秘書は上司の行為を拒絶する様子は

『ティー・パーティ』

ないが、ただ、そういう場合には彼が目隠しをすることを求める。つまり秘書は、彼が妻を相手にする時には存分に享受する視覚的快感を斥け、もっぱら聴覚と触覚とに由来する――あるいは、嗅覚も関係があるかも知れない――快感だけを許容するのである（もちろん、目が見えない分、語り手は想像力を働かせて、見えてはいないものをあれこれと思い描くことはできる）。この短篇は、語り手が視覚の世界を失い、遂に一種の人格崩壊に至るまでの過程を辿るのだが、秘書が彼に目隠しを強いるのは、この過程における決定的な事件のひとつだと考えられる。

語り手は自分の結婚式のことを思い出す。新郎の介添人を務める予定だった親友が、急用で式に出られなくなったので、新婦の兄が代りに介添人になった。但し、当然ながら彼は新郎のことをほとんど何も知らなかったので、挨拶ではもっぱら新婦について述べるという異例の事態になった。

語り手はウェンディを面接した時のことも思い出す。彼女は面接の間中、両足を何度も組み替えた。タイトなスカートの下の足の動きは、彼に強烈な印象を与えた。

彼は秘書と共同経営者になった義兄との仲を疑っている。鍵穴に目を当てて、義兄が仕事をする隣室で行われていることを見ようとするのだが、何も見えず、ただ二人の「さえずり」や「すすり泣き」が聞えるだけだ。二人は実際に交わっているのだろうか。それとも語り手は妄想に取りつかれているのだろうか。

このあたりから、短篇はひどく曖昧になる。事件が起る順序ははっきりしないし、語り手には自分がどこにいるのかも分らない。主治医は彼に目隠しをさせる。義兄は語り手が目隠しをしていることを確認する。そういう状態で、彼は共同経営者が彼の秘書と彼の妻の両方を手頃な檀の上で裸にしている情景を見る。もちろん目隠しをしている彼に、そんなものが見える筈はない。それに、秘書はまだしも、彼の妻は共同経営者の実の妹なのだから、共同経営者が自分の妹を裸にしたりするのは、近親相姦的な行為になる。本当にそんなことが起っているのだろうか。

短篇は「しっかり目隠しをし、それを堅く縛ったままでいるのはいい気持だった」という文で結ばれる。語り手は視覚的認識が不可能な状態に陥り、そういう状態に快感を覚えるようになったのだ。

この短篇は一九六三年に執筆され、ピンター自身がそれを朗読したものが、一九六四年にBBCから放送された(ピンターの公式ウェブサイトによると、放送されたのは六月二日だが、マーティン・エスリンによれば、日付は四月二十九日である。エスリンの本には時々誤りがあるから、おそらく公式ウェブサイトの方が正しいのであろう)。また、この短篇は『プレイボーイ』誌一九六五年一月号に掲載された。

その後間もなく、短篇は脚色されてテレビドラマとなり、一九六五年三月二十五日にBBCから放映された(演出はチャールズ・ジャロット)。更に一九七〇年九月十七日には、ロンドンのダッチェス劇場で上演された(演出はジェイムズ・ハマースタイン)。テレビ版でも舞台版でも、秘書のウェンディを演じたのはヴィヴィアン・マーチャントだった。なお、現在出版されているのは舞台版のようだが、それにはテレビのカメラの位置についての指定が大量に含まれているから、あるいはテレビ版があまり加筆されないままで収録されているのかも知れない。

今では原作の短篇もピンターの戯曲集に含まれているが、それには作者による次のような覚書が付されている——

私はこの短篇を一九六三年に書き、一九六四年にBBCからヨーロッパ放送連盟のために戯曲を書くことを依頼された。私は同じ主題を戯曲形式で扱うことに決めた。私の考えでは、短篇の方が成功している。

(AIa3—二三六頁)

『ティー・パーティ』

短篇の方が成功しているかどうかについては、議論の余地があるが、戯曲には短篇が伝えないさまざまの情報が含まれている。まず、主人公にはディソンという名が与えられている。彼の双生児の息子たちは最初の妻の子で、この女性は既に死んでいる(劇が始まると間もなく、彼はダイアナという女と再婚する)。ダイアナの兄が彼の共同経営者になるのは原作通りだが、戯曲ではダイアナは兄の秘書としてディソンの会社に勤めるようになる。妻と義兄が隣室にいるのだから、ディソンは煙たくてたまらない。この男は、便器、ビデ、洗面台などといった衛生器具を製造する会社を経営していて、実業家としては相当に成功しているようだ。また、彼の二度目の結婚式に出席できなかった親友のことは、短篇では言及されるだけだったが、戯曲ではこの人物は彼の主治医ディズリーとして何度も登場し、重要な役を演じる。

戯曲はディソンが仕事に応募して来たウェンディを面接する場面で始まる。ウェンディはこれまで勤めていた会社を突然やめたのだが、その理由をディソンが訊ねると、彼女は、仕事中に上司が自分の身体をさわるのがいやになったからだと答える。しかし、彼女の話の真偽のほどは定かではない。なぜなら、彼女が持参した推薦状には、彼女の優秀さを強調する言葉が並んでいるからだ。会社を中途退職した人物の推薦状は、もとの上司が書くのが普通だが、かりに気まずい事情があったのなら、もとの上司は快く推薦状を書くだろうか。この女は上司の性的いやがらせに必ずしも抵抗しなかったのかも知れない――そういう考えをディソンが抱いても、あながち無理とは言えないであろう。

ディソンは結婚式を明日に控えているが、介添人を務める筈だったディズリーが急に出席できなくなった。そこで義兄のウィリーが介添人を買って出る。高級レストランで催されている披露宴で、ウィリーは妹のことをほめちぎる。兄妹の父親は国事に従事していたというから、どうやら彼等の家は豊かな名門であったらしい。

これに対して、次第に分って来るのだが、ディソンはいわゆる叩き上げだ。彼は優秀な工員だったが、努力して今の会社を築き上げた。彼が高等教育を受けてはいないことは確実だ。彼は時々、標準的でない言葉遣いをすることがある。やがて彼は再婚一周年を記念して、会社でティー・パーティを開くが、それに出席するためにやって来た彼の両親も、つまらぬ冗談を言って自分で笑うような、田舎くさくて洗練されていない老人たちである。

しかし、ディソンには金がある。ウィリーはかつてはいい暮しをしていたとしても、現在は無職で、おそらく無収入かと思われる。ディソンが自分の会社で働かないかと誘うと、彼は直ちに誘いに乗る（やがてディソンは彼を共同経営者にする）。ウィリーは妹でディソンの妻となったダイアナを自分の秘書に指名する。

金銭的にはディソンはウィリーやダイアナよりも優位に立っているが、それ以外の点では劣等感にさいなまれずにはいられない。ある日、彼はウェンディに向って手紙を口述しながら、秘書が具合が悪そうにしているのに気づく。椅子が硬すぎるのかとディソンが訊ねると、彼女はそうだと答える。そこで彼は彼女を机に腰かけさせる(これはディソンがウェンディの身体にふれるための伏線になる。こういう位置関係の方が、彼にとっては好都合であるからだ)。

ディソンの家庭生活や、ディズリーがディソンを診察する様子を描いた場面が続き、時間が経過する。やがて、またもやディソンとウェンディとの場面になる。ディソンは、目が痛むから、ウェンディのスカーフで目隠しをしてくれと言う(戯曲では、目隠しを最初に求めたのはディソンであったことになっている)。そういう状態で、彼は取引先に電話をかけているウェンディの身体にふれる。ウェンディは別に抵抗しない。だから観客は、こういうことが起るのはこれが初めてではないことを知る。ディソンは、ウェンディが以前勤めていた会社の上司について語ったことから刺戟を受け、彼女に手を出したに違いない。ところが彼女は別にいやがりもしなかった。この場面でも、彼女はディソンに好きなようにされながら、冷静に電話をかけ続ける(演じ方にもよるが、ここは笑える場面であろう)。妻に頭が上らない男が、別の肉感的な女に慰めを見出すというのは、よくある話である。

隣室のウィリーが、ダイアナが具合が悪くて家へ帰ったから、ウェンディを五分ばかり貸してくれと言って来る。ウェンディは隣室へ行く。しばらくすると、隣室から笑い声などが聞えて来る。ディソンは床に座り、スカーフをずらして鍵穴に目を当て、様子を窺おうとするが、何も見えない。ドアが開き、女が現れる。ディソンは彼女の足にさわろうとする。ところが、その女は妻のダイアナだった。帰宅していたが、職場へ戻って来たのだと、彼女は言う。とすると、隣室では、おそらく不適切なことなど何も起ってはいなかったのだ。ディソンはウェンディのスカーフを外し、何とかその場を取り繕うが、妻が彼の説明に納得したかどうかは分らない。

場面が変り、ディソンはまたウェンディと一緒になる。不意にテレビの画面にウェンディの臀部の大写しが現れる（これは、テレビ版の指定が残っている例であろう。この場合、大写しはディソンの視点が捉えたものという想定になっている）。ディソンは眼前の巨大な尻を払いのけようとする。そのはずみに、机の上にあったライターが床に落ちる。ディソンとウェンディはライターをボールに見立てて、ラグビーごっこをする。ウェンディはひどく高圧的、攻撃的であり、どちらが上司なのか分らない。

別の場面では、ディソンはまたもやウェンディのスカーフを求める。このスカーフは、『恋人』のボンゴと同じく、男女が演じる怪しげなゲームの小道具になっているようだ。ただボンゴと違ってスカーフは女性が身に着ける品物だから、それに固執するディソンにはフェティシズムの傾向が認められる。ウェンディは、「私いつもキスしたくなるの、そのスカーフで目隠ししてらっしゃると」などと言う。彼女がしたたかでなれなれしい女であることは確実だ。今や力関係においては彼女の方が優位に立っている。

ダイアナとの結婚一周年を記念して、ディソンは会社でティー・パーティを開くことにした。当日、彼はまた目が痛くなったので、ディズリーを早めに来させ、目のまわりに包帯をしっかりと巻くように求めた。客たちがやって来てパーティが始まったが、ディソンはそれに参加できない。

戯曲の結びの部分では、ディソンの視点から捉えたショットが続く。もちろん、包帯で目隠しをしている彼に、さまざまの情景が実際に見える筈はないから、これらのショットは彼が想像する情景を示しているのだと理解せねばならない。やがて彼は、ウィリーがウェンディの机の上にクッションを置き、そこにダイアナとウェンディとを寝かせる様子を見てとる。ウィリーはウェンディの顔を、ついでダイアナの顔を愛撫する。

ディソンは椅子にかけたまま床に倒れこむ。ディズリーとウィリーが駆け寄る。ディズリーは包帯を切断して外す。ダイアナが夫に呼びかけるが、彼は目を見開いたままで、何も答えない。

夫の人格が崩壊してしまうというこの結末が、『かすかな痛み』の結末に酷似していることは明らかだ。ただ、『かすかな痛み』のエドワードと違って、『ティー・パーティ』のディソンは、妻であるダイアナと愛人かと思われるウェンディという二人の女性の両方に支配されている。こういう状況から確実に解放されるためには、彼は自分を女性とは無縁の存在にする必要がある。『かすかな痛み』においては、視力の衰えは性的能力の衰えを意味したが、『ティー・パーティ』でも同じことが起っていると考えるのは、ごく自然であるだろう。もしそうなら、目隠しをすること、自らの視力を無にすることは、いわば自らを去勢する行為なのだと解釈することができよう。ディソンには潜在的な去勢願望があり、それが目隠しというかたちをとるのかも知れない。

ピンターは短篇の方が戯曲よりも成功していると考えていた。テレビドラマであれ舞台劇であれ、性的な場面の表現には限度がある。だが短篇なら、どれほど露骨で卑猥な場面でも自由に描くことができる。また、短篇は語り手の視点で統一されている。どうやらこの語り手は正常な判断ができなくなるようだが、そのことも短篇の方が明瞭に伝えている。やはりピンターの判断は正しかったと思われるが、だからといって、戯曲が、女性に対して劣等感を抱いている男性が破滅するさまを描いたものとして、驚くべき迫力をもっていることは、誰にも否定できない。

『帰　郷』

イプセンの『ヘッダ・ガブラー』は「人間はこんなことはしないものだ」という台詞で結ばれる。女主人公のヘッダがピストル自殺を遂げたので、ある事情で彼女を脅迫していたブラックという判事が、驚いてこう叫ぶのである。ブラックはつまらない俗物だから、人間のあり方を安易に割切っているのかも知れないが、しかし、理窟を言うなら、自殺する人間はこの世にはいくらでもいる。ピンターの『帰郷』は一九六五年六月三日にオールドウィッチ劇場で、ロイアル・シェイクスピア劇団によって上演されたが（演出は当時ロイアル・シェイクスピア劇団の藝術監督だったピーター・ホールである）、その時にも、登場人物たちの行動があまりに不道徳に見えるので、「人間はこんなことはしないものだ」と感じた観客が大勢いた。しかし、劇の人物の行動を見て観客が衝撃を受けたり不快感を催したりすることは、その劇がリアリティを欠いていることを少しも意味するものではない。いわゆる健全な社会人には思いも及ばない不道徳な行動に出る人間は、昔も今も少しも珍しくないのである。

次に、人間は嘘をつくことがある——人間はあらゆることを《本気》で語るわけではない——という、分りきってはいるが、素朴な観客が忘れがちな事実がある。確かに『帰郷』の大詰では驚くべき提案がなされるのだが、提案をする側もそれに応じる側も、さまざまの思惑に基づいて発言するのであり、彼等は問題の提案が実現することを期待しているのだと単純に決めつけるのは軽率だと言わざるをえない。劇の台詞を吟味する場合、語られている事柄だけに注目するのでは明らかに不十分なのであり、それが語られる状況だの語り手の心理だのといったさまざまな条件にも注意することが必要なのだが、『帰郷』のような作品については、このことは特に顕著になっている。

劇の場所は「北部ロンドンの古い家」で、時は夏、第一幕はある日の夕方に始まる。レニーという男（戯曲の指定によれば三十代前半）が競馬新聞を読んでいるところへ、マックスという男（七十歳）が登場し、食器棚の抽斗を開けて何かを探す。そして次のようなやりとりが交される——

マックス　はさみをどうした？

間。

おい、はさみを探してるんだ。どこへやった？

間。

聞えないのか？　切り抜きたいものがあるんだ、新聞から。
レニー　新聞ならおれが読んでる。
マックス　その新聞じゃない。その新聞はまだ読んでもいない。おれが言ってるのは、この間の日曜の新聞だ。

（ＡＩａ３―一五頁）

これだけで、この家庭はかなり異様なものであることが分るに違いない。「はさみをどうした？」という問いは別にこみ入ったものではない。レニーは、はさみの所在を知っているならそれを教えたらいいのだし、かりに知らないのなら、その旨を告げたらすむ。ところが彼は、問いを徹底的に無視する。やがてマックスとレニーは親子であることが判明するが、息子は父親を馬鹿にしており、何かにつけて口汚い言葉で彼を罵る。
だがマックスの方では息子に向って一方的に話しかけ続ける（彼はいくらか老化していて、話し相手がほしくてたまらないのかも知れない）。彼はかつて親しくつき合っていたマグレガーという男に言及し、マグレガーはレニーの母親（つまり、マックスの死んだ妻）に好意をもっていたと語る（この台詞は劇の大詰近くで起る事件の伏線になる）。マックスは自分が競馬通だったと言って自慢する（彼の長広舌には、『管理人』のデイヴィスを思わせるところがある）。
マックスの弟のサム（六十三歳）が登場する。レニーはこの叔父には愛想よく話しかける。彼は日本流に言うならハイヤーの運転手で、仕事を終えて帰って来た。この男は一度も結婚したことがなく、マックスは彼が男らしくないと思って軽蔑している。サムはあるいは女性に対して不信感を抱いているのかも知れない。

レニーの弟のジョーイ（二十代半ば）が登場し、「腹が減った」と言う。サムが「おれもだ」と言う。マックスは激怒して、「おれはお前たちの母親か」と叫ぶ。息子たちの母親が死んだ後、マックスが一種の母親代りになり、家族のために料理を作って来たらしいのだが、そうだとすると、この家庭はますます奇妙なものに感じられるようになるであろう。通常の家庭なら、サムはもちろんレニーもジョーイも家を出て独立しているに違いない。ところが、この家では大の男が四人も暮しており、最年長の男が家事を担当している。サムが運転手であることは分ったが、レニーがどんな仕事をしているのか――いや、そもそも彼が仕事をもっているのかどうかさえ――この段階では分らない。ジョーイは仕事をもっている（第二幕で、彼は建物を解体する作業をしていることが分る）。仕事の後、彼はボクシングのジムに通っている（だから、帰宅すると「腹が減った」と言うのである）。マックスは息子のボクサーとしての才能に何ほどか望みを託しているが、彼は既に二十代半ばに達しているのだから、これからボクサーとしてものになる可能性は極めて乏しいと言わねばならない。男たちは始終いがみ合っている。マックスはいつも杖を携えており、ことあるごとにそれを振りかざす。つまり、ここは肉体的・精神的な暴力が横行する場所なのである。冒頭の場面が観客に伝えるのは、こういう事実である。

照明が消え、再び照明がつくと、夜になっている。中年の男女が現れる。やがて明らかになるが、男はマックスの長男のテディ（三十代半ば）、女は彼の妻のルース（三十代前半）である。二人はスーツケースをもっている。テディは久しぶりにこの家へ帰って来たのだ。しばらくすると、二人はこういうやりとりを交す――

テディ　二階へ上って、僕の部屋がまだあるかどうか見て来ようかな。
ルース　部屋が移動した筈はないわ。
テディ　いや、つまり、僕のベッドがまだあるかどうかだ。
ルース　誰かが使ってるかも知れない。

（ＡＩａ３―二八頁）

さりげないやりとりかも知れないが、これだけで、ルースが実にいやな――あるいは、手ごわい――女であることが伝わる。これに続く台詞を聞くと、ますますはっきりして来るのだが、夫は妻の顔色を窺い、彼女に対して気を使ってばかりいる。だが妻は夫の気遣いに応えない。この夫婦関係は、意思の疎通が成立しない、緊張感のこもったものなのである。

ルースはテディに、「この家に滞在する気なのか」という意味の問いを発するが、実はこれはおかしい。やがてルースとレニーが交すやりとりから分る通り、テディはアメリカの大学に勤めており、妻を連れて旅行に出て、既にイタリアへ行ったりしているのだから、わざわざこの家までやって来て親や兄弟の顔も見ずに立去ることは考えられない。だがテディは妻に対してしきりに弁解する。そして彼の気遣いはことごとく不発に終る。ルースは夫の言うことを何ひとつ聞かず、散歩したいと言って外出してしまう（時刻は真夜中である）。この場面において最も印象的なのは、夫婦関係の主導権を握っているのはテディではなくてルースであること、彼女はどんな状況においても自分の意向通りに振舞うらしいことである。

ひとりきりになったテディの前へレニーが現れる——

テディ　やあレニー。

レニー　やあテディ。

間。

テディ　階段を下りて来るのが聞えなかったよ。

レニー　下りて来てはいない。

間。

今はこの階で寝てるんだ。

（ＡⅠａ３—三三頁）

久しぶりに再会した兄弟の言葉にしては、さりげなさすぎるであろう。この劇の登場人物については、常識的な感情の表現を期待してはならないようだ。
テディは寝室へ向う。間もなくルースが戻って来る——

レニー　今晩は。
ルース　お早う、でしょ。
レニー　その通りだ。

（ＡⅠａ３——三五頁）

既に日付が変っているのだから「お早う」の方が理にかなっているとルースは言っているのだが、「部屋が移動した筈はないわ」という台詞の場合と同じく、彼女は相手の発言の不正確さを指摘する。指摘された方はもちろん傷つく。そしてルースは、自分の発言が初対面の相手を傷つけることを知っていると考えねばならない。

レニーはルースがテディの妻であることを確認すると、次々に長台詞を繰り出してルースを動揺させようとする。だがルースは全く動じない。たとえばこんな風だ——

レニー　ある晩、と言ってもそれほど昔のことじゃない、ある晩ドックのそばで、ガード下にひとりで立って、男たちが入江でヨットの帆を張ったり帆桁を操ったりするのを見てたんだ、するとその時、あるご婦人が近づいて来て、ある話をもちかけた。このご婦人は何日も、おれを探してた。おれを見失ったんだな。しかしながら、つまるところ、おれを見つけ出した、そしておれを見つけ出すと、このある話をもちかけて来た。で、この話だが、決して悪い話じゃない、普通の場合ならおれは喜んで乗ったと思うよ。つまりだ、喜んでその話に乗ったと思うよ、普通の場合なら。ただ問題は、このご婦人は梅毒でぼろぼろになってたってことだ。そこでおれは断った。ところがこのご婦人はひどくしつこくて、このガード下でおれに勝手な真似をし始めた、その勝手な真似というのは、いかなる基準によっても我慢できる代物じゃない、といったわけで、おれはご婦人をぶん殴った。いっそやっちまおうか、殺そうかとも思ったね、と言うのも、殺すとなれば簡単だ、何の問題もない。女の運転手、女のためにおれを探し出した男だが、こいつは角の店で一杯やってた、そういうわけで、ご婦人とおれは二人きり、ガード下に突っ立って、蒸気船という蒸気船が蒸気を吐くのを眺めてる、あたりは無人、西部戦線異状なし、そしてご婦人は壁にもたれ——と言うか、壁をずり落ちてる、おれにぶん殴られた結果として。つまり、要するにだ、すべてはおれに分があった、殺すとなれば。運転手なら心配は要らない。運転手がしゃべる気遣いはない。やつはわが家の古くからの友達だ。しかし……結局おれは思った……ああ、なぜ面倒なことをやる……つまりだ、死体を片づけたりとかさ、緊張状態に陥ったりさ。そこで、ただ鼻にもう一発お見舞いし、靴で二三発蹴り飛ばして、それでお開きにしたってわけだ。

ルース　なぜ分ったの、そのひとが病気だって？

レニー　なぜ分ったかって？

間。

おれがそう決めたんだ。

（ＡⅠａ３―三八～三九頁）

ルースの反応はレニーを――そして観客をも――驚かせるに違いない。この前後のやりとりを読むとよく分るが、レニーは初対面のルースに強い印象を与えることによって優位に立とうと懸命に努力している。そのために彼は、自分は女性に対して暴力を振るう、場合によっては女性を殺しかねない男だと告げるのである。だがルースはレニーの物語のそういう部分は完全に無視し、「なぜ分ったの、そのひとが病気だって？」と聞く。女が病気もちだったという話は一度現れるだけで、その後、暴力についての話が長々と続くから、それほど注意深くない観客は、病気のことを忘れてしまっているかも知れない。だが、ルースはそれを覚えていて、問題にした。レニーは彼女の問いを反復し、間をおいてから、やっと「おれがそう決めたんだ」という答になってはいない答をする。このやりとりにおいて重要なのは、レニーの物語の真偽などではなくて、二人の力関係である。ルースはレニーが全く予想していなかった反応を見せることによって彼の態勢を崩し、この場の主導権を握るのだ。

ルースは自分とテディは結婚して六年になると述べる。『帰郷』は一九七三年に映画化されたが、この映画では、「六年」が「九年」になっている。理由ははっきりしないが、出演者の年齢を考慮して、こう変えられたのかも知れない。この映画を演出したのは、初演の舞台の演出者で、ピンターの数多くの戯曲の演出を手がけたピーター・ホールだった。六人の出演者のうち四人は、ロンドンの初演でも一九六七年のニューヨーク公演でも同じ役を演じていたが、ルース役のヴィヴィアン・マーチャントが凄みがあってとりわけ印象的である（この映画はＤＶＤとして簡単に入手できる）。

さて、レニーはルースに水を入れたコップを渡していたが、それを取ろうとすると、ルースは執拗に抵抗し、「あんたがコップを無理に取ったら……私はあんたを取るわ」などと言う。更に彼女は、レニーが床に横になったら、のどへ水を注ぎ入れようと、思わせぶりなことを言い出す。レニーは「何か話をもちかけてるのか？」と訊ねる。原文では「プロポーザル」という単語が使われているが、これはレニーがガード下で出くわした街娼らしい女の行動について用いたのと同じ言葉である。つまり、街娼の行為と現在のルースの行為とが同一視されていることになる。ルースの娼婦的側面は戯曲を通じて何度も言及されるが、それは彼女とレニーとの最初の対決において早くも示されるのであり、決して戯曲の終り近くになって急に現れるわけではない。

ルースが二階の寝室へ向うと、物音に気づいたマックスが登場する。レニーはテディとルースが来ていることをマックスには告げない。そして自分が母親の胎内に宿った夜はどんな風だったかと、マックスに訊ねる。マックスは息子につばを吐きかけ、退場する。

翌朝になる。サムが調理場で皿洗いをしているのが気に入らないマックスは、ひどく機嫌が悪い。彼は父親の後を継いで肉屋になったが、一緒に仕事をさせてやろうと思ってサムを誘ったところ、彼は全く無能だった。だがマグレガーは有能だったと、マックスは言う。

テディとルースが二階から下りて来る。ルースに目を留めたマックスは、いきなり彼女を娼婦呼ばわりする。これは唐突に響くかもしれないが、前の晩に彼女がレニーに対してどんな態度を示したかを知っている観客にとっては、必ずしも見当違いの台詞には聞えないのではあるまいか。テディと結婚する前のルースが怪しげな仕事をしていたらしいことはこの後何度も言及されるから、あるいはマックスは直感的に何かを感じ取ったのかも知れない。マックスはルースを追い出せと言うが、誰も応じない。彼はジョーイの腹部を全力で殴り、割って入ろうとしたサムを杖で打つ（レニーとテディは何もせずに立っている）。

マックスは態度を変え、子供はいるのかとルースに聞く。三人いると、ルースは答える。マックスはテディと抱き合う。ここまでが第一幕である。この段階で、全くの赤の他人であるルースは、既にこの家である地位を確保している。第二幕では、彼女は自分の地位を更に確実なものにするのである。

第二幕はその日の午後に始まる。一同は昼食を終え、コーヒーを飲もうとしている。マックスは死んだ妻のジェシーを口を極めてほめ、彼女は行いの正しい、意志の強い女だったと語る。そしてサムに同意を求めるが、サムは返事をしない。明らかに彼には思うところがあるようだ。彼が仕事に出かけるので、マックスはテディたちを相手に話をする。テディによれば、彼とルースはアメリカへ出発する日に結婚したが、父親が忙しくしていたので、結婚のことは知らせなかったという。するとルースが意外なことを述べる。すなわち、初めてテディに逢った時の自分は「(今とは) 違っていた」というのである。テディはそれを否定するが、ルースには、大抵の人間ならひとに知られたくないと思う過去があるようだ。それがどんなものであったにせよ、なぜ彼女がわざわざこんなことを言い出すのだろう。観客の関心はこの点に注がれるに違いない。

私はこの近くで生れたとルースは言い、アメリカは岩と砂だけだと語る。彼女はアメリカが気に入らないらしい。男たちは退場し、彼女はテディと二人きりになる。夫婦が二人きりになるのはこれが二度目だが、最初に登場した時と同じように、今度もルースは夫が言うことに全く同意しない。アメリカへ帰ろうとテディは言うが、ルースは気乗りがしない様子だ――

ルース　あなた、家族が嫌いなの？
テディ　家族って、どの？
ルース　あなたの家族よ、ここの。
テディ　もちろん好きだ。何を言ってるんだい？

間。

ルース　思ってたほどには好きじゃないっていうの？

（ＡＩａ３―六二頁）

ルースは明らかにテディにからんでいる。テディがアメリカは清潔だと言うと、ルースは、ここは不潔なのかと答える。要するにルースは出発したくないのだ。もちろんこれはおかしい。この家の住人たちはテディにとっては肉親だが、ルースにとっては他人にすぎないからだ。アメリカの劇評家ジョン・ラーが編纂した『ハロルド・ピンターの「帰郷」についてのケイスブック』(一九七一)という本があるが、その中で、初演の舞台でも映画でもマックスを演じたポール・ロジャーズが、《帰郷》を果すのはテディではなくてルースなのだと述べている(BIII52—一六一頁)(ピンターはロジャーズの解釈に賛成したそうだ)。彼女にとっては、この家は居心地がいいのだ。

荷造りをするためにテディが退場すると、ひとりきりになったルースの前にレニーが現れる。第一幕で初めて逢った時の二人は主導権をめぐって争ったが、この場面では、はるかに打解けた、話が通じる関係になっている。そのことは、たとえば個々の台詞の短さに現れている——

レニー　そろそろ、日が暮れて来たね。

ルース　ええ、暗くなって来た。

間。

レニー　間もなく冬だ。着るものを入れ替えなきゃ。

間。

ルース　それはいいことね。

レニー　何が？

間。

ルース　私はいつも……

間。

着るものは好き？

レニー　そうとも。着るものは大好きだ。

（ＡⅠａ３―六四頁）

やがてルースは、自分は昔はヌード写真のモデルだったのであり、撮影のために田舎へ行ったことも何度かあると語る（『夜間学校』にも、ホステスが客と一緒に遠出する話が現れた。ルースが田舎へ行ったのは、撮影のためだけではあるまい）。「モデル」が売春婦を指す婉曲な表現であることは常識だろう。この戯曲には、ロンドンの盛り場ソーホーのグリーク・ストリートという通りの名が現れるが、今でもソーホーでは「モデル」というネオンサインのある店を見かけることがある。現在のソーホーはかなり浄化されたが、この劇が発表された一九六五年頃には、そういう店が至るところにあったと思われる。

それにしても、ルースはなぜこんな話をレニーにするのだろうか。彼女は彼が自分の同類であることを悟ったに違いない(レニーがいわゆるポン引きであることは、間もなく判明する)。

出発の支度を終えたテディが登場するが、レニーはルースにダンスを所望する。ルースは応じ、二人はキスする。マックスとジョーイが戻って来る。ジョーイはルースを見て、「この女は娼婦だ」と言う(つまり、初めてルースを見た時にマックスが叫んだのと同じ言葉を口にするのである)。彼はルースに近づき、彼女をソファにかけさせてキスする。更に彼は彼女を押し倒し、覆いかぶさってキスし続ける。それを見ていたマックスは、テディに向って、「お前が結婚した時に知らせて来なかったのは、それを恥じていたからだ」と言う。テディは反応しない。

ジョーイとルースは抱き合ったまま、ソファから床へ転がり落ちる。レニーが片足でルースにふれる。こうして三人は、いわゆるトリプルプレイをしているような恰好になる。その時、ルースが不意にジョーイを突きのけて立ちあがり、命令口調で食物や酒を要求する。彼女の主導権は一段と確実なものになった。気押された男たちは彼女の機嫌を損ねないように懸命に努める。

場面が変り、夕方になる。サムがテディに向って、自分はずっとテディが気に入っていたと語り、テディがアメリカから手紙をくれたが、マックスにはそのことを告げなかったと言う。テディは母親のお気に入りだったとも、サムは述べる(この台詞には何か含みがあるようだが、そのあたりの事情はやがて明らかになる)。

レニーが登場し、サムは退場する。レニーが、生れ育った環境に背を向けてアメリカの大学で教えるようになったテディにいやみを言っているところへ、ジョーイが新聞をもって二階から下りて来る。実は彼はルースと一緒に二時間も前から二階の寝室にいた。ところがレニーが様子を訊ねると、最初は言葉を濁していたジョーイは、やがて「行くところまでは行かなかった」と答える。もちろん、実際に何があったのかを確認することはできない。実は行くところまで行ったのに、ジョーイが嘘をついているのかも知れない（しかし観客は、ジョーイはどちらかと言うと鈍い男で、嘘をついたりはしないと感じているであろう）。ジョーイが男性として役に立たなかったのかも知れない（しかしレニーによると、ジョーイは女にかけては達者な男だというから、そうではあるまい）。するとどうやら、ルースが気をもたせるばかりでジョーイの言うことを聞かなかったというのが真相であるようだ。事実レニーは「あれは男をじらす女だ」という意味のことを言う。男の意のままになったら、女は男に支配される存在になりかねないが、男をじらしている限り、女は男を支配し続けることができる。このことをルースはよく心得ていると解釈すべきであろう。

様子を知ったマックスが、このままルースをこの家においておこうと言い出す（ルースを男たちの欲望のはけ口にしようという含みがある）。サムとテディは反対するが、彼等の意向は無視される。するとレニーが、ルースをソーホーで娼婦として働かせ、金を稼がせる方がもっといいと言う（レニーがポン引きであることが、これではっきりする）。ジョーイは「あの女を共有するのはいやだ」と言うが、マックスとレニーに丸めこまれる。テディも父親や弟たちの計画に正面から反対することはやめる。

初演の観客を驚かせたり憤慨させたりしたのは、劇のこういう展開だった。夫のいる女を娼婦にする、彼女の夫も消極的ではあってもそれに賛成する――これは何ということか。人々はそう感じたのだ。だが、この展開には前提がある。ルースは何度も自分の過去について思わせぶりなことを言う。彼女が自分の目の前でレニーやジョーイを相手に見るにたえないことをしても、夫であるテディは何もしない。普通に考えたらもちろん異常だが、この夫婦にとっては、これは騒ぎ立てるほどのことではないのかも知れない。

テディとルースが最初に登場した時から、この夫婦の関係が冷えきったものであることは分りすぎるほど分る筈だ。彼等の結婚は既に破綻していると考えるのが自然ではないか。テディには、もはや結婚生活を維持する気はないのではないか。もしそうなら、ルースが他の男たちを相手にどんなことをしても、彼にとってはどうでもいい筈だ。あるいは彼は、妻のそういう振舞いに慣れてしまっているのかも知れない。最後に彼はひとりでアメリカへ帰るのだが、妻と別れることこそ彼が望むところであったのかも知れない。

こういうわけで、劇の経過を少し注意深く辿るなら、この展開には別に不自然な点はないことが理解できる筈なのだが、いちばん決定的なのは、ルースが男たちの提案を受入れ、それが実現するように協力すると断定する根拠はどこにもないという事実である。驚いたり憤慨したりするのは、早すぎるのだ。

男たちが勝手な計画を立てて盛り上っていると、ルースが二階から下りて来る。テディが、皆がもっといてほしいと言っているから、そうしてくれても構わないと、彼女に言う。ルースは「それはご親切に」と答えるが、もちろんこういう台詞を額面通りに受取ってはならない。このしたたかな女は、計算づくでものを言うことには慣れている筈なのだ。

「僕と一緒に家へ帰ってもいいんだよ」とテディは言うが、ルースは夫の言葉を無視する。そしてレニーがソーホーのアパートの話をすると、「部屋はいくつ」と聞く。レニーは二部屋のアパートを提案するが、ルースは三部屋に固執し、結局レニーはその条件を呑む。言うまでもないが、実際にアパートが幾部屋であるか、そもそもルースがソーホーのアパートに住むのかどうかといったことは、全く分らない。このやりとりにおいて重要なのは、ルースが自分の要求を押し通すという事実なのである。サムが進み出て、思いがけないことを言う――「マグレガーはおれの車の後の座席でジェシーをものにした」。興奮のあまり、彼は失神して床に倒れこむ。サムは男たちの《計画》にずっと不賛成だったが、たまりかねてこういう発言をしたのであろう。マグレガーとジェシーとが関係していることに、マックスはおそらく気づいていたであろう。だからジェシーをほめそやす彼の言葉は嘘だと考えるのが自然である。サムはこの家庭の根底にある嘘をあばこうとしたのだ（テディはジェシーのお気に入りだったらしいが、あるいはテディの本当の父親はマグレガーなのかも知れない）。

だが何ごともなかったかのように、テディは出て行こうとする。するとルースが「エディ」と呼びかける。そして間をおいてから、「他人になるんじゃないよ」と言う。ルースは夫に向って「エディ」という、これまでとは異る呼び方をするのだと指摘している批評があるようだが、これは必ずしも正しくない。ルースとテディが二人きりになる場面は二度現れるが、ルースが夫の名を呼ぶことは一度もない。ただ一度、第二幕が始まって間もなく、ルースはマックスに話しかける時に、夫のことを「テディ」と呼ぶが、これはマックスに調子を合わせてそう言うのだと解釈すべきである。なお、テディが妻をルースと呼ぶことは三度あるが、それはいずれも夫婦以外の人物が居合わせる場面でのことである。要するに、この夫婦は相手の名前をあまり呼ばないらしい。夫婦間で名前を呼び合うのは親近感の表現だと考えられるが、この夫婦にはそういうものが欠けているようだ。

とすると、ルースがここで夫を「エディ」と呼ぶことには特別な意味がある。彼女は私生活では夫をエディと呼んでいるに違いない。つまり彼女はテディを「エディ」と呼ぶことによって、夫との親密さを他の男たちに見せつけているのだ。「他人になるんじゃないよ」という台詞は、「私たちはまだ夫婦なのよ」「私が帰って行ったら家に入れてね」などといったことを意味するのであろう。しかしルースは、そういう分りやすくはあっても甘えた言い方はしない。彼女は夫に懇願しているのではない。夫に命令しているのだ。状況次第で夫のもとへ戻る気でいるに違いないのだが、彼女は、自分自身が選ぶかも知れない行動については何も言わない。今後の夫婦関係のあり方を決めるのは、あくまでもテディなのだと彼女は主張しているのである。テディは何も答えずに退場する。

ルースはくつろいだ様子で椅子に腰を下している。ジョーイが彼女に近づき、ひざまずく。彼女は彼の頭に軽くふれる。彼は頭を彼女の膝に乗せる。レニーは立っている。マックスはレニーやルースに向って、「おれは老人ではない」と懸命に言い張る(これより先、ルースとの関係において仲間はずれにされることに抵抗するマックスについて、レニーは「セックスレス」という言葉を使ったことがあった)。彼はジョーイと同じようにルースのそばにひざまずき、「キスしろ」と言う。これがこの劇の最後の台詞である。だがマックスはただ自らの老いを否定しているだけではない。最後の台詞を語る少し前に、彼はレニーに、「この女は汚いやり方をするだろう。この女はおれたちを利用するだろう」と叫ぶのだ。ルースが素直に男たちの言うことを聞いて娼婦になったりしないであろうことに、少くとも彼は気づいているのである。

男たちはルースを支配しようとするが、逆にルースによって支配される。ルースはこの家庭に侵入して来た《よそ者》だったが、よそ者による支配が完成するというかたちで、劇は終るのである。その意味で、『帰郷』には『かすかな痛み』に通じるところがいくらか認められるが、『かすかな痛み』の場合以上に、支配は明白に性的な次元で起るのである。ルースは、男たちを支配するための最大の武器は性的存在としての自分自身であることを、そして、この武器をどんな風に利用するのが最も効果的であるかを、十分に心得ている。一九八八年十二月にメル・グソーによって行われたインタヴューの中で、ピンターは、「(ルースに向って)命令を下すことは誰にもできません。この人物は、私がこれまでに書いた人物の中で、自由な女性にいちばん近い存在です――自由で独立した精神の持主なのです」(ＡＩａ15―七一頁)と語っている。人妻が卑劣な男たちによってほしいままにされる物語として『帰郷』という作品を理解するのは、救いようのない誤読に他ならないのである。

第十七章——アイデンティティの混乱(VI)

『地階』

ピンターが一九四九年、つまり十代の終り頃に書いた『カラス』という短い作品がある。作者は最初はこの作品を詩のひとつに数えていたが、やがて「散文のフィクション」に分類するようになった。どちらに分類するかはさほど重要な問題ではないが、それはともかく、小品ではあっても、『カラス』はピンターが認識論の問題に拘泥し続けるのを予告しているという意味で、重要な作品である。

語り手の部屋へカラスという男が若い娘を連れてやって来る。招じ入れられた二人は語り手のベッドに入る。カラスは、暖かければ窓を閉じ、寒ければ窓を開ける。昼間はカーテンを閉め、夜はカーテンを開く。窓やカーテンを普通とは異るやり方で扱うことによって、彼はこの部屋を自分のものにする。やがて彼は去り、娘が残る。娘はやはり彼女なりのやり方で部屋を支配する。部屋は娘のものになったのであり、語り手はもはや自分の部屋にはいない。この作品の根底にあるのは、空間とは自律的・自己完結的なものではなくて、相対的なものなのであり、当の空間を支配している人間との関係に応じてあり方を変えるのだとする認識である。もちろんこういう相対性は、その空間にいる人間についても認められる。空間と人間との関係に応じて、人間もまたあり方を変える。その結果、自己と他者とが入れ替わることがある。ある人間と別の人間との間には互換性があると、ピンターは主張しているようだ。

一九五五年にピンターはやはりカラスと呼ばれる人物が登場する『試験』という短篇を執筆した（この作品は一九五九年に『プロスペクト』という雑誌に掲載された）。この作品も存在の相対性という問題を扱っている。語り手はカラスを相手に一種の口頭試問を行うのだが、その際、適当に休憩時間を設けることにする。いつ、どれほどの長さの休憩を取るかは、質問者が決めることができるから、最初は質問者の意向に従って時間が進行した。ところがカラスが、語り手の質問に答える時に自由に間を取るようになったので、時間の進行についての主導権は次第にカラスへ移って行った。こうして、質問者と解答者の関係が逆転する。「我々は今やカラスの部屋にいた」と、語り手は述べる。二人の関係の変化に応じて、空間もまたあり方を変えたのである。

戯曲『地階』は『カラス』や『試験』を支えている認識をもっと丹念に吟味した作品である。但しピンターの若年時の作品と『地階』との間には、もうひとつの作品があった。一九六三年頃のことだが、グローヴ・プレスというアメリカの前衛的な出版社が、サミュエル・ベケット、ウジェーヌ・イヨネスコ、そしてピンターという三人の劇作家が書いたシナリオを映画化する企画を立てた。実際に映画化されたのは、ベケットの『映画』だけだった（この映画はバスター・キートンが出演したことで知られている）。ピンターは『コンパートメント』という作品を書いたが、結局それは陽の目を見なかったので、彼はそれに加筆してテレビドラマに仕立てた。これが一九六七年二月二十日にＢＢＣから放映された『地階』である（演出はチャールズ・ジャロット）。これにはピンター自身もストットという人物の役で出演している。また、『地階』は一九七〇年九月十七日に『ティー・パーティ』と二本立てでロンドンのダッチェス劇場で上演された（演出はジェイムズ・ハマースタイン）。

劇の最初の場面は、ある建物の地階にあるアパートの外部である（原題の「ベイスメント」は、建物の地階ないし半地階のことで、別の階を通ることなく、道路から階段を下りて直接その階へ入れる構造になっているのが普通である）。時は冬の夜だ。地階の入口に男（ストット）が娘（ジェイン）と一緒に立っている。やがてストットはベルを押す。アパートの住人（ロー）が彼を迎える――

（ローは）ストットを見つめる。入口のローの位置からは、娘は見えない。

ロー　（大喜びで）ストット！

ストット　（微笑して）やあ、ティム。

ロー　何てことだ。入れよ！

ローは笑う。

入れよ！

ストットはアパートに入る。

驚いたな！

（AⅠa3―一四四頁）

ストットとローはかつてはロンドンのある場所で一緒にアパートを借りていたが、その後、音信不通になり、何年も経過した。ローは久しぶりの再会を喜び、ストットが適当な住みかを探しているところだと言うので、このアパートにずっといてもいいと申し出る。するとストットは連れがあると言い、ジェインを部屋に入れる。ストットはただひとつを除いて電気スタンドを消す。彼とジェインは服を脱ぎ、ローのベッドに入る。ローはカーディガンを脱ぎ、唯一の点燈されているスタンドにかぶせる。僅かに暖炉の火だけが天井を照らしている。ジェインのあえぎや溜息が聞える。

ローの目の前でストットとジェインが性行為をするのは、ごく控えめに言っても無神経であろう。ただ、二人は本当に性行為をしているのだろうか。ストットがやって来る前のローは、挿絵入りのペルシア版の《性生活の手引き》を読みながら、くすくす笑ったりしていたから、眼前で進行しているかに見える性行為は、あるいは彼の幻想の産物なのかも知れない。

そう言えばこの劇には、現実の論理では説明のつかない点がたくさんある。ローはストットに現在の住所を教えてはいなかったのに、どうやってストットはそれを知ったのだろう。この後、ローとジェインが海へ泳ぎに行き、それから（おそらく徒歩で）アパートまで戻って来る場面が現れるが、アパートの近くに海があるのだろうか（アパートがロンドンにあることは確実だから、海までは相当の距離があると考えねばならない）。奇妙なのは、単にアパートと海辺との位置関係だけではない。空間的にも時間的にも、この劇は観客をひどく混乱させるものなのである。

時間的には、この劇は冬と夏とを目まぐるしく往復するが、この場合、劇の進行の時間が通常の時間の流れに従っているとはとても考えられない。それなら、フラッシュバックやフラシュフォーワードの手法が頻繁に用いられているのか。確かにそう感じられる場合もあることはあるが、実はこういう手法の枠におさまりきらない場面も散見される。具体的に言うと、ある事件が二種類の時間にまたがって進行することがあるのだ。

たとえば、水着姿のローとジェインが海辺でストットの噂をする場面がある。季節はもちろん夏である。それからしばらくすると、ローとストットがアパートの裏庭でビールを飲んでいる場面が現れる。季節は冬である。ここでまたもや夏になり――と言うより、夏に戻り――ジェインが海辺でローを愛撫している。それに続くのは、裏庭でビールを飲むローとストットの場面である。つまり、今度は冬に戻ったことになる。ジェインが登場して、昼食の支度ができたことを告げる。そこへタオルを肩にひっかけたローとジェインが戻って来る。このローとジェインは、先ほどまで海辺にいたローとジェインだと考えるのが自然だろう。とすると、このくだりでは夏の事件と冬の事件とが並行して描かれている（もっとも、二つの事件の時間的な前後関係ははっきりしない）のだと理解したら、一応は説明がつく。

しかし、どうにも説明のつかない場面がやがて現れる。すなわち、ストットがローにレコードを聴かせてくれと言う（冬である）。しばらくすると、三人の人物が揃って、屋内で昼食をとっている。観客の意識においては、この場面は、ジェインが昼食の支度ができたことを告げた冬の場面につながるであろう。ところが、ストットとジェインは薄い生地の夏服を着ている。

この場面については「室内、昼間、夏」という指定がある。ストットが食事をしながら、ドビュッシーのレコードを聴きたいと言って催促する。ローがレコードを探し、「見つかった！」と叫ぶ。すると、「室内、夜、冬」という指定が現れ、ローがレコードをもって振向く。彼の動きはレコードを見つけた直後のものだと、誰もが考えるに違いないが、二つの動きの間には、夏から冬へという長い時間が流れたように見える。これは一体どうしたことだろうか。

あるいは、ローのアパートの内部の様子が何度も変る。北欧風の家具が並んでいるかと思うと、イタリア美術が飾ってあったりする。殺風景で何の飾りもないものになってしまうこともある。実際にこういう変化が生じるとは考えにくいし、高価な美術品や家具を買う金をローがもっている様子はない。すると、室内の変化はローの想像の世界で起るだけなのだろうか。

三人の関係についても、曖昧な点が色々ある。ローとジェインとは初対面ではなく、かつては親密な間柄だったのかも知れない。ジェインが二人の男のそれぞれに対してどんな気持を抱いているのかも、よくは分らない。劇が進行するにつれて、二人の男はジェインをめぐって激しく反目し合うようになり、割れた牛乳瓶をもって決闘めいたゲームを演じたりする。最後に二人の関係は完全に逆転する。劇は次のようなやりとりによって結ばれるのだ――

（ストットは）ローを見つめる。入口のストットの位置からは、ジェインは見えない。

ストット　（大喜びで）ロー！
ロー　（微笑して）やあ、チャールズ。
ストット　何てことだ。入れよ！

ストットは笑う。

入れよ！

ローはアパートに入る。

驚いたな！

（ＡＩａ３―一六四頁）

もちろんこれは、発言者を入れ替えて冒頭のやりとりを反復したものである。

『地階』には、ピンターのさまざまの作品の題材が集約的に現れている。ある場所の占有をめぐる争いは『部屋』や『管理人』の大前提になっている。同じ女をめぐって二人の男が対決するという設定は、早くも小説『こびとたち』に認められる。それは『コレクション』でも扱われることになるのだが、やがてピンターは『背信』によってこの主題を究めつくす。

だが、いちばん重要な主題は、戯曲版の『こびとたち』が採り上げていた認識論の問題――具体的に言うと、人間にとって客観的認識は可能なのかという問題――であろう。そもそも『地階』が描いているのは、現実の事件、客観的に認識できる事件なのだろうか。マーティン・エスリンはそうではないと考えている。なぜなら、季節の目まぐるしい変化やローのアパートの内部の変化は、現実の事件とはとても考えられないからだ。すべてはローの夢想ないし願望なのかも知れないと、エスリンは言う（BIII24―一五三頁）。

そういう解釈は可能だろうと私も思うが、この作品はテレビドラマである――最初は映画シナリオとして書かれた――という事実を我々は忘れてはならないだろう。エスリンが指摘する現実性の乏しい現象は、映像の論理からすれば完全に許容できるのだ。生身の俳優が出る舞台劇と違って、映像の場合には、現実と幻想との区別はいくらでも曖昧になりうる。また、過去から現在へという時間の流れのみに従って進行する映画やテレビドラマはむしろ稀であろう。更に、あるショットと次のショットとの間にどれだけの時間があるのかを判断するのは、必ずしも容易なことではない。ある人物の意識の流れを辿ろうとするなら、舞台劇よりも映画の方がはるかにふさわしい媒体なのである。

ピンターは現実の捉えにくさの感覚やアイデンティティの相対性といったものを、映像の文法に強く依存することによって、観客に伝えようとしたのではないだろうか。『地階』の舞台版のテクストは出版されていないが、それはテレビ版を大幅に変えたものであったに違いない。だから『地階』はむしろ『召使』や『できごと』といった映画――ピンターがシナリオを書き、ジョーゼフ・ロージーが演出した傑作――との関連において論じた方が、理解しやすくなる作品ではないかと思われる。

『風　景』

『風景』は一九六八年四月二十五日にラジオドラマとしてＢＢＣから放送されたが、これはもともと作者が望んでいたことではなかった。イギリスでは一七三七年に制定された事前許可制法によって、戯曲に対する検閲が法制化され、舞台で劇を上演しようとする者は必ず台本を宮内長官（ロード・チェインバレン）に提出せねばならないことになった（もちろん、検閲そのものはそれ以前から行われていた）。この時代遅れの悪法は一九六八年になってやっと撤廃されるに至るのだが、ピンターが『風景』を執筆した時にはまだ事前検閲制度が健在だった。ところが、この戯曲に含まれていた卑猥な単語が検閲に引っかかった。ピンターはその単語を削除することを拒否したが、幸いラジオドラマは検閲の対象になってはいなかったので、ＢＢＣがこの作品を放送したというわけである（演出はガイ・ヴェイゼンが担当した）。ラジオの聴取者は劇場の観客とは比べものにならぬほど多い。検閲制のおかげで、問題の「ファック」という単語が、宮内長官が予想してもいなかった数の人々の耳に届いたのは、皮肉なことであった。

『風　景』

翌一九六九年の七月二日、最初の計画通り『風景』は後に論じる『沈黙』との二本立てで、ロイアル・シェイクスピア劇団によってロンドンのオールドウィッチ劇場で上演された。演出はピーター・ホールで、ラジオの場合と同じく、ベスという女性の役は名優ペギー・アシュクロフトが演じた。

劇の場面はカントリー・ハウスの調理場だ。「カントリー・ハウス」とは身分のいい人物や金持が所有する田舎の邸宅で、相当の広さがあるのが普通である。調理場用の長いテーブルがあり、「ベスはテーブルの上手側で、テーブルから離れておかれている肘掛椅子にかけている。ダフはテーブルの下手角におかれている椅子にかけている」という作者の指定がある（ベスがテーブルからやや離れた場所にいることは意味深長であることが、劇の進行につれて分って来る）。作者は更に次のような注意書きを添えている——

ダフはベスに普通に話しかけるが、彼女の声が聞えている様子はない。
ベスは決してダフを見ず、彼の声が聞えている様子もない。
二人とも寛いでおり、いかなるこわばりも感じられない。

（ＡＩｂ１—３—八四頁）（ＡＩａ３—一六六頁）

つまり、二人の間には通常の対話は成立していないのだが、このことは、ラジオでは伝わりにくかったかも知れない。二人のそれぞれの発言が噛み合っていないことは分るにしても、ベスが自分だけの世界に閉じこもっていることは、目で見なければ理解できないだろうと思われる。

観客にとっては同じことかも知れないが、ベスが実際に声を出してひとりごとを言っているのか、それとも彼女のいわゆる内的独白が音声化されているのかは、必ずしもはっきりしない。いずれにせよ、劇はベスの以下の台詞によって始まる――

海のそばに立ってみたいわ。あそこにあるの。

間。

これまでにもやった。何度も。好きだったわ、あれが。やったことがある。

間。

海岸に立つんだわ。海岸に。そう……とても気持がよかった。でも暑かった、砂丘の中は。でもとても気持がよかった、岸辺では。ほんとに好きだったわ。

間。

大勢の人……

間。

みんなが寛いで動きまわる。男たちが。男たちが動きまわる。

間。

私、砂丘から海岸へ歩いて行った。あの人は砂丘の中で眠ってた。私が立上ったら寝返りを打ったわ。あの人のまぶた。おへそ。気持よさそうに眠って。

間。

赤ちゃんがほしい？　って私言った。子供よ。赤ちゃん。私たちの、ね？　いいでしょうね。

間。

女の人たちが振向いて、私を見る。

間。

『風　景』

私たちの子供よ。あなた、ほしい？

間。

女が二人私を見たわ、振向いて見つめた。そうじゃない。私が歩いてて、あの人たちはじっとしてた。私が振向いたんだ。

間。

なぜ見るのよ？

間。

そうは言わなかった、見つめてやったんだ。それから、私はあの人たちを見てた。

間。

私は綺麗よ。

間。

砂の上を歩いて戻った。あの人、また寝返りを打ってた。足の指に砂をかぶって、頭を両腕に埋めて。

（ＡＩｂ１—３—八四〜八五頁）（ＡＩａ３—一六七〜一六八頁）

ピンターのこれまでの戯曲にも、「間」や「沈黙」という指定は頻繁に現れたが、断片的な台詞に必ず「間」が続くこういう例はこれまでには認められなかった。彼は明らかに新しい文体を試みたのである。ベスが語るのは過去のことばかりだ。もちろん彼女の記憶がどれほど正確なものであるのかは分らないが、おそらくは夫のダフかと思われる男と一緒に海辺で過ごした幸福な時間について、彼女は何度も何度も語る。

引用したベスの台詞の後、ダフはこう語る——

犬がいなくなったよ。話さなかったけど。

間。

昨日二十分ばかり木陰に入らなきゃいけなくてね。雨のせいで。話そうと思ってたんだ。若いのが何人かいた。知らない連中だった。

間。

そのうちにおさまったよ。土砂降りだったね。池まで行ってたんだ。すると大粒のやつが二つ三つ顔に当ってね。運よく木陰からほんの五、六ヤードのところだった。そこで木陰に腰を下した。話そうと思ってたんだ。

間。

覚えてるかい、昨日の天気を？　例の土砂降りを？

（ＡＩｂ１―３―八五頁）（ＡＩａ３―一六八頁）

ベスと違ってダフは最近の出来事について語る。彼はベスに問いかけるが、もちろんベスは返事をしない。どうやらダフは、ベスが返事をすることを期待してはいないようだ。

この調子で、二人はそれぞれ別の話を続けるのだが、二人の話の間につながりが生れることもある。たとえばベスは「私が花に水をやると、あの人見ながら立ってた、それから見てた、私が花を活けるのを」と語る。すると、かなり経ってから、ダフが「花を少し植えたよ。気に入ってくれるんじゃないかな」と言う。あるいは、「お前は若い時……あまり笑わなかったね。お前は……真面目だった」というダフの台詞がある。すると少し後で、「あの人」のスケッチをしようとすると、「あの人、いやだと言って、笑ったわ。……私も笑った、釣りこまれて」とベスは語る。ピンターは、通常の対話が成立しない状況を設定し、その上で、ある種の《対話》を生みだすという離れ業を演じているのである。

ベスは、海辺へ出かけてビーチローブに着替えたが、その下には何も着けてはいなかったと言う（この台詞は何度も現れる）。子供がほしかったという台詞も何度も繰返される。彼女がビーチローブしか着ていなかったのは、すばやく性行為に進めるのを期待していたからであろう。「あの人は砂の中で身体を動かして、片腕を私にまわした。……そして私を抱いてくれた」と彼女は言うから、二人は海辺で交わったのであろう。

現在のベスは何ほどか精神を病んでいるに違いない。「あの女の人たち……なぜ私を見てたのかしら？私どこにも変なところなんてない。私の様子、どこも変じゃない」という台詞が示しているように、彼女は他人の視線をひどく気にしている。もとの彼女は健康だったに違いないが、既にその時から彼女は視線恐怖にさいなまれていたのだろうか。もしそうではなかったのなら、「女たち」の視線にこだわる彼女の台詞は、ある重要なことを示しているように思われる。すなわち、彼女が述べるのは過去の経験そのものではなくて、現在の心理状態によって解釈された過去の経験なのである（もちろんベス自身がそのことを意識しているわけではない）。後にピンターは、やはり記憶という問題を中心に据えた『昔の日々』を発表するが、この作品を読んでも、記憶は決して過去の経験の忠実な再現ではないとピンターが考えていることがよく分る。

他方、ダフは具体的なことについてあれこれと語る。このカントリー・ハウスにはサイクスという男が住んでいて、彼とベスは揃って召使として彼に雇われた。ただ、ダフがすべてを過去のこととして語るところから判断すると、サイクスは既に死んでいるようだ。今ではダフとベスが二人きりでこの家で暮している(なお、ベスが一緒に海辺へ行った男はサイクスではなかったかと考える批評家がいるが、私はそうではないと思う。ベスはサイクスの名を一度も口にしないし、彼女が夫を熱愛していたことは確かであるからだ)。

だがある時、この夫婦の仲にひびが入る事件が起った。ダフが主人に従って旅に出た折に、浮気をしたのである。しかも、帰宅した後、そのことを妻に告白した。妻は「泣いたりしなかった」とダフは述べるが、彼女は深く傷ついたようだ。

かつてのベスは働き者で家事においては有能だった。劇が進むと、ベスは男と一緒に海辺へ行ったことではなくて、たとえば次のような時間について語る――

私は早く起きた。まだ片づけものがたくさん残ってた。流しに水を張って皿を漬けておいた。一晩水に漬けておいた。汚れはすぐに落ちた。犬も起きてた。私について来た。霧の深い朝。川から立昇って来るんだ。

(AIb1―3―九五頁)(AIa3―一八三頁)

あるいは、こういう台詞がある――

犬が私のそばに坐った。私は犬をなでてやった。窓を通して谷間が見下せた。子供たちが谷間にいたわ。草原を走ってた。丘を駆上った。（ＡⅠｂ１―３―九六頁）（ＡⅠａ３―一八五頁）

これらの台詞が描写しているのは、ごく健康な女のすがたである。ただ、この女はとうとう子供に恵まれなかった。だから、活潑な子供たちを見ると心が痛んだのではないだろうか（何度も言及される犬は、この夫婦にとっては子供の代りだったと考えられる。だから、ダフが最初の台詞で「犬がいなくなった」と述べることには、重要な意味がある）。やがて彼女は、誰もいない広間でゴングを鳴らす。憤慨したダフは広間で彼女を犯そうとする。男の方では、女が喜んで応じるだろうと考えていたが、女の反応は全くそういうものではなかった。その時の様子を描写するダフの台詞は、途中で唐突に終る。これが彼の最後の台詞である（批評家の中には、強姦が実行されたと解釈している人がいるが、これは誤読であろう）。

ベスはあらためて海辺で自分をやさしく愛撫してくれた男のことを思い出す。「ああ、あなたが好きよって、私言った」という彼女の台詞によって、この劇は結ばれる。

無人の広間でゴングを鳴らすという突飛な行動に出た時、ベスは既に精神に変調を来していたと考えられる。そうなったのは、もともと彼女が《真面目》で、余裕をもって物事を捉えることが得意ではなかったからでもあるが、もっと決定的なのは、子供がほしかったのに子供ができず、しかも夫が旅先で浮気をしたという事実だったであろう。彼女は夫を深く愛しており、彼の子供を産むことを強く願っていたから、夫の裏切りによって衝撃を受けたと考えられる。そして彼女は自分だけの世界に閉じこもってしまった。ダフには妻がおかれている状況がよく理解できる。こういうあり方は、既にかなり長く続いており、彼はそれに慣れているのであろう。

『風景』に先立つ一連のピンターの劇の多くは、男性を支配する攻撃的な女性を描いていた。ベスのような受身の女性を彼が自作に登場させたのは、ほとんどこれが最初だった。だが、この作品のもっと重要な新しさは、文体にあった。ピンターが、断片的な句や完結していない文をつなぎ合せて、詩的で抒情的な台詞に仕立て上げたのは、これが初めてだった。この文体は『沈黙』でも用いられるのだが、それだけではない。これは実は『山の言葉』や『灰から灰へ』のような、後年の政治的な劇にも現れるのである。ピンターの政治劇がおおむねの政治劇と異るのは、主題においては明瞭に政治的であっても、文体においては際立って詩的であるからなのだ。

第十九章——時間と記憶(II)

『夜』

一九六九年四月九日に、ロンドンのコメディ劇場で『混合ダブルズ』と題する「結婚についてのエンタテインメント」が幕を開けた(これは同年二月六日にハムステッド演劇クラブで上演されただしものを改訂したものだった)。ピンターを含む八人の劇作家が、一組の男女を登場人物とする短い劇を書き、それぞれの劇のつなぎとして、ジョージ・メリー(一九二六~二〇〇七)という歌手で作家だった人物が短い一人芝居を用意した。一人芝居に登場するのは、結婚した男女が人生のさまざまな局面で出くわすであろうと思われる人々――すなわち、牧師、銀行員、弁護士、医師などといったさまざまの職業の人間――だった。だしもの全体が苦いユーモアに富むものであったことは、容易に想像できるであろう。

ピンターが書いたのは、四十代の夫婦が登場する『夜』という作品だった(演出はアレグザンダー・ドーレイ、妻を演じたのはヴィヴィアン・マーチャントである)。夜もかなり更け、子供たちはもう寝ている。明日は早起きせねばならないから、夫婦も休もうとしているが、二人はつい思い出話を――初めて逢った時の話を――始める――

男　ほら、あの時のことだよ、川のそばの。

女　いつのこと？

男　初めての時さ。橋の上の。橋の上で始めたんだ。

間。

女　思い出せないわ。

（ＡＩｂ１―３―一二〇頁）（ＡＩａ３―二一三頁）

二人は共通の知人だったダウティという夫婦が催したパーティで知合った。この点については、二人の記憶は完全に一致する（厳密に言うと、男が知っていたのはダウティ夫人、女が知っていたのはダウティ氏の方だった。確証はないが、男はダウティ夫人と、女はダウティ氏と、それぞれ親しい関係にあったのかも知れない）。パーティの後、男は女を家まで送って行ったのだが、その途中で何が起ったかについては、二人の記憶は、微妙に（しかし決定的に）食い違う。男によれば、二人は橋の上で立ちどまった。男は女の背後にいて、両手を女のセーターの下に入れ、ブラジャーを外して乳房にさわった。だが女によれば、二人が立ちどまったのは橋の上ではなくて公園の柵のところである。男は自分の正面にいて、自分を柵に押しつけていたから、彼が自分の背後にいたなどということはありえないと、彼女は言う。二人の記憶のずれが次第に表面化する過程が実におかしいのだが、それはともかく、最後に二人は同じ結論に達する。すなわち、夫も妻も結婚前に何人もの異性とつき合ったことがあるが、そういう相手との間に起ったことを、現在の配偶者との間に起ったこととして記憶していたらしいというのである。誤った記憶を抱きながら、二人は愛し合い、何人も子供を作って来たのだ。

もちろん『夜』は軽い風習喜劇めいた小品にすぎない。しかし、この作品の根底にあるのは、人間の記憶の不確かさ、そして人間の記憶を歪めてしまう時間というものの残酷さである。他人の目で見たら、それは滑稽でしかないかも知れないが、当事者にとっては笑いごととは言いきれないであろう。『昔の日々』や『背信』において、ピンターはこういう現象を存分に分析することになるのである。

第二十章——時間と記憶（三）

『沈黙』

『沈黙』の初演は『風景』との二本立てで一九六九年七月二日にロイアル・シェイクスピア劇団によって行われた。演出はやはりピーター・ホールだった。『風景』は言葉による意思の疎通が成立しない状況を扱っている。これに対して『沈黙』は、言葉そのものの断片化ないし解体とそれに続く沈黙という現象を扱っている。

戯曲の指定によれば、登場人物はラムジーという四十歳の男、エレンという二十代の女、そしてベイツという三十代半ばの男である。舞台には三脚の椅子がおかれ、三人の人物はそれぞれ椅子にかけて台詞を語る。エレンとベイツが対話を交す短い場面が二度現れ（但し二度目の対話は最初の対話のごく一部を反復したものである）、また、ラムジーとエレンが対話を交す短い場面が三度現れるが（但し三度目の対話は最初の対話のごく一部を反復したものである）、基本的には、この作品は三人の人物の独白によって成り立っているのである（ラムジーとベイツという男同士が対話することは一度もない）。

まずラムジーが語る――

私の散歩の相手の女の子は散歩の時には灰色のブラウスを身に着ける、それに灰色の靴を、そして散歩する。私のことを考えて作った服をいそいそと着こんで。あの灰色の服を。

あの子は私の腕をとる。

気持のいい夕方には丘を抜けて犬たちとすれ違って丘のてっぺんまで行く、雲が流れてる、日暮れのすぐ前、それとも丁度日の暮れる頃、その頃には月が

（ＡＩｂ１―３―一〇四頁）（ＡＩａ３―一九一頁）

ラムジーは散歩についてなお言葉を続けるが、それを聞くと、彼が「相手の女の子」をやさしく扱うこと、二人は互いに好意を抱き合っているらしいことが分る（なお「その頃には月が」というくだりは、文としては完結していないが、これは原文通りなのである。この劇の台詞には、こういう断片的なものが少くない）。

次にエレンが台詞を語るが、それを聞くと、ラムジーの散歩の連れは彼女に違いないことが分る――

二人いる。一人は時々私が逢う人、そしてもう一人。あの人は私の話を聞いてくれる。私は知って

いることを話す。私は犬たちのそばを歩く。
時には風がとても強いのであの人には私の話が聞えない。私はあの人を木のところへ連れて行って、しっかりと抱きつき、ささやきかける、風が吹き抜け、犬たちが停り、あの人には私の話が聞える。
でももう一人の人には私の話がよく聞える。

(AIb1—3—一〇四頁)(AIa3—一九一～一九二頁)

引用したのは、エレンの最初の台詞のすべてである。
次にベイツが語るが、それを聞くと、エレンが「もう一人」と呼んでいるのはベイツであること、なぜ彼には彼女の話が「よく聞える」のかというと、彼女とラムジーとは屋外で逢うことが多いのに、彼女とベイツとは室内で逢うことが多いらしい(少くとも、室内で逢うこともある)からだということが分る——

バスで町へ行った。人が出てた。広場のまわりにあかりがついてて、雨で臭かった。あの子に鉱山のあかりを見せた。ぼた山の方へも連れて行った。黒い道路と大きな桁。あの子はおれにしがみついてた。こっちだよ、行先は。パブのドアが夜に向ってさっと開く。自動車の吠え立てる音。それにあかり。あの子はおれのそばだ、おれにしがみついて。

あの子をそこへ連れて行った、従兄がやってるとこへ。あの子の服を脱がせて、身体に手をかけた。
（AⅠb1—3—一〇五頁）（AⅠa3—一九二頁）

どうやら三人が暮しているのは、炭鉱のある田舎町の近くらしい。後にラムジーは「私のけだものたち」と言う。エレンは牛乳に何度も言及する。ベイツは牛や馬について語る。もちろん断定はできないが、ラムジーは牧場を経営しており、ベイツもエレンもそこで働いているのかも知れない。言葉遣いから察すると、ラムジーは繊細な神経の持主で、エレンと散歩する時にも騒々しい町ではなくて丘を選ぶ。彼は読書や音楽が好きで、エレンにとっては、彼のそういうところも魅力の源になっている。

他方ベイツはラムジーと違って町が好きだ。言葉遣いにおいても、彼はラムジーより荒削りで、下品な単語を時々用いる。彼とエレンとの間には肉体関係があるようだが、エレンが彼にどれほど魅力を感じているのかは分らない。ではエレンとラムジーとの関係は純粋にプラトニックなものかというと、そうとも言いきれない。彼女は「一度あの人の家を訪ねた」と言うからだ。更に、「変ったわ。ペンキを塗ったのね。棚をつけたの。何もかも。綺麗よ」とも彼女は述べる（この台詞が語られるのは、エレンとラムジーが初めて対話を交す場面である）。エレンのこの台詞に続いて、次のようなやりとりが現れる

——

ラムジー　覚えてるかね……この前ここへ来た時のこと？
エレン　ええ、そりゃ。

ラムジー　君はほんの子供だった。
エレン　ええ、そう。

間

ラムジー　料理はできるようになったかね？
エレン　何か作ってほしい？
ラムジー　ああ。
エレン　今度来た時ね。作るわ。

（ＡＩｂ１―３―一〇九頁）（ＡＩａ３―一九九頁）

もちろん女が男の家を訪ねたからといって、二人の間には肉体関係があると直ちに決めつけるのは軽率だが、ラムジーは「あの子は漂う……私の下で。漂ってる……私の下で」という思わせぶりな台詞を別の個所で語るから、やはり彼とエレンとはかなり親密な間柄なのだと考えるのが自然だろう。
　やがて奇妙なことが起る。ベイツが暮している場所の近くには若者たちがいるのだが、その連中がうるさくてたまらないと言ってベイツはこぼす。若者のひとりは彼に向って、「その歳で生きてるのは運がいい、辛抱することだ、生かして貰ってるんだから」と言ったらしい。ベイツは老人になってしまったようだ。同様にエレンも、年を取った飲み友達の女から昔のことを聞かれることがあるが、「私には若い頃の性生活の話なんかしてやる気はない。私は年寄りよ、若い頃のことはよその話」と言う。この戯曲には、二つの時間が共存しているようだ。エレンが二十代でベイツが三十代半ばである時間と、エレンもベイツも老人である時間とである（過去と現在との共存という発想は、次作『昔の日々』において大々的に活用される）。あるいは、若い頃の二人が語る台詞は、実は老人になった二人が記憶を呼び戻して語っているものなのかも知れない（ラムジーが老人として語る台詞の有無ははっきりしない。彼が自分の孤独な生活について語る台詞はあるが、この男は結婚したことも――もちろん子供ができたことも――ないようだから、つまり、この男はずっと孤独だったと考えられるから、孤独な生活について語る人物は老人なのだと決めることはできない）。

老人になったエレンの台詞に続いて、ベイツとエレンの対話が現れる。ベイツはエレンを散歩に誘うが、エレンは断る。そこでベイツは、バスに乗って町へ行き、従兄が経営しているある場所を訪れようと言うが、エレンはこれも断る（もちろん、ここではエレンもベイツも老人ではない）。すると、エレンを連れて町へ行き、従兄が経営しているパブの別室かどこかで彼女と関係を結んだというベイツの台詞の内容は、嘘なのだろうか。

こんな風に真偽の定かでない事柄も述べられてはいるが、三人の人物の関係のおよそのところについては疑問の余地はない。エレンは二人の男と恋愛をしたが、どちらの男との関係も実ることはなかった。エレンの厳密な年齢は分らないが、以前に彼女がラムジーを訪ねた時、彼女は「ほんの子供だった」ようだから、二十代と言っても前半ではないだろうか。すると、四十歳のラムジーはもちろん、三十代半ばのベイツも彼女よりかなり年上になる。ある時、ラムジーは彼女に向って「若い男を見つけるんだな」

と言うが、彼女は「若い人はいや」と答える。もしも彼女が本心でこう言っているのなら、この女は何らかの事情でかなり年長の男しか好きになれなくなったのかも知れない。一般的に言うなら、これは恋愛の成就にとって好都合な条件ではない。

エレンは飲み友達から、結婚したことはあるのかと訊ねられる。エレンは「もちろんよ。結婚式をよく覚えてるわ」と答える。ベイツは下宿の女主人から、「なぜ一人暮しなの。……楽しい目を見たこと一度もないの？　誰かが好きになったってことは？」と聞かれ、「そういう目はみんな見た。そういうことはみんな経験ずみだ」と答える。どちらも悲しい答である。

戯曲が終りに近づくにつれて、台詞の断片化が激しくなり、また、「沈黙」という指定が頻出するようになる。エレンは「私のまわりに夜が坐りこんでる。何という沈黙。自分で自分が聞えるような。耳をおおう。私の心臓が耳の中で鳴ってる。何という沈黙」と述べる。沈黙とは極度の孤独と一体になっているものなのだ。

劇は三人の人物がそれまでに語っていた台詞の断片を連ねて終る——

ラムジー　私の散歩の

沈黙。

ベイツ　バスで町へ

沈黙。

エレン　もちろんよ。結婚式をよく覚えてるわ。

沈黙。

ラムジー　私の散歩の相手の女の子は散歩の時には灰色のブラウスを

ベイツ　バスで町へ行った。人が出てた。広場のまわりにあかりがついてて

長い沈黙。

（AⅠb 1―3―一一四～一一五頁）（AⅠa 3―二〇九頁）

そして、「照明が次第に弱くなり、消える」という指定とともに劇は終る。三人の人生においては、もはや語るべき言葉はないのである。

言葉を否定しても戯曲は成立しうるのかどうかという問題を吟味した作品であるという意味で、『沈黙』はピンターがサミュエル・ベケットの世界に最も接近した記念碑のような作品である。実はピンターは『沈黙』の原稿をベケットに送った。ピンターは『管理人』がパリで上演されていた一九六一年に初めてベケットに逢ったのだが、やがて二人は親友になった。一九七一年十二月にメル・グソーが行った

インタヴューによると、ピンターは『帰郷』以後、新作を書き上げると、必ず原稿をベケットに送るようになったのだそうである。ベケットは『沈黙』が大いに気に入ったが、ある台詞を再検討してはどうかと言って来た。ピンターにはなぜだか分らなかったが、稽古が始まって二週間ほど経った頃、ピーター・ホールが、全然うまく行かない台詞がひとつあると言い出した。それはベケットが指摘した台詞だった。ピンターは、その台詞があまりにも抒情的で、戯曲の中で機能していないことに気づき、直ちに問題の台詞を削除した（AIa15—二八頁）。この事件はある重要な事実を示唆している。すなわち、どれほどの《名台詞》でも、戯曲という有機体の一部として必然性をもっていなければ、何の効果も生み出さないのである。

第二十一章――時間と記憶（IV）

『昔の日々』

『昔の日々』は『背信』と並んで、ピンターの戯曲としては例外的な存在になっている。この二篇の作品は特定の時期のイギリスと不可分に結びついているからだ。

『昔の日々』の初演は一九七一年六月一日にロイアル・シェイクスピア劇団によってロンドンのオールドウィッチ劇場で行われた。演出は今度もピーター・ホールが担当した。登場人物はディーリー、ケイト、アナの三人だ。ディーリーとケイトは夫婦で、イギリスの田舎で暮している。アナはケイトの旧友で今はイタリアに住んでいるが、久しぶりにケイトに逢いに来る（アナはヴィヴィアン・マーチャントが演じた。彼女がピンターの作品に出演するのはこれが最後となった）。

三人はいずれも四十代前半だが、二十年ほど前にはロンドンで生活していた。三人が四十代前半であるのは、初演の一九七一年現在のことであり、彼等がロンドンにいたのは一九四〇年代末から五〇年代初めのことであったと考えねばならない。なぜならこの戯曲には、映画『邪魔者は殺せ』だの、一九二〇年代末から一九三〇年代にかけて発表され、やがていわゆるスタンダード・ナンバーになったポピュラー・ソングの数々だのといった既存のテクストへの具体的な言及が現れるからだ。これらの歌や映画は人物たちの青春を彩ったものなのである。分りきったことだが、どんな時期に青春を送るかによって、思い出に残る映画や歌は異って来る。『邪魔者は殺せ』（キャロル・リード監督）だの「ブルー・ムーン」（ロレンズ・ハート作詞、リチャード・ロジャーズ作曲）や「煙が目にしみる」（オットー・ハーバック作詞、ジェローム・カーン作曲）といった歌だのが人物たちにとって忘れ難いものであるということは、彼等がロンドンで青春を送ったのは戦後間もなくであったことを意味する（ついでながら、ピンターは一九三〇年生れである。『昔の日々』の人物たちはピンターとほぼ同年齢であり、彼等の青春はピンターの青春でもあった）。

劇が始まると、ケイトとディーリーが田舎の家で話をしている。秋の夜だ。夫婦が話題にしているのは、二十年ぶりにケイトを訪ねて来るアナのことである。アナとケイトはかつてロンドンで一緒にアパートを借りていたのだが、ディーリーはその事実を初めて知った。妻とアナとが想像していた以上に親しかったらしいので、ディーリーはやや不機嫌になる。ところが、劇が始まった時から、窓辺に立って外を見ている女がいる。彼女は夫婦の会話の間もずっとそこにいる。もちろんこの女がアナである。実際にはまだこの家へ来ていない筈のアナが舞台にいるとは、どういうことなのか。さまざまの解釈がありうるが、この設定は、この劇が時間と空間の枠によって縛られるリアリスティックなものではないことを、劇が始まると同時に観客に告げる働きをしていると、私は思う。この作品の世界では、異る時間や異る空間が共存しているのだ。このことは、劇が進行するにつれてますます明瞭になる。

夫婦の会話が一段落すると、何の前ぶれもなくアナが会話に加わる——

一晩中行列をして、雨の中を、覚えてる？　ほんと、アルバート・ホールだの、コヴェント・ガーデンだの、何を食べてたのかしら？　思い出してみると、真夜中まで、好きなことがしたいばかりに、そりゃ私たちあの頃は若かった、でも何て元気、しかも朝になると仕事に出かけて、その晩は音楽会やオペラやバレーへ、忘れてはいないわね？　それからバスの二階に乗ってケンジントン・ハイ・ストリートを通って、それにバスの車掌たち、それから大急ぎでマッチを探してガスをつけて確かスクランブルド・エッグなどを作った、それとも一緒にやったんだった？　料理は誰がやった？　二人で笑っておしゃべりをして、二人で火にあたって、それからベッドに入って眠って、そして朝のあの大騒ぎ、また急いでバスに乗って出勤して、昼休みになるとグリーン・パークでおしゃべりする、手製のサンドウィッチを食べながら、うぶな娘たち、うぶな秘書だった二人、そしてその晩、ほんと、どれほどの楽しみが待ってたか、そうやってわくわくしてるだけで、期待感で胸を躍らせてるだけでもう、それにあんなに貧しくて、でも貧しくて若くて、娘でいるなんて、それもあの頃のロンドンで……それに私たちが見つけた喫茶店、ほとんど常連だけしか入れないような、そうだったわね？　画家や作家や時には俳優も集まる、それからダンサーが出入りするのもあった、私たちコーヒーを註文してほとんど息もつかずに坐ってたわ、頭を曲げて、ひとに見られないように、邪魔をしないように、目ざわりにならないように、そしてじっと聞いてた、あのみんなの話を、あちこちの喫茶店、あの人たち、確かに才能があったわ、今でもまだあんな風かしら？　あなた知ってる？　あなたご存じ？

（ＡＩｂ１―３―一四〇頁）（ＡＩａ３―二五五〜二五六頁）

この文体はおよそ整っているとは言えない。文が完結しなかったり、主語と述語が一致しなかったり、話題が急に変ったり、冗長と感じられかねない反復があったりする。この断片的な文体は、たとえば『沈黙』の文体を思い出させるであろう。これはいわば記憶の文体なのである。

ピンター自身がそうだったが、三人の登場人物はドイツ軍による空襲だの食糧不足だのに翻弄されざるをえなかった戦中に育ち、戦争が終ってやっと世の中が落着いて来た頃に青春を迎えた。そして文化や藝術についての飢えを一挙にいやそうとした。だがアナの台詞は、単に当時の一般的な若者の様子を伝えているだけではない。それはケイトに自分たちが親しかった昔の日々を思い出させ、この親しさをディーリーに向って誇示しようとするものでもある。「短い間」の後、ディーリーは「私たち、滅多にロンドンへは行かないんで」と答える。ケイトは「ええ、私は覚えてるわ」と答える。

ディーリーはアナの言葉尻を捉えてからんだりするが、アナは軽く受け流す。アナとケイトは息が合っている。のけ者にされたディーリーは、何とかして二人の会話に割りこもうとするが、あまりうまく行かない。ディーリーとアナは、ケイトをめぐって争い、ケイトとの親しさを競い合うのである。ケイトはもちろん人間であって場所などではないが、ここで起っているのは、『管理人』が丹念に描いている、ある場所の占有権ないし支配権をめぐって展開する争いと同じ現象なのだ。

この争いは、たとえば、ディーリーとアナとが昔のポピュラー・ソングを歌い合うというかたちでも展開する。ディーリーがある歌の一節を引用したのがきっかけとなって、二人は次々に古い歌を歌うのだ。素朴な観客は、二人の人物が懐かしい歌をこもごも披露しているだけのことだと思うかも知れないが――そして、この場面にはそういう側面も確かにあるのだが――この歌合戦は実は甚だ陰湿な(そして観客を大笑いさせる)ものなのである。二人はわざと歌詞を間違えたり、先回りして相手が歌っている歌の結びを歌ってしまったり、相手の期待に背いて沈黙し、相手に肩すかしを食らわせたりする(こういう駆引きを十分に理解するためには原文を分析するほかないので、これ以上この点に立入ることは控える。なお、章末の「付記」を参照してほしい)。ディーリーとアナとの争いは最初はディーリーに有利に進められるが、途中で形勢が逆転し、アナの勝利に終る。

そこでディーリーは、今度はケイトと知合ったいきさつについて長い台詞を語る。それを聞いたアナは意外な反応を示す――

ディーリー　ことの次第はつまりこういうことです。場末の汚い映画館へ『邪魔者は殺せ』を見に入ったんです。恐ろしく暑い夏の午後、ただぶらぶら歩いてたんですな。その時、どうもこのへんには見覚えがあると思って、不意に思い出したのは、つまり、まさしくそのあたりで親父に初めて三輪車を買って貰ったんだということ、もっとも、三輪車をもってたのは後にも先にもそれ一台ですがね。とにかく、そこに自転車屋があって、それからこの汚い映画館で『邪魔者は殺せ』をやってて、そのロビーには女の案内係が二人立ってて、そのうちの一人は自分のおっぱいをさすってる、それからもう一人は「あばずれ」なんて言ってる、で、おっぱいをさすってる方の案内係は、すっかり気分を出して「うーん」と言いながら、もう一人の案内係を見てにこにこしてる、そこで私は、このどうしようもなく暑い夏の午後、どことも知れぬ場末の映画館へずかずかと入って行って、『邪魔者は殺せ』を見て、こう思ったんです、ロバート・ニュートンは凄い役者だと。今でも、凄い役者だったと思ってます。あの役者のためなら、人を殺したっていい、そう、今でも。で、その時、映画館には、客は他に一人しかいなかった、他にただ一人です、映画館を隅から隅まで眺めわたしても、それがこの家内です。そしてその時家内は、きわめて影薄く、きわめておとなしく、ほぼ大体のところは、客席のまさにど真中に坐っていました。私は中心から外れてて、未だに外れっぱなしです。やがて映画が終るに及んで私は立上り、ジェイムズ・メイソンが死んだとはいうものの、第一の案内係がすっかり疲れた様子をしてるのにはちゃんと気づきながら映画館を出て、そう、何か考えながら日光を浴びてしばらく立っていると、そこへ、この娘が出て来て、確かあたりを見まわしたと思います、それで私が言いました、ロバート・ニュートンは凄かったじゃありませんか。すると娘は何か言いました、何だかはっきりしないことを、とにかく私をじっと見てる、そこで私は思ったんです、やったぜ、これだ、遂に女を引っかけた、大当りとはこのことだ、そして喫茶店へ入って紅茶を注文すると、その娘が茶碗をのぞきこみ、それから顔を上げて私を見て、こう言いました、ロバート・ニュートンってすてきですわね。だから私たちはロバート・ニュートンによって結ばれたんです、そしてロバート・ニュートンただ一人です、二人の仲を割くことができるのは。

間。

アナ　F・J・マコーミックもよかったわ。
ディーリー　そう、もちろん、F・J・マコーミックもよかった。しかし、私たちを結びつけてはくれなかった。

（AIb1―3―一四五〜一四六頁）（AIa3―二六七〜二六八頁）

『邪魔者は殺せ』が公開されたのは一九四七年のことだから、ディーリーがこの映画を見たのはおそらくその二三年後だろう。この作品は、アイルランドの政治的秘密結社らしい組織に属する男が、仲間と一緒に資金稼ぎのためにある工場を襲うが、その時に負傷し、ひとりで逃げまわるという物語を扱っている。この男を演じたのがジェイムズ・メイソンだ。ロバート・ニュートンが演じたのは、負傷した男の絵を描こうとする、いくらか異常な画家だった。ニュートンはどちらかというとくさい芝居をする、あくの強い俳優だったから、ディーリーやケイトが感心したのも納得が行く。しかしアナは、ディーリーの長台詞を徹底的に無視し、F・J・マコーミックの名を挙げる（「ロバート・ニュートンただ一人です、二人の仲を割くことができるのは」とディーリーが言っているのに、アナは敢えて二人の仲を割こうとするのである）。マコーミックが演じたのは画家の知人で、負傷した男をゆすろうとする人物である。二人の男優のどちらの方が強い印象を与えるかといえば、もちろんニュートンだ。

『帰郷』の中に、レニーが初対面のルースに向って、娼婦らしい女に暴力を振るった話を長々とする場面が現れる。するとルースは、「なぜ分ったの、そのひとが病気だって？」と問いかける。『昔の日々』のこの場面でピンターが用いているのは、全く同じ技巧である。長台詞を聞かされた人物が長台詞の内容を無視し、長台詞の語り手が全く予想していなかった反応を示すのだ。もちろん『帰郷』の場合には、レニーは娼婦が病気だったことを述べてはいた。しかし『昔の日々』のディーリーは、マコーミックの名を挙げてさえいない。しかも、アナの台詞の前には「間」がある。アナがすぐには発言しないので、ディーリーは、彼女は『邪魔者は殺せ』を見たことがないのではないかと思うかも知れない。だが、それほど目立つとは言えない出演者に言及する彼女の発言は、彼女がこの映画を熟知していることを示している。ディーリーはすっかり態勢を崩され、弁解めいたことしか言えない。ディーリーの完敗である。

もちろん、ディーリーの関心の中心にあるのはニュートンの演技の巧拙ではない。彼は自分とケイトとのつながりを強調するために、この俳優を引き合いに出しているにすぎないのだ（こういう台詞においては、テクストよりもサブテクストの方が重要なのである）。この映画の英語の原題は「オッド・マン・アウト」だが、これは「仲間外れにされた人」という意味である（この表現は、何かのゲームで「鬼」になる人を指すこともある）。ケイトをめぐる対決において、ディーリーはアナを「オッド・マン・アウト」にしようと試みた。だがアナの反撃に遭い、逆に彼が「オッド・マン・アウト」になってしまった。

ディーリーはもう一度態勢を立て直し、自分とケイトとのつながりの確かさをアナに印象づけるために、もっと生々しい話、慎み深い人物なら当のケイトがいるところで披露するのはためらうような話をする——

ディーリー　正確な事実経過はおよそこういうことになるでしょう、次に逢った時、私たちは手を握り合いました。私は横を歩いてる娘の冷い手を握って、何か言ったら娘がにっこり笑って、私を見て――確かそうだったね？――髪をうしろへ振ったんです、そこで私は思いました、この子はロバート・ニュートンよりまだ凄いやって。

間。

それから更に段階が進んで、二人の裸体がひとつになりました、家内の身体は、冷くて、暖くて、すっかり燃え立って、そこで私は考えました、ロバート・ニュートンがこれを知ったらどう思うだろうって。これをロバート・ニュートンはどう思うだろうと考えながら、私は家内の身体を念には念を入れて一面にさわりまくったんです。（アナに）ロバート・ニュートンはどう思ったと思います？

アナ　私、ロバート・ニュートンには逢ったことがありませんけど、おっしゃることはよく分りますわ。起らなかったかも知れないけど覚えてることってありますものね。起らなかったかも知れないけど私が覚えてることがあって、それを思い出せばその通り起ったことになるんです。

（ＡＩｂ１―３―一四七頁）（ＡＩａ３―二六九～二七〇頁）

アナのこの台詞は『昔の日々』という劇の根底にある現実観を要約したものとしてよく引用される。特定の人物がある状況で語る台詞を劇そのものを支えている考え方として捉えることには慎重でなければならないが、メル・グソーによる一九七一年十二月のインタヴューの中で、ピンター自身も自分がこういう考え方をしていることを認めている（ＡＩａ15—一七頁）。記憶は不確かなものであり、従って過去を正確に捉えるのは極めて困難だというのである。

アナはこの台詞に続けて、ある晩、自分たちのアパートで起った事件——厳密に言うなら、アパートで起ったと自分が記憶している事件——について語る。彼女がアパートへ帰って来ると、ひとりの男が肘掛椅子に坐りこんで泣いていた。ケイトは黙ってベッドに腰を下していた。アナは自分のベッドに入った。男が立ち上り、二つのベッドを眺めてから、アナのベッドのそばまで来たが、アナは彼を無視した。男は出て行ったが、目をさましたアナが見ると、男はケイトの膝のところに身体を乗せて横になっていた。だが翌朝、男は消えていた。これがアナの話である。もしもその男がディーリーだったのなら、アナは過去にも彼を見かけていることになる。また、男がディーリーではなかったのなら、ケイトにはアナの留守にアパートへ招くほど親しい関係の男が別にいたことになる。ただ、アナが記憶していたことが実際に起ったかどうかは分らないから厄介だ。いずれにせよ、アナの物語は劇の最後の場面の伏線になっていることが、やがて判明する。

ディーリーとアナが「歌合戦」を始めた時から、ケイトはずっと沈黙していた。アナとディーリーがケイトに失礼ではないかと感じられる発言を続けても、ケイトは何も言わなかったが、アパートで泣いていた男についてのアナの話の後、ようやく口を開き、「あなたの話しぶりだと、私はまるで死んでるみたい」と言う。アナとディーリーの争いの間、ケイトはおおむね中立を守って来たが、ここで初めて、アナに対して不満めいたものを洩らす。だがケイトがアナから距離を保つようになったのだと考えるのは早すぎる。ケイトは他の二人の人物の間で自分の位置を微妙に変え続けるのであり、『昔の日々』の面白さは、何よりもまずケイトの動きを細かく吟味することによって、鮮明になるからだ。
アナは、ケイトが結婚したと聞いて嬉しかったが、彼女の夫がどんな仕事をしているかを知ると余計に嬉しくなったと語る（ディーリーは映画監督であるらしい）。するとケイトが水をさすようなことを言う。アナは彼女をやんわりとたしなめる――

ケイト　私、藝術に興味をもってたことはあったけど、どの藝術だったかもう思い出せないわ。
アナ　まあ、まさか一緒にテイト・ギャラリーへ行った頃のこと、忘れてはいないでしょう？　それに、ロンドン中を探って歩いたことも、古い教会だの古い建物だの、ほら、空襲で焼けないで残ってたのを、シティや、テムズ川の南のランベスやグリニッジまで出かけて。ああ、よくもあれだけ。ほんとにそう。それに、日曜新聞！　この人ったら、文化面を読み出したら、何を言っても聞かないの、夢中で隅から隅まで読んで、それから、どこそこの画廊へ行こうとか、どの芝居を見ようとか、どの室内楽のコンサートを聞こうとか言い出しましてね、でもあまり色々ありすぎて、あの頃の懐かしのロンドンには見るものや聞くものがありすぎて、時にはどうしても行けなかったり、それから、お金が足りなくなって見られなかったりしましたけど。たとえば、ある日曜のことでした、この人が新聞から顔を上げて、私に、言ったんです、行きましょう、早く、さ、早く、一緒に行きましょう、早く、そこで私たちはすぐにハンドバッグをもって、バスに乗って、どこだかほんとの場末の、ほんとにまるで見たこともないところまで行って、他にほとんどお客のいない映画館で、すてきな映画を見たんです、『邪魔者は殺せ』という。

（ＡⅠｂ１―３―一五〇～一五一頁）（ＡⅠａ３―二七五～二七六頁）

ケイトは問題の映画をディーリーと一緒に見たのか、アナと一緒に見たのか。それとも、彼女は同じ映画を二度見たのか。真実は確かめようがない。――私自身、これまでに何度もそう述べて来た。基本的にはそれで正しいと、今も思う。しかし戯曲をあらためて読み返してみると、作者が実に細かい工夫を凝らしていることに気づくのだ。まず、最初にディーリーが『邪魔者は殺せ』を見た時の話をした後、ケイトに「覚えてるかい、あの映画？」と訊ねると、ケイトは「ええ。ようく覚えてる」と答える。ここでケイトの言葉を疑う理由はどこにもないであろう。次に、この映画についてのアナの台詞だが、冒頭の数行はケイトに向けて語られている。だが「この人ったら」以後はもっぱらディーリーに向って語られる。このくだりを語っているアナはケイトをあまり意識していないのである。ディーリーと違って、アナはケイトの証言を求めることもない。アナにとって重要なのは、自分の物語の真偽よりも、自分の行動の目的――ディーリーの物語に反撃を加え、ケイトとの関係におけるディーリーの立場を不安定にすること――なのだ。素朴な読者は、ややもすると戯曲のあらゆる台詞を額面通りに受取り、どの台詞も事実の陳述なのだと考えがちである。しかし、戯曲の台詞はそれほど単純なものではない。台詞が述べていることが事実であるかどうかはもちろん、その台詞を語る人物の心理状態はどんなものなのか、その台詞はどんな効果をもたらすのかなどといった、さまざまな問題を一つ一つの台詞について吟味する――戯曲を読むという作業は、そういう恐ろしく面倒なものなのだ。ピンターのように一語一語に神経を使う劇作家の作品を理解するためには、この作業を避けることはできないのであり、『邪魔者は殺せ』をめぐる人物たちのやりとりは、そのことを示す好例なのである。

この映画についてのアナの物語をディーリーは徹底的に無視する(ケイトも何の反応も示さない)。そしてディーリーは旅行がちである自分の仕事のことに話を移す。ところがケイトは夫に調子を合せることなく、かえってアナに対する親近感を露骨に表明するようになる。ケイトとアナは、今夜は出かけるかどうか、誰か男性の友達を呼ぶかどうかといったことを話題にし始める。どう見ても、これは四十代の女二人が田舎の家で交す会話ではない。ケイトが入浴したいと言うと、アナは「お風呂のお湯、入れておいてあげようか?」と言う。明らかに彼女等は二十年あまり前のロンドンのアパートにいるのだ。それとも二人は、実際にロンドンのアパートにいるのではなくて、そのアパートで交された過去のやりとりを再現することによって、ディーリーに向って自分たちの親しさを見せつけているのだろうか。どちらの解釈も可能だが、やはり、ここでは二種類の時間、二種類の空間が共存しているのであり、そのうちのひとつは記憶の中の時間と空間だとする第三の解釈が最も自然であろう。実はこの劇の大詰でもよく似たことが起る。いずれにせよ、ケイトとアナとの結びつきが強固になり、ディーリーははじき出されるという状況で、第一幕は終る。

第一幕の場所は居間だったが、第二幕の場所は寝室になる。ディーリーはアナに濃いコーヒーを出し(ケイトは入浴中だ)、不意に、アナのことはよく覚えていると言い出す。彼によれば、二十年ほど前、アナはロンドンのあるパブの常連だったのであり、そこで彼は何度も彼女に逢っていると言う(アナは、記憶がないと答える)。ある時、ディーリーはそのパブから移動して、ある人物のアパートで催されているパーティに出席した。そして、真向いのソファに腰を下しているアナのスカートの中をのぞいた。

ディーリーは語る――

ディーリー　それからあなたの友達がひとり入って来ました、女です、女友達です。あなたと並んでソファに腰を下すと、二人でしゃべってくすくす笑い出した、並んで坐りながら、そこで私は一段と低く構えて、二人を凝視することにしました、二人の太股を、こすれ合って音を立ててるのを、あなたは見られてるのに気がついてる、もう一人は気がついてない、ところがその時、どっとばかり男どもが私を囲み、死についてだか中国についてだか、それとも、何だか忘れたけど、私の意見を聞くんです、そして、私をほうってはおかずにこちらへかがみこんで来る、そこで連中の臭い息、かけた歯、鼻毛、それに中国、それに死、それに私の椅子の肘掛にのってる連中の尻、もう私はたまらなくなって立ち上って、連中をかき分けて進もうとすると、連中は、まるで私が論争の原因だと言わんばかりに凄い剣幕でついて来る、私はもうもうたる煙を通して振り返りながら、急いでリノリウム張りのテーブルのところへ行って、もう一瓶、たっぷりビールを頂こうとする、そして煙の向うを振り返ると、娘が二人ソファにかけてる、一人はあなただ、二人で顔を寄せてささやき合ってる、但しもう何も見えない、もうストッキングも太股も見えない、と思うと、あなた方は行ってしまった。私はソファのところまでふらふらと戻りました。でももうそこには誰もいませんでした。私は尻がつけた四つのくぼみを凝視していました。その中の二つはあなたのものだったのです。

間。

アナ　私、こんな悲しいお話伺うの初めて。

（ＡⅠｂ１―３―一五七〜一五八頁）（ＡⅠａ３―二八九〜二九〇頁）

ディーリーとアナは旧知の仲なのだろうか。それともディーリーは出鱈目な作り話をしているのだろうか。例によって、確かめようがない。アナの「友達」とディーリーが呼ぶ女性はケイトだったのかも知れない。アナは何の説明もせず、入浴中のケイトのことに話を移す。やがて風呂から出て来たケイトは、第一幕終りと同じようにアナに対して親密な態度を取る。またもや時間は二十年ほど前に、空間はロンドンのアパートに戻ったのだろうか。しかしディーリーが割りこみ、このくだりはこれきりになる。

アナが思いがけない話をする。ある時、パーティに出かけるためにケイトの下着を無断で借用した。だが悪いことはできないもので、パーティの間中、ある男が自分のスカートの中をのぞいていたというのである。この話はもちろん先ほどのディーリーの話に符合する。実は劇の冒頭でディーリーとケイトが、訪ねて来る筈のアナについて語るくだりで、ケイトは、ロンドンで一緒にアパートを借りていた頃、時々アナは自分の下着を《盗んだ》と言っていた。盗んだにせよ無断で借りたにせよ、アナはケイトの下着を着けることがよくあったらしい。もしそうなら、問題のパーティでディーリーが見ていたのは、単なるアナ自身ではなくて、ケイトのふりをしているアナだったのかも知れない。そういうわけで、二人の女性のアイデンティティはほとんど確認できなくなるのである。

最後に、これまでは口数の少かったケイトが初めて多弁になり、彼女をめぐるアナとディーリーとの関係に大逆転が起る。自分が記憶しているのは死んだアナだと、ケイトは言い放つのである。夫よりもむしろアナに親近感を覚えているかに見えたケイトは、最終的にはアナを斥けるのだ（『管理人』のデイヴィスと同じく、外部からの侵入者は排除されるのである）。もちろんアナが実際に死んでいたというのではない。ケイトは、自分の意識においてはアナは死者と同じだったと述べているのである。次にディーリーがアパートへやって来た時には、「アナの死体」は消えていた。どちらのベッドを使うかという話になった時、ディーリーは、ケイトが寝ているのではない方のベッド、つまり、それまではアナが寝ていたベッドがいいと言った。ケイトは自分が性行為において積極的になるとディーリーに思いこませた上で、植木鉢の泥をディーリーの顔に塗った（《死んでいる》アナも顔は泥だらけだったとケイトは語っていたから、どうやらケイトはアナとディーリーの両方に対して、相手を辱める一種の儀式を行ったようだ）。

やがてケイトはディーリーの発言を引用する——

一度この人が訊ねたことがある、丁度その頃に、自分の前にはこのベッドに誰が寝てたのかって。私言ったわ、誰も寝ていないって。誰も、一人も。

（ＡⅠb 1—3—一六八～一六九頁）（ＡⅠa 3—三一一頁）

これが『昔の日々』を結ぶ台詞である。ケイトがアナを斥けたことは確かだが、それならケイトはディーリーとの結びつきをあらためて受入れたのだろうか。そうではあるまい。ケイトの台詞の後、第一幕でアナが描写した事件がほぼそのまま観客の眼前で再現されるからだ。ディーリーがすすり泣きを始める。アナは寝椅子に腰を下し、横になる。ディーリーが立ち上り、二つの寝椅子を眺め、アナに近づくが、アナは彼を無視する。ディーリーはケイトの寝椅子に近づき、彼女の膝のところに身体を乗せて横になる。ここまでのディーリーの動きは、アナの物語をなぞっていると言えるだろう。だがこの時、アナが描写してはいなかった事件が起る。すなわち、ディーリーが身を起してケイトの寝椅子から離れ、肘掛椅子の方へ行って深々と身を沈めるのだ。アナは寝椅子に横たわり、ケイトはもうひとつの寝椅子に腰を下している。三人の人物の間に何のつながりもない状態で、劇は終る。

この家庭を訪れたアナは最終的には排除されるのだが、劇の展開において彼女は一種の触媒のような機能を果していると言えるであろう。但しこの触媒の役割はむしろ消極的なものである。彼女の来訪によって、ディーリーとケイトとの結婚生活が甚だ不安定なものであり、ディーリーがケイトとの関係において、いつ失ってもおかしくない位置しか占めていないことが明らかになるからだ。

もちろん大詰の情景が過去に起ったことを再現していると断定することはできない。この劇が過去と呼ぶものは、記憶の中に存在するだけであるからだ。しかし、記憶と言ってもそれは誰の記憶なのか。台詞がある事柄について語る場合なら、その事柄を記憶しているのは当の台詞の語り手なのだと考えられる。だが、その台詞に対して他の人物が見せる反応は(あるいは、他の人物における反応の欠如は)、やはり台詞の語り手の記憶に含まれるものなのだろうか。それとも、それは《他の人物》が記憶しているものなのだろうか。ましてや、大詰の場面のように何の言葉も伴わない動きの場合、それを記憶しているのは一体誰なのだろう。たとえば『背信』のような戯曲では、個々の記憶の主体が誰であるかはほとんど疑問の余地のないかたちで示されている。晦渋な作家と見なされることが多い（私の考えでは、誤ってそう見なされることが多い）ピンターといえども、記憶の主体を明示することがあるのだ。だが『昔の日々』とは記憶の曖昧さそのものを描こうとした戯曲なのだから、個々の記憶の主体は曖昧なままにしておいた方がいいと、彼は判断したに違いない。その意味で、これは『背信』よりもはるかに形而上学的な作品である。

　別の言い方をするなら、『昔の日々』の面白さは風習喜劇の言葉を使って認識論を展開したところにある。たとえば、ケイトが風呂から出て来るのを待つ間にディーリーとアナが交す次のようなやりとりは、ほとんど哲学者の議論のパロディのように感じられる――

ディーリー　あれは身体をちゃんと拭く段になるとまるで駄目でね、あなた、気がつきましたか？なるほど、汚れをこすり落すのは申し分ないけれども、果して同程度に効果的に濡れをこすり取ることができるのであろうか。私が自らの経験から得た結論に従えば、そういうことは言えないのであるということになる。事実としては、必ずどこかに意外にも予想外にもいまいましくも水滴が少々ばかり滴り落ちてるということになる。

アナ　あなたがご自分で拭いてあげたら？

ディーリー　そうしろとおっしゃるんで？

アナ　あなたならきっとお上手だわ。

『昔の日々』

ディーリー　バスタオルで、ですか？
アナ　無理でしょ、ぬきでは？
ディーリー　ぬきでは、とは？
アナ　それぬきで、拭けます？　バスタオルぬきで？
ディーリー　さあ、それは。
アナ　じゃ、御自分で拭いておあげなさいよ、バスタオルで。

間。

ディーリー　あなたが拭いてやったらどうです、バスタオルで？
アナ　私が？
ディーリー　あなたならきっとお上手だ。
アナ　いいえ、駄目。
ディーリー　ほんとに？　だってあなたは女でしょう、だから分るでしょう、どんな風に、どこに、またどの程度の密度をもって、女の身体に水分がたまるものか。
アナ　女の身体は一人一人違うのよ。

（ＡＩｂ１―３―一五九頁）（ＡＩａ３―二九二～二九四頁）

一見友好的なこの滑稽なやりとりは、もちろん陰湿な応酬にもなっている。このようにいくつもの層をもっているという意味で、これは紛う方なき劇の台詞なのである。

〈付記〉　第一幕の「歌合戦」の場面で引用されるポピュラー・ソングは次の九篇である（引用順）——

“Lovely to Look At” (Words by Dorothy Fields & Jimmy McHugh; Music by Jerome Kern)
“Blue Moon” (Words by Lorenz Hart; Music by Richard Rodgers)
“They Can’t Take That Away from Me” (Words by Ira Gershwin; Music by George Gershwin)
“The Way You Look Tonight” (Words by Dorothy Fields; Music by Jerome Kern)
“She’s Funny That Way” (Words by Richard A. Whiting; Music by Neil Morét)
“All the Things You Are” (Words by Oscar Hammerstein II; Music by Jerome Kern)
“I Get a Kick Out of You” (Words and music by Cole Porter)
“Smoke Gets in Your Eyes” (Words by Otto Harbach; Music by Jerome Kern)
“These Foolish Things” (Words by Eric Maschwitz; Music by Jack Strachey)

私は “‘They don’t make them like that any more’: intertextuality in *Old Times*” というエッセイで、この場面を分析したことがある。このエッセイは *Reading Plays: Interpretation and Reception*, edited by Hanna Scolnicov and Peter Holland (Cambridge: Cambridge University Press, 1991) という書物に収録されている。

第二十二章——アイデンティティの混乱（VII）

『独白』

ピンターの少年時代からの親友で、彼が劇作を始めるきっかけを提供したヘンリー・ウルフの名は、既に第二章で挙げた。ピンターは、俳優になったウルフと生涯を通じて親交を保ったが、劇作家としての地歩を固めた頃になって、彼のために短い一人芝居を書いた。それが『独白』である。この劇は一九七三年四月十三日にテレビドラマとしてBBCから放映された。演出はクリストファ・モラハン、出演はもちろんウルフだった。

戯曲の指定によると、二脚の椅子があり、そのひとつに「男」が坐っている。もうひとつの椅子には誰も坐ってはいない。男はこの無人の椅子に向って話しかける。この男はただひとりごとを言っているだけなのかも知れない。あるいは、無人の椅子には実は別の人物が腰を下していて、男はその人物に話しかけるが、その人物の方では返事をしないのかも知れない。あるいはまた、その人物は返事をするのだが、それは戯曲には含まれておらず、観客は、見えない人物の聞えない返事を想像するように要求されているのかも知れない。こういう風に、この戯曲の大前提はさまざまに解釈できる。つまり設定においても文体においても、『独白』には、数年前の作品である『風景』や『沈黙』に通ずるところが多いのだ。

いずれにせよ、男の台詞から、彼が話しかけているのはかつて親友だった男であること、二人の男は同じ女と親しくしていたことなどが明らかになる。男たちはどちらもスポーツ好きだった。スポーツとは、参加する者たちが互いの友情を確認する手段でもあるが、同時に、それは参加者同士が対決するための手段でもある（『背信』にはスクォッシュ・テニスへの言及が何度も現れるが、このゲームはまさにそういう二面性をもったものとして捉えられている）。男たちは文学好きでもあった。語り手の親友だった男は、ウェブスターやターナーの面白さを語り手に教えてくれた（ピンターは一九九五年に、彼の生涯の業績を対象として、デイヴィッド・コーエン・イギリス文学賞を与えられたが、「謝辞」の中で、自分はグラマー・スクールの教員だったジョーゼフ・ブリアリーのおかげで「ウェブスターという未知の劇作家に目を開かれた」と述べている）。他方、語り手は親友にツァラ、ブルトン、ジャコメッティ、セリーヌ、ドス・パソスなどといった藝術家のことを手ほどきした。つまり、親友が古い文学に通じていたのに対して、語り手はどちらかと言うと前衛的な藝術家が好きだったことになる（これは、まさに小説『こびとたち』が描いている世界である）。

二人の若者はどちらも、ある黒人の女を愛していた。語り手は言う――

どうせ君は言いたいんだろう、自分はあの女の魂を愛してた、お前はあの女の肉体を愛してたんだって。（中略）でもね、君の知らないことをひとつ教えてやるよ。あの女は僕の魂を愛してたんだ。僕の魂なんだよ、女が愛してたのは。

（ＡＩｂ１―３―一七四頁）（ＡＩａ４―一二三頁）

語り手と黒人の娘との間には肉体関係があった。しかし、彼女は語り手とのそういう関係に必ずしも満足していなかったのかも知れない（彼女が語り手の魂を愛していたという叙述には、彼女にとっては語り手は肉体的存在であるよりもむしろ精神的存在であったという裏の意味がある）。その上、彼女は「人生を楽しむたち」でもあった。やがて彼女は語り手の親友を誘惑し、この男との間にも肉体関係が生じる。だが彼女は、結局はどちらの男とも結婚にまで至ることはなかった。そして、男たちはいつの間にか年を取ってしまった。

戯曲は語り手の次のような述懐によって結ばれる――

君は黒い顔をしてたらよかったんだ（中略）黒い子供を二人作ってられたんだ。

間。

僕は死んでもよかったな、その子らのためなら。

間。

『独　白』

僕はその子らの叔父さんになってた筈だ。

間。

僕はほんとにその子らの叔父さんなんだ。

間。

僕は君の子供たちの叔父さんだよ。

間。

あの子らを連出して、面白い話をしてやろう。

間。

僕は好きだよ、君の子供たちが。

（ＡⅠb１―３―一七七頁）（ＡⅠa４―一二七頁）

実際には生れた筈のない子供たちは、語り手の意識においては現実の存在になる（動詞は仮定法過去完了形から直説法現在形に変化する）。しかも、語り手は子供の肌の色にひどくこだわる。語り手自身が黒人の恋人に子供を生ませることができなかったのはほぼ確実だが、彼は、せめて親友が黒人だったら、自分が望んだ黒い肌の子供がこの世に存在するようになっただろうと考えている。彼は親友を、自分の希望を実現させる人間として——いわば自分の代行者として——捉えているのである。親友の子供にとっては自分は「叔父」に当るとも、彼は言う。こういう台詞から、親友と普通以上に親密な関係になりたいという願望を読み取ることは、別に無理ではないであろう。

これより先に、語り手は「時々思うんだが、君は例の黒人の女を忘れてしまったんじゃないのか、あの黒檀のような女を。時には、君は僕のことを忘れてしまったんじゃないかと思うよ」と述べていた。やはり、親友はこの場にはいないのであり、語り手は誰も坐ってはいない椅子に向って話しかけていると考えるべきであろう。もはや彼には現実と空想を区別することもできないのだ。

『独白』はもちろん小品にすぎないが、同一の女性をめぐって二人の男性の間に生れる微妙な関係は、既に『コレクション』や『地階』で扱われていた。やがてピンターは『誰もいない国』や『背信』でも、同じ状況を採り上げることになる。『独白』は、劇作家ピンターにとっての《原型》を簡潔に提示した作品なのである。

第二十三章――場所をめぐる争い（II）

『誰もいない国』

『昔の日々』の根底にあったのは、時間と空間の曖昧さであった。『誰もいない国』もさまざまの解釈を許容する戯曲だが、この作品の曖昧さは人物同士の関係と個々の人物のセクシュアリティとに関わっている。

劇の大部分はハーストとスプーナーという二人の六十代の男の対話から成り立っているが、この対話は三種類の文体で書かれている。すなわち、ひどくまわりくどくて馬鹿丁寧なもの、これといった特徴のないもの、ひどく砕けたものという三種類である。文体は二人の親しさの度合いを反映していると考えられるから、それがこのように不安定だと、読者ないし観客は、この二人の男は初対面であるのか、それとも非常に親しい間柄であるのかについて判断を下すことができなくなる。

次に、この戯曲には四人の男が登場するのだが、四人のすべてが同性愛者である可能性がある。しかし、そう断定するのは難しい。たとえば『コレクション』のハリーとビルが同性愛者であることには疑問の余地がないが、『誰もいない国』の男たちについては、そうは言えないのだ。そして、この劇の窮極の面白さは実はこういう曖昧さに潜んでいるのではないかと思われる。

『誰もいない国』

『誰もいない国』の初演は一九七五年四月二十三日に、オールド・ヴィックを拠点として活動を始めたナショナル・シアターによって行われた（ナショナル・シアターが専用の劇場をもつようになったのは一九七六年のことである）。演出はピーター・ホールが担当した。ホールはそれまではロイアル・シェイクスピア劇団の藝術監督として数々のピンター劇を演出していたが、一九七三年にローレンス・オリヴィエの後を継いでナショナル・シアターの藝術監督になったので、それからしばらくの間、ピンターの新作はホールが演出してナショナル・シアターによって上演されることになったのである。初演の『誰もいない国』では、ハーストをラルフ・リチャードソン、スプーナーをジョン・ギールグッドという、当時のイギリス劇壇の頂点にいた名優が演じ、話題になった。

劇の場面はハムステッド・ヒースの近くにあるハーストの豪邸の一室で、時は夏の夜である。散歩に出かけたハーストがスプーナーという男に出逢い、彼を自宅へ招いたことが間もなく判明する。ハーストが仕立てのいい服を着ているのに対して、スプーナーはみすぼらしい恰好をしている。ハーストがスプーナーに酒をすすめると、スプーナーはウィスキーを所望する。ハースト自身はウォトカを注ぎ、それを一気に飲み干す。グラスの大きさにもよるが、ウォトカを一気に飲み干すのはかなり乱暴な行為であろう。この部屋には大量の酒瓶が並んでいるが、どうやらこの家の主人はアルコール中毒気味であるようだ。スプーナーはウィスキーをちびちびと飲む。彼はハーストと違って強い酒を《一気飲み》することはないに違いないが、同時に、彼はハーストがふだん飲んでいるような上等のウィスキーには縁がないのであろう。

やがてスプーナーはハーストに向って「あなた、ハムステッド・ヒースをよくうろついたりなさるんですか?」と訊ねる。私は二〇〇八年十月にロンドンでこの劇のリヴァイヴァル公演を観た。古いことではないから鮮明に記憶しているが、この台詞を聞いてくすくす笑った観客が何人もいた。ハムステッド・ヒースは同性愛者の男性が行きずりの相手を求めて、いわゆる「クルージング」をやる場所として広く知られており、観客はそのことを思い出したに違いない。しばらくすると、今度はハーストがスプーナーに「どうです……よく顔を出しますか、ジャック・ストローズ・カースルへは?」と問いかける。

十四世紀のイングランドに、農民を率いて反乱を起したワット・タイラーという人物がいた。ジャック・ストローは反乱軍の幹部のひとりだったが、ハムステッドに身を潜めていたことがあると伝えられる。やがて、ヒースの一角にあった建物がパブとして使用されるようになった時、その店はこの男に因んで「ジャック・ストローの城」と名づけられた。これは非常に由緒あるパブで、十九世紀には有名な文人たちがよく訪れた。現在はパブは閉鎖され、建物はアパートとして使用されている。私は二〇〇九年六月にロンドンへ行った折に、念のためにこの建物の現状を確認して来た。それは洒落た店やレストランが並ぶハムステッドの盛り場からやや北へ行った、あまり人通りのないところにある大きな建物で、一階にはレストランやフィットネス・クラブが入っていた。それはともかく、『誰もいない国』の初演当時は、このパブは有名なゲイ・バーだった。ハーストとスプーナーはそこで出逢ったことになっている。つまり、この劇の冒頭にはロンドンの同性愛者の生活に関連のある言及がいくつも現れるのである。

ハーストがハムステッド・ヒースを「うろつく」かどうかを訊ねたスプーナーは、次のように語る——

スプーナー　こういうわたくしはハムステッド・ヒースをよくうろつきます、何の期待も抱かずに。この年になれば期待なんてものはもう卒業です。あなたもそうお思いでしょう?
ハースト　そう。
スプーナー　あれこそは落し穴の中の落し穴、罠の中の罠です。但しわたくしはもちろん観察はよく致しますよ。木の枝ごしにこうのぞきましてね。機智を売物にしてる男が、ある時わたくしに木の間《こま》ごしののぞき男という名を奉ってくれました。随分まずい言い方だと思いましたよ。
ハースト　拙劣極まる。

（AⅠb1―3―一八四頁）（AⅠa3―三二四頁）

スプーナーは更に長台詞を披露する――

スプーナー　ところで、のぞきの話で思い出しましたが、ぜひともこの点は明瞭にしておく義務があると思いますんで。わたくし、性の現場ののぞきはやりません。これはもう完全に卒業しました。お分りですね。わたくしの目の前の小枝ごしに、何と申しますか、のぞく視線の行き着く先に、間接的なものにもせよ性的結合状態がたまたまあったとしてもです、私に見えるのはむき出した白眼だけ、あまり間近で辟易します、距離をおこうにもおけない、そして、自己と他者との間に適当な距離をおけない時、事態に対して客観的関係を保つことがもはやできない時は、これ即ち骨折損のくたびれもうけ、あくせくするのはやめて肝に銘じることです、人間の視覚において不可欠なるもの、それは空間である、しかり、とりわけ月光のもとでは、空間は十分になければならぬということを。

ハースト　お話を伺ってると経験の重みが感じられますな。

（ＡＩｂ１―３―一八五頁）（ＡＩａ３―三二五～三二六頁）

このあたりのスプーナーの台詞には、単文ではなくて複文が多用されている。また、ラテン語系の語彙が頻出する。要するに、これは日常会話とは程遠い台詞なのだ。そのことは、彼が登場後間もなく語る台詞についても指摘できるだろう――

スプーナー　わたくし、何の話をしておりましたっけ、お宅の前まで来た時。

ハースト　そう……何だったか。

スプーナー　そうだ！　わたくしは強さの話をしておりました。御記憶ですか？

ハースト　強さか。そう。

スプーナー　そうです。わたくしが言いかけておりましたのはですね。世の中にはこういうひとがいる、つまり、見かけは強そうだし、強さの何たるかについて語らせてももっともらしいことを言う、しかるに実は現実ならぬ観念の世界で暮している、そういうひとがいるってことなんで。こういうひとが持合せておりますのは、強さではなくてその道についての見識です。この連中が磨き上げ、もちこたえているのは、実は計算ずくのポーズに他なりません。二度に一度はそれでもまかり通ります。知性と鑑識眼をそなえた人間をまって初めて、このポーズに針を刺し通し、この身構えの本質的なひ弱さを見抜くことができるのです。わたくしはそういう人間です。

ハースト　と言うと、後者の方で？

スプーナー　後者の方、その通り、知性と鑑識眼をそなえた人間の方ですよ。前者の方だなんて、そんな、まさか。いくら何でも。

（ＡＩｂ１―３―一八二～一八三頁）（ＡＩａ３―三二二～三二三頁）

スプーナーは話を進め、自分が若くてまだ「期待」を抱いていたある日のこと、「度外れて明々白々なる汚辱にまみれた追憶に取りつかれて」ジャック・ストローズ・カースルへ行き、そこでハンガリー人の亡命貴族に逢って人生が変ったと語る。この話が事実であるのかどうかはもちろん分らないが、かりに事実であるとしても、実際に何が起ったのかは曖昧だ。スプーナーはこの人物によって同性愛の世界へ引き入れられたのかも知れない。あるいは、彼の助言を受けて同性愛の世界から抜け出すようになったのかも知れない。あるいは、自分に同性愛の傾向があることに悩んでいた彼は、それを素直に受入れるようになったのかも知れない。ハーストが「何を言ったんです、その人は？」と訊ねると、スプーナーは彼をにらみつけ、「それを私が覚えてることを期待してられるんで？」と反問する。どうやらスプーナーは思うところあってハーストを混乱させる話をしているようだ。

スプーナーは自分は詩人であり、妻と一緒に男女の若い客を――特に若い詩人を――接待する、田舎に別荘をもっていた頃は、芝生の上で客に茶を出したものだと語る。これまでは、ハーストは簡潔な発言しかしていなかったが、ここで初めて自分の過去について語り、「私もです」と言う。彼もまた詩人であるようだ。ここからハーストはやや多弁になるが、彼の台詞は冒頭のスプーナーの台詞のような饒舌体ではなくて、標準的で特徴のない文体で書かれている。そしてスプーナーも調子を合せる。

スプーナーは次第になれなれしい態度を取るようになり、ハーストの妻のことをしつこく追及する。そしてハーストの妻だったという女の目の色を話題にする——

スプーナー　その方の目ははしばみ色だった、のですね。

ハーストは注意して立ち上る。彼は少しよろめきながら戸棚の方へ行き、ウィスキーを注ぎ、飲む。

ハースト　はしばみ色の糞の色だ。

スプーナー　これはこれは、どうやら感傷のきざしが見えて来たのでしょうか？

間。

はしばみ色の糞。となると考えますな——自分ははしばみ色の糞を見たことがあるのであろうか。そう言えば、はしばみ色の目を見たことは？

ハーストは彼にグラスを投げつけるが、命中しない。それは絨毯の上で弾む。

どうやら敵意のきざしが見えて来たのでしょうか？

（ＡＩｂ１―３―一九一頁）（ＡＩａ３―三三七〜三三八頁）

スプーナーはますますなれなれしくなり、ハーストを不能者呼ばわりする。そして、そういうハーストに向って、「友達になって差し上げよう」と申し出る。こういう厚顔無礼な振舞いは、冒頭のスプーナーからは予想できなった筈だ。彼は初対面らしいハーストに対する警戒心を捨てたのだろうか。もちろん、そういうこともあるであろう。だが、それだけではあるまい。私が興味深く感じるのは、文体の変化が話題の変化に照応しているという事実である。劇の冒頭のスプーナーの文体――馬鹿丁寧でまわりくどい文体――の台詞が語っているのは、同性愛の世界だった。ところが、劇のこの段階で問題になっているのは、異性愛の世界――とりわけ、いわゆる健全な結婚――である。そして、台詞の文体は特徴のないものになる。これは全くの偶然なのだろうか。

ハーストはスプーナーの「申し出」に対しては何も答えず、こう語る――

誰もいない国……動かない……変らない……老いることもない……いつまでも……永遠に……冷く……静か。

（ＡＩｂ１―３―一九三頁）（ＡＩａ３―三四〇頁）

この戯曲の題名が台詞に現れるのはこれが初めてである。原題の「ノー・マンズ・ランド（無人地帯）」という言葉は、国境などにある帰属がはっきりしない場所や、戦争において対峙する二つの軍隊の間にある中間地帯を指すが、この劇ではもう少し象徴的な意味をこめて使われているように感じられる（もしも「ノー・マン」を「男性ではない人間」と解することができるのなら、この題名は一種の言葉遊びで、「同性愛者の場所」を意味しているのかも知れない）。

やがてハーストは床に倒れる。飲みすぎたのだろうか。パブでビールを飲み、帰宅してからまずウォトカを、そしてウィスキーを飲んだのだから、彼がかなりの酩酊状態であることは確かだ。しかし、彼はスプーナーの発言によって精神的に打撃を受けたのかも知れない。ハーストは床を這ってやっと退場する。ここまでの応酬の結果、スプーナーはこの家へ入りこむことにかなり成功した。明らかに彼は優位に立っているのである。

そこへ砕けた服装の男が登場する。フォスターという名で、三十代だ。彼は見知らぬ男がいるのに、いぶかしがることもない。スプーナーが自分はハーストの友達だと言うと、フォスターは「タイプが違うよ」と答える。どうやらハーストは見知らぬ男を自宅に招くことがよくあり、フォスターはそれに慣れているらしい。

続いて、やはり砕けた服装だが、「がっしりした」男が登場する。四十代でブリグズという名だ。私は『誰もいない国』の初演を観ているが、フォスター役のマイケル・フィーストは、この男をかなり女性的な感じの人物として演じていた。これに対してブリグズ役のテレンス・リグビーは武骨な感じだったが（彼は『帰郷』の初演でボクシングをしているジョーイを演じた俳優である）、作者はこの二人の人物が対照的な存在として演じられることを期待していたようだ。

フォスターは女にもてるらしく、特にタイやバリ島の女には人気があったという。彼は同性愛者のように見えるが、もとは異性愛者だったのであろうか。それとも彼は両性愛者なのだろうか。彼もブリグズもハーストの召使らしいが、揃ってスプーナーを馬鹿にするような態度を取る。

ハーストがガウン姿で再登場し、スプーナーを見て、「これは誰だい？　君等の友達かね？　私を紹介してくれないのかね？」と召使たちに向って言う。するとフォスターは「この人はあんたの友達だよ」と答える。おそらくハーストは、召使たちの手前、スプーナーを知らないふりをしているのであろう。フォスターの返事は、彼がハーストの気持を見抜いていることを示している。

ハーストは少し眠ったが、誰かが溺れていた夢を見たと語る。それを聞いたスプーナーは「私ですよ、あなたの夢の中で溺れてたのは」と述べる。優位に立ったこの男はなおもハーストに取り入ろうとするのである。そして召使たちに向って、「この人には孫がいる。私同様。かく言う私も。二人とも人の子の親だ。（中略）老人を大事にしたまえ」と言う。この台詞が事実を述べているのなら、スプーナーもハーストも家庭人であることになるが、本当にそうなのだろうか。

フォスターとブリグズはスプーナーを露骨に侮辱する。彼等の意識からすれば、彼等とハーストとが営む《家庭》はそれなりに完結しているのであり、スプーナーというよそ者が（まるで『管理人』のデイヴィスのように）この家庭に入りこむのは具合が悪い。召使たちの態度を見ていると、この家庭の主導権を握っているのは実は召使たちであること、彼等は事実上ハーストを支配していることが明らかになって来る。但し、タイやバリ島の女を懐かしがるフォスターは、必ずしも現在の生活に満足しきっているわけでもないようだ。一方ブリグズはフォスターを同性愛者呼ばわりする(第二幕でもブリグズは同じことをする)。

ブリグズがハーストを連れて退場すると、フォスターはスプーナーに向って「ねえ。電燈のついてる部屋にいる時に不意に電燈が消えたら、どんな感じだと思う？　教えたげるよ。こんな感じ」と言い、電燈を消す。第一幕が終る。

『誰もいない国』は難解な劇で、何が起っているのかが分らないと言ってこぼすひとが時々いる。しかし、『帰郷』の場合と同じく、テクストを丁寧に読むなら、人物たちの心理を辿るのはそれほど困難な作業ではなくなる。なるほど、古風な《リアリズム劇》の作者と違って、ピンターは人物たちの行為の動機を説明してはいない。しかしそのことは、ピンターが人物の動機を一切示していないことを意味するものではない。確かに、ピンターの戯曲を読むのは労力を要する面倒な作業である(そもそも現実を読み解くことも労力を要する面倒な作業なのである)。だが、労を惜しみさえしなければ、彼の作品は多くの批評家が考えているほど難解で晦渋なものではないことが分る筈だ。ある台詞なり行動なりがどんな効果をもたらしているかを見定め、そこから逆算すれば、動機は見当がつくのである。凡庸な研究者や批評家が、自らの想像力や読解力の貧しさを棚に上げて、ピンターの戯曲を《不条理劇》として片づけ、それで話が終ったような気でいるのは怠慢以外の何ものでもない。ピンターには《不条理劇》を書くつもりなどなかったと私は確信している。

第二幕は翌朝だ。結局スプーナーはこの部屋に閉じこめられて一夜を過ごした。スプーナーはT・S・エリオット風の詩のパロディを時々口にするが、ここでも、「見たことあるぞ、この様子。閉じこめられて朝が来た。他人の家の沈黙に」という、『四つの四重奏』あたりを思わせる言葉を誦する。

ブリグズが登場する。ハーストの顧問計理士がやって来るのにそなえて朝食を用意したが、彼が来られなくなったので、朝食が無駄になった、ついてはそれをスプーナーに提供したいと、彼は言う。ブリグズが運んで来たのは、スクランブルド・エッグ、トースト、それにシャンペンという贅沢な朝食だった。スプーナーは虚勢を張るが、もちろん彼が朝食にシャンペンを飲むような暮しをしているとは思えない。

スプーナーが食事をしている間、ブリグズは、フォスターと知合ったいきさつについて長い台詞を語る。それによると、ある時ブリグズは街頭で、車を運転していた男から、ひどく分りにくい通りへ行く道順を訊ねられたが、その男がフォスターだったという。しかしフォスター自身はこの話を否定するだろうと、ブリグズは述べる。この長台詞は、スプーナー役の俳優が食事をすることに専念できるようにするためのものだが、同時に、それはこの劇が提示する現実が多義的なものであることを、作者自身が観客に伝えるためのものにもなっている。

食事を終えたスプーナーは、新しい詩の雑誌の編集委員会があるので、出かけたいと言う。ブリグズは一旦退場するが、間もなくスーツ姿のハーストがブリグズを伴って登場し、スプーナーに向って「チャールズ。ほんとによく来てくれたな」と語りかける。これ以後のやりとりは、第三の文体で――つまり、砕けたなれなれしい文体で――書かれている。

ハーストによると、彼とスプーナーはオックスフォード大学で友人だったという。これが事実なら、二人はたまたまパブで逢ったのではなく、何十年も前から知合いだったことになるが、例によって真実は確かめようがない。

ブリグズが退場すると、ハーストは、実は自分はスプーナーの妻だったエミリーを口説いて不倫関係を実現させたことがあるのだと語る（同じ女と親しくなった二人の男性の間に生じる同性愛的な感情は、ピンターがよく採り上げる題材で、次作『背信』にも現れるが、ハーストの話が本当なら、『誰もいない国』もそれにふれていることになる）。

スプーナーはハーストの告白を無視するかに見えるが、ステラという別の女に言及する。そして、文体においては軽快だが内容においては陰湿なやりとりが続く――

スプーナー　ステラに逢うことはあるかね？

間。

ハースト　ステラ？
スプーナー　まさか忘れてはいないだろう。
ハースト　ステラ何だ？
スプーナー　ステラ・ウィンスタンリー。
ハースト　ウィンスタンリー？
スプーナー　バンティ・ウィンスタンリーの妹だ。
ハースト　ああ、バンティか。いや、あの女には全然逢わない。

スプーナー　君は少々ご執心だったな。
ハースト　僕がかい、おい。どうして知ってた？
スプーナー　僕はバンティが大好きでね。あいつは君のことで本当に腹を立ててたよ。ぶんなぐってやりたいと言ってた。
ハースト　理由は？
スプーナー　あいつの妹を犯したから。
ハースト　そんなこと、やつに何の関係がある？
スプーナー　あいつはステラの兄だった。
ハースト　そのことだよ、おれが言ってるのも。

間。

君は一体何を言いたいんだ？
スプーナー　バンティはルーパートをステラに紹介した。あいつはルーパートがひどく気に入ってたからな。あいつだよ、結婚式で花嫁を花婿に引き渡す役をつとめたのは。あいつとルーパートは随分昔からの友達だった。君をむちでひっぱたくなんて息まいてたな。
ハースト　誰が？
スプーナー　バンティが。

ハースト　あいつにはおれに面と向って口をきくだけの度胸なんてなかったぞ。

スプーナー　ステラがやめてくれって頼んだんだよ。手を出すのは控えてくれと言って頼みこんだ。ルーパートにしゃべらないでくれと言って頼みこんだ。

ハースト　なるほど。しかしバンティには誰がしゃべった？

スプーナー　バンティには僕がしゃべった。バンティがとても気に入ってたんだよ。僕はステラのこともとても気に入ってた。

間。

ハースト　君はその一家と随分親しくしてたらしいな。

スプーナー　主にアラベラとね。よく一緒に乗馬をやったもんだ。

ハースト　アラベラ・ヒンスコットかい？

スプーナー　そう。

ハースト　オックスフォードで知ってた。

スプーナー　僕もだ。

ハースト　僕はアラベラが大好きだった。

スプーナー　アラベラは僕が大好きだった。バンティにはついぞ分らなかったよ、一体どんな風にアラベラは僕が好きなのか、あるいは僕が好きだからアラベラはどんなことをするのか。

ハースト　何の話だ、はっきりしてくれ。
スプーナー　バンティは僕を信用してた。あの二人の結婚式で花婿の介添人をつとめたのは僕なんだよ。あいつはアラベラも信用してた。
ハースト　言っとくがね、僕はアラベラって女はずうっと非常に好きだった。あの女の親父さんに僕は教わったんだ。あの家にはよく泊めて貰ったよ。
スプーナー　親父さんなら僕はよく知ってた。僕に随分目をかけてくれたよ。
ハースト　アラベラはとても上品で行届いた感覚の持主だった。
スプーナー　同感だ。

間。

ハースト　つまりこう言いたいのか、君はアラベラと関係したんだと？
スプーナー　一種の関係だな。先方には行くところまで行ってしまう気はなかった。そこでアラベラ好みのやり方で我慢した。つまり、男性のものをしゃぶるという。
（AIb１—３—二一二〜二一三頁）（AIa３—三七六〜三八〇頁）

ハーストは憤慨し、自分が知っているチャールズ・ウェザビーはこんな男ではなかったという趣旨のことを述べる。スプーナーの本名は「ウェザビー」なのだろうか。だがスプーナーはハーストを非難し、ステラと親しくしているのに自分の妻の「エミリー・スプーナー」と不倫関係になり、ステラを裏切ったのは赦せないと言う。やはり彼の名は「スプーナー」なのだろうか。あるいは、スプーナーは何らかの事情があって名前を変えたのかも知れない。

第三の文体が用いられるのはこの場面だけである。そして、この場面で話題になるのは、異性愛の世界の事件ではあるが、いわゆる健全な結婚生活などではなくて、婚前交渉や不倫などといった婚外の性行為である。同性愛、結婚生活、婚外の性行為という三種類の題材に応じて、ピンターは三通りの文体を使い分けたと断定しても差支えはないようだ。

ハーストは結局においてスプーナーを赦す。スプーナーはあらためて自分を売りこむ。一方フォスターは、バリ島にいた時に、この家へ来るように呼ばれたという話をする。ブリグズは、フォスターを推薦したのは自分だと述べる。彼はフォスターがこの《家庭》から出て行くのを防ごうとしているように見える。フォスターは現在の仕事はやり甲斐があると言い、ブリグズによって「その道に引き入れ」られたという思わせぶりな発言をする。

スプーナーはとうとうハーストに向って、「わたくしをお傍において秘書にして下さいよ」という。だがハーストはそれを断る。甚だ興味深いことに、ここからスプーナーは最初の文体に戻るのだ。そして、たとえば次のような台詞を語る――

確かにわたくしの人生は山あり谷ありでした。わたくし、あの世代では出世株のひとりだったのです。だが何かが起った。それが何だったのかは分りません。それにもかかわらず、私はなお私であり、汚辱や窮乏の痕跡をとどめてはおりません。私は依然として私です。あなたのお役に立とうというのは、阿諛追従ではなく古人のごとき誇りをもってのこと。戦士としてここに参上しました。あなたを主君にできるなら、これにまさる喜びはありません。わたくしはあなたの卓越の前に膝を屈するのです。わたくしには敬虔、節制、寛大、善良などの特質がそなわっております。それらに用はないとおっしゃるのは、あなた御自身の御損。紳士たる身のつとめとして、わたくしはあくまでも言行においては柔和、所業においては果敢、行動においては節度と礼儀をわきまえている、ということは、あなたの私生活は一切乱さぬということです。しかしながら、あなたに対して僅かなりとも不当の振舞いがなされる時は、断じてそれを見逃しません。あなたの破滅をたくらむいまわしい力をあからさまにあらわすやからはすべて、わたくしの剣によってたちまち八つ裂きにされましょう。くもりなき面《おもて》とけがれなき良心を保つことが、この身のつとめと考えます。あなたのためには死をもいといません。あなたのためとあらば、臆することなく死に立向いましょう、それが荒野であれ寝室であれ。わたくしはあなたの騎士なのです。内なる敵あるいは外なる仇にあなたの尊厳をみすみすけがさせる位なら、喜んで名誉ある墓にこの身を埋めましょう。どうか何なりとご命令を。

（ＡＩｂ１―３―二二二頁）（ＡＩａ３―三九三頁）

スプーナーは自分をハーストの「パートナー」として売りこんでいるのだが、もちろんそうしながらブリグズとフォスターを意識している。彼は二人の召使に取って代ろうとしているのだ。彼は更に懇願を続けるが、沈黙していたハーストは、やがて「話題を変えよう」と言う。彼はスプーナーを斥け、ブリグズとフォスターという二人の男との生活を続ける決断を下したのだ。

ハーストは夢の話を蒸し返し、誰かが溺れているのが見えたと思ったが、それは間違いで、実際は誰もいなかったと語る。もちろんこの台詞は、「私ですよ、あなたの夢の中で溺れてたのは」という第一幕のスプーナーの台詞を踏まえている。

これを受けてスプーナーは、やはり第一幕でハーストが語った台詞をほぼそのまま繰返す――


そうだ。君がいるのは誰もいない国。それは決して動かない。決して変らない。決して老いることもない。ただいつまでもそのままで、冷く、静かに。

（AIb1―3―二二四頁）（AIa3―三九九頁）


「沈黙」があり、ハーストは「そいつに乾杯しよう」と言う。劇は終る。

斥けられたスプーナーは、進んでハーストを現在の状況に閉じこめる。ハーストは開き直ってそれを受入れる。最終的に闖入者が斥けられるという結末は、『管理人』の結末に酷似している。敢えて言うなら、『誰もいない国』とは富める者の『管理人』、文人の『管理人』なのである。

スプーナーはこの《家庭》に入りこむことによって、そしてハーストはスプーナーを受入れることによって、現在の状況から脱出しようとしたが、結局のところ、それは実現しなかった。しかしながら、二人が本気であったと断定することはできない。二人はひどく手のこんだゲームに耽っていただけなのかも知れない。たとえば、二人が同じ時期にオックスフォードにいたというのは嘘かも知れない。

『誰もいない国』

しかし、この戯曲について私が何よりも興味深く感じるのは、真実がどんなものであるのかという問題ではない。この作品の面白さは、何よりもまず、作者による劇言語の実験から生れている。劇の冒頭と大詰に現れるスプーナーの饒舌は、あるいは『管理人』や『昔の日々』の饒舌に似ているように見えるかも知れない。しかし、こういう先行作品の饒舌は非文法的なものである。これに対して、スプーナーの饒舌はあくまでも論理的で文法にかなっている。実はこういう文体をピンターが用いたのはこれが最初で最後だった。『コレクション』のような例はあるが、ピンターが同性愛の世界をこれほど正面から描いたのも、これが最初で最後だった。文体においても題材においても、『誰もいない国』は高度に実験的な作品だったのである。実験的な作品はややもすると生硬なものになりがちだが、『誰もいない国』の台詞は生気と躍動感にみちている。作品の曖昧さは、かえって読者や観客の関心をかき立てる。力業という言葉はこういう作品のためにある。

第二十四章――時間と記憶（Ⅴ）

『背信』

　ピンターの戯曲には、扱われている題材それ自体によって読者や観客に訴えようとするものはほとんどない。彼の戯曲の面白さは、ひとえに、ある題材の処理のしかたから生れている。別の言い方をするなら、彼の戯曲について論じる場合、題材を問題にするだけでは不十分なのであって、手法をも視野に入れなければならないのだ。更に別の言い方をするなら、つまるところ、ピンター劇の面白さは、彼が言葉をどんな風に用いているかを分析しなければ明らかにならないのである。このことがとりわけ顕著に認められる作品のひとつが『背信』である。

　この劇が扱っているのは、さほど珍しくもない不倫の物語だ。ロバートとジェリーは、在籍する大学は別でも、学生時代から親友だった。今ではロバートは出版社を経営し、ジェリーは作家のエイジェントとして活動しているので、二人は仕事の上でもつきあいがある。ある晩、ロバートの家で催されたパーティに出席したジェリーは、酔ったはずみでロバートの妻のエマを口説く。意外にもエマは彼の口説きに乗る。二人はアパートを借り、密会を重ねる。五年ほど経った時、二人の情事はロバートの知るところとなるが、ロバートもエマもそのことをジェリーに告げない。そういう状態で情事は更に二年ばかり続き、終る。その後二年経ち、ジェリーとエマは久しぶりに二人きりで逢う。エマとロバートは離婚しようとしている。ジェリーはロバートに逢い、エマとの関係が四年前からロバートに知られていたことを初めて知る。つまり題材に関する限り、この作品はほとんど陳腐な印象を与えかねないものなのだ。

それなら、この劇を陳腐なものとして終らせないために、作者はどんな手法を用いているのか。簡単に言うと、この劇では時間が逆行する。戯曲は九つの場面からなるが、第一場は一九七七年春に、第九場は一九六八年冬に設定されている。それならこの劇の時間は現在から過去へと単純に逆行するのかというと、実は必ずしもそうではない。かりに九つの場面を過去から現在へという時間の流れに従って並べ替えると、次のようになるであろう——

第九場　一九六八年冬
第八場　一九七一年夏
第五場　一九七三年夏
第六場　一九七三年夏　その後
第七場　一九七三年夏　その後
第四場　一九七四年秋
第三場　一九七五年冬

第一場　一九七七年春
第二場　一九七七年春　その後（第一場と同じ日）

つまり、第一場から第二場、そして第五場から第七場にかけては、時間は過去から現在へと流れるのである。しかし、劇全体としては、時間はおおむね現在から過去へと流れる。

では、こういう設定によって何が起るか。まず、劇中人物の状況認識と観客の状況認識との間に決定的な差が生じる。劇が始まる時には、劇中人物たちにとっては、すべてはもう起ってしまった事件、既知の事件である（もちろん、厳密に言うなら、ある人物にとっては既知の事件が、別の人物にとっては未知の事件である場合もないではないのだが、この点には今は立入らない）。しかし観客にとってはすべてが未知の事件だ。その結果、観客は、ある台詞が人物たちに対してもっている意味や効果を、読み取ることができなくなる。劇がある程度進行した後になって初めて、観客はそういうものを理解するのだ。

他方、劇が終る時には、観客にとってはほとんどすべてが既知の事件である。人物たちの身の上にこれからどんなことが起るのかを、観客は既に知っている。だから観客は、ある台詞を聞きながら、その台詞の語り手や聞き手が知る由もない意味や効果を問題の台詞に読みこむ。時間の逆行という手法は、この劇の台詞を、通常の劇の場合には考えられないほどアイロニカルなものにしているのである。

次に、登場人物同士の状況認識の間にも差が生じる。たとえば、ロバートはエマとジェリーの関係を第五場で知る。そして第六場でジェリーはエマに、また第七場でジェリーはロバートに逢うのだが、これらの場面におけるジェリーは、不倫が既にロバートに知られているという事実（観客も知っている事実）を知らない。その結果、第六場や第七場の台詞にはアイロニーが感じられるようになる。ただ、こういう現象は時間の逆行という手法に頼らない劇でもしばしば生じるのであり、現に『背信』においても、この種のアイロニーは時間が過去から現在へと流れる場面で認められることが多い。時間の逆行という手法が最も有効に機能するのは、やはり、観客と劇との関係においてなのである。

それなら観客は、あるいは劇中人物たちは、最終的にはあらゆる事柄について正確な情報を獲得するに至るのかというと、実は決してそうではない。初演を観た劇評家の多くはこのことを理解していなかったが、この作品は、それまでのピンター劇と同じく、曖昧さを豊富に含んだものだったのである。そして、曖昧さが生じる理由は二つあったようだ。まず、ある人物が故意に情報を操作する場合がある。たとえば第八場で、エマは妊娠したことをジェリーに告げ、子供の父親は夫のロバートなのだと言うが、これが本当かどうかは分らない。次に、当の人物には情報を操作するつもりはなくても、時間の経過とともに記憶がぼやけて不正確なものになってしまう場合がある。もちろん、この場合の方が劇的にははるかに面白い。戯曲を丹念に読むと、ピンターが細心の注意を払いながら、人物たちの記憶の不確かさを提示していることが分るのだが、あるいは、これこそが『背信』という劇の最大の見どころなのかも知れない（なお、この劇の初演は一九七八年十一月十五日にナショナル・シアターで行われた。演出はピーター・ホールだった）。

劇の第一場は一九七七年春、場所はロンドンのあるパブだ（作者の指定によると、一九七七年現在、エマは三十八歳、ジェリーとロバートは四十歳である）。ジェリーとエマが二年ぶりに二人きりで逢っている（二人は親密な関係にあったのだが、上演の場合、この事実を最初から観客が感じ取るようにするかどうかは、難しいところである）。二人は互いの様子を訊ね合う。ジェリーはエマが経営する画廊の様子を聞く（エマが画廊の経営に時間を割くようになったことが、二人の関係が壊れる原因のひとつになったのだが、そのことは観客にはまだ分らない）。二人は相手の家族のことも訊ね合う。エマの夫のロバート、ジェリーの妻のジューディス、ジェリーの子供のサムとセアラなどである（この劇には、言及されても登場はしない人物がいる。子供たちやジューディスがそれに該当する）。次いでジェリーはエマの息子に言及する——

ジェリー　ネッドは五つ、だろ？
エマ　よく覚えてるのね。
ジェリー　だって、このことは覚えてるよ。

（ＡＩｂ３—Ｉ—一八〇頁）（ＡＩａ４—九頁）

たとえばこのやりとりだが、それが人物たちに対してもっている意味は、観客にはすぐには伝わらない。エマにはもう一人、シャーロットという娘がいるのだが、ある時、ジェリーはこの娘を抱き上げて、放り上げては受けとめたことがある。ところが、そういうことがあった場所について、ジェリーとエマの記憶が食い違っている——

ジェリー　そう、誰も彼もいたな、あの日は、まわりに立ってた、君の亭主、僕の女房、子供たちもみんな、そうだった。
エマ　いつのこと？
ジェリー　僕があの子を放り上げた日のことさ。場所は君の家の台所だった。
エマ　あなたの家の台所よ。

（ＡＩｂ３―Ｉ―一八四頁）（ＡＩａ４―一二〜一三頁）

やがてジェリーはエマに向って「君は近頃ケイシーによく逢ってるんだって？」と言う（作家であるケイシーという人物も、何度も言及されるが、登場することはない）。そして、次のようなやりとりが交される――

ジェリー　とにかく、どうなんだい、君とケイシーのことは？
エマ　何の話？
ジェリー　どういう間柄なんだ？
エマ　時々一杯やるのよ。
ジェリー　確か君はやつの仕事を認めてなかったよ。
エマ　私は変ったのよ。それともあの人の仕事が変ったのかな。あなた、妬いてるの？
ジェリー　何を？

間。

ケイシーのことなら、僕が妬くわけはない。僕はやつのエイジェントだ。やつの離婚のことでは相談に乗ってやった。やつの原稿はみんなまず僕が目を通す。君の亭主を説き伏せてやつの最初の小説を出版するようにしたのは、この僕だぜ。やつがオックスフォードの学生クラブで講演する時には、僕がつき添って行く。やつは僕の……やつは僕の秘蔵っ子なんだ。詩人だった頃のやつを掘出したのは僕なんだよ、と言えば、今ではもう大昔のことだ。

間。

やつはね、僕をサウサンプトンまで連れて行って、自分の両親に引合わせることまでやってるんだ。ケイシーのことなら、僕が妬くわけはない。

（AIb 3—I—一八九〜一九〇頁）（AIa 4—一六〜一七頁）

「あなた、妬いてるの？」というエマの問いに対して、ジェリーは「何を？」と反問するが、もちろんエマの問いが理解できないわけではない（ピンターの戯曲には、時間を稼いで態勢を建て直すためのこういう言葉遣いが頻出する）。そして、それに続く彼の長台詞は、「語るに落ちる」という言い方が当てはまるものだ。ジェリーは自分とケイシーとの並外れた親密さを強調するが、そういう人物が自分のかっての恋人と親しくしていることが気にならない筈はない。その上、ジェリーの台詞からは、『背信』の男性たちの間にしばしば認められる何となく同性愛的な心理を読み取ることができる（ケイシーはジェリーを自分の両親に紹介したようだが、これは普通はごく親しい異性に対してすることであろう。また「僕の秘蔵っ子」と訳した台詞の原語は「マイ・ボーイ」である）。

ジェリーの同性愛的感情は、エマの夫のロバートにも及んでいる。「ロバートは女性関係が複雑で、何年も自分を裏切っていたことが昨夜判明した。自分とロバートは離婚することになるだろう」という趣旨のエマの言葉を聞いたジェリーは、ひどく動揺する。そして「僕の話は出なかったろうね？」と聞く。「しゃべるしかなかったのよ」とエマは答える。

この段階ではまだはっきりとは分らないが、ジェリーとエマとの不倫関係は実は七年もの間続いた。ジェリーは七年もの間ロバートを裏切っていたのである。しかし彼にとっては、そのこと自体よりも、そのことがロバートに知られることの方が——更に、それによってロバートが傷つくことの方が——重大なものに感じられる。

「しかたがなかったのよ」というエマの台詞を聞いたジェリーは言う——

でもあいつは僕のいちばん古い友達だぜ。だって、僕はこの腕であいつの娘を抱き上げて、放り上げては受けとめてやったほどなんだ、うちの台所で。あいつはそれを見てた。

（ＡⅠｂ３—Ⅰ—一九六頁）（ＡⅠａ４—二二頁）

ジェリーはエマの記憶を受入れて、場所は「うちの台所」だったと今度は言う。いずれにせよ、彼がエマよりもロバートに対して強い絆を感じていることは確実だ。ところが第二場でロバートに逢ったジェリーは、自分が夢想もしなかったかたちでこの絆が脅かされていたことを知る。

第二場はジェリーの家の書斎、同じ日の夜である。ジェリーからの電話を受けたロバートはジェリーの様子がおかしかったので、急いでやって来た。そのロバートに対して、ジェリーは自分が取り乱していることを全く隠そうとしない――

ジェリー　僕は気が狂うかと思った。
ロバート　いつ?
ジェリー　今夜だ。ついさっきだ。君に電話したものかどうかと思って。どうしても電話せずにはいられなかった。二時間も迷って……やっと電話したんだ。すると君は子供たちの相手をしてた……とても君には逢えそうもないって気がしてね……気が狂うかと思ったよ。ほんとに恩に着てる……わざわざ来てくれて。

（AIb3―I―二〇〇～二〇一頁）（AIa4―二六～二七頁）

こういう状況において「通常の感覚」などというものを云々することに意味があるのかどうかは分らないが、「通常の感覚」からすれば、これは長年の不倫相手の夫に対して取る態度ではあるまい。ジェリーはロバートには完全に気を許しており、彼に逢うことによってのみ落着きを得ることができるのである。

戯曲の指定によれば二人は同年齢だが、人間としては、いい意味でも悪い意味でもロバートの方がずっと大人で、ジェリーは彼に甘えていることが分る。

だが、ジェリーが全く予想していなかった事実が明らかになる――

ジェリー　とにかく僕には分らないんだよ……なぜエマが、君にしゃべらなくちゃならないと思ったのか……何年もたって……こんなに不意に……昨夜になって……

ロバート　昨夜？

ジェリー　僕に相談もなしにさ。予告さえなしにさ。だって、君と僕とは……

ロバート　あれが僕にしゃべったのは昨夜じゃない。

ジェリー　何だって？

間。

昨夜のことは知ってるんだよ。エマが話してくれた。君たち二人とも夜通し起きてた、そうなんだろ？

ロバート　その通り。

ジェリー　そしてエマは……昨夜……僕とのことをしゃべった。そうなんだろ？

ロバート　いや、そうじゃない。エマが君とのことをしゃべったのは昨夜じゃない。エマが君とのことをしゃべったのは四年前だ。

だから昨夜またぞろしゃべるには及ばなかった。だって、僕は知ってたもの。それから、僕が知ってることをエマは知ってた、だって四年前に自分でしゃべったんだもの。

間。

（AⅠb3―Ⅰ―二〇二〜二〇三頁）（AⅠa4―二八〜二九頁）

ジェリーにとっては、エマとの不倫が四年前にロバートに知られていたこと、ロバートもエマもそれについて何も言わなかったことは、衝撃的であるに違いない。だが、今日逢ったエマが、この期に及んでも嘘をついていたことが判明したのも、これに劣らず衝撃的ではないだろうか。実はジェリーは、エマが電話をかけて来て、逢いたいと言ったから、昔よく一緒に行ったパブへ出向いたのだ。戯曲を読むと、エマはジェリーの出方によっては彼とよりを戻す気でいたのではないかと思われるふしがある。しかし、ジェリーにはその気はなかった。エマが四年前の事件について沈黙を守り通したのは、あるいはそのせいであったのかも知れない。いずれにせよ、ジェリーはエマがいかにしたたかであり、自分がいかに馬鹿正直なお人よしであるのかを、あらためて思い知ったに違いない（もちろんロバートも、ジェリーの話を聞いて、エマが今なお嘘つきであることを悟る）。

「背信」という劇の題は、一応はエマとジェリーの行為を指している。不倫に走ることによって、エマは夫のロバートを、ジェリーは妻のジューディスを裏切る（ジューディスは病院勤務の医師である）。ロバートはジェリーの無二の親友なのだから、ジェリーはロバートをも裏切っていると言えよう。だが、ロバートに不倫を告白することによってエマは、また、そのことをジェリーに告げないことによってエマとロバートは、ジェリーを裏切っていることになる。その上、何人もの女と関係しているらしいロバートはエマを裏切っている。エマがケイシーと関係しているのなら、そうすることによって彼女は夫を裏切っていることになる。ケイシーは仕事の上でジェリーともロバートとも親しい関係にあるから、彼はこの二人を裏切っていることになるのかも知れない。つまり、陳腐な不倫の物語を辿るかに見えるこの劇が読者ないし観客を退屈させることが全くないのは、ひとつには、こういう複雑な《背信》の構造に支えられているからなのである。

ロバートに向って、ジェリーは二人の親密さにあらためて言及する——

ジェリー　君と僕はしじゅう逢ってたよ……何度も何度も……この四年間。昼飯を一緒に食って来た。

ロバート　でもスクォッシュ・テニスをやったことはないな。

（ＡⅠｂ３—Ⅰ—二〇五頁）（ＡⅠａ４—三〇頁）

スクォッシュ・テニスというスポーツは、この劇を通じて、男性同士の絆の象徴として何度も何度も言及される。

やや落着いたかに見えるジェリーは、ロバートが自分とエマとの不倫のことをジューディスに告げようと思ったことはないのかと訊ねる。ロバートは否定する。この場合のロバートが嘘をついているとは思えない。ただジェリーは劇の中で、ジューディスは夫の不貞に全く気づいていなかったと何度も主張するのだが、果してそうなのだろうか。ジューディスは医師という、人間を的確に見定める能力を要求される仕事をしている。しかも、七年はいかにも長い。ジューディスは夫の行動について見て見ぬふりをしていたと考えるのが自然ではないだろうか（なお第八場で、ジューディスは同僚の医師と仲良くしているらしいが、本当に何が起っているのかが分らないので面白くないといったことを、ジェリーはエマに語る。確認はできないが、ジューディスもまた不倫を働いているのかも知れない）。

ロバートは話題を変え、「こないだケイシーのやつにばったり出くわしたよ。どうもやつはうちの女房と関係してるらしい。もう何年もスクォッシュをやっていないな、ケイシーと僕は。以前はたっぷりいい勝負をやったもんだ」と言う。この作家は肥ったし（つまり、激しいスポーツには不向きになったし）、筆力も落ちて来たが、本はまだよく売れるから有難いと、彼のエイジェントのジェリーと出版社の経営者のロバートは認め合う。

最後に二人はこういう会話を交す――

ロバート　近頃何かいい本を読んだかい？
ジェリー　このところイェイツを読んでる。
ロバート　ほう。イェイツか。なるほど。

間。

ジェリー　君は昔トルチェロでイェイツを読んだことがあったな。
ロバート　トルチェロで？
ジェリー　覚えてないのかい？　何年も前だ。君は夜明けにトルチェロへ出かけて行った、たった一人で。そしてイェイツを読んだ。
ロバート　そうだった。僕が君に話したんだった。

間。

そうだった。

間。

この夏はどこへ行くんだ、君のところじゃ、家族揃って？
ジェリー　湖水地方《レイク・ディストリクト》だ。

（ＡＩｂ３―Ｉ―二一二～二一三頁）（ＡＩａ４―三六～三七頁）

この台詞で第二場は終る。ここで作者が強調しようとしているのは、ヴェニスと湖水地方との間にある落差であろう。第七場で、ジェリーもかつてはジューディスと一緒にヴェニスへ行ったりしたことが分る。しかし、第三場の台詞によると、不倫用のアパートの家賃はジェリーが払って来たようだから、彼は何年もの間かなりの経済的負担を強いられたことになる。それに、子供たちも大きくなり、教育費がかさむ。長年の不倫にもかかわらず、ジェリーの家庭が崩壊することはなかったが、彼は今では湖水地方で休暇を過すという、つつましい生活を送っているようだ。

第三場は一九七五年冬、ジェリーとエマが火の気のないアパートにいる。せっかく不倫のためにアパートを借りたのに、近頃はここで逢うことが稀になった。エマは画廊の経営で忙しく、ジェリーはアメリカへ出張することがよくある。しかし、時間が取れないというのは口実で、二人はこの情事について熱が冷めてしまったのだ。エマがアパートの家具の始末について問いかけ、ジェリーは、安い値段で家主の女性に売ろうと言う。実は二人とも、情事を終らせたいと考えていたのだ。

二人がいつ頃アパートを借りたのかは、戯曲でははっきりしないが、実はこの作品は映画化されており、そちらでは、情事が始まってから一年ほど経った時にアパートを借りたことが示されている。とすると、アパートを借りてから六年経過していることになる。時間の経過は残酷なもので、ジェリーの方は自分たちの間に起ったことを正確に思い出せなくなっている――

ジェリー　ベッドはもともとここにあったんじゃないかな？
エマ　何ですって？

ジェリー　そうだろ？
エマ　ベッドは私たちが買ったのよ。何もかも私たちが買ったの。ベッドは二人で買いに行ったのよ。
ジェリー　ああ。そうだった。

（ＡＩｂ３―Ｉ―二二二～二二三頁）（ＡＩａ４―四五～四六頁）

蛇足を承知で言うが、この場合、問題になる家具がベッド以外のものであったのでは、面白くないだろう。

エマはアパートの鍵をジェリーに渡し、去る。

第四場は一九七四年秋、ロバートとエマの家の居間である。既に観客は第二場を観て、不倫がロバートに知られていること、そのことをジェリーはまだ知らないことを、知っている。腹に一物あるロバートは陰湿な含みのある台詞を連発するが、ジェリーには通じない。一方ジェリーは一種の優越感に浸りながらものを言うが、もちろんロバートはジェリーの心理を見通している。この場面の最大の面白さは、こういう心理的な駆引きから生じているのである。

ジェリーは、家族を捨ててこの家の近所へ移って来たケイシーと茶を飲んでいたが、ついでにこの家を訪れた。彼にしてみれば、ロバートがいる場所でエマに逢うという、かなり大胆なことをするつもりであったに違いない。ロバートは、エマの目の前でジェリーをスクォッシュ・テニスに誘う。これはジェリーに対するいやがらせなのだが、ジェリーにはそのことが分らない――

ロバート　スクォッシュ・テニスの手合せはいつやってくれるのかね？
ジェリー　君は強すぎるよ。
ロバート　とんでもない。僕が強いなんて、そんな。僕はただ君よりコンディションがいいだけだ。
ジェリー　でも、なぜなんだ？　なぜ君は僕よりコンディションがいい？
ロバート　それは、スクォッシュをやってるからだ。
ジェリー　ああ、ずっとやってるのか？　規則正しく？
ロバート　ふむ。
ジェリー　相手は？
ロバート　ケイシーなんだ、実は。
ジェリー　ケイシー？　こいつは驚いた。やつはどんな風だい？
ロバート　やつはスクォッシュの勝負になると冷酷なほど嘘がないね。
(ＡＩｂ３—Ｉ—二三三〜二三四頁)(ＡＩａ４—五四〜五五頁)

結局ジェリーはロバートの誘いに乗る。聞いていたエマは、試合の後で自分が二人に昼食をご馳走したいと言い出す。するとロバートは、この戯曲には珍しい長台詞で、エマの提案の不当性をしつこく指摘する——

それがだね、冷酷なほど嘘がない言い方をさせて貰うと、実は女にはそこいらにいてほしくないのさ、そうだろ、ジェリー？　つまりね、スクォッシュのゲームとはただ単にスクォッシュのゲームであるのではない、どちらかと言うと、その上に多少何かがまだあるのさ。いいかい、まずゲームがある。次いでシャワーを浴びる。次いでビールを一杯やる。次いで昼飯と、こうなるんだ。だって、一戦交えたんだからな。ひと勝負やった後なんだからな。何をおいても自腹を切ってビールと飯にありつきたい。女に飯をおごられるのは願い下げにしたい。一マイル四方、女には近寄ってほしくないのさ、そう、場所を問わず。スクォッシュのコートでは女性お断り、シャワー室でも、パブでも、レストランでも、女性お断りと行きたいんだ。つまりさ、昼飯の時には親友と語り合いたい、話題は、スクォッシュでもクリケットでも書物でも、いや、たとえ女であっても構わない。だが、余計な口出しをされる気づかいなしに、話題を掘下げたい。そういうことなんだよ。君はどう思う、ジェリー？

（ＡＩｂ３―Ｉ―二三五～二三六頁）（ＡＩａ４―五七頁）

「一戦交える」とか「ひと勝負やる」とかという言い方には、明らかに性的な含みがある。つまりスクォッシュは一種の性行為として、また男性同士の親密さを象徴するものとして、捉えられているのである。同時に、エマとジェリーの関係を知っているロバートは、ジェリーとの親密さを誇示するというかたちで、エマに対して陰湿ないやがらせをしている。さすがにエマは耐えられない。

ジェリーを送り出したロバートは、戻って来て妻にキスする。彼女は応じる。「彼女は顔を離し、彼の肩に頭を乗せ、静かに泣く。彼は彼女を支える」というト書きによって、この場面は終る。

第五場は一九七三年夏、ヴェニスのホテルの一室だ。ロバートが家族と一緒に休暇を過ごすために来ている。後で分るが、この場面が始まる時には、ロバートは既にエマとジェリーの不倫に気づいているから、台詞に何となくとげがある。但し、ロバートを演じる俳優がそのことをどの程度まで表現するかは難しいところだろう。

夫に不倫を疑われていることを全く知らないエマは、明日トルチェロへ行くのを楽しみにしながら本を読んでいる。それはスピンクスという男が書いた小説で(スピンクスは、時間的にはケイシーより前にジェリーが掘出した「秘蔵っ子」である)、その作品が気に入ったジェリーはロバートに出版を勧めたが、ロバートが出版を断ったので、別の出版社から刊行された。ロバートと違ってエマは(ジェリーと同じように)この小説を面白いと感じている――

ロバート　とにかく、僕は断った。

エマ　なぜ?

ロバート　そうだな……もうこのテーマで書くことはあまり残ってないじゃないか、そうだろ?

エマ　この小説のテーマは何だと思ってるの?

ロバート　背信だ。

エマ　いいえ、それは違う。

ロバート　そうかね?　じゃ何だい?

エマ　まだ読み終えてないの。いずれ教えたげるわ。

ロバート　ああ、ぜひ頼むよ。

間。

もちろん、僕は他の本のことを考えてたのかも知れない。

（AIb3―I―二四一頁）（AIa4―六三～六四頁）

『背　信』

ジェリーもエマもスピンクスの小説が気に入った。ロバートの意識においては、それはジェリーとエマの結びつきを象徴するものである。だから彼は「背信」という言葉を使っていやみを言うのだ。

このあたりでロバートは本題に入る。昨日彼がアメリカン・エキスプレスへ行ったところ、エマ宛の手紙が保管されていた。宛名の姓が同じなので、アメリカン・エキスプレスの社員はそれをロバートに渡そうとしたが、「自分が（エマにとっては）赤の他人である可能性も十二分にあると思った」ロバートは、手紙を受取らなかった。もちろんこれもいやみだが、彼が手紙を受取らなかった理由は他にもある。すなわち、宛名の筆跡がジェリーのものであることがすぐに分ったからである（それにしても、宛名を手書きにしたジェリーはいささか用心が足りないのではあるまいか）。

ロバートは「手紙の書き手」としてのジェリーについて、こう語る――

あいつはひところよく僕に手紙をよこしたもんだ。フォード・マドックス・フォードについての長い手紙だった。そう言えば、僕もよくあいつに手紙を出したよ。長い手紙で、話題は……そう、W・B・イェイツだったな。あれは僕らがどちらも詩の雑誌を編集してた頃だ。あいつはケンブリッジ、

僕はオックスフォードで。　　　　　　　　　　　（AIb3—I—二四七〜二四八頁）（AIa4—六八頁）

フォード・マドックス・フォード（一八七三〜一九三九）は小説家、ジャーナリストとして文学史に残る人ではあるが、超一流の存在とは言い難い。他方イェイツ（一八六五〜一九三九）が二十世紀前半を代表する大詩人であることには議論の余地がない。ロバートとジェリーが大学生だったのは一九五〇年代末から六〇年代初めにかけてであったと考えられるが、その頃には、イェイツは確実にフォードよりも高く評価されていた。だから、鑑識眼においては、ロバートの方が上だったことになる（なお、第二場の終り近くでジェリーは、ロバートの影響を受けたことを意識しているかどうかはともかく、最近はイェイツを読んでいると語る）。次に、ケンブリッジとオックスフォードはどちらも名門大学ではあるが、設立はオックスフォードの方が早く、強いて優劣をつけるなら、やはりオックスフォードの方が上だということになるであろう。つまりロバートは、ジェリーが秀才で文学が分る人間であることを認めながらも、出身大学においても鑑識眼においても、やはり自分の方がすぐれていると主張することによって、エマに対して陰湿ないやみを言っているのである。

ジェリーの手紙の内容についてあれこれ詮索されたエマは、とうとう自分とジェリーが愛人関係にあること、一緒にアパートを借りていることを告白する。ロバートは追及を続ける——

ロバート　するとすっかりでき上ってるわけだな、君たちの……その……関係は？
エマ　ええ。

ロバート　いつから？
エマ　かなりになる。
ロバート　ああ、でも正確にはいつから？
エマ　五年よ。
ロバート　五年？

間。

ネッドは一歳だ。

間。

聞えないのか、言ったこと？
エマ　いいえ。あれはあなたの子よ。ジェリーはアメリカへ行ってたの。二ヶ月の間。
（ＡＩｂ３―Ｉ―二五一～二五二頁）（ＡＩａ４―七一～七二頁）

これでロバートは納得しただろうか。おそらく納得はしなかっただろう。二ヶ月でなくてたとえば六ヶ月なら、子供の父親が誰であるかは明瞭だ。逆にたとえば二週間なら、父親が誰かは分らなくなる。二ヶ月という時間は、一応は十分だが、完全に十分ではない。先の話になるが、第八場で、エマは妊娠の事実をジェリーに告げる。そこに至るまでのジェリーの対応によっては、エマは生れて来る子の父親をジェリーとして通したのではないかと思われるふしがある。とにかく第五場のロバートは、あるいはジェリーの子であるかも知れない息子を、これまで通り自分の子として育てる覚悟を決めたのだと考えられる。

彼は言う——

僕は昔からジェリーが好きなんだ。実を言うと、昔から君よりもやつの方が好きな位なんだよ。そう、僕があいつと関係した方がよかったんじゃないかな、この僕が。

（AⅠb3—Ⅰ—二五三頁）（AⅠa4—七二頁）

第四場のスクォッシュについての台詞の場合と同じく、これがエマに対するいやみになっていることを忘れてはならないが、同時に、二人の男の間に同性愛的な感情が流れていることも否定できないであろう。

第六場は同じ一九七三年の夏、場所はアパートだ。ヴェニスから帰って来たエマがジェリーに逢うのはこれが初めてである。エマはこれまでも何ほどかのやましさを感じていたかも知れないが、ジェリーに対しても秘密をもつようになったので、これまで以上に興奮していると考えるのが自然である。

何も知らないジェリーがトルチェロ行きについて訊ねる。エマは、モーターボートがストライキ中でトルチェロへは行けなかったという嘘をつく（これは第七場のロバートとジェリーとのやりとりの伏線になる)。

ジェリーが「今朝ロバートとしゃべったよ」「木曜に僕が昼飯をおごることになった」と言うので、エマは不安になる。それはそうだろう。ロバートは電話で、エマの不倫を知ったことをジェリーに告げたかも知れない。たとえ電話ではそんな話をしなかったとしても、顔を合わせたら、その話が出る危険がある。二人の男は仕事上のつながりがあるから、時々一緒に食事をして来たのだが、エマは食事の「趣旨というか目的」にひどくこだわる。

彼女はヴェニスで買って来たテーブルクロスを取り出し、食卓にかける(この品物は第三場でも言及されていた)。彼女は「ねえ、いつか二人でヴェニスへ行くことがあるかしら?」と問いかけるが、ジェリーが返事をしないので(「間」という指定がある)、「無理ね。多分ないわね」と言う。不倫が夫に知られたので、彼女の気持がジェリーに接近していることが分る。彼女は、ロバートと別れてジェリーと正式に結婚してもいいと考えているに違いないのだが、ジェリーがそういう気持になることは劇を通じて一度もない。

ジェリーは、彼にとっては幸福な記憶の源であるに違いない事件に言及する——

ジェリー　ねえ。覚えてるかい、いつだったか、数年前だ、僕らはみんな君の家の台所にいた、きっとクリスマスか何かだろう、覚えてるかい、子供たちはみんな走りまわってた、僕は不意にシャーロットを抱き上げて、うんと高く差し上げて、下へおろしては、また差し上げてやった。覚えてるかい、あの子がひどく笑ったの?

エマ　みんな笑ったわ。
ジェリー　あの子はほんとに軽かった。まわりには、君の亭主と僕の女房と子供たちみんながいて、一人残らず笑いながら立ってた、君の家の台所で。あの時のことがどうしても忘れられないんだ。
エマ　あれはあなたの家の台所だったのよ、実は。
（ＡＩｂ３―Ｉ―二六四～二六五頁）（ＡＩａ４―八四頁）

この事件は第一場でも言及されたが、ジェリーの記憶に不正確な点があることをエマは指摘した。第六場の台詞を読むと、記憶違いは既にこの段階で生じていたことが分る。

　第七場は第六場で言及された木曜日、場所はイタリア・レストランである。ヴェニスから帰って来たロバートがジェリーに逢うのはこれが初めてだ。第六場のエマは、不倫が露見したことをロバートがジェリーに告げるのではないかと思って不安がっていた。だが第二場を既に見ている観客は、ロバートがヴェニスで起ったことをジェリーに告げたりはしないことを知っている。観客の注意は、いかにしてロバートは事実を告げないかという問題にもっぱら注がれるに違いない。

　ロバートがひとりでワインを飲んでいる。そこへジェリーがやって来る。ここで我々はあることに気づく。第六場でジェリーは、今度は自分が昼飯をおごる番だと述べていたから、このレストランを予約したのはジェリーだと考えられる。しかし、ロバートはヴェニスから帰って来たばかりだ。本場のイタリア料理を堪能して来たに違いない友人のために、よりによってイタリア・レストランに席を設けるというのは、気の利かない話ではないだろうか。しかも、ジェリーはロバートを待たせた。男たちが料理を注文すると、ロバートはコルヴォ・ビアンコというイタリアの白ワインをもう一本もって来させる。どうやらロバートは、ジェリーを待つ間、何も食べずにワインを一本あけてしまったようだ。この後、ロバートはかなり管を巻くが、精神的緊張状態にある時にワインを一本あけたら、酔うのは当然だ（緊張状態にあるから、飲まずにはいられないと言ってもいい）。もちろんジェリーは、ヴェニスで大変なことがあったのを知る由もない。

ヴェニス滞在中のある日、「恐ろしく早起きして」モーターボートでトルチェロへ行ったと、ロバートは言う。モーターボートはストライキ中ではなかったのかとジェリーは言いかけるが、危いところで言葉を濁し、「面白そうだな」と応じる――

ロバート　僕の他には誰もいなかった。
ジェリー　エマはどうしてたんだ？
ロバート　眠ってたんだろう。
ジェリー　ああ。
ロバート　島では僕は何時間も一人きりだった、実を言うと。今度の旅行のクライマックスってところだったな。
ジェリー　そうかい？　確かに面白そうではある。
ロバート　そう。僕は草の上に坐ってイェイツを読んだよ。

ジェリー　トルチェロでイェイツを？
ロバート　ぴったりだったね。

（ＡＩｂ３―Ｉ―二七三～二七四頁）（ＡＩａ４―九四～九五頁）

「恐ろしく早起き」したとロバートは言うが、たとえこの段階で彼自身が既に妻以外の女性と親密な関係にあったとしても、妻の五年越しの不倫を（そして幼い息子が自分の子ではない可能性があることを）知ったら、一睡もできないのが普通だろう。彼はその日の最初のモーターボートでトルチェロへ行ったに違いない。イェイツの作品の中には不幸な恋愛を扱ったものもあるから、彼はそういうものを読んで気持を落着かせようとしたのかも知れない。第二場の終り近くで、ジェリーはロバートに向って「君は昔トルチェロでイェイツを読んだことがあったな」と言うが、彼は、意識していないとはいえ、友人にとっては心が痛む昔の事件を思い出させていたのである。

ロバートは、ジェリーやエマと違って自分は小説が嫌いであり、従って自分は出版社の経営者としては無能だと語る。しつこい長台詞を聞いたジェリーは、「君、酔ってるな」と言うが、ロバートの本当の気持は理解できない。何度も何度も、ロバートはヴェニスで起ったことをジェリーに告げようとするが、結局は思いとどまる。

第八場は一九七一年夏、アパートである。

ジェリーがやって来ると、エマは一種の興奮状態に陥っており、ジェリーに向ってこう言う――

さっき来たところなの。もっとずっと早く来るつもりだったのに。今シチューをこしらえてるのよ。まだ大分かかるわ。

（ＡＩｂ３―Ｉ―二八一頁）（ＡＩａ４―一〇一頁）

分りきったことだが、シチューというのは手間のかかる料理である。だから「さっき来たところなの」というエマの台詞は事実に反するであろう。もちろんこの場面で重要なのは、エマがアパートに到着してから経過した時間の長さそのものではなくて、その時間を短いと感じるエマの心理なのである。彼女は今日は珍しく本格的な料理を作ろうとしている。その上、新しいエプロンを着けている。明らかに彼女は主婦気取りなのだ。その上、彼女はウォトカを飲んでいる。昼食の前にウォトカを飲むのは異例である。

そして彼女は「昨日ジューディスにばったり出逢ったわ。聞いた？」と切り出す。ジェリーが否定すると、エマは同じ問いを繰返し、「変ね」と言う。「ジューディスは……あなたに話さなかったの？」とも彼女は言う。ジューディスの行動についてジェリーが不審に思うように彼女は努めているのである。

次にエマは、「あの人、知ってるかしら？」と訊ねる。自分たちの不倫が話題になっていることは、ジェリーにも理解できる。もちろんジェリーは強く否定するが、妻が同僚の医者と親しくしているようだという、エマにとっては願ってもない情報を洩らす。こうして、ジェリーとジューディスとの間に心理的に割って入ることに成功したエマは、決定的な発言をする――

エマ　ねえ……あなた思ったことある……生活を変えようって？

ジェリー　変える？
エマ　うん。

間。

ジェリー　それは無理だ。

（ＡＩｂ3―Ｉ―二八八～二八九頁）（ＡＩａ4―一〇八頁）

やはりジェリーは、エマが期待していた反応は示さなかった。
エマはあらためて攻勢に出る――

エマ　もしも奥さんが裏切ったら、あなたどうする？
ジェリー　裏切ってなんかいない。女房は忙しいんだ。仕事がうんとある。あれはとてもいい医者なんだ。今の生活が気に入ってる。子供たちを可愛がってる。
エマ　ええ。
ジェリー　僕を愛してる。

間。

エマ　ええ。

沈黙。

ジェリー　これはみんな、馬鹿にしちゃいけないことだ。
エマ　そりゃもちろんだわ。
ジェリー　でも僕は君が大好きだ。

（ＡＩｂ３―Ｉ―二九〇〜二九一頁）（ＡＩａ４―一〇九〜一一〇頁）

これでエマもあきらめる――

エマ　ねえ、あなたに話があるの。
ジェリー　何だい？
エマ　私、子供ができたのよ。あなたがアメリカへ行ってた間に。

間。

他の人のじゃないわ。主人の子よ。

『背　信』

（ＡＩｂ３―Ⅰ―二九二頁）（ＡＩａ４―一一一頁）

この場面は、「不倫関係の男女の心理を分りやすく描け」という問題に対する模範解答のように感じられる。エマが主婦気取りであるのも、ジューディスの行動をめぐってジェリーの不安感をかき立てようとしたのも、ジェリーに「生活を変える」ことを決心させようと思ったからであった。そして彼女がそう思ったのは、妊娠に気づいたからである。ジェリーがエマの期待に応えていたら、彼女はジェリーが子供の父親なのだと述べたに違いない。おそらくエマ自身にも、父親が誰であるかは分っていないと考えるべきだろうと、私は思う。

最後の第九場は一九六九年冬、場所はロバートとエマの家の寝室である。この家で催されているパーティを抜け出したジェリーが、ひとりでエマを待っている。彼の期待通り、エマが化粧を直すために寝室へやって来た。酔っているジェリーはエマをしつこく口説く――

ジェリー　君は可愛い。僕は君に夢中なんだ。今、僕が言ってること、いいかい、こんなことをこれまでに言ったやつは誰もいないんだよ。分らないか？　僕は君に夢中だ。これはつむじ風だ。君はサハラ砂漠へ行ったことがあるかい？　ね。ほんとなんだ。ね。君には逆らえない。ほんとに可愛い、君は。

エマ　そんなことない。

ジェリー　君はほんとに綺麗だ。ご覧、君が僕を見るその様子。

エマ　私……あなたを見てなんかいない。
ジェリー　ご覧、君が僕を見てるその見方。僕は君を待てない、打ちのめされてしまった、すっかり叩きのめされてしまった、君は、まぶしくてたまらない、宝石だ、君は、僕の宝石、もう僕は眠れない、本当だ、ね、本当なんだ、僕はもう歩けない、足がしびれて、きっと僕はこのまま、身体中がしびれてしまう、僕の生命は君の思いのままだ、いいかい、君のせいで僕は全身をこわばらせ、気が狂ってしまいそうだ、分るか、そんな有様が？　分るか？　え？　気が狂って……僕は行ってしまう、空虚の王、空白の王、荒涼の王が支配する国へ。僕は君を愛してる。
（ＡＩｂ３―Ｉ―二九六～二九七頁）（ＡＩａ４―一一五頁）

ピンターはロマンティックな恋愛やラヴシーンとは無縁の劇作家だった。この場面のジェリーの台詞は、彼としては非常に珍しいものなのだが、身も蓋もない言い方をするなら、ここでは酔っ払いが管を巻いているだけのことなのである（それに、ジェリーが自分を客観視することができない人物であることは、観客には既に十分に分っている筈だ）。

ジェリーはエマにキスする。現れたロバートに、エマは「あなたの無二の親友は酔ってるわ」と言うが、ロバートは本気では取り合わない。部屋を出ようとするエマの腕をジェリーはつかむ。二人は見つめ合いながら、じっと立っている。

『背信』という劇の最大の皮肉は、こういうつまらないはずみからすべてが始まったことにある。題材そのものに関する限り、独創性は皆無に等しい。個々の台詞は一見凡庸で、いわゆる名台詞は全く見当らない。この劇の面白さは、ひとえに台詞の含蓄に——台詞の意味内容そのものではなくて、サブテクストに——潜んでいるのであり、この作品を理解するためには、台詞の一語一語を顕微鏡にかけるような、面倒極まる作業が必要になる。『背信』は『誕生日のパーティ』や『誰もいない国』と比べたら《分りやすい》作品だと感じられるに違いない。確かに、この劇で何が起るのかを確認するのは、それほど困難な作業ではないだろう。しかし、『背信』という作品を味わうためには、読者や観客は、全く別種の——そして、おそらくははるかに厄介な——作業を要求されるのである。

『背信』公演は——もっと厳密に言うなら、この劇の公演プログラムは——かなりの物議をかもした。作者を紹介する文章に「一九七五年以来、アントーニア・フレイザーと一緒に暮している」という文言が含まれていたからである。

アントーニア・フレイザーはロングフォード伯爵という貴族の家の生れで、「レイディ」という称号をもっていた。オックスフォード大学で学び、歴史上の有名人の大部な評伝を何冊も書いているほか、文学や藝術に関係のある団体でも活躍する人物だった。夫はヒュー・フレイザーという保守党の有力政治家だった(彼はやがて「サー」の称号を与えられる)。彼女とピンターは一九七五年に知合い(それまでにも面識はあったようだ)、恋愛関係に陥った。二人とも有名人で配偶者がいたから、ジャーナリズムの好餌となった。結局、二人はそれぞれの家を出て、一緒に生活するようになった。

私は、二人が住んでいたサウス・ケンジントンの家を訪ねたことが一度だけある(だからどうなのだと言われると困るが、このことは記録に残しておきたい)。一九七六年四月のことだった。この訪問について覚えていることが二つある。ひとつは、ピンターが「この一年は個人的にも大きな変化があった」(彼は「アップヒーヴァル」という単語を口にした)という意味のことを語ったことである。もうひとつは、彼がマルセル・プルーストの『失われた時を求めて』に基づく大部な映画シナリオを見せてくれたことである。映画を製作する目途は全く立っていなかったので、「せめてシナリオを出版することはできないのか」と私が言ったら、彼は顔をしかめて「それが契約の関係でできないんだ」と言った(シナリオはやがて出版されるに至った)。

一九七六年にフレイザー夫妻の離婚が成立し、一九八〇年にはピンターとヴィヴィアン・マーチャントの離婚も成立したので、その年十一月、一緒に生活していた二人は正式に結婚した(なお、ヴィヴィアン・マーチャントは一九八二年に、ヒュー・フレイザーは一九八四年に、それぞれ他界した)。

『背信』のプログラムに非常に個人的な事実を記載した事情について、ピンターは、メル・グソーが一九七九年十二月に行ったインタヴューの中で、「私は事実をはっきりさせたかったのです」と述べている(AIa15―五四頁)。『背信』の観客の中には、この劇はピンターとアントーニア・フレイザーとの関係を扱っているのだと考えた人が大勢いたが、そのことをグソーが指摘すると、ピンターは「両者には何の関係もない」と断言している。

彼はそれ以上のことは述べていないが、実は『背信』は作者の別の不倫体験に基づいて書かれたのだった。BBCのプロデューサー、演出家で、初期のピンターの作品を世に出すために尽力したマイケル・ベイクウェルという人物がいたが、ある時ピンターは彼の妻ジョーン・ベイクウェルとパーティで知合い、親しい関係になった(この関係が続いたのは一九六二年から六九年まで、つまり戯曲の設定よりも早い時期のことであった)。なおジョーン・ベイクウェルはその後ジャーナリストとして活躍するようになった。

私はこの事件のことを、劇評家マイケル・ビリントンの『ハロルド・ピンターの生涯と仕事』(一九九六年刊)を読んで初めて知った。有名人の私生活をあれこれ詮索する趣味は私にはないが、この評伝の成立にはピンターもジョーン・ベイクウェルも協力しているから、二人の関係に言及しても構わないと思う。二〇〇三年には、ジョーン・ベイクウェル自身が『ベッドの中央』という自伝を発表したが、この本には事件のことが詳述してある。戯曲には実際に起ったことがいくつも採り入れられているようである。

『背信』はピンター自身のシナリオ、デイヴィッド・ジョーンズの演出によって、一九八三年に映画化された。一九九六年十月二十六日にマイケル・ビリントンが行ったインタヴューの中で、ピンターはこの映画について次のように語っている——

映画版の『背信』では、子供たちを実際に登場させることができましたが、あれは非常に重要だったと思います。と言うのは、不倫という行為なり不倫関係なりには、必然的に子供が含まれているのが普通だからです。映画版『背信』では、時間が逆行するという設定のせいで、子供たちは次第に若返り、とうとういなくなる、まだ生れてはいない状態になるという事実を、どうやら示すことができました。

(AIb2—一八四頁)(AIa14—七六頁)

子供たちの中で劇的にいちばん重要なのは、もちろんネッドである。そして、彼は確かに何度も登場する。戯曲はパーティで終るのだが、映画では冒頭にもロバートとエマの家で開かれているパーティが現れる。客たちが去り、エマが台所で後片づけをしているが、やがて彼女はロバートに近づき、平手打ちを食らわせる。するとロバートもエマに平手打ちを食らわせる。気配を察したらしいネッドが二階から下りて来る。この場面は、戯曲の第一場でエマが語ることを映像化したものである(映画版のこの場面は映像だけで、音声はない)。

あるいは、戯曲の第四場でジェリーが不意にロバートたちを訪ねて来た時、エマは二階にいるのだが、映画版では、彼女はネッドを入浴させている。更に戯曲の第七場に該当する場面の前に、ロバートたち家のごく短い場面が挿入されている。ロバートはジェリーと食事をするために出かけるのだが、その前にネッドを抱き上げてちょっとあやす。明らかにロバートはネッドを可愛がっているのだ。ネッドはジェリーの子であるかも知れないのだが、もしそうなら、この子供はロバートとジェリーの結びつきが確固たるかたちを与えられたことを意味するのではないだろうか。戯曲でも映画でも、ジェリーはエマを口説くが、たとえ彼が自覚してはいなかったとしても、エマと親密になることによってロバートとの絆を不動のものにしたいという思いを、ジェリーもまた抱いていたのかも知れない。

『家族の声』

『背信』の冒頭で、ピンターは「(この劇は) 休憩なしに演じても、第四場の後に休憩をおいて演じてもよい」という指示を与えている。ナショナル・シアターの初演では休憩がおかれたが、この劇の長さからすれば、これが妥当なやり方であろうと思われる。ただピンターは、これだけの長さをもつ戯曲を執筆することは二度となかった (マルセル・プルーストの小説を脚色した『失われた時を求めて』は長い戯曲だが、これはピンターひとりの作品ではない)。『背信』以後の彼の戯曲のほとんどは、緊迫感のある状況を捉えて、それを深く追及するものとなっている。『家族の声』もそのひとつだ。これは、父親、母親、息子という三人の家族の間にある絶望的な断絶を描いた作品である。

劇はごく穏やかな調子で始まる。「声一」(若い男——息子である) が次のように語り始める——

僕は今とても楽しい。

天気は照ったり曇ったりだけど、びっくりするほど暖い、大体は、およそのところは。

元気でいるだろうね、弱ってはいないだろうね。

（ＡＩｂ３―Ｉ―三〇三頁）（ＡＩａ４―一三一頁）

この青年は、おそらくロンドンかと思われる大都会で暮しているのだが、ある家に下宿しており、家主のウィザーズ夫人は非常にいいひとだという。この女性は第二次大戦中は空軍の婦人部隊にいたそうで、言葉遣いがいささか下品だが、青年がそれを気にしている様子はない。「それじゃこの手紙はここまでにするよ、母さん、愛をこめて」という言葉で、「声一」の最初の台詞は結ばれる。都会にいる若者が生活の様子を母親に報告するための手紙を書いているのだと、誰しも思うに違いない。

ところが、この印象はすぐに覆される。「声一」の台詞に続く「声二」（女――母親である）の台詞は、こういう言葉で始まるからだ――

ねえお前。どこにいるの？　こちらでは花がすてきよ。咲きほこってる。お前はほんとに花が好きだったね。なぜ手紙をくれないの？

（ＡＩｂ３―Ｉ―三〇七頁）（ＡＩａ４―一三三頁）

母親の台詞には「崖っぷちの道」という言葉が現れるから、彼女の家はどこか海に近いところにあるのかも知れない。「声二」は息子の身の上を案じた上、こういう言葉で最初の台詞を結ぶ――

三月前に手紙を書いて、父さんが死んだことを知らせたんだけど、私の手紙は受取ったかい？
（ＡⅠｂ３―Ⅰ―三〇九頁）（ＡⅠａ４―一三四頁）

もちろん息子がこの手紙を受取った様子はない。

どうやら息子は、母親宛の手紙を投函してはいないようだ。そもそも実際に手紙を書いているのかどうかも怪しい。母親の方は手紙を投函しているように見えるが、これも疑い出したらきりがない。「声二」は、「息子に見捨てられた哀れな母親」という役を巧みに演じているようだから、我々はこの人物に同情しがちだが、しかし、ピンターはたとえば『夜遊び』に、息子を徹底的に支配しようとする母親を登場させた。『家族の声』の母親がそういう人間であることを否定する根拠はない。この劇の息子は、母親の支配から逃れるために、田舎の家を出てロンドンへやって来たのかも知れない。

この後、下宿での生活を詳しく報告する「声一」の台詞としつこく愚痴を言い続ける「声二」の台詞とが交錯するというかたちで、劇は進行する。「声一」によると、この家には家主のウィザーズ夫人の他に、彼女の娘である中学生のジェイン、頭の禿げた老人、赤い服を着た女、黒い髪の大男がいる。やがて青年は、ウィザーズ夫人は七十歳でジェインは十五歳なのだから、ジェインは夫人の娘ではなくて孫なのだろうと考えるようになる。彼はまた禿の老人の名が「ベンジャミン・ウィザーズ」であることを知る。そこで彼は家主のウィザーズ夫人に、彼がどんな関係の人間なのかを訊ねたが、夫人の方では、彼を抱きしめて「あんたは私の可愛いペットよ」と言うだけだった。

ある時、赤い服の女が青年を自室に招き、茶を出してくれる。彼女はウィザーズ卿夫人と名乗るから、貴族なのかも知れない。その場にはジェインもいたが、この娘は同じソファにかけている青年の股間に自分の両足を入れて、青年の身体をいじる。

別のある日、青年が入浴していると、黒い髪の大男が勝手に浴室へ入って来て、青年の身体つきをほめる。この男は同性愛者らしい。彼が語るところによると、青年の母親と姉と名乗る二人の女がこの家を訪ねて来たが（青年にはミリーという姉がいて、夫や息子と一緒にドーヴァーで暮しているらしいのだが、このことは既に「声二」の台詞で言及されていた）、そんな人物はこの家にはいないと告げて二人を追い払ったという。この男はライリーという名で警官をしている。彼もこの家の縁者らしいのだが、具体的なことは分らない。ライリーにせよジェインにせよ、青年を性的な対象としてもてあそぼうとするようだ。

もうひとりの住人であるベンジャミン・ウィザーズも青年を自室へ招くが、彼が言うことはほとんど理解できない。たとえばこんな風だ——

この家ん中でこの部屋だけだ、ここより西のあらゆる地点に向けてキャラヴァンが組める場所は。納得した？　諒解した？　分る？　どうだ、おれに従って山の麓まで行く気はあるか？　おれを見な。おれはウィザーズというんだ。まあ、そのへんのところよ。のみこめた？　意味のない言葉づかいは一切厳禁。いい？　まわりくどいことは一切厳禁。その手のことは一切まかりならんってこと。お前さんが今いるところは疫病だらけの土地だぜ、え、お兄さんよ。

（AIb3—I—三二一～三二二頁）（AIa4—一四二頁）

この男は神経に異常を来しているのかも知れない。あるいは、わざとわけの分らないことを言って青年を混乱させようとしているのかも知れない。

劇が終る少し前になって、「声三」（男――父親である）が初めて口を開く――

母さんがお前に手紙を書いて、おれが死んだと言ったそうだな。おれは死んではいない。死んでるなんてとんでもない。

（A I b 3―I―三二七頁）（A I a 4―一四五頁）

だが「声三」はすぐに前言をひるがえし、「おれは死んでる」と言う。最後に「声一」は、家へ帰って両親に逢いたいと述べる。「声二」は、息子のことはあきらめたと語る。「声三」はもう一度「おれは完全に死んでる」と言う。

マーティン・エスリンは、三つの声が語ることはすべて青年の想像が生み出したものだと考えているが（B III 24―二〇〇頁）、私は、三つの声はそれぞれ独立していると素直に解釈しても別に不都合はないと思う。この戯曲が用いているのは、『風景』や『沈黙』でも採用された複数の人物の独白を並列するという手法である。ただ、この劇の《独白》は特定の聞き手を想定したものになっているから、紛らわしく感じられるだけなのだ。

情報がふえればふえるほど、我々は真実に近づくとするのが普通の考え方だが、実はそうでもないことを、ピンターは『部屋』や『誕生日のパーティ』といった初期の作品以来示して来た。「ウィザーズ家」について青年がもっている情報はどんどんふえるが、同時に、青年の当惑や混乱は深まるのだ。『家族の声』は家族間の意思の疎通の困難さや家庭の崩壊を素材にして、現実の捉えにくさを提示した作品であり、そこには初期の作品の根底にあった認識への回帰が見られる。

この作品は一九八一年一月二十二日にラジオドラマとしてＢＢＣから放送された。ラジオという視覚を排除した媒体がこの劇にはいちばんふさわしいのではないだろうか。次いで、同年二月十三日に朗読形式でナショナル・シアターで上演され、更に翌一九八二年十月十四日、『いわばアラスカ』と『ヴィクトリア駅』という短い劇と一緒に、『別の場所』という題でナショナル・シアターで舞台化された（「別の場所」とは、ある人物にとっての本来の場所ではない場所という意味であろう）。演出はすべてピーター・ホールだった。

なお、死んだ（あるいは瀕死の）父親、母親、そして行方の知れない息子という人物関係は、『月の光』（一九九三年初演）でも用いられる。

第二十六章——時間と記憶（Ⅵ）

『いわばアラスカ』

ピンターの戯曲には珍しいことだが、『いわばアラスカ』には特定の材源がある。オリヴァー・サックスの著書『覚醒』（邦訳題名は『レナードの朝』）である。

サックスは『妻を帽子と間違えた男』などの著書によってわが国でも知られている高名な神経科医だが、『覚醒』は彼が治療に当った嗜眠性脳炎の患者の症例を記録した本だ。ピンターがこの本をどのように利用して戯曲を書いたかという問題を検討する前に、まず、彼が自作に付した覚書を引用しておきたい（ピンターはサックスの本の該当箇所を要約してこの覚書をまとめている）。そうすれば、嗜眠性脳炎とはどんな病気であるのかが分るからだ——

一九一六年から一七年にかけての冬のことである。まずヨーロッパに、次いで全世界に、驚くべき流行性の病気が蔓延した。その症状は実にさまざまで、意識混濁、躁状態、恍惚、昏睡、眠り、不眠、不安感、パーキンソン症候群などのかたちをとった。この病気はやがて偉大な医師コンスタンティン・フォン・エコノモによって正体が突きとめられ、嗜眠性脳炎と名づけられた。
続く十年の間に、ほとんど五百万にのぼる人々がこの病気にかかり、三分の一以上が死亡した。生存者の中には、ほとんど後遺症なしに治癒した人もいたが、大多数については症状が更に悪化した。最も重症の患者たちは、異常な〈睡眠〉の状態に陥った。すなわち、自分のまわりのことを意識してはいるものの、運動もせず、ものも言わず、希望も意志もなくして、種々の施設に収容されるに至ったのである。

それから五十年たち、レボドパという特効薬が開発されたことによって、患者たちは再び正常な生活ができるようになった。（ＡⅠb３―Ⅱ―九頁）（ＡⅠa４―一五一頁）

「患者たちは再び正常な生活ができるようになった」とピンターは書いているが、これは必ずしも事実ではない。サックスは、レボドパを投与された患者たちがそれぞれどんな反応を示したかを、具体的かつ詳細に記録している。ピンターが参考にしたのは、サックスが「ローズ・Ｒ」と呼んでいる患者の場合だった。サックスによると、ローズ・Ｒは一九〇五年にニューヨークの豊かな家庭に生れた。彼女は快活で活動的で社交的な娘だったが、一九二六年、つまり二十一歳だった年のある晩、突然この難病に取りつかれた。症状が次第に悪化したので、一九三五年、彼女はある病院で治療を受けることになった。

入院患者となった彼女をサックスが初めて診察したのは一九六六年のことだった。彼はかなりためらった後、一九六九年六月になって——つまり、発病から四十三年が経過していた時に——初めてレボドパを投与した。彼女は一旦は劇的に回復したが、薬はやがて効かなくなり、患者は結局はもとの状態に戻るのだった。彼女が「覚醒」に耐えられないことを悟ったサックスは、投薬をやめた。

サックスの本の初版が出たのは一九七三年のことだったが、ピンターはこれを読んで戯曲の着想を得た。私の手元には一九九〇年の版があるが、これには初版刊行以後に執筆された数篇の文章も含まれている。そのひとつによると、ローズ・Rは一九七九年六月に急死したということだ（従って『いわばアラスカ』が発表された一九八二年には、彼女はもうこの世にはいなかったことになる）。

いずれにせよ、サックスの本を熟読したに違いないピンターは、ローズ・Rにはレボドパが効かなかったことを当然知っていたと考えねばならない。それなら、なぜ彼は「再び正常な生活ができるようになった」などと書いたのだろうか。これは、彼が『いわばアラスカ』という戯曲をどんな風に終らせたいと望んでいたかという問題と関係があるのではないかと私は思うが、この点についてはあらためて論じたい。

当然ながら、ローズ・Rの症例とピンターの戯曲との間にはさまざまの相違がある。戯曲の女主人公のデボラは、アメリカ人ではなくてイギリス人だ。サックスの患者が発病したのは二十一歳の時だったが、デボラは十六歳の時に——つまり、思春期の娘だった時に——発病した。ローズ・Rは四十三年《眠って》いたから、レボドパを投与された時には既に六十代半ばに達していたが、デボラは二十九年間の《眠り》の後に目ざめるから、まだ四十代半ばである。ピンターが女主人公の年齢をこのように設定した理由は明瞭であろう。すなわち、彼女は本格的な男性経験なしに《眠り》に入ったが、目ざめた時には、ローズ・Rと違ってまだ《女》だった。この年齢なら、まだ閉経には至っていないと考えるのが自然であろう。彼女は大抵の女性が恋愛や結婚を経験する時期の人生を失ったが、これからそういう経験をすることは可能であるかも知れない。ただ、実際問題として彼女がこれから結婚したり子供を産んだりすることは、非常に難しいであろうから、年齢に関してピンターが加えた変更は余計に残酷なものに感じられる。観客はこの女性に深い同情を寄せるに違いない。

また、実際のローズ・Rは長期間にわたってレボドパを投与されたのだが、劇のデボラは一挙に目ざめる（ピンターの劇はドキュメンタリーではないのだから、かりに科学的な正確さから逸脱していても許されるであろう）。もっと具体的に言うと、『いわばアラスカ』という劇は、四十代半ばの肉体をもちながら意識においては十六歳であるデボラが、ホーンビーという六十代半ばの医師と、彼女の四歳年下の妹でホーンビーの妻となったポーリーンとに見守られながら、自分が知らないうちに長い時間が経過したという恐ろしく残酷な現実を受入れるまでの経過を辿ったものなのである。

最初はデボラとホーンビーの台詞は全くつながらず、二人がそれぞれ独白を語っているように聞える。デボラの意識はまだ十分に回復してはいないし、彼女にとっては初対面のホーンビーが何者であるのかが分らない。彼女はまず、この男はボーイフレンドのジャックではないかと思う（彼女とジャックとはいわゆるペッティングをしたことがあるようだ）。次いで彼女はホーンビーのことを、自分を好きなようにもてあそんだ男、自分が引き入れられた売春の世界の男、自分が罪を犯して収容されている監獄の男などとして捉える。ホーンビーが、デボラは二十九年も眠っていたのであり、自分が注射をして目を覚ませたのだと告げると、彼女は、魔法の王子である彼が好きだと言い出す。思春期の娘としてはごく自然な現象だが、彼女は旺盛な性的好奇心をもっており、目ざめた後に抱く妄想もおおむね性的なものである。

彼女がいくらか正常な認識に達するのは、その部屋にいるポーリーンの姿に気づいた時だ。もちろん彼女には、それが成人した妹であることは分らない。ポーリーンは家族について語る――

デビー。家の人たちに話したの。みんなとても喜んでたわ。みんなに話したのよ、順に。みんなは遠くにいるの。世界一周旅行に出てるの。その位のことはさせてあげてもいい。とても辛い目を見て来たんだもの。それにパパはあまり具合がよくないの、そりゃ色んな点では健康そのものだけど、それからママは……すばらしい旅行なのよ。インド洋を横断してね。それにボスポラス湾。すごいでしょう？　エステルも……思いきり休まなきゃいけなくてね。すばらしい旅行なのよ。ほんとのところ、一生に一度の旅行ね。みんなはバンコックで中休みにしたの。そこなのよ、私がみんなを見つけたのは。私みんなに話したわ、順に。そしたらみんな、姉さんに心からお祝いを言ってくれって。そう、とりわけママが。

（ＡＩｂ３―Ⅱ―四七頁）（ＡＩａ４―一七七～一七八頁）

エステルというのはデボラの姉だ。

ポーリーンはデボラが発病した時の状況を告げるが、デボラにはまだその話が理解できない。ポーリーンと称する女が「大人の乳房」をもっていることに気づいたデボラは、自分の乳房に視線を移す。そしてようやく、ホーンビーが言っていた通り、自分が知らない間に長い時間が経過したかも知れないことを、おぼろげに意識するようになる。

観客にもデボラにも分らなかったが、実は家族の動静についてのポーリーンの話はすべて嘘だった。事実はホーンビーが語る通りである——

私は長年あなたを診て来た医者です。この人はあなたの妹。あなたのお父さんは眼が見えなくなって、エステルがお世話をしています。エステルは一度も結婚しませんでした。あなたのお母さんは亡くなりました。

（ＡＩｂ３—II—五六頁）（ＡＩａ４—一八四頁）

デボラの病気は家族をも苦しめた。医師であるホーンビーは、デボラにとっては残酷に感じられるに違いない事実について、更に語る——

私はあなたに注射をして、目をさまさせました。あなたは言うでしょう、なぜ二十九年前に注射をしなかったのかと。それはこうです。しかるべき薬がなかったんです。

間。

つまり、あなたは我を忘れ、何も知らず、どこでもないところにいた。苦しんだのは私たちだったのです。

間。

そのことはきっと分ってくれるでしょう。あなたはおそろしく頭のいい娘だった。誰に聞いてもそう言います。あなたの頭脳は傷ついてはいない。ただ働きをとめただけだ、一時的に移り住んでいたんだ……いわばアラスカのようなところに。でも、全く動いていないわけではなかった、そうでしょう? あなたはとても遠くの……誰も知らない国へ……出かけて行った。そして旅を続けた。私はあなたの辿った道を記録しました。と言うか、最善をつくしてそうしようとした。私は決してあなたを見離しませんでした。

（ＡＩｂ３—Ⅱ—五七〜五八頁）（ＡＩａ４—一八四頁）

自分はデボラと暮して来たのだから、自分の妻となったポーリーンは未亡人なのだとも、ホーンビーは言う。

思いもかけなかった情報の攻撃に遭ったデボラは一旦は取り乱すが、やがて落着きを取り戻す。彼女はポーリーンを見、それからホーンビーに視線を戻して、こう言う——

この人は未亡人。バレーの稽古にはもう行っていない。ママとパパとエステルは世界一周旅行に出てる。そしてバンコックで中休みにした。もうすぐ私の誕生日がやって来る。お話は分ったわ。

（ＡⅠｂ３―Ⅱ―六七頁）（ＡⅠａ４―一九〇頁）

デボラはホーンビーの客観的な陳述はほとんど完全に無視し、ポーリーンの嘘を受入れている。こういう行動を選ぶに際して彼女がどれほど冷静な判断力を働かせたかは分らないが、彼女にとっては、二十九年という時間の経過を受入れるためには、これが最善のやり方なのだと理解すべきであろう。目ざめた後のデボラの記憶は、彼女が発病した時以前の時間に属するものである。彼女が《眠っていた》間の時間は――そして、その間に起ったかも知れないことは――彼女の意識においては存在していない。これに対して、同じ時間を――デボラが病んでいる辛い時間の刻一刻を――耐えて来たホーンビーやポーリーンの意識がある。劇は二つの意識が拮抗するさまを、そしてデボラが次第に後者の意識を受入れるようになるまでを、短い時間の間に示そうとしている。

当人が意識していたかどうかはともかく、事実としては長い間難病に苦しめられた人間が、そのことを認めようとするということの結末は、一応はめでたいものだと言えるであろう。ピンターが「再び正常な生活ができるようになった」と記したのは、こういう結末を望んでいたからではなかったかと私は思う。もちろん『いわばアラスカ』はローズ・Ｒその人の経験を劇化したものではない。また、実際に「正常な生活」に戻った患者もいたことをサックスは記録している。しかし、あらゆる患者がレボドパによって救われたという印象を与えかねない覚書をピンターが自作に添えたについては、相当の理由があった筈だ。

私は『いわばアラスカ』の初演を観てはいないが、日本での上演を観たことは二度ある。その経験に基づいて言うのだが、これは、観客にも耐えられないほどの苦痛を与える作品である。病気というものが人類にとって不可避の災厄であることは誰でも知っているが、そのことをこれほど切実なかたちで伝える劇は稀であろう。

劇という表現手段を使って、病気がいかに残酷な結末を人間にもたらすかを見せるだけなら、その劇は、ある種の嗜虐趣味の持主に受けるだけの見世物になってしまう。ピンターは、特にある時期以後の政治的な劇では、正視できないほど残酷な状況を何度も描いたが、彼は決して残酷さのために残酷さを描くひとではなかった。いわんや病気という厄介な現実に対して、最初から負け戦を宣言することなど、彼は全く意図してはいなかったに違いない。

既に述べた通り、『いわばアラスカ』の初演は一九八二年十月十四日にナショナル・シアターで行われた。演出はピーター・ホールが担当した。主役のデボラはジューディ・デンチが演じたが、この名優は、成人の肉体と少女の意識とを共存させるという、難しいが取組み甲斐がある要求にみごとに応え、評判になった。

この年の初め、ピンターは『いわばアラスカ』の原稿をサックスに送った。それを読んだサックスは、ピンターは患者たちを実際に見たことは一度もないのに、真実を捉えていると感じた。初演の舞台を観たこの医師は、デンチの演技からも同じ印象を受けた。サックスの感想は次のような言葉で結ばれている——「私がピンターに与えたのと同じだけのものを彼は私にくれたと、私は感じた。すなわち、私が彼にある現実を与えたら、彼は私に別の現実を返してくれたのである」(BV3—三七一頁)。

『ヴィクトリア駅』

『いわばアラスカ』と同じく『ヴィクトリア駅』も一九八二年十月十四日にナショナル・シアターで上演された。演出はピーター・ホールだった（なお、この劇の題名は「ヴィクトーリア駅」とした方が原音に忠実だが、ここではわが国で定着している表記に従う）。これは、あるタクシー会社の指令係と運転手とのちぐはぐなやりとりからなる短い作品で、戯曲というよりレヴュー・スケッチに分類した方がいいかも知れない。

指令係が無線で二七四号のタクシーの運転手を呼び出し、ある客がヴィクトリア駅に到着するから、その客を迎えるためにヴィクトリア駅へ向えと命じる。ところが、運転手は要領を得ない返事をする――

指令係　ヴィクトリア駅まで行って貰いたい。そこでブーローニュからやって来た客を乗せる。それが仕事だ。分ったか？　そこで私が訊ねたいのはだ、お前さんが今いる場所だ。ただ流してるなんて答はするなよ。ただ言ってくれたらいいんだ、今ヴィクトリア駅附近にいるのかどうか。

運転手　ヴィクトリア何ですか？

間。

指令係　駅だよ。

（ＡＩｂ３—Ⅱ—七四頁）（ＡＩａ４—一九五～一九六頁）

ロンドンのタクシーの運転手がヴィクトリア駅を知らないなどということは考えられない。指令係はわが耳を疑う。「間」という指定は、指令係のそういう心理を表している。だが彼は、運転手には無線による指示がよく聞き取れなかったのかも知れないといったことを考え、「駅だよ」と言う。しかし運転手は、苛立ちを募らせている指令係が絶句せざるをえない反応を示す——

指令係　二七四号？

運転手　は？　聞えてますよ。

指令係　ヴィクトリア駅まで行ってくれ。

運転手　そこは知りません。

指令係　知らない？

運転手　ええ。何ですか、それは？

沈黙。

指令係　そいつは鉄道の駅だ。

間。

聞いたことがないのか？

運転手　ええ。一度も。どんな場所なんですか？

間。

『ヴィクトリア駅』

指令係　お前、ヴィクトリア駅って名を一度も聞いたことがないのか？

運転手　ええ。一度も。

指令係　有名な駅だぞ。

運転手　全く私はこれまで何をやってたんでしょうね。

指令係　何をやってたんだ、これまで？

運転手　それが全く分らないんで。

（ＡⅠb３―Ⅱ―八〇〜八一頁）（ＡⅠa４―二〇一〜二〇二頁）

運転手がいきなり「ヴィクトリア駅は知りません」と答えたら、観客にとっては唐突すぎる。「ヴィクトリア何ですか？」という第一の反応は、第二の反応の伏線となっているのであり、第二の反応を自然なものとして観客に受入れさせるためには、これはどうしても必要な台詞なのだ。他方、第二の反応が示されたら、そして指令係が絶句したら（具体的に言うと、「間」よりも長い「沈黙」という指定には必然性があることを観客が理解したら）、それ以上、運転手の混乱ぶりを示す必要はなくなるのである。凡庸な劇作家は、ややもするとそういうくどいやり方を採用して観客を笑わせようとするものだが、観客の心理を熟知していたピンターは、もちろんそういう愚かなことはやらなかった。

だから、指令係は二七四号を相手にすることは直ちに中止し、他のタクシーを探そうとする。ところが二七四号の運転手が無線の応酬に割りこんで来る。癇癪を起した指令係は、運転手が明朝、本社に出頭するように命じ、運転手を「ぶちのめして叩き殺してやる気」でいるから、彼は「すっ飛んで行くって寸法だ、クリスタル・パレスまで」と言う。すると運転手は「そこだ、私がいるのは！」と叫ぶ。実は彼は、「真暗な公園のそば」にいると言っていたのだが、それはクリスタル・パレスのかげにある小さな公園であることが判明したというのである。更にちぐはぐなやりとりを続けた後、指令係は、「クリスタル・パレスはとっくの昔に火事で焼けちまってるぜ。ロンドンの大火で焼けたんだ」と言う。

ロンドンの歴史について少しでも知っている人ならすぐに気づくが、指令係のこの台詞は意味をなさない。「クリスタル・パレス（水晶宮）」は、一八五一年にハイド・パークで開かれた万国博覧会のために作られた建物で、一度は解体されたが、一八五四年にロンドン南部に再建された。だがこの建物は一九三六年に焼失した（但し「クリスタル・パレス」という地名は残っているから、指令係が運転手を「すっ飛んで行」かせるつもりでいたのは、その場所のことに違いない）。他方、「ロンドンの大火」は一六六六年の事件である。ありもしない筈のクリスタル・パレスが見えると語る運転手に対して、指令係はもはや冷静に振舞うことができなくなっているのだ。

最後に運転手は思いがけないことを述べる。タクシーの後部座席では、若い娘が眠っており、彼はこの娘を相手に生れて初めて恋に落ちたというのだ——

死ぬまでこの子と一緒にいるつもりです。私は死ぬまで、この子と二人でこの車の中にいるんです。この車の中でこの子と結婚するんです。この車の中で、二人一緒に死ぬんです。

（ＡＩｂ３—II—八九頁）（ＡＩａ４—二〇九頁）

指令係は何か深刻なことが起ったらしいことを悟る。若い娘は既に死んでいるのかも知れない。彼女は運転手に殺害されたのかも知れない。彼は、すぐにそこへ行くから、そのままそこにいるようにと運転手に命じる。劇は終る。

タクシーの運転手とは、何にもまして場所の感覚を頼りにする仕事である。だがこの運転手には、自分がどこにいるのかが——いや自分が何者であるのかさえ——分らなくなってしまった。彼と指令係はただ無線だけを通じてつながっている。互いに相手の顔は見えない。このたまらなく滑稽な劇が恐ろしいものにもなっているのは、運転手に起ったことが指令係にも起る可能性が暗示されているからだ。指令係の仕事とは、コンピューターの画面という仮想空間を眺めながら、顔の見えない相手に無線で話しかけることなのだろう。彼もまた現実感覚を喪失する危険にさらされているのである。

第二十八章――暴力体制の諸相（I）

『丁度それだけ』

一九八〇年代から九〇年代にかけて、ピンターは明白に政治的な劇を相次いで発表した。この活動は一九八四年初演の『景気づけに一杯』に始まるとするのが一般的な考え方だが、厳密に言うとこれは正しくない。

一九八三年十二月十八日にロンドンのアポロ・ヴィクトリア劇場で、平和を願い、核兵器の廃絶を求める『ザ・ビッグ・ワン』というだしものが上演された（「ザ・ビッグ・ワン」という英語は「最大級のもの」という意味で、この場合は核兵器を指すと考えられるが、同時に「最大級のショー」という含みももっているかも知れない）。このだしものは、大勢の筆者によるスケッチや歌や詩によって構成されていたが、ピンターは『丁度それだけ』という短いスケッチを寄せた（演出はピンター自身だった）。

スティーヴンとロジャーという名の二人の役人が酒を飲みながら議論している。「頭がよけりゃ手当もいい」という台詞が現れるから、二人は相当の給料を得る高給官僚らしい。彼等は核戦争が起った時にどれほどのイギリス国民が死ぬかについて、いわゆるシミュレイションを行ったが、その結果、二千万という数字が出た。ところが、それでは少すぎると主張する人々がいる。彼等は四千万――いや、七千万という数字が妥当だと言い張るのだ。役人たちは批判勢力に対して憤慨する――

スティーヴン　分るかい、この連中の処分についておれがどんな提案をするつもりか？
ロジャー　どうなんだ？
スティーヴン　絞首刑にして内臓を抜いて四つ裂きにしよう、そう提案するつもりなんだ。やつらの内臓の色が見たいよ。
ロジャー　赤旗と同じ色さ。

（ＡＩｂ３―Ⅱ―九八頁）（ＡＩａ４―二一八頁）

政府のシミュレイションを批判しているのは、役人たちが「左翼」と見なす人々らしい。ところが、スティーヴンに調子を合せていたロジャーも、シミュレイションの結果にはいくらか疑問を抱いているらしく、「もう一声どうだい、スティーヴン」と言う。

ロジャー　あと二百万。そうしたらもう一杯おごるよ、二百万上乗せでもう一杯だ。
スティーヴン　（ゆっくりと）駄目だな、ロジャー。二千万だよ。死人の数は。

（ＡＩｂ３―Ⅱ―九九頁）（ＡＩａ４―二一九頁）

スティーヴンは全く軟化しない。ロジャーはもう一度念を押す――

ロジャー　死ぬのは二千万、丁度かね？

スティーヴン　丁度それだけだ。

（ＡⅠｂ３―Ⅱ―一〇〇頁）（ＡⅠａ４―二二〇頁）

役人たちは核戦争をまるで既定事実のように扱っている。地震のような自然災害の場合なら、シミュレイションを行うことには何ほどか意味があるであろう。被害を抑えるために努力することはできても、地震そのものが起るのは避けられないからだ。しかし、核戦争は不可避な現象ではない。更に、死者の数をできるだけ低く見積って国民を安心させたいスティーヴンが唱える二千万という数字も、もちろん想像を絶している。「国民は二千万で手を打つ気でいる」と彼は主張するが、どれほど控え目に計算しても少くとも二千万の人が確実に死ぬことが予想されるのなら、シミュレイションには何の意味もないと言わざるをえない。

ピンターは一九八五年二月に批評家のニコラス・ハーンを相手にして行った対談の中で、『丁度それだけ』を執筆した動機について、「この国では真実を隠そうという大規模な陰謀がめぐらされていると、私は信じているからです」（ＡⅠａ８―一八頁）と述べている。

第二十九章——**暴力体制の諸相（II）**

『景気づけに一杯』

『景気づけに一杯』の初演は、一九八四年三月十三日にロンドン西部のハマスミスにあるリリック劇場のスタジオで行われた（演出はピンター自身だった）。続いて翌年三月七日、ウェスト・エンドのダッチェス劇場で、『いわばアラスカ』、『ヴィクトリア駅』とあわせて『別の場所』という題をつけて上演された（演出はケネス・アイヴズだった）。ナショナル・シアターで上演された『別の場所』は、『家族の声』、『いわばアラスカ』、『ヴィクトリア駅』の三篇のことだったが、新版の『別の場所』は、『家族の声』に代って『景気づけに一杯』が加えられたものだったのである。この組合せが現在は定着している。

一九八五年に、初演の舞台写真を豊富に収めた『景気づけに一杯』の特製版が公刊されたが、第二十八章で言及したピンターとニコラス・ハーンとの対談は、この本に含まれている。それによると、かねてピンターはトルコにおける人権問題に関心を抱き、反体制的な人物が逮捕されて拷問を受けたりしていることを憂慮していたが、たまたまあるパーティで逢った二人のトルコ人女性は、そういう事実を全く知らず、「どうせ連中は共産主義者なのだからしかたがない」といった意味の発言をした。そこで、怒りにかられた彼は一気にこの戯曲を書き上げたというのである（ＡⅠａ８―一三〜一四頁）。当時はまだ冷戦が終っていなかったから、「共産主義者」についてそういう発言をする人がいるのは、少しも珍しいことではなかった。

この本がまだ出版されていなかった同じ一九八五年の三月に、ピンターは国際ペン・クラブの代表としてアーサー・ミラーと一緒にトルコを訪れ、その体験を利用して『山の言葉』を書いた。トルコ滞在中にアメリカ大使館に招かれた彼は、アメリカ大使から、トルコという「地域の現実」を理解していないとして非難された。こういう発言に対してピンターが強く反撥するのは、たとえある国家なり体制なりが外的な危険にさらされているとしても、そのことは個人の自由や権利に制限を加える理由にはならないと、固く信じているからである。もちろん、こういう考え方はあまりにも素朴で現実的ではないとして批判するひとはいくらもいるに違いない。しかし、そういう批判をするひとは、どんな《現実的》な立場からすれば、国家権力が自国民に拷問を加えたり――最悪の場合、自国民を殺害したり――することが正当化されるのかという問いに、まず答えるべきではないだろうか。

さて、『景気づけに一杯』は当時のトルコの状況に触発されて書かれたのではあったが、出来上った作品はトルコに設定されてはいない。登場人物はアングロサクソン系の名前をもっている。作者はある特殊な状況を一般化することによって、この作品を成立させているのである（従って、この作品で描かれている通りのことが実際にトルコで起っていたかどうかを議論するのは、全く無意味である）。

主人公はニコラスという四十代半ばの男である。彼はどうやら秘密警察の一員らしい。彼はまずヴィクターという三十歳の男を自室へ呼び入れる。現れたヴィクターは打撲傷を負っており、彼の服は破れている。この部屋へ来る前に拷問を受けたらしい。ニコラス自身は、逮捕された人物に対して暴力を振るうことはない。その代り、彼は《被疑者》を言葉によって徹底的に痛めつける（もちろん、これも一種の拷問である）。興味深いのは、彼は《被疑者》が属している（かも知れない）組織についての情報を得るといった具体的な目的をもっているわけでもなければ、誰もが思いつくような罵詈雑言を発して相手を辱めるわけでもないという事実である。彼は一見無害で、ほとんど無意味と感じられかねない言葉を吐くだけだ。しかし、そういう言葉を聞かされ続ける相手は確実に深く傷つく。たとえばこんな風である

——

これは何だと思う？　これは私の指だ。それからこれは私の小指だ。これは人差指、それからこれは小指。私は人差指をあんたの目の前で振る。こんな風に。今度は小指で同じことをする。二本の指を使うこともできる……同時に。こんな風に。私はやりたいことは何だってできるんだ。あんた、私が気が狂ってると思うかね？　私の母はそう思ってた。

（ＡＩｂ３—Ⅱ—一〇四頁）（ＡＩａ４—二二三頁）

ヴィクターは知識人であるらしい。彼が《反体制的》であると軽率に決めつけるのは危険だと私は思うが、この人物が権力側に嫌われていることは確かである。ニコラスは尋問の途中でヴィクターの妻や息子に言及する。どちらも、この建物のどこかにいるらしい。つまり警察は未成年の息子を含む彼の家族

をも逮捕したのであり、このことは当然ヴィクターを不安にする。ニコラスはまたヴィクターの妻について聞くに堪えぬ卑猥なことをしつこく言う。ただピンターが描くニコラスは、尋問しながらほとんど間断なくウィスキーを飲み続ける。彼は明らかに不安感にさいなまれているのだ(戯曲の原題の「ワン・フォー・ザ・ロード」は「出かける前の一杯」といった意味である)。拷問者であり続けるのは、拷問者自身にとっても大きな負担なのである。

次に、ニコラスはヴィクターの息子で七歳になるニッキーを尋問する――

ニコラス　大きくなったら兵隊になりたいかね?
ニッキー　なってもいいです。
ニコラス　なってもいい? よろしい。君は兵隊が好きだ。しかし君は私の部下の兵隊につばを吐きかけ、連中を蹴とばした。連中に暴力を振るった。
ニッキー　部下の兵隊だったんですか?
ニコラス　この国の兵隊だ。
ニッキー　あんな兵隊は嫌いです。
ニコラス　連中も君が嫌いだよ、坊や。

(ＡＩｂ３―II―一二五頁)(ＡＩａ４―一二三六~一二三七頁)

ニコラスがヴィクターに語ったところによると、兵士たちは《家宅捜索》の折に相当に乱暴なことをやり、絨毯の上で小便をしたりしたらしい。ニッキーはその場にいて抵抗したようだ。
ニコラスは次いでヴィクターの妻で夫と同じく三十歳のジーラを呼ぶ。彼女もまた打撲傷を負っており、着ている服は破れている。ニコラスは彼女が夫と知合った状況について単純な質問をしつこく繰返し、それから、階上の部屋の様子について訊ねる——

ニコラス　上には尼さんがいると思うかね？

間。

ジーラ　尼さんじゃありません。

上には誰がいる？

ニコラス　誰がいる？

ジーラ　男の人が。

ニコラス　連中はお前さんを強姦してたのか？

彼女は彼を見つめる。

何回やられた？

間。

何回強姦されたんだ？

間。

何回だ？

（AIb3—II—一三二〜一三三頁）（AIa4—二四二〜二四三頁）

ニコラスの言動がジーラにとってどれほど屈辱的なものであるかを、わざわざ説明する必要はないだろう。

最後にニコラスはもう一度ヴィクターに逢う。ヴィクターはきちんとした服装をしてはいるが、更に拷問を受けたらしく、ほとんど口が利けなくなっている。彼がやっと息子について訊ねると、ニコラスは「あれはいやな小僧だったな」と言う。ニコラスが過去形を用いているのは、ニッキーがもう生きてはいないからだ。

一九九六年十二月にスペインの学者ミレイア・アラガイと演出家ラモン・シモが行ったインタヴューの中で、ピンターはこの劇の主人公について次のように述べている――

私はニコラスという人物があまり好きではありません。ああいう人間はいてほしくないのです。しかし、この男が苦境におかれていることはよく分ります。よろしいか、ニコラスは妄想に取りつかれた人間なのです。もっと厳密に言うと、宗教的な妄想に取りつかれているのです。この男は宗教的・政治的な妄想を行動に移しているのであって、私はこの男を非常に気の毒に思います。この男は人間としては全く収拾のつかない状態になっていますが、実はこの男が代弁している社会そのものが収拾のつかない状態に陥っているのです。古い決り文句を使うなら――但しこの決り文句には確かな事実の裏づけがあります――この男は妻と子供たちが待つ家へ帰り、音楽を聴くに違いありません。（中略）拷問者が音楽好きで自分の子供たちには非常にやさしい人間だという事実は、二十世紀の歴史を通じて明白に証明されて来ました。このことは、私たちの社会生活と政治生活を支えている心理のあり方についての、最も複雑な問題のひとつです。私自身は、この問題について答を出すことはできません。ただ問題を提示するだけです。

（ＡＩｂ２―一五六～一五七頁）（ＡＩａ14―二四三～二四四頁）

ピンターはわざと謙虚に振舞っているのではないと私は思う。実際に、『景気づけに一杯』とは、ある状況を――耐えられないほど不快な状況を――解釈ぬきで提示しているだけの劇であるからだ。もしも作者が何らかの解釈を作品に含めていたら――たとえば、ニコラスがいかにひどい人間であるかを別の人物が台詞で述べるようにしていたら――読者や観客は、「いかにもその通りだ」とか「なるほどそうなのか」とかといった感想を抱き、いくらか救われたような思いになったであろう。だがピンターは、ニコラスを直接に批判する台詞をただの一言も書いてはいない。そういう台詞はこの劇の観客や読者が味わう苦痛をやわらげるものでしかないことを、彼はよく知っていたに違いない。この劇を受容する者は、それが提示する事件に接し、更にそれについて自分の頭を使って考えるという、二重の苦痛を強いられるのである。

『景気づけに一杯』

第三十章——暴力体制の諸相（III）

『山の言葉』

『山の言葉』の初演は、一九八八年十月二十日にナショナル・シアターで行われた。演出はピンター自身だった。翌十月二十一日、BBCテレビでアナ・フォードというキャスターによるピンターのインタヴューが放映された。このインタヴューの抄録が『リスナー』誌の一九八八年十月二十七日号に掲載されているが、その中でピンターは、なぜこの戯曲を執筆したのかというフォードの質問に答えて、次のように述べている——

この劇は実はかなり変った来歴をもっています。一九八五年に私はアーサー・ミラーと一緒に国際ペン・クラブのためにトルコへ行きました。トルコで作家がおかれている状況を調査するためでしたが、それは実はかなり嘆かわしいものでした。この旅行は色々な意味で鮮烈な体験で、多くのことを教えてくれました。滞在中に私が学んだことのひとつは、クルド人たちがいかに苦境に立たされているかということでした。要するに彼等はそもそも存在することを許されていない――いわんや、自分たちの言葉を使うことは許されていないのです。たとえばある出版業者はクルド人の歴史を書いて三十六年の刑を宣告されて投獄されました――クルド人の歴史を書いただけで。（中略）ご質問にお答えするなら、きっかけはクルド人だったということになりますが、この戯曲はトルコ人とクルド人を扱ったものではありません。と言うのは、長い歴史の間には禁止された言葉がたくさんあるからです――アイルランド人もウェイルズ人もひどい目に遭っているし、ウルドゥ語やエストニア語は禁止された。バスク語も何度も禁止されていますね。（ＡＩａ17―四頁）

つまりピンターは、『景気づけに一杯』の場合と同じく、トルコの状況に触発されながら、ある民族が別の民族を弾圧するためにその民族の言語を禁止するという多くの事例を念頭において戯曲を書いたのだった。この劇が発表された頃、私はイギリスで暮していたが、ピンターに逢った折に、日本の政府もかつて朝鮮半島でよく似た政策を実行に移したという話をした。日本の植民地支配は現地に物質的繁栄をもたらしたからよかったのだと主張するひとが時々現れるが、こういうひとは、自らの言語を自由に使用することができない民族は精神生活においては恐ろしく不幸なのだという単純な事実が理解できないほど、想像力を欠いているのだろうか。

『山の言葉』は上演時間が二十分ほどのごく短い劇だが、四つの場面に分れている。第一場は「監獄の塀」と題されており、四人に面会するためにやって来た女たちが、雪の中で何時間も待たされている。その中のひとりの初老の女は、ドーベルマン犬に手を噛まれた。ここは軍事独裁政権が支配する国らしく、刑務所も軍の管轄下にある。やがて士官が現れ、女たちに向って宣言する――

いいかよく聞け。お前たちは山の者だ。分るか？ お前たちの言葉は死んだ。こいつは禁止された。ここでお前たちの山の言葉を使ってはいかん。身寄りの男に向ってお前たちの言葉で話しかけてはいかんのだ。許されてはおらん。分るか？ そいつをしゃべってはいかん。法律違反だ。ただ都の言葉だけをしゃべること。それだけだ、ここで許されてる言葉は。ここでお前たちの山の言葉を使おうとした者は厳罰に処する。これは軍の命令だ。これが法律だ。お前たちの言葉は禁止された。それは死んだ。誰もお前たちの言葉を使うことは許されない。お前たちの言葉はもうないのだ。

（ＡＩｂ３―II―一四八～一四九頁）（ＡＩａ４―二五五～二五六頁）

すると、セアラ・ジョンソンというアングロサクソン風の名前の女が、自分は山の言葉を使う者ではないと言う。何か手違いがあったらしい。

第二場は「面会室」と呼ばれている。第一場で犬に手を噛まれていた初老の女が息子に面会している。作者の指定によると、「囚人と女は強い田舎訛でしゃべる」ことになっているが、かりに軍人などが使う「都の言葉」とは全く別の言葉でしゃべったら、観客には理解できなくなるから、訛のある英語を使わせることになっているのであろう。いずれにせよ、初老の女が口を開くたびに、看守は彼女が「都の言葉」を使うように強く命じる。だが彼女には「都の言葉」が理解できない。囚人の態度が反抗的だと感じた看守は、軍曹に電話をかけ、「ふざけたやつが現れたようです」と告げる。軍曹とは、劇の冒頭で面会人の女たちに向って威張っていた人物である。登場した彼は「ふざけたやつとは?」と言う。照明が消える。

「闇の中の声」と題された第三場では、第一場にいた若い女が夫に面会しようとしている。夫と思われる囚人は頭巾をかぶせられ、看守と軍曹に支えられている(知識人であるこの夫婦には、『景気づけに一杯』のヴィクターとジーラを思わせるところがある)。夫婦は実際に言葉を交すことはないが、照明が弱まり、人物が静止した状態で、次のような録音が流される——

男の声　眠ってる君を見てると、君が目をあける。君は僕を見上げてほほえむ。
若い女の声　あなたがほほえむ。私が目をあけると、あなたが私を見下してほほえんでる。
男の声　僕らは湖に出てる。
若い女の声　今は春。
男の声　僕は君を抱いて、あたためる。
若い女の声　私が目をあけると、あなたが私を見下してほほえんでる。

(AⅠb3—Ⅱ—一五八~一五九頁)(AⅠa4—二六三頁)

これは、平穏な面会が許されるなら二人が交したであろうやりとりと解釈しても、二人の内的独白と解釈してもいいであろう。いずれにせよ、この抒情的な言葉遣いは、軍曹の言葉遣いと強い対照をなしている。軍曹の台詞には、乱暴で卑猥な単語が——とりわけ、人前で口にするのが憚られる単語が——頻出するのである。

弱くなっていた照明がもとに戻ると、頭巾の男はくずおれる。激しい拷問を受けた彼は、自力で立っていることができないのだ。若い女は悲鳴を上げる。

最後の第四場は第二場と同じ「面会室」で、やはり看守と初老の女と囚人がいる。囚人の顔には血がついている。第二場の終りに登場した軍曹が看守と一緒に彼に暴力をふるったに違いない（あるいは、軍曹の命令で看守が彼に暴行を加えたのかも知れない）。看守が、規則が変って、母親は自分の言葉を使ってもいいことになったと言う。しかし、初老の女は何も言わない。彼女はしゃべることができなくなったのだ（アナ・フォードによるインタヴューの中で、ピンターは、トルコ滞在中に、獄中でひどい拷問を受けたある人物に逢ったが、その人の夫人はものを言う能力を完全に失っていたと語っている）。母親に何が起ったかを知った囚人は、ふるえたりあえいだりする。

ピンターはノーベル賞記念講演で『山の言葉』に言及し、こう述べている——


これは終始一貫、残忍で醜悪な、短い劇なのです。しかし、この劇に登場する軍人たちは、自らの行為を何ほどか楽しんでいます。忘れられがちなことですが、拷問者というものは実はすぐに退屈してしまうのです。やる気をなくさないでいるためには、笑えるような事柄がなくてはならないのです。もちろんこのことは、バグダッドのアブグレイブで起った事件によって証明されています。『山の言葉』は僅か二十分の劇ですが、それは何時間も何時間も、延々と続いてもおかしくない——同じような事件が何度も何度も繰り返され、何時間も何時間も続いても不思議ではない、そういう

劇なのです。（AⅠb 2―一四～一五頁）（AⅠa 14―二八八頁）

今度もまた、ピンターは拷問者たちを正面切って批判する台詞を一言も戯曲に含めてはいない。我々は、この劇が提示する不快な状況にまともに向き合うほかないのである。

『山の言葉』

第三十一章――暴力体制の諸相（IV）

『新世界秩序』

『新世界秩序』は別の劇を引き立てるために書かれた作品である。

アリエル・ドルフマンというアルゼンチン出身のチリの作家がいる。彼は大学でピンターについての研究論文を書いたことがあり、ピンターと同じように人権問題に強い関心を抱いていて、政治的発言も盛んにする人物だ。このひとの代表作のひとつに『死と乙女』という戯曲がある。独裁政権が支配していた国で強姦や拷問の被害者となったある女性が、政権崩壊後にたまたまある男と知合うが、この男はかつて自分をひどい目に遭わせた当の人物である可能性がある。劇は、最終的には彼女の疑いを肯定も否定もしていないが、それが、独裁的な政治体制がどんな災厄をもたらしうるかという問題に観客が注意を向けるように、激しく訴えていることは確かである。

この『死と乙女』が、一九九一年七月四日にロンドンのロイアル・コート劇場で上演された（チェルシーにあるこの劇場は、ジョン・オズボーンの『怒りをこめて振り返れ』のような意欲的な新作を紹介して来た場所として、広く知られている)。ピンターは『死と乙女』の前に上演するための政治的な短いスケッチを提供した。それが『新世界秩序』である。こちらの初演は七月十九日に行われた。演出はピンター自身だった。

「新世界秩序」という題名は、湾岸戦争当時、アメリカのブッシュ大統領(父親の方のブッシュである)が提唱した考え方を指している。スケッチそのものは、事件が起る場所がどこであるかを明示してはいないから、暴力的な体制が支配するどこかの国と考えるべきなのかも知れないが、場所はアメリカであり、二人の登場人物はＣＩＡのような組織に属していると考えても差支えはないだろう。このように解釈するなら、これは、ピンターには珍しく現実の政治的状況を描いた作品だということになる。

「目隠しをされた男が椅子にかけている。二人の男(デズとライオネル)が彼を見ている」というト書きで、劇は始まる。『山の言葉』には、頭巾をかぶせられた囚人が登場したが、どちらの場合も、拷問者が自分の顔を見られないようにする措置を講じていることを意味していると考えられる。また、作者はデズとライオネルという名前を記してはいるが、これは、二人の男がアングロサクソン系の名をもっていることを観客に伝えるためであろう。もちろん台詞自体の中で、これらの名前が挙げられることは一度もない。男たちは現在の任務に従事するようになる前に、十分な訓練を受けた筈だから、自分の名前を被害者に聞かせるといった軽率なことをやるわけがない。

男たちは、目隠しをされた男に聞えることを意識しながら、たとえば次のようなやりとりを交す——

デズ　こいつはほとんど分ってない、おれたちがこいつに対してどんなことをやるかも知れないのか、いや、これからほんとにどんなことをやろうとしてるのか、こいつに対して。

ライオネル　あるいはこいつのかみさんに対して。かみさんを忘れちゃいけない。こいつはほとんど分ってないんだ、おれたちがこいつのかみさんにどんなことをやろうとしてるか。

（AIb3―II―一六九頁）（AIa4―二七二～二七三頁）

男たちがほのめかしている拷問がかりに実行されなくても、こういう応酬は聞く者を著しく不安にさせるだろう。

拷問の開始が近づき、感極まったライオネルは泣き出す。そして、「おれ、とてもすっきりした気分なんだよ」と言う。デズは「それはお前さんがこの世界を清潔に保ってるからだ、民主主義のために」と答える。二人は握手する。最後に、デズが椅子にかけている男を指して言う――「こいつもお前さんと握手することになるね……（腕時計を見る）……三十五分後には」。彼が時間を厳密に指定することができるのは、拷問経験が豊富で、どんな手順を踏んだら相手が言うことを聞くようになるかがよく分っているからである。

ピンターはさまざまの機会に、唯一の超大国となったアメリカによる世界支配を批判したが、このスケッチにもそういう批判がこめられている。しかし、このスケッチを政治的文脈を無視して読み、拷問者の倒錯的な心理を的確に捉えたものとして受取っても、十分に面白い。この戯曲や『景気づけに一杯』を読むと、ピンターが暴力的な体制を心から憎んでいたことがよく分るが、同時に、彼が拷問者を描くことにかけては稀に見る才能をもっていたことも切実に感じ取れるのである。

第三十二章——**暴力体制の諸相（Ⅴ）**

『パーティの時間』

既に何度か言及したミレイア・アラガイとラモン・シモによる一九九六年十二月のインタヴューの中で、ピンターは『パーティの時間』（一九九一年初演）の執筆をどのように進めたかを詳しく説明している。「政治劇を書くという作業には、どうしても美学的・倫理的な困難さが含まれますが、それをどうやって解決しようとしますか。一種の預言者となって観客に説教することを、どうやって避けるのですか」というアラガイの質問に対して、ピンターは次のように答えているのだ——

確かにそれは型通りの政治劇を書く場合の危険な落し穴になります——作者が、劇の冒頭を書く前から劇の結末を知っているような場合には。私はそうなるのを避け、劇の状況を先入観ぬきで捉えるようにして来ましたから、説教をする結果にはなっていないだろうと思います。状況がどんなものであるかを知ったら、後はただ自然の成行きに任せるのです。たとえば『パーティの時間』の場合です。私が最初に思い浮べたのは、どこかの街にある非常に洒落た金をかけたアパートで催されているパーティでした。戯曲を書き進めるにつれて、アパートの外の街頭では別のことが起っているのが明らかになりました。やがて、街頭で起っていること、弾圧行為は、実はこのアパートにいる人たちによって組織されたものであることが、更に明らかになりました。しかし、この部屋の人々はもちろんそれを話題にすることはありません。一度か二度、さりげない言及が現れるだけです。人々はシャンペンを飲み、カナッペを食べ、恐ろしく幸せな気分でいます。何もかもうまく行っていることが、人々には分っています。別の言い方をするなら、自分たちに責任がある軍隊や警察による弾圧行為をわざわざ話題にしたりしない人々の世界があるということです。このことは劇を書き進めるうちにはっきりして来ました。私はすっかり興奮しました。と言うのは、このことは決して明白に示されはしませんでしたが、疑問の余地のないものだと思われたからです。自慢するつもりは全くありませんが、普遍的な意味をもっているのはイメージだと思うのです。どの国の首都のアパートにも大きな権力をもった人々が必ずいる、そしてこういう人々は非常に手のこんだ、そして時にはそれほど手がこんではいない、さまざまなやり方で、街頭で起ることを現に統御している——そう私は思います。しかし、こういう人々はそのことをわざわざ話題にしたりはしません。何が起っているかは分っているし、自分たちが権力を握っていることも分っているからです。問題は権力がどのように働くかです。

（ＡⅠb 2—一四八～一五〇頁）（ＡⅠa 14—二三九～二四〇頁）

ピンターが、自作がどんな結末をもっているかを知らずに戯曲の執筆を始めるというのは、おそらく本当だろうと思う。『パーティの時間』以外のいくつもの作品についても、彼は全く同じことを述べているからだ。

『パーティの時間』の場面は、ギャヴィンという五十代の男のアパートだ。テリーという四十歳の男が、あるヘルス・クラブのことをギャヴィンに向って熱心に語っている。そこでは種々のスポーツの設備が整っているだけでなく、うまい料理や酒も出、厳しい審査を通った者だけがメンバーになれるという。ギャヴィンは適当に調子を合せながら聴いている。

一方、テリーの妻のダスティが弟のジミーの行方が分らないと言う。彼女はこの話を何度も持出すのだが、そのたびにテリーは強引に話題を変えようとする。そこへメリッサという七十歳の婦人が遅れてやって来て、街頭は軍人だらけで市民の姿は全く見られないと語る。どうやらこの国では軍事クーデターのようなものが起ったらしい。とすると、ジミーの失跡はクーデターと関係があるのではないか。観客は誰でもそう思うだろう。

私はこの劇を一九九一年十二月に観たのだが、たまたまテクストを事前に読んでいた。そしてテリーの第一声を聞いて心から驚いた。彼は訛のある英語をしゃべるのである。他の人物はすべて標準的な英語をしゃべる。すると、テリーは他の人物たちよりも下の階級の出身ということになるであろう（テクストを読んだだけでは、そのことは分らない）。上昇志向にとらわれたテリーは、権力に接近するために妻の弟を売ったのではないか。しかし、こういう状況においては、誰一人として安全な者はいない。次に犠牲になるのはテリー自身であるかも知れない。

ロンドンに着いた私はピンターに電話をかけ、観劇の予定を知らせた。するとピンターは、ぜひ感想を聞かせてくれと言った。芝居を観た翌朝、もう一度電話して、テリーがジミーを売ったらしいこと、次の犠牲者はテリーになる可能性があることが、この男ひとりに訛のある英語をしゃべらせるというやり方によって鮮明になると思うと述べた。ピンターは非常に喜び、全くその通りなのだと言った。

『料理昇降機』の殺し屋ガスは、劇の最後で殺されるが、彼を《消す》ように命じられるもうひとりの殺し屋ベンが次に消されることはほぼ確実だろう。『誕生日のパーティ』でスタンリーを連れ去るゴールドバーグとマキャンも、やがて《組織》によって始末されるかも知れない。汚い手を使って権力を握る『温室』のギブズも、邪魔になったら国家によって処分されるのではないか。『パーティの時間』において、ピンターは初期の作品の根底にあった暴力的な《組織》の論理をもう一度辿ってみせたのではないかと私は思う。

パーティの進行につれて、さまざまのことが分って来る。ある女は、ひとりの男が色情狂めいた女によって連行されるのを目撃したと言う。はっきりと書かれてはいないが、この男はジミーだったのかも知れない。もしそうなら、ジミーは性的に辱められたのかも知れない。別の女は既に夫を失っているが、夫は病死したのではないと彼女は言う。この女の言葉は曖昧だが、夫は権力によって消されたのかも知れない。どうやらこの国では、かなり前から体制の暴力が横行しているようだ。

テリーがひどく気に入っているヘルス・クラブなるものも、実は国家権力によって——敢えて言うなら、秘密警察のような組織によって——運営されているのではないか。表向きはヘルス・クラブでも、裏には恐ろしい面が隠れているのかも知れない。ギャヴィンが権力の中枢にいることは明白だから、彼はクラブの実体を知っているに違いない。そうだとすると、テリーがギャヴィンに向って、クラブのメンバーになるように熱心に勧めることは皮肉な効果をもつ。

パーティが終りに近づき、ギャヴィンが挨拶する――

ところで、招待した人のうち一人か二人は今夜ここへ来る途中で交通上の問題に出くわしたようだな。そのことではお詫びします、しかしね、保証しますよ、こういう問題はすべて、それにこれと関係がある問題もすべて、ごく近いうちに解決します。ここだけの話だが、今夜はちょっとした一斉手入れがあった。この一斉手入れはもうすぐけりがつきます。実を言うと、正常な業務が近日中に再開されるでしょう。それが、つまるところ、私たちの狙いだ。正常な業務が。私たちは、言わせて貰えば、こいつにこだわります。今後もこだわりたい。そうとも。それだけだ、私たちが要求するのは、この国が行う業務が正常で安定していて合法的なやり方を守っていること。そして、平凡な市民が勤労と余暇を平和に送れること。いや皆さん、今夜は来てくれて本当に有難う。皆さんの顔が見られて全く愉快でした、実に素敵でした。

（AIb3―II―二二二～二二三頁）（AIa4―三二二～三二三頁）

「正常な業務」とは何か。『新世界秩序』のライオネルとデズは、「民主主義のために、この世界を清潔に保って」いた。問題は「正常さ」や「民主主義」の解釈が権力者の恣意に委ねられていることである。劇の間で何度か、ドアの向うからの光がこの部屋に射しこむことがあった。最後にドアは大きく開き、強烈な光が射しこんで来る。簡単な衣服しか身に着けていない若い男が登場し、こう語る——「僕には名前があった。ジミーという」。彼は名前を失った。テリーの妻のダスティは、弟のジミーの安否を気遣っていたが、やはり彼は殺されていたのだ。彼の独白はこういう言葉で結ばれる——「暗闇が僕の口の中にあって、僕はそれを吸う。それだけが僕のもってるものだ。それは僕のものだ。それは僕だけのものだ。僕はそれを吸う」（AⅠb 3—Ⅱ—二一四〜二一五頁）（AⅠa 4—三一三〜三一四頁）。

ジミーの台詞は詩的な文体で書かれているが、このくだりを除けば、『パーティの時間』とは基本的には社交界喜劇の文体で書かれた政治劇なのである。たとえば、こういう会話が交される——

メリッサ　（ダスティに）おやさしいわ、そう言って下さるなんて。
ダスティ　でもほんとにいいスタイルをしてらっしゃるんだもの。ほんとに。そうよね？
テリー　私はこの方を何年も前から知ってるよな。そうだろう？　知合ってから何年になりますかね？　随分になります。ところが昔と少しも変らない。そうでしょう？　この方は昔と少しも変らない。そうだろう？
ギャヴィン　そうかね？
ダスティ　少しも。そうでしょう？
テリー　そうとも。その通りでしょう？
メリッサ　まあ、冗談ばかり。

（AⅠb 3—Ⅱ—一九一〜一九二頁）（AⅠa 4—二九三〜二九四頁）

これは取りとめもないパーティの会話だが、それだけでもない。ギャヴィンの「そうかね？」という、考えようによっては非常にこわい台詞が含まれているからである。こういうさりげない台詞によって、パーティの軽薄な会話の向うに、政治的なものがおぼろげに見えて来るのである。

『パーティの時間』の初演は、一九九一年十月三十一日に『山の言葉』と二本立てで、アルミーダ劇場というロンドンの小劇場で行われた。演出はどちらもピンター自身だった。『山の言葉』のナショナル・シアターにおける初演も私は観ているが、この再演は随分印象の違うものになっていた。憎まれ役の軍曹は、登場するといきなりあくびをする。彼は自分の仕事に退屈しているのである。考えてみれば当然で、事態は囚人や家族にとっては深刻でも、体制側にとっては日常茶飯事なのである。どちらの上演も作者自身が演出したのだが、「今回の再演の方がいい」と彼は語っていた。

『パーティの時間』は、その後テレビドラマとして放映され、その台本も出版された。この版には、新しい場面や人物が加えられている。しかしピンターの戯曲集に収録されているのはもとの舞台版の方だから、そちらを定本と見なすべきであろう。

第三十三章――死の影の下で（I）

『月の光』

『月の光』の初演は一九九三年九月七日にロンドンのアルミーダ劇場で行われた。演出はデイヴィッド・ルヴォーだった。この作品は『背信』以後にピンターが初めて発表した長篇劇だが、上演時間は休憩なしで八十五分ほどだったから、それほどの大作ではない（もちろん、上演時間の長さと戯曲の価値とは何の関係もない）。

登場人物は七人いる。すなわち、アンディ（五十代）、彼の妻のベル（五十歳）、アンディたちの息子のジェイク（二十八歳）とフレッド（二十七歳）、アンディたちが親しくしているマライア（五十歳）と彼女の夫のラルフ（五十代）、そしてアンディたちの娘のブリジェット（十六歳）である。このうち、ブリジェットの年齢については説明が必要だろう。劇が進むと、誰かの回想らしい場面が現れ（誰の回想なのかは曖昧だ）、そこではジェイクは十八歳、フレッドは十七歳、そしてブリジェットは十四歳になっている。とすると、現在のブリジェットは二十四歳でなければ計算が合わない。作者が彼女の年齢を十六歳としているのは、この娘が十六歳で死んだことを意味しているのであろう。一九九三年九月に劇評家のメル・グソーがピンターに対して行ったインタヴューは、『月の光』という作品を理解するためには非常に役に立つ資料だが、そこでピンターは、この人物は死んでいるのだと断言している（AⅠa 15─九九頁）（もちろん作者の発言を俟つまでもなく、戯曲を素直に読んだら、彼女が死んでいることは明白だ）。

作者は、舞台が三つの空間に区分されることも指定している。まず、アンディの寝室がある。ここはアンディとベルが対話したり、彼等を訪ねてマライアとラルフがやって来たりする場所である。次に、フレッドの寝室がある。ここへは、フレッドの兄のジェイクがやって来る。マライアとラルフもそれぞれ一度、この部屋を訪れる。最後に、ある意味でいちばん重要な第三の空間があり、そこは作者の指定によれば、「ブリジェットが登場し、アンディが夜中に動きまわり、ジェイクとフレッドとブリジェットが彼等の場面を演じる空間」である（ジェイクとフレッドとブリジェットの場面というのは、既に言及した回想場面のことである）。

グソーに対してピンターが行った説明によると、彼はこの劇の着想を一九九二年十二月に得たのだった。その頃ピンターは、『誰もいない国』のリヴァイヴァル公演でハーストの役を演じていたのだが、この人物がスプーナーに向って語る台詞に次のようなものがあった──

　それどころか、アルバムだって見せてやってもいい。君にも見覚えのある顔がひとつあるかも知れないぞ、君が自分自身の顔を、昔の自分の顔を思い出すような顔が。かいかげになってる他の連中の顔、横を向いてる他の連中の頰、あご、首すじ、帽子のせいでよく見えない目、そんなものを見て、君は他の連中を思い出すかも知れない、かつて君が知っていた連中、とっくに死んだと思ってたろうが、今でも流し目をくれる連中だよ、よき亡霊に敢えて面と向うことが君にできるならばね。よき亡霊の愛情は認めてやれよ。連中のわき上る感情は……内にこもったままだ。頭を下げるんだ、そいつに。もちろんそれで連中が解放されるというわけじゃない、でも、あるいは……うんと気が楽になる……かも知れないんだ、連中は……元気づくかも知れないんだ、連中は……鎖につながれていても、ガラスの壺に閉じこめられていても。残酷だというのかね……とりこになって動けない連中を元気づかせたりするのは？　違う……違うんだ。深く、心の底から、連中は君の手ざわり、君のまなざしに応えたがってる、だから君が微笑みかけたら、連中は……有頂天になるんだよ。だからこう言わせてくれ、死者には愛情を注ぐこと、君が、今、自らの人生と称したがっているものにおいて愛情を注がれたがっているがごとくに。

（ＡＩｂ１―３―二二五頁）（ＡＩａ３―三八三頁）

ピンターは二〇〇八年十二月二十四日に亡くなった。ロンドンでは『誰もいない国』の何度目かのリヴァイヴァル公演が行われていた。十二月二十五日はクリスマスだから、劇場は休みだったが、翌二十六日の公演は、ピンター死後に行われるピンター劇の最初の上演となった。カーテンコールで、ハースト役のマイケル・ギャンボンが、観客に向って、生前のピンターは自分の葬儀でこの台詞を朗読してほしいと述べていたと言い、既に引用した死者への愛情についての台詞、ハーストとして先ほど語ったばかりの台詞をあらためて披露した。ピンターの葬儀は十二月三十一日に行われたが、その時にもギャンボンはこの台詞を朗読したという（こういう話は戯曲の解釈には関係がないかも知れないが、こうして記録に残しておかないと忘れられるおそれがある）。

いずれにせよ、ピンターは『誰もいない国』の問題の台詞を語りながら、一種の既視感を味わった。死者は生者の中で生き続けていると感じたのは、彼にとって初めてのことではなかった。彼は古い原稿の山から、一九七七年に執筆しながら戯曲の中で生かすことはせず、しかし、どういうわけか捨てずにいた原稿を探し出した（原稿を含むピンターの資料はブリティッシュ・ライブラリー（大英図書館）に収蔵されているが、図書館の「ハロルド・ピンター・アーカイヴ」を確認したメル・グソーによると、この原稿は実際には一九七八年のものだということである）（A I a 15—一五五頁）。死者についてのこういう感覚を生かしながら、彼が新たに書いた作品が『月の光』なのだ。

もちろん、死者とはここでは誰よりもブリジェットのことである。劇は十六歳で死んだこの娘の独白によって始まり、終る。月が見えない暗い夜に、「微かな光」の中で彼女が語る冒頭の台詞は、こうなっている——

私眠れない。月が出てないわ。とても暗い。私、下へおりて行って歩きまわろう。音は立てないわ。とっても静かにするの。誰も私に気づかない。とても暗いし、私知ってるの、暗い時の方が何でも静かになるって。でも、誰にも気づかれたくないの、私が夜中に動きまわってることを。父さんや母さんを起したくないわ。二人ともとても疲れてるんだもの。二人とも、私と兄さんたちのために、自分のいのちを随分くれたんだもの。自分のいのちを全部、だわ。精力も愛情も全部。やすらかに眠って、目が覚めた時には元気になってるようでなきゃ。そうなるように、私、気をつけなくては。それが私のつとめよ。だって私分ってるの、父さんと母さんが私を見たら、自分たちの人生にはこの私しか残っていないんだって思うのが。（AIb3—II—二二〇頁）（AIa4—三一九頁）

ブリジェットが語り終えると、劇はアンディの寝室で展開するようになる。アンディは死にかけているが、ベルは彼に対して冷酷な質問をする——

ベル　あなた何か感じる？　どんな感じがする？　熱い？　それとも冷い？　それともその両方？　どんな感じがする？　脚が冷い？　それとも熱い？　指はどう？　どんな具合？　冷い？　それとも熱い？　それとも、冷くも熱くもない？

アンディ　こいつは冗談なのか？　何てことだ、この女はおれをからかって、小便をちびらせる気だぜ。おれの女房が。死にかけてる亭主に。（中略）

ベル　私、修道院で教育を受けたせいでしょうけど、「小便をちびる」って言い方を聞くと、少し困ってしまうの。

アンディ　困ってしまう！　お前が困ってしまったことなど一度でもあるか、これまでずっと、好色で淫乱で貪欲な人生を送って来たというのに。

ベル　そりゃあなたは死にかけてるのかも知れないけど、だからって、どうしようもないほど馬鹿な真似をすることはないのよ。

（ＡＩｂ３―II―二二二〜二二三頁）（ＡＩａ４―三二一〜三二二頁）

これはブリジェットが思い描いている両親のあり方ではあるまい。十六歳で世を去ったこの娘は、両親のこういうすがたを見ることはなかったのだ（あるいは、両親はこういうすがたを娘の前で見せることはなかったのかも知れない）。彼女は、「（両親の）人生にはこの私しか残っていない」と語る。間もなく分る通り、アンディとベルは二人の息子とは断絶状態にあるのだが（アンディもベルも、息子たちがどこにいるのかを知らない）、ブリジェットが存命であった頃から、既にそういう状態になっていたのかも知れない。

劇はフレッドの寝室へ移る。フレッドはベッドに入っているので、アンディと同じように死にかけているのだと考える批評家がいる。これに対してピンターは、この男は実際に死にかけているのではなく、ただベッドから出られないだけなのだと述べている。日本風に言うなら、この青年はいわゆる「引きこもり」の状態にあるようだ。

彼を訪ねて、兄のジェイクがやって来る。二人のやりとりには、意味の通らないものが少くない。たとえばこんな風だ――

フレッド　兄貴はほんの子供の頃に詩を書いてた、そうだろ？
ジェイク　おれは字が読める前から詩を書いてた。
フレッド　いいかい。おれはたまたま知ってるんだ、兄貴はものが言える前から詩を書いてた。

『月の光』

ジェイク　いいか！　おれは生れる前から詩を書いてた。

（ＡＩｂ３―Ⅱ―二二六頁）（ＡＩａ４―三二五頁）

二人は父親の噂をする。彼等はアンディのことを忘れているわけではないのだ。ただ、二人が語ることに事実の裏づけがあるのかどうかは、甚だ疑問である――

フレッド　兄貴の親父はクルーガーランド金貨をほんの少々切らしてた。
ジェイク　その前にペセタアルミ青銅貨をなかなか派手なやり方でなくしてた。
フレッド　ほんの数日前の晩に、ボグナー・リージスの埠頭で一袋そっくり落してしまった。
ジェイク　小魚をとろうとして。
フレッド　親父のカジノ人生はずっと前から失われた地平線だった。
ジェイク　銀のバケツはからっぽだった。
フレッド　金のバケツも。
ジェイク　エメラルドはひとつもない。
フレッド　玉はひとつもない。
ジェイク　ウォール街で玉なし――
フレッド　手ぶらで銀行へ。

（ＡＩｂ３―Ⅱ―二三一～二三二頁）（ＡＩａ４―三三〇～三三一頁）

フレッドはアンディのことを「兄貴の親父」と呼ぶ。アンディはフレッドにとっても父親なのだから、この言い方は変だが、実はこれより先、ジェイクが「親父」という言葉を口にすると、フレッドは「ああ、兄貴の親父か？　それは兄貴のおふくろと寝てた男かね？」と発言していた。フレッドは両親に対して距離をおきたいと望んでいるようだ。

それはともかく、引用した応酬は、文学作品を連想させる表現（たとえば「失われた地平線」はジェイムズ・ヒルトンの小説の題名だ）や、有名な言いまわしのもじり（「ウォール街で玉なし」は、ミルトンの『闘技者サムソン』の「ガザで目なし」という表現を踏まえている。なお、ミルトンのこの言葉はオールダス・ハックスリーの小説の題名にもなっている）を散りばめた、極めて衒学的な言葉遊びで、具体的な事実や意見を伝達しようとするものとは到底思えない。

そこへマライアが現れ、「私を覚えてる？　私、あなたたちのお母さんのいちばんの親友だったのよ」と言う。彼女は、アンディも魅力がある人物で、ダンスが上手だったと語る。この台詞は、次の場面でアンディとベルが交すやりとりの伏線になる。

アンディがベルに言う——

アンディ　そう言えば、お前に言うのを忘れてたことがある。こないだマライアにばったり逢ったよ。おれが発病した前の日だ。おれを自分のアパートへ連れて行って、干し葡萄のプディングを食わせてくれたよ。おれは言ったね、もし汝に太股があるのなら、今こそそれを見せる時だ、と。

ベル　ええ、あなたは昔からあの女には健康な欲望を感じてたわ。

アンディ　健康な欲望？　そう思うのか？
ベル　そしてあの女もあなたに対して。
（ＡⅠｂ３―Ⅱ―二三六頁）（ＡⅠａ４―三三四頁）

こういうやりとりも交される――

アンディ　お前は自分でもマライアに健康な欲望を感じてた。そしてあの女もお前に対して。しかしこれだけははっきりさせておきたいね。おれは一度も妬いたことがない。あの頃も妬いてはいなかった。今だって妬いてはいない。
ベル　なぜあなたが妬くことがあるの？　あの女はあなたの愛人だったのよ。私たちの楽しい新婚時代の間ずっと。
アンディ　あの女を見るとおれはお前を思い出したんだと思うな。
（ＡⅠｂ３―Ⅱ―二三八頁）（ＡⅠａ４―三三六頁）

アンディとマライアは不倫関係にあった。ベルもマライアと関係があった（やはり「不倫」と呼ぶべきなのだろう）。すると、マライアもベルも両性愛者であるらしい。
ここでブリジェットが、冒頭と同じく「微かな光」の中で独白を語る――

私、密林をゆっくり歩いてる。でも息が詰まりはしない。呼吸はできる。それは木の葉の間から空が見えるからよ。

間。

まわりには花がたくさんあるの。ハイビスカス、夾竹桃、ブーゲンヴィリア、ノウゼンカズラ。足下の草は柔らかい。

（AＩb３—II—二三九～二四〇頁）（AＩa４—三三七頁）

彼女は「有刺鉄線」や「男や女の骸骨」がある「こわいところ」を通ってここへ来たのだが、ここには「隠れる場所」がある。「世界中の誰も私を見つけられない」と彼女は言う。彼女は亡霊となってさまざまの場所をさまよったが、ようやく落着ける場所を見出したようだ。この戯曲全体を通じて、こういう具体的な自然描写を含んでいるのは、ブリジェットの台詞だけである。

フレッドとジェイクは相変らず言葉遊びに耽っている。するとラルフが現れる。彼はマライアの夫で、アンディの親友だ。アンディとベルのおかげで、自分は藝術に目を開かれたと彼は言う。

時間が十年前に遡り、十八歳のジェイク、十七歳のフレッド、十四歳のブリジェットが登場する（この場面は「第三の空間」で演じられるが、それはここで起るのが現在の事件ではないからだろう）。ジェイクはコンサートへ出かけようとしている。ブリジェットはフレッドと二人きりで残されるのをいやがり、フレッドも連れて行ってくれとジェイクに頼むが、ジェイクは、知合いの車に便乗させて貰うのだから無理だと言い、ひとりで出かけてしまう。なぜ、ブリジェットはフレッドと一緒に残るのがいやなのだろうか。もちろん、確実なことは分らないが、思春期の若者である兄から何かいかがわしいことをされるのを恐れているのかも知れない。別の場面でフレッドは——つまり、二十七歳になっているフレッドは——ジェイクに向って、「(ブリジェットは) おれのことを分ってくれた。いつだっておれの気持を分ってくれたんだ」と述べるが、これはあるいはフレッドの勝手な思いこみなのかも知れない。

アンディはベルに向って、息子たちがやって来ないことについてこぼす。彼はラルフに言及し、次いでマライアがいないと自分は死ねないと言う——

おれたちの過去のことを考えてみろ。ほんとに親密な関係だった。考えてもみろ、何ヶ月もおれはあの女を相手にお前を裏切ったんだ。あの女が忘れるわけがない。考えてみろ、この不思議な話を。おれがお前を裏切ったその相手はお前自身のガールフレンドだった、あの女がお前を裏切った相手は他ならぬお前の亭主だった、その上あれは自分の亭主を——そして、おれを——裏切ったんだ、お前を相手にして! こいつはどこから見ても記録破りだ!

(ＡＩｂ３—II—二五六～二五七頁) (ＡＩａ４—三五一頁)

もちろん、ここで言及されているのは『こびとたち』や『誰もいない国』や『背信』に現れた複雑な人間関係を更に複雑化したものである。既にアンディは、マライアを見ると自分の妻のベルを思い出したと述べていたが、彼がマライアと親密な関係になったのは、彼女がベルと親密な関係にあるからだったのかも知れない。

フレッドとジェイクがまたもや言葉遊びに耽っている——

ジェイク　会議は六時半開会の予定だ。ベラミーが議長をやる。プラット、ホークアイ、ベルチャー、ラウシュ、ホースフォールが出席する。シルヴィオ・ドランジュリー中佐がオフレコで発言する、七時十五分きっかりに。

フレッド　しかしホースフォールは必ず出席するんだな？

ジェイク　ああ、ホースフォールはいつだって目立つところにいる。それ以外は、おれが自分で席順を決めた。

フレッド　一体何やってんだ兄貴は、終身書記とか？

ジェイク　実はそうなんだ。実はそうなんだ。

フレッド　おかしいね、ホークアイとラウシュが同じテーブルにつくってのは。ビグズビーの名は出したのかい？

ジェイク　おいおい、ホークアイとラウシュはブロムリーで喧嘩したのか？　いや、ビグズビーの名は出さなかった。

フレッド　あの二人は一触即発だったよ、イーストボーンで。

ジェイク　ほう、バックミンスターの仲間の序列のことでか？

フレッド　バックミンスターのことは言ってないよ。
ジェイク　さっきビグズビーの名を出したじゃないか。
フレッド　まさかビグズビーがバックミンスターと関わりがあると言ってるんじゃないね？　あるいはバックミンスターがビグズビーと——？
ジェイク　そういうことは何も言ってない。バックミンスターとビグズビーとは全くの別人だ。
フレッド　おれも昔からそう信じきってた。
ジェイク　いや、有難いね、意見が合うこともあるとは。

（ＡＩｂ３—Ⅱ—二五九～二六〇頁）（ＡＩａ４—三五三～三五四頁）

この兄弟は、いわばボールの代りに固有名詞を使ってテニスかピンポンのようなゲームをしていると言えるだろう。メル・グソーが、これらの人物は実際に存在していると想定すべきなのかと訊ねたのに対して、ピンターは、全くそんなことはない、名前は単なる名前にすぎないと答えている（ＡＩａ15—一三〇頁）。ジェイクとフレッドのやりとりは、いわゆるスティコミシア（隔行対話）に近いが、固有名詞に対する偏愛を横溢させたこういう台詞は、たとえば『管理人』のミックのいくつかの長台詞のように、一人の語り手の台詞になることもある。確実なのは、ピンター自身がこういう台詞から快感を得ていることである。

この種の台詞においては、個々の単語の意味よりも、音やリズムの方が重要なのである。別の言い方をするなら、言葉は表示されるものを伴ってはいないのだ。言葉のこういう使い方は、実は『山の言葉』

や『景気づけに一杯』のような政治的な劇にさえも認められるのである。ピンターという劇作家には、言葉に耽溺する——言葉自体のために言葉を使う——傾向がある。だから、素材や主題だけを論じても、彼の戯曲の面白さは分らない。たとえば『景気づけに一杯』は全体主義体制の暴力を描いているという言い方は完全に正しいが、それがどんな言葉で描かれているのかを論じなければ、この作品のいちばん大事な点に迫ったことにはならないのだ。不遜に聞えるのを承知で言うが、ピンター批評がしばしば退屈なものになってしまうのは、論者が、何が扱われているかという問題にのみ注意を奪われ、当の主題がどんな風に扱われているかという問題にまでは手が回らないからなのである。

死期の近づいたアンディはブリジェットが子供たち(つまり、彼にとっては孫たち)を連れて逢いに来るのを待ち望んでいる。もちろんこの娘は十六歳で死んでいるのだから、子供がいる筈はない(作者自身、アンディの孫などは存在していないと明言している)。アンディの意識はかなり混濁しているようだ。

次の場面で、彼は「微かな光」に照らされた第三の空間を歩きまわり、禁じられている酒を見つけて飲む。すると、「月の光が次第に強まり、背景にブリジェットがじっと立っているのが見える」。「第三の空間」で示されるのは現在の出来事ではないから、観客が目撃するのはアンディの幻想なのだと考えられる(ベルが登場するが、これもアンディの幻想の一部なのだろう)。アンディの前にブリジェットが現れるのは、彼が娘の世界——つまり死者の世界——に接近していることを意味しているのだと考えられる。ブリジェットが月光を浴びて立つ姿は劇の大詰でもう一度現れるから、そこまで辿り着いたら、観客にとっては、この場面の意味は疑問の余地のないものとなるに違いない。

フレッドとジェイクが父親について語り合うが、彼等にとっては、父親は既に過去の存在となっている。アンディとベルとを訪ねて、マライアとラルフがやって来る。彼等はそれとなくアンディに別れを告げに来たらしい。但しマライアは、アンディが元気そうだと言い、ブリジェットはもう子供がいる年頃だろうなどと語る。もちろんこれは筋の通らない台詞だが、死期の迫った病人に見舞客が適当に調子を合せたり、見えすいた嘘をついたりするのは、別に珍しいことでも奇異なことでもない。

ベルがフレッドの居場所を突きとめたらしく、彼に電話をかける。受話器を取ったフレッドは「中華ランドリーですが?」と答える。ベルは「お父さんがとても悪いのよ」と告げるが、ジェイクもフレッドもクリーニング屋のふりをし続ける。

アンディの臨終が近づく——

アンディ　なぜみんな入って来ないんだ?　こわがってるのか?　言ってやれ、こわがるんじゃないって。

ベル　みんなここにはいないの。ここへは来てないのよ。

アンディ　ブリジェットに言うんだ、こわがるなって。ブリジェットに言ってくれ、こわがられるのは、おれはいやだって。

（ＡＩｂ３―II―二九四頁）（ＡＩａ４―三八四頁）

これがアンディの最後の台詞である。彼は死に、ブリジェットの世界へ移るのであろう。

フレッドとジェイクが「ドランジュリーの追悼会」の話をしている。死んだ男は、兄弟が人名を列挙していた場面で言及した「シルヴィオ・ドランジュリー中佐」のことに違いないが、ピンターがグソーに語ったところによれば、この人物は実際には存在していないらしいから、実際には兄弟は、死んだ父親のアンディのことを間接的に話題にしているのだと考えられる。

最後にブリジェットが独白を語る。それによると、彼女は両親かと思われる人間から、パーティに招かれているから出かけよと言われた。ただ、パーティは月が沈むまで始まらないから、待っているように命じられた——

> 私何だか古い服を着て、月が沈むのを待った。長い間待った。
> それからその家の方へ出かけた。月は明るく照ってて、動かなかった。
>
> 間。
>
> その家に着いたら、月の光が一面に当ってた。家も、木の間の空地も、小道も、みんな月の光を浴びてたわ。でも家の中は暗かった、どの窓も暗かった。何の音もしなかった。
>
> 間。
>
> 私は月の光を浴びながらそこに立って、月が沈むのを待った。

『月の光』

（ＡＩｂ３―II――二九七～二九八頁）（ＡＩａ４―三八七頁）

劇を結ぶこの独白は必ずしも明快ではない。ブリジェットは長い間待ってから、パーティが催されるという家の方へ出かけたというのだから、出かける時には既に月が沈んでいたようにも読めるが、そうではなかったようだ。彼女を照らしている「動かな」い月は、本当の月なのだろうか。

ブリジェットが独白を語るのはこれが三度目だが、第一と第二の独白の場合にあった「微かな光」という指定は、この場面にはない。だから、この場面では、「第三の空間」でアンディが酒を飲んだ場面のように、月光が彼女を照らしていると考えるのが自然である。「パーティ」が催される家とは死者の世界のことであろうから、月が沈むのを待つブリジェットはまだ死んではおらず、月が沈む時になって彼女は死に、彼女を迎えるパーティが始まるのであろうか。もしもこう考えることが正しいなら、この場面のブリジェットは、第三の空間で酒を飲むアンディの前に現れた、月光を浴びたブリジェットと同じ存在だということになる。つまり、彼女はまだ死んではいない――と言うより、父親の意識においては死んではいないのである。『誰もいない国』のハーストが語っていたように、死者は生者の中で生き続けるのだ。『月の光』という劇でピンターが伝えたかったのは、そのことであったに違いない。

瀕死の父親、その妻、行方の知れない息子という設定は、明らかに『家族の声』を思い出させる。ついでながら、ある場面でジェイクは父親のことを回想して、「(親父は) 面倒を起すやつをあしらうための決め手をもってた」と言う。「何だい、それは?」とフレッドが訊ねると、ジェイクは「肉用の手鉤だ」と答える。これは肉屋だった『帰郷』のマックスをほのめかす遊びではないだろうか。

だが、こういう過去の戯曲と『月の光』との間には決定的な違いがある。それは、既に死んでいるブリジェットという人物が登場するという点だ。構造においては、この作品は『風景』や『沈黙』に似ている。ことに、後者との類似は作者自身も指摘しており、その根拠として、彼は『沈黙』も『月の光』も三つの演技空間をもっているという事実を挙げている（ＡＩａ15―一〇一頁）。確かにその通りなのだが、『沈黙』と『月の光』の間にもやはり重要な違いがある。前者は、基本的には、三つの空間のそれぞれにいる人物が語る独白から成り立っている（二人の人物が対話を交す場面も含まれてはいる）。これに対して、後者の三つの空間のうちの二つは、もっぱら生者の対話の場として用いられている。第三の空間でも、十年前のジェイクとフレッドとブリジェットが対話することがあるが、この空間は主として死んだブリジェットが独白を語る場として用いられているのである。

まことに興味深いことに、生者たちの対話の文体と死者ブリジェットの独白の文体は、これ以上はありえないほど対照的である。前者は空疎な饒舌にすぎない。ジェイクとフレッドとの対話においては、言葉は伝達すべきものをほとんど完全に欠いている。ところがブリジェットの独白の言葉は、極めて具体的で実質を伴っている。戯曲全体を通じていちばん実質的な言葉は、彼女が語るものなのだ。これは皮肉なことではないだろうか。

空疎な饒舌のせいで、生者たちの存在感は稀薄なものになっている。ところがブリジェットは、具体的な自然描写や的確な語彙のせいで、確固たる存在をもっている者として観客に迫って来る。生者と死者の関係が逆転しているのだ。両者のそれぞれが使う言葉のあり方を通じてこういう逆転を実現させたところに、私はピンターのなみなみならぬ力量を見てとる。『月の光』は、彼の戯曲の中ではおそらく最もとっつきにくいものであろう。しかし、一語一語を吟味しながらそれを鑑賞する者にとっては、これはまことに大きな喜びを与えてくれる作品なのである。なぜなら、この戯曲においては、人物の存在感は、何よりもまずその人物が使う言葉のあり方との関係において捉えられており、しかもこの関係そのものが、この上なく執拗に吟味されているからだ。

『灰から灰へ』

『月の光』と同じく『灰から灰へ』も決して分りやすい戯曲ではないが、両者の《分りにくさ》の質には決定的な違いがある。前者の場合、次々に繰り出される言葉が何を述べているのかが——いや、そもそもこの劇の言葉は何か具体的な事柄を表示しているのかが——明瞭ではない。何かを表示しているのかどうかが必ずしもはっきりしない言葉がひとり歩きしており、そもそも何が起ったのかが確認できなかったのである。これに対して後者においては、言葉が何を述べているかについてはほとんど疑問の余地がない。ただ、個々の事件は把握できても、ある事件と別の事件との関係を理解するのは簡単なことではない。また、さまざまの事件は実際に起ったものなのか、それとも語り手の幻想の産物であるのかが、決して明瞭ではないのだ。別の言い方をするなら、『月の光』の曖昧さは言葉そのものの次元にあり、『灰から灰へ』の曖昧さは言葉が表示すると考えられる現実の次元にあるのだということになるであろう。

幸い、『灰から灰へ』という劇については、ピンター自身が甚だ明快な説明を提供している。すなわち、既に何度も言及したミレイア・アラガイとラモン・シモによるインタヴューの中で、彼は次のように述べているのである——

『灰から灰へ』は、デヴリンという男とリベッカという女——この二人の人物についての劇です。私の考えによると、女は他でもない、自分が生れて来た世界のせいで、この世界で起ったありとあらゆる惨事のせいで、精神の平衡を失っているのです。実を言うと、そういう数々の惨事はこの女自身の経験の一部となってしまったようです——もっとも、私の考えによると、この女は実際に自分でそういう惨事を経験したわけではないのです。これがこの劇の肝腎の点です。私自身、こういう惨事のイメージによって長年悩まされて来ましたし、これは決して私ひとりの経験ではないと考えています。私が大きくなったのは第二次世界大戦の時期でした。戦争が終ったのは、私が十五歳の頃でした。色々な話を聞いて、それらをつなぎ合せることはできましたから、結果として、暴虐行為や、人間が人間に対して行う非人道的行為のイメージは、少年だった私に強烈な印象を与えたのです。それは私に生涯つきまとって来たとさえ言えます。それを避けることはできません——なぜなら、それは二十四時間、私たちのまわりにあるからです。これが『灰から灰へ』が伝えようとしている点です。リベッカはそれを体現していると、私は思います。

（ＡＩｂ２—一六二～一六三頁）（ＡＩａ14—二四六頁）

同じインタヴューの中で、ピンターは、『灰から灰へ』がナチ・ドイツのイメージについての劇であることを認めた上で、それは決してナチだけを問題にしている劇ではないと主張している。彼によれば、いわゆる民主主義国の多くも、武器を輸出することによって他国による殺人行為に手を貸している。また、アメリカの多くの州では死刑制度が残っているし、イギリスでは社会的弱者が国家によって無視されている。こういう事実を指摘した上で、彼は言う――

そういうわけで、私は『灰から灰へ』という劇で、ただナチのことだけを問題にしているのではありません。私が問題にしているのは、私たち自身、私たちの過去や歴史についての私たちの概念、そしてそれが現在の私たちにどう作用するかといったことなのです。

(AⅠb2―一六七頁)(AⅠa14―二四八頁)

つまり彼は、現在の世界の蛮行を描くためにナチの蛮行を一種のイメージとして利用しているのだということになるであろう。もちろん、こういうやり方に対して、ナチがやったことと現在のアメリカやイギリスで起っていることとは違うという批判が生じることは容易に予想できる。確かにこういう批判にはある程度の説得力があるが、同時に、ナチの蛮行も現在の民主主義国における蛮行も、それが蛮行である点では変らないという事実に対して、こういう批判は何の力ももたないことは認めねばならないであろう。

ピンターという劇作家は自作を説明したりはしない人だと信じられているかも知れないが、引用した発言を見れば、全くそうではないことがよく分る。もちろん、ある文藝作品についての作者自身の解釈が唯一の《正しい》解釈だということはないのだから、ピンターの発言が「正しい」かどうかではなくて、それが『灰から灰へ』のどんな面に関わるものであるのかを吟味する方が、はるかに建設的である。以下に私が示すのは、こういう作業の結果である。

ピンター自身が述べている通り、この劇の登場人物はデヴリンという男とリベッカという女の二人だけである。作者の指定によれば、どちらも四十代だ。また、時は現在である。場面は田舎にある家の一室で、リベッカがデヴリンによる一種の尋問に応じて、かつて知っていたある男の行動について説明している。その男は、たとえば自分の握りこぶしに彼女がキスするように命じた。あるいは、彼女が「手を首にまわして」と言ったので、その通りにし、のどに力を加えた。その結果、彼女はのけぞり、股を開く恰好になった。どうやらリベッカとこの男との間には肉体関係があり、それはいくらか暴力的ないし嗜虐的なものであったようだ。あるいは、男は彼女に拷問を加えた、二人の肉体関係は女に対して男が加える拷問というかたちをとったという言い方をしてもいいであろう。

戯曲全体を読むと、この男はリベッカの恋人であったらしいことが判明する。リベッカは間違いなくこの男に惹かれていた。彼女とデヴリンは夫婦であるかも知れない。かりに正式に結婚した夫婦でなくても、二人が現在一緒に暮していることは確実である。だが彼女はデヴリンに向って、「あなたには吐気がする」と言う。彼女は今なお昔の男が忘れられないらしい。劇の冒頭の場面におけるデヴリンは、自分の妻か恋人らしい女に向って、彼女がかつて親しくしていた男のことをしつこく詮索する男という、安っぽいメロドラマによく登場する人物になっている。つまり『灰から灰へ』という劇は安っぽいメロドラマとして始まるのであり、そこにはホロコーストを連想させるものは全く含まれていない。劇がある程度進行した後になって初めて、この冒頭の場面もホロコーストに関わりがあったらしいことに、観客は気づくのである。

次いでリベッカは、問題の男は旅行代理店に関係のある仕事をしていたとか、ガイドだったとかと述べる。この発言にもホロコーストを思わせるものはない。ほとんどの観客はそう感じるに違いない。だが、この男が関わっていた《旅行》とは、どんなものだったのであろうか。ある場所から別の場所へ移動することを旅行と呼ぶなら、平穏な生活を送っていた市民が強制収容所へ連行されるのも旅行の一種である。この男はガイドだったとリベッカは言うが、危険な場所へ誘導する仕事をしている人間も、ガイドと呼ぶことができるのではないか。もちろん、こういうことに観客が思いを致すのは、やはり劇が進行した後である。

こういう導入部の後、リベッカは気になることを二つ口にする。まず、ある時この男は工場らしい場所へ彼女を連れて行った。工員はすべて制帽をかぶっていたが、男が現れるとそれを脱いだ。工員たちにとって、明らかに彼は権威ある存在だった。工場の労働条件は劣悪で、まともな便所もなかった。こういったことをリベッカはデヴリンに語る。

マイケル・ビリントンの評伝によると、ピンターは、建築家でナチ政権の高官だったアルベルト・シュペーアの伝記を読んで『灰から灰へ』の構想を得たということである（B II 1―三七四頁）。シュペーアは、奴隷的な労働を強いる工場を建設する事業の責任者だったが、そういう工場には実際にまともな便所はなく、工員は床にあけた穴に向って用を足さねばならなかった。こういう事実を念頭におくと、リベッカの昔の恋人はホロコースト（あるいはホロコーストめいた事件）と何らかの関わりがあったらしいことが、次第に明らかになって来る。

リベッカが口にするもう一つのことは、この劇とホロコーストとのつながりを更に鮮明なものにする。彼女はデヴリンに向って次のように述べるのだ——

その人が旅行代理店に勤めてたのは本当。ガイドをやってたの。よく近くの駅へ出かけて行って、プラットフォームを歩きながら、赤ちゃんを一人残らず奪い取ったの、泣き叫んでる母親から。

（ＡＩｂ３—Ⅲ—二二頁）（ＡＩａ４—四〇六〜四〇七頁）

強制収容所へ送られようとする親が子供から切り離されるというのは、ホロコーストの光景の一部以外の何ものでもない。こうして、安っぽいメロドラマとして始まった劇は、別の様相を呈するようになるのである。

ホロコーストの暗示はここで中断され、リベッカは不思議なことを言う。彼女は激しい不安感にさいなまれているが、それは警察の車のサイレンのせいだというのである。警察の車がサイレンを鳴らしながら急行する先は、大抵は何かの事件の現場である。そこでは、市民の平穏な生活を脅かす凶悪犯罪が発生したのかも知れない。だから、サイレンを聞いた人間が不安になるのは当然だ。観客はそう思うであろう。

ところがリベッカの不安感は、サイレンの音が聞えることによってではなくて、それが聞えなくなることによって生じる――

リベッカ　不安になるのよ、私は。おそろしく不安になるの。

デヴリン　なぜ？

リベッカ　音が消えて行くのがいやなのよ。こだまが遠ざかるのがいやなの。私から離れて行くのがいやなの。私のものでなくなるのがいやなの。誰かのものになるのがいやなの。私のものであってほしいの、ずうっと。とても綺麗な音なんだもの。そう思わない？

デヴリン　大丈夫、また聞えるようになるよ、必ず。今もこちらへ近づいて来てるのがある。ほんとだ。もうすぐまた聞えるから。今すぐにでも。

（AIb3―III―二四～二五頁）（AIa4―四〇八～四〇九頁）

サイレンの音は「綺麗」だと言うリベッカの感覚は少からず異常である。おそらく彼女は長期にわたって不快な経験を強いられた結果、それを快適なものとして受入れ、それに依存せざるをえなくなったのだ。

それなら彼女はホロコーストの生き残りなのだろうか――

デヴリン　ところで言いたいことがある。ついさっき君は……何と言うか……君は何だかはっきりしないことを言ったな、その野郎について……君の恋人、かね？……それから赤ん坊だの母親だのについて。それにプラットフォームについて。それを聞いて思ったんだが、どうやら何かの残虐行為の話らしい。そこで聞きたいんだ。君はいかなる権威を根拠にして、そういう残虐行為について論じる権利があると考えてるのかね？

リベッカ　私にはそんな権威はないわ。私には何も起ってなどいないもの。私のどの友達にも何も起ってはいないもの。私は苦しめられたことはない。私の友達も。

（ＡⅠｂ３―Ⅲ―二九〜三〇頁）（ＡⅠａ４―四二三頁）

既に言及したインタヴューの中で、ピンターは、リベッカ自身は残虐行為を経験したわけではない（つまり、ホロコーストの生き残りではない）のであり、それがこの劇の「肝腎の点」なのだと述べていた。このことを観客にとって誤解の余地のないものにするために、彼はさまざまの手を使っている。リベッカ自身に、自分には何も起ってはいないと明言させるのはそのひとつである。しかし、この人物は精神の平衡を失っているらしい。だから理窟を言うなら、彼女の発言の真偽のほどは定かではない。そこでピンターは、この女もデヴリンも四十代であり、時は現在であるという指定を加えている。

『灰から灰へ』の初演は一九九六年九月十二日にアンバサダーズ劇場で行われた。これはロイアル・コート劇場制作の公演だった（当時ロイアル・コート劇場は改装中だったので、アンバサダーズ劇場が臨時の本拠として用いられていたのである）。演出はピンター自身だった。劇の時は現在で、現在とは一九九六年であるのなら、四十代であるリベッカやデヴリンは戦後生れでなければならない。彼等がホロコーストの時代に生きていたということはありえない。

ホロコーストそのものを扱ったら、それは単なる過去の事件として片づけられてしまうおそれがある。ナチについての劇なら、具体性は増すに違いないが、同時にそれは特殊な事件を扱ったものとして受取られるかも知れない。ピンターはそういう事態を避けたかったに違いない。そこで、過去の数々の惨事を自分自身の経験の一部として受けとめている女、精神の平衡を失った女を主人公とすることによって、現代の観客にとっても無縁のものではない、普遍性をそなえた劇を書こうとしたのであろう。

リベッカは話を続け、こんなことを言う——

言い忘れてたことがあるの。おかしな話。庭の窓から外を見てたの。窓から庭を見てたのよ、夏の盛りだった、ドーセットのあの家で、覚えてる？　いいえ、あなたはいなかった。確か他には誰もいなかった。そう。私だけだった。私ひとりだった。窓から見てたらひとが大勢、森を通って海の方へ歩いて行くのよ、海の方向へ。みんなとても寒そうだった、コートを着てた、とても気持のいい日だったのに。気持のいい、暖かい、ドーセット日和だったのよ。みんな鞄をもってたわ。それから……ガイドたちがいて……みんなを誘導してた、みんなに方向を示してた。みんなは森を通り抜けてたわ、それから遠方に見えたの、崖を越えて海の方へ向って行くところが。そこで姿が見えなくなったの。どうなったのかどうしても知りたかったから、私、階段をあがって家中でいちばん高いところにある窓まで行って、覗いてみたら、森の木の向うの海岸まで見通せたの。ガイドたちは……みんなを波打際へ誘導してた。ほんとに気持のいい日だったわ。とても静かで太陽が輝いてて。そしたら、みんなが海へ入って行ったのよ。波がゆっくりとみんなを蔽った。鞄が波の間を漂ってた。

（ＡＩｂ３—III—三四頁）（ＡＩａ４—四一六頁）

ここで述べられている事件は、ハーメルンの笛吹き男の伝説を踏まえているのかも知れない。あるいは、海中で大量死を遂げるレミングの行動を、ピンターは念頭においていたのかも知れない。いずれにせよ、『灰から灰へ』の中でこういう事件が言及されるのは、実はこれが初めてではない。リベッカは親しかった男によって工場へ連れて行かれたことがあるが、その時、その男は「(工員たちは自分を信頼しきっているから)自分が頼んだら、後について来て、崖から海へ飛びこむことだってやる」と語ったという。暴力体制に魅入られた人間は危険に向って喜々として進み、平気で命を捨てるのである。

ピンターはノーベル賞記念講演『藝術・真実・政治』でも『灰から灰へ』にふれ、こう述べている——

『灰から灰へ』の事件は、私には、水面下で起っているように思われます。ひとりの女が溺れかけている、女は波間から片手を伸ばしている、だがそれは見えなくなる、女は他の誰かを掴もうとするが、水面上にも水面下にも誰もいない、ただ影だけが、水に映った影だけが見える、女は漂っている。この女は水没しかけている風景の中の失われた人物、他者だけのものの筈だった運命を逃れることができない、そういう人物なのです。

しかし、他の人々が死んだ以上、この女も死なねばならないのです。

（ＡＩｂ２—一五頁）（ＡＩａ14—二八八頁）

ピンターの発言は、この戯曲全体ではなくて、人々が暴力体制の「ガイドたち」に誘導されて入水し、溺死するに至る場面についてなされたものと理解すべきであろう。ただ厳密に言うと、リベッカは人々が溺死するのを目撃するだけである。ピンターは、彼女自身もまた溺死するかのように述べている。それはおそらく、暴力体制に魅力を感じている人間のひとりとして、少くとも意識の次元では、彼女も同じ運命を避けることはできないと、彼が考えているからなのであろう。

リベッカはドーセットという実在の地名を挙げるが、この行為は、『灰から灰へ』という劇がイギリスを舞台にしていることを観客に強く印象づけ、この劇の現実感を高める。ただデヴリンは、自分たちがドーセットに住んでいたことは一度もないと言う。すると、リベッカが述べた事件はどうやらことごとく彼女の妄想の産物であるらしい。

現実とのつながりを失い、妄想の世界で生きているリベッカを、デヴリンは懸命に現実へ引き戻そうとする。だがリベッカは乗って来ない。やがてリベッカは思いがけなく歌い始める。デヴリンは直ちに応じる――

リベッカ　（静かに歌って）「灰から灰へ」――
デヴリン　「塵から塵へ」――
リベッカ　「女が駄目なら」――
デヴリン　「酒があるさ」。

（ＡＩｂ３―III―四五頁）（ＡＩａ４―四二五頁）

「灰から灰へ、塵から塵へ」というのは、英国国教会で死者を埋葬する時に誦する言葉の一節である。人間の肉体は土から出て土へ帰るものである、「灰から灰へ、塵から塵へ」帰るものであるといった趣旨である。この戯曲の題名の由来がこれで分る。

しかし、果してそれだけだろうか。リベッカとデヴリンが歌う歌は一体何なのだろう。デイヴィッド・バウイ(「ボウイ」という表記には問題がある)に「灰から灰へ」という題の歌があるが、二人が歌うのはそれではない。歌詞が違うからだ。どうやら二人が歌うのは特定の歌ではないようだ。調べてみると、「灰から灰へ、塵から塵へ」に続くくだりが「Aが駄目ならBがあるさ」というかたちになっている歌はたくさんあり、AとBにどんな言葉をもって来るかによって、さまざまの変型が生れている。二人が歌うのはそういう変型のひとつであり、この場面では、二人の心が通っていた頃を象徴するものとして用いられているらしいというのが、私の解釈である。なぜなら、歌に続いてこういうやりとりが交されるからだ——

デヴリン　ずっと分ってたよ、君は僕が好きなんだって。

リベッカ　なぜ?

デヴリン　だって僕等は同じ歌が好きだから。

(AIb3—III—四五〜四六頁)(AIa4—四二六頁)

だがリベッカは心を開こうとしない(デヴリンの台詞に続いて「沈黙」という指定が現れる)。

リベッカはデヴリンの言葉を無視して、自分が目撃した更に別の事件について語る。すなわち、彼女はある時、老人と少年が通りを歩いているのを見た。そして赤ん坊を抱いた女が二人の後を歩いていた。「女は赤ちゃんの心臓の鼓動を聞いてた。赤ちゃんの心臓は鼓動を打ってた」「赤ちゃんは息をしてた」とリベッカは語る。次いで彼女は、「私はその子を抱き寄せたわ。その子は息をしてた。その子の心臓は鼓動を打ってた」と言う。この台詞は曖昧で、リベッカが女から赤ん坊を受取ったという意味に解することもできそうだが、おそらくそうではあるまい。リベッカの意識においては、彼女自身と赤ん坊を抱いていた女とは一体になっており、女の行動は彼女自身の行動でもあるのだと理解した方が自然であろう。

最後にデヴリンはリベッカのかつての《恋人》の行為を再現しようとする。彼は自分の握りこぶしにキスするように彼女に命じたり、「手を首にまわして」と言うように彼女に求めたりするが、彼女は全く応じない。

結局、リベッカがデヴリンに向って心を開くことはない。それどころか、彼女は自らの幻想の世界に閉じこもってしまう。赤ん坊を抱いていた女はやがて赤ん坊を奪われるのだが（もちろんリベッカの意識においては、赤ん坊を奪い取るのは、旅行代理店に勤めてガイドをしていた彼女の《恋人》である）、今やリベッカはそれを自分自身の体験として捉えている。戯曲を結ぶのは、男に呼びとめられて赤ん坊を奪われたことについて語る彼女の言葉と、それを反復するこだまとである（こだまは彼女だけに聞えていると考えるべきであろう）。

駅で赤ん坊を奪われたリベッカは、それから汽車に乗る——

リベッカ　そして私たちは汽車に乗った
こだま　汽車に乗った
リベッカ　そしてここに着いた
こだま　ここに着いた
リベッカ　そして知合いの女に出会った
こだま　女に出会った
リベッカ　そして女は言った、どうしたの、あなたの赤ちゃん
こだま　あなたの赤ちゃん
リベッカ　どこにいるの、あなたの赤ちゃん
こだま　あなたの赤ちゃん
リベッカ　私言った、どの赤ちゃん
こだま　どの赤ちゃん
リベッカ　私にはいないわ、赤ちゃんなんて
こだま　赤ちゃんなんて
リベッカ　私知らない、赤ちゃんなんて
こだま　赤ちゃんなんて

間。

リベッカ　私知らない、赤ちゃんなんて

長い沈黙。

（ＡＩｂ３―III―五三～五四頁）（ＡＩａ４―四三一～四三三頁）

こうして劇は終る。

『灰から灰へ』はもちろん政治的な劇ではあるが、この作品においては、たとえば『景気づけに一杯』や『山の言葉』の場合と違って、暴力体制の糾弾は主眼になってはいない。これは、暴力体制による過去の蛮行のイメージに悩まされ続けた挙句、遂に自らがそれを経験したという妄想に取りつかれるに至った女と、彼女の閉ざされた心を開き、彼女を妄想から解放しようとしてむなしい努力を繰返す、おそらくは彼女の夫かと思われる男とをめぐる、むしろ個人的な劇なのである。

何よりも恐ろしいのは、幻想の世界で暮す女が、自分が犠牲者であることに気づかず、自分をそういう境遇に追いやった暴力体制に魅力を感じているという事実である（もちろん彼女は暴力体制を魅力的な存在と捉えることによって、精神的安定を得ているのだと考えることもできる）。劇の冒頭で彼女が言及する恋人は、おそらく彼女の妄想の産物にすぎないであろうが、妄想の次元では、彼はたとえばナチのような組織に属していると思われる。そして彼の嗜虐的な性的行動を彼女は積極的に求めている。また、彼女は警察の車のサイレンが聞えないと不安になる、病的な神経の持主になってしまっている。

この作品以前にピンターが発表した政治的な劇においても、暴力体制が官能性やエロティシズムをそ

なえたものであるという事実は、ほのめかされてはいた。だが『灰から灰へ』の作者としてのピンターは、この事実を作品の中心に据えている。要するに彼は、暴力体制には魅力があること、この魅力は多分に性的なものであることを、ためらうことなく指摘してみせたのだ。彼の指摘が正しいものであるのなら、この世界で暴力体制が力を振い続けることには何の不思議もない。

『祝宴』

ピンターの戯曲の中でいちばん下品なものはどれかと問われたら、おそらく誰もが『祝宴』を選ぶであろう。この作品の登場人物の多くは、ありあまるほどの金をもっているが、教養がなく、趣味も悪い。ものを言う時には場所柄をわきまえなければならない、仲間内なら許される卑猥な(あるいは尾籠な)発言も、公の場では控えなければならないという、社会生活の基本に関わる常識が、彼等には欠けている。『パーティの時間』の登場人物にもいくらかそういう傾向があったが、『祝宴』と比べたら、『パーティの時間』が描いているのはまるで気品と洗練が支配する世界のように感じられる。サッチャー政権誕生以後の、いわゆる新自由主義や市場原理主義が幅を利かせたイギリスには——ついでに言うと、大分遅れてその真似をした日本にも——『祝宴』の登場人物のような人間が大勢現れた。『祝宴』とは、要するに新自由主義ないし市場原理主義は下品であるという、多くの人がうすうす気づいてはいても正面切って指摘するのを遠慮していた事実を、敢えて声高に指摘した劇なのである。

劇の場面はロンドンの高級レストランで、二つのテーブルのそれぞれで食事をしている二組の客の様子が並行して描かれる。この劇の初演は二〇〇〇年三月十六日にロンドンのアルミーダ劇場で、ピンターの最初の戯曲『部屋』との二本立てで行われた（どちらの劇についても、演出はピンター自身が担当した）。初演では、二つのテーブルに交互に照明が当るというやり方が採用されたということである。

つまり『祝宴』は、通常の戯曲の場面よりも短い場面が続くというかたちをとっている。ピンターは映画シナリオの作者としても目ざましい仕事をしたが、映画のショットないしシークウェンスは戯曲の場面よりもはるかに短いのが通例だ。彼はしばしば個々のショットないしシークウェンスを、起承転結（あるいは序破急）を含み、落ちのある一篇のレヴュー・スケッチめいたものに仕立てている。『祝宴』の場面においても、かなりの程度までそういうことが起っているのである。

劇は二人の男と二人の女がいる「一番テーブル」の情景で始まる。客たちが註文した料理を運んで来た給仕が、「鴨はどなたで?」と聞く。ランバートという男が「鴨は私だ」と答える（厳密に言うと、この男の名前がランバートであることは、まだこの段階では観客には分らないのだが、そういうことを問題にし始めると話がややこしくなりすぎるので、この点には立入らない）。するとジューリーという女が口をはさんで「そうじゃないわ」と言う。ジューリーの言う通りで、鴨は彼女が註文したものだった。残る二人の客のうち、マットはステーキ、彼の妻のプルーはチキンを註文していた。だがランバートは、自分が何を註文したかを全く覚えていない。プルーは、彼が「オッソ・ブッコ」を註文したことを思い出させるのだが、そう言われても、ランバートにはオッソ・ブッコがどんな料理であるのかが分らない（「オッソ・ブッコ」はイタリア語で「髄を含む骨」という意味だが、料理の名前としては、子牛のすね肉をトマト・ソースで煮たものを指す)。

レストランへ行って、自分が何を註文したかを覚えていないというのは、かなり間の抜けた話である。どうやらランバートは、給仕に勧められたか自主的に選んだかはともかく、何が出て来るか分らないのに、外国語の名がついていて何となく気が利いていると感じられる料理を註文したようだ。この些細な事件によって、ピンターはこの人物の底の浅さ、軽薄さを——そして、つまらぬ見栄を張るという行為の根底にある彼の劣等感や自信のなさを——鮮やかに観客に伝えている。

プルーが「ジューリー、ランバート。記念日おめでとう」と言い、一同は乾杯する。ジューリーとランバートは夫婦であり、今日は二人の結婚記念日であるらしい。

「二番テーブル」に照明が当る。ラッセルとスーキーという夫婦が食事をしている。この場面は、ラッセルの「みんなは僕を信用してるんだ」という台詞で始まる。スーキーは夫の自慢を一応は真に受けるが、同時に夫をからかう素振りも見せる。明らかに彼女は夫を馬鹿にしている——と言うより、夫に対して優位に立っているのだが、その理由は、ラッセルの「いいかい、あの女はただの秘書だった。それだけさ」という台詞によって明らかになる。ラッセルは勤務先の秘書と浮気をし、そのことが妻に露見したのだ。おそらく彼は妻の機嫌を取り、彼女との関係を修復するためにこの高級レストランへ妻を連れて来たのであろう。

妻のスーキーは「私も秘書だったことがあるわ」と言い、更に「私これで、書類棚の裏のことは詳しいのよ」と付け加える。この台詞がラッセルには気になる。そして、次のようなやりとりが交される——

ラッセル　何の話だい、書類棚がどうとかというのは？

スーキー　あら、それは私がぽっちゃりした若い秘書だった頃のことよ。今なら絶対にあんなことはやらない。絶対に。問題外よ。ただね、まずいことに私とても興奮しやすいたちだったの、男たちが興奮すると、私も興奮してしまったの、でも、もうあんなことはやらない、だって私、大人の女なんだもの、馬鹿な小娘じゃない、頼りない馬鹿な小娘、ほんとに蓮っ葉で、思わせぶりで、色気たっぷりで、けたたましい小娘だったわ、だから時には、ひとつの書類棚から別の書類棚まで歩いて行くこともできないほどだった、だって私、あんなに興奮して、あんなにぽっちゃりしてむちむちだったもの、ひどいったらない、男が手を出さずにいられないのね、男たちが求めることといったらほんとにとんでもない、でもね、もっと大事なことに話を戻すと、当然よ、みんながあなたを信用するのは、当り前じゃない、あなたを信用するのは？

（ＡＩｂ３―III―六四頁）（ＡＩａ４―四四四～四四五頁）

この場面はこの台詞で終る。

言うまでもないが、スーキーが語ることがことごとく事実であると考える必要はない。彼女は昔の職場で同僚の男たちとしばしば怪しげな振舞いに及んだと述べているのだが、勤務時間外ならまだしも、勤務時間中にそういうことをするのは少からず困難であろうから、彼女は事態をかなり誇張していると考えるのが自然である。と言うより、ここで重要なのは、スーキーの陳述の真偽ではなくて、この陳述の前提にある心理的動機である。ラッセルも相当に女好きであるかも知れないが、自分は夫よりもはるかに異性経験が豊富である、自分はほとんど淫乱だった――そう彼女は述べているのである。こういうことをほのめかして夫を苦しめた上で、彼女は、人々がラッセルを信用しているという肝腎の話に戻る。もしもこれでラッセルが安心したら、彼は馬鹿である。スーキーはとってつけたように夫が信用の篤い人物だと言うのだが、その前に彼女自身の秘書時代についての長台詞があり、これによって彼女と夫との関係は相対化されてしまう。彼女は決して夫の主張を本気で受取ってはいないのだ。だが弱みのある夫は文句を言うことができない。「みんながあなたを信用するのは当然だ」という妻の言葉を聞いて、彼は余計に落着かなくなる。つまり、この場面を結ぶスーキーの台詞はレヴュー・スケッチの落ちによく似た効果を発揮しているのである。

一番テーブルでは、夫のランバートは自分の話を聞いてくれないと言って、ジューリーがぼやいている。ランバートは彼女を馬鹿にしているのであり、その意味で、彼には二番テーブルのラッセルに通じるところがある。二つのテーブルで起る事件の間には直接のつながりはないが、この場面は明らかに前の場面と響き合う。『祝宴』のピンターはいわば音楽的な手法を用いているのであり、ある主題を提示しておいて、その主題のさまざまな変奏を観客に聞かせるのだ。

我慢しきれなくなったジューリーは、夫に向って、「どう、新しい車を買って、煉瓦の塀に突っこんでみたら？」といやみを言う。ランバートは彼女が「柔らかい革張りのシート」がある新車が好きだと言う。それを聞いたマットは、「ふくらんだおっぱい」と「柔らかい革張りのシート」を自慢している女について の、思わせぶりな歌を歌う（自動車のバックシートはしばしば性行為のために利用されるから、この歌はそのことに婉曲に言及しているのであろう）。そしてランバートとマットは次のようなやりとりを交す――

ランバート　全くいい歌だね。

マット　僕は昔からこの歌が好きだった。知ってるかい？　これは由緒ある民謡なんだよ。

ランバート　品があるね。

マット　由緒があって品がある。

（ＡⅠｂ３―Ⅲ―六六～六七頁）（ＡⅠａ４―四四七～四四八頁）

男たちは冗談を言っているのだろうか。そうではあるまい。この歌は「由緒ある民謡」であり、「由緒ある民謡」なら必ず「品がある」と、彼等は本気で考えているのであろう。

ワインの瓶がからになったので、マットは給仕を呼ぶ。

二番テーブルでは、自分は人々に信用されていると言って威張っていたラッセルが、今度は自分の人柄を問題にしている。もちろん彼はスーキーが自分の人柄をほめてくれるのを期待しているのだが、彼の期待通りにはならない――

スーキー　あなたはとてもいい人柄の持主になれたかも知れないんだけど、問題は、実のところ、あなたにはそもそも、人柄ってものがないってことなのよ――ほら、世間で言う人柄ってものが。

（ＡⅠｂ３―Ⅲ―六八頁）（ＡⅠａ４―四四九頁）

立腹したラッセルはスーキーを売女呼ばわりするが、それでスーキーが参る様子はない。スーキーはラッセルよりもはるかにしたたかであるようだ。

一番テーブルの男たちは「今日は徹底的に飲むことになってる」と言うが、既に彼等はかなり酔っている。女たちも同様で、他聞を憚る話を始める。プルーはジューリーに向って、自分はマットの母親にずっと嫌われていたと愚痴を言う。ジューリーが調子を合せる――

ジューリー　姑ってみんなそんなものよ。姑は自分の息子が可愛いの。自分が生んだ男の子が可愛いんだから。自分の息子がよその女に犯されるのがいやなのよ。そうでしょ？

プルー　もちろんよ。母親は誰でも、息子が犯されるのなら、自分が相手であってほしいと思ってるわ。

ジューリー　母親が相手であってほしいと。

プルー　母親は誰でも――

ランバート　母親は誰でも、自分の母親に犯されたいと思ってる。

マット　あるいは、自分自身に犯されたいと。

（AⅠb 3―Ⅲ―七〇～七一頁）（AⅠa 4―四五二～四五三頁）

女たちは利いた風な議論をしているにすぎないのだが、酔った（あるいは、無理をしてもっともらしいことを言おうとする）男たちが介入するので、わけの分らない話になってしまう。

ランバートはジューリーに「料理はどうだった？」と訊ねる。ジューリーは「感心しなかったわ」と答える。この台詞も素直に額面通りに受取ってはならない。有名で高価なレストランの料理が意外にまずいというのは充分にありうることだが、むしろジューリーの発言は彼女と夫との緊張関係を念頭において理解すべきであろう。ジューリーは夫を単純に満足させることを言う気にはなれないのだ。

この調子で客たちの会話を辿って行っても十分に面白い作品になったに違いない。だがそれでは単調になる危険がある。そこで作者は客以外の人物を登場させる。まず、このレストランの経営者であるリチャードが、一番テーブルへ挨拶に来る（客たちは常連で、リチャードとも顔なじみであるに違いない）。夜はかなり更けているから、客たちはどこかの劇場へ行ってから食事をしに来たと考えられる（おそらく終演時間に合せて席を予約しておいたのであろう）――

リチャード　お芝居にいらしたんで？
マット　いや。バレーだ。
リチャード　ああバレーですか？　何をやってました？
ランバート　畜生、そいつはいい質問だ。
マット　答えようがないんだ。
リチャード　よかったですか？
ランバート　信じられないほどだった。
ジューリー　どのバレーの話？

マット　誰ひとりとして高音が出なかった。そうだろ？

（ＡＩｂ３―Ⅲ―七三頁）（ＡＩａ４―四五五～四五六頁）

客たちは自分たちが観た演目が何だったかを答えることができない。マットに至っては、「誰ひとりとして高音が出なかった」などと見当違いなことを言う。彼等は別にバレーに興味があるわけではないのに、見栄を張ってバレーを上演している劇場へ行っただけなのだ。

プルーはリチャードに、ジューリーは料理が気に入らなかったと告げ口をする。ジューリーはプルーの妹なのだが、彼女は、自分の小便の方がうまいソースになると言ったと、プルーは語る。ジューリーは姉の発言を否定し、料理はおいしかったから、感謝のしるしにリチャードの口にキスしたいと言う。プルーも同じことをしたいと言う。これだけでもかなりはしたないが、調子に乗ったランバートは女たちに向って、「（リチャードの）ケツを羽根でくすぐったらどうだい」と言う。

リチャードは客たちを適当にあしらって、去る。ランバートの携帯電話が鳴る。彼は汚い言葉で相手を罵り、電話を切る。電話をかけて来たのは何者だろうか。もちろん確実なことは分らないが、どうやら女性らしい。ランバートの愛人だと考えるのが最も自然ではないかと、私は思う。

二番テーブルへ給仕長のソニアが挨拶にやって来る（やがてリチャードもこのテーブルへ挨拶に来るのだが、彼はまず一番テーブルへ行った。一番テーブルにいる人々の方が上客なのであろう）。そして、先ほどリチャードがしたのと同じ質問をする――

ソニア　劇場へいらしたんで？
スーキー　オペラよ。
ソニア　あらそうですか、何をやってました？
スーキー　そうね……色んなことをやってたわ。歌がたくさん出て来た。歌だらけって感じ。ずっと歌いづめだった。

（AIb3―III―八〇頁）（AIa4―四六三～四六四頁）

一番テーブルの客たちはバレーについて無知だったが、スーキーも（そしておそらくラッセルも）オペラのことは何も知らないようだ。彼女が観た（あるいは、聴いた）のは、外国語のオペラだった可能性があるから、彼女には一言も理解できなかったのかも知れない（近頃は英語の字幕が出るのが普通だが、字幕を目で追うのは結構くたびれる作業である）。

客たちの無知は、実はこの後間もなく起る事件の伏線になっている。すなわち、ソニアが去ってしばらくすると、青年の給仕が二番テーブルへやって来る――

給仕　ちょっとお話してもよろしいでしょうか？
スーキー　どうぞどうぞ。
給仕　実はその、つい先ほどT・S・エリオットの話をしておられるのが耳に入りましたんで。
スーキー　あら、あの話が聞えたの？

給仕　そうなんです。そこで思いました。これを申上げたらお喜び頂けるんじゃないか、つまり、私の祖父はT・S・エリオットをよく知っていたというわけで。

スーキー　ほんと？

給仕　別に、祖父がエリオットの親友だったと言ってるんじゃありません。でも、ただの顔見知りなんてもんじゃなかった。実は祖父はみんな知合いだったんです、ほら、エズラ・パウンド、C・デイ・ルイス、ルイ・マクニース、スティーヴン・スペンダー、ジョージ・バーカー、ディラン・トマス、それから少し前に戻りますと、祖父はちょっとした飲み友達でしたね、D・H・ロレンス、ジョーゼフ・コンラッド、フォード・マドックス・フォード、W・B・イェイツ、オールダス・ハックスリー、ヴァージニア・ウルフ、それから、ぼけたトマス・ハーディなどといった人たちの。当時、祖父は政治の世界に活動の場を求めてました。人によっては、将来は大蔵大臣、少くとも海軍長官にはなる人物だと言いましたが、本人は、その代りにスペイン内戦で部隊を指揮する道を選んだんですね、ところが思わぬことから、余暇の大半はアメリカで過す羽目になり、アーネスト・ヘミングウェイの無二の親友になりました——よく二人でジン・ラミーを蜿蜒とやったそうです。でも祖父には、他にも愉快な仲間がおりました、ほら、ウィリアム・フォークナー、スコット・フィッツジェラルド、アプトン・シンクレア、ジョン・ドス・パソス——ね——生きのいいシカゴの連中は全員ですよ——それにもちろん、ジョン・スタインベック、アースキン・コールドウェル、カーソン・マッカラーズなどなど、由緒ある南部の集団も。つまり——私が言いたいのは——祖父はひとりの人間として、これ以上ありえないほど万能選手だったってことです。いつも小型の聖書を手放したことがなく、小型の玉突きにかけては名人でした。一九一〇年代、二〇年代、三〇年代の知的・文学的生活の中心にしっかり位置を占めてました。祖父はジェイムズ・ジョイスの教母だったのです。

（AIb3—III—八三〜八四頁）（AIa4—四六六〜四六八頁）

レストランの給仕が食事中の客を相手に長話をするのはもちろん非礼だが、彼の物語の内容についても色々問題がある。たとえば、彼は「シカゴの連中」として四人の作家を挙げるが、このうちシカゴ生れはドス・パソスだけである（シンクレアの小説の中にはシカゴを舞台にしたものがあるが、だからと言って彼を「シカゴの作家」と呼ぶことには無理がある）。それどころか、フォークナーが南部の重要な作家であることは常識である。他方、「南部の集団」として三人の作家が挙げられているが、スタインベックはカリフォルニアの作家だ。細かく詮索すると、給仕の話には辻褄の合わない点がたくさんあることが分る。

これはどういうことなのだろう。給仕自身が思い違いをしている可能性もないではないが、ピンターはそういう前提でこの台詞を書いたのではないと私は考える。語り手の知識が不正確だというのでは、劇的にはあまり面白くないからである。

給仕は、スーキーとラッセルがT・S・エリオットの話をするのが聞えたと言うが、この夫婦がそういう話をするとは考えられない（スーキーは「あら、あの話が聞えたの？」と言うが、彼女は見栄を張って嘘をついているのであろう）。給仕が名を挙げる詩人や小説家の作品を、この夫婦はただの一行も読んだことがないに違いない。それどころか、彼等にとっては、こういう文学者の名前もほとんどなじみのないものであるかも知れない（オペラについての彼等の無知という伏線が、ここで生きて来る）。とすると、文学好きの若い給仕は無教養な客を相手に出鱈目な話を披露することによって、彼等をからかっているのかも知れない。

だが、給仕の行動については別の説明もありうる。アメリカの作家についての彼の分類が不正確であることは既に述べたが、そもそも彼の話全体が嘘ではないのか。彼に祖父がいたことは確かだが、その祖父が給仕が述べるような人物だったとはとても思えない。給仕はいくらか神経に異常を来していて、自らの妄想を祖父に託して展開しているのではないか。この二種類の説明のどちらが正しいかは、この段階では分らない。劇が終る時になって初めて、観客は真実らしいことを把握するのである。

給仕の登場によって、この劇の性格は変化する。これまでは、『祝宴』は無知で無教養で下品なレストランの客たちの生態を描く風俗喜劇として進行して来たが、この青年が現れることによって、観客は、市場原理主義が支配する社会における藝術の運命という、別の問題にも注意を向けざるをえなくなるのである。

一番テーブルでは、ランバートが若い頃の恋愛体験について語っている。彼が好きになった娘とは相思相愛の間柄になった。但しその娘はジューリーではなかった。そのことを知らされたジューリーは面白くない。自分と結婚する前に、ごく若かった夫に好きな娘がいた位でむきになるのは、いささか大人げないと思われるが、彼女はまるでランバートに対抗するかのように、自分とランバートとのなれそめについて語る。彼女の話によると、ランバートはバスの二階で自分が好きになり、全身を震わせていたという。なお、この場面で、マットはランバートの兄であることが判明する。つまり、マットはプルーと結婚し、マットの弟のランバートはプルーの妹のジューリーと結婚したのである。

リチャードが二番テーブルへやって来る。彼は小さな村で育ったが、その村の古風なパブが現在のレストランの参考になっている、「思うに、このレストランの基本概念は、私が子供の時に見たあのパブにあると存じます」と、彼は語る。それを聞いたスーキーは、「こんな感動的なお話は初めて」と言う。しかし、田舎のパブとロンドンの劇場街に近い（おそらくレストランはコヴェント・ガーデンあたりにあるのであろう）高級レストランとの間に、一体どんな類似点があるというのか。リチャードは、金はあってもソフィスティケイションに欠けている客をからかっているとしか考えられない。

一番テーブルでは、客たちが結婚記念日を祝って乾杯している。やって来たソニアに向って、マットたちが事情を説明する――

マット　これはお祝いの会なんだ。
ソニア　おやおや！　お誕生日ですか？
マット　記念日だ。
プルー　私の妹と妹の夫の。二人の結婚記念日なの。私が新婦の介添人だったの。
マット　私が新郎の介添人だった。
ランバート　私が祭壇のところで女房と一発やろうとしてるところを、誰かにとめられたよ。
ソニア　まさか？

マット　私だ、とめたのは。こいつがジッパーをおろしてたんで、ケツを蹴飛ばしてやった。スキャンダルになるところだったよ。マスコミの連中が入口に集まってたからね。

ジューリー　この人は昔からせっかちだったわ。

（ＡＩｂ３―III―九六頁）（ＡＩａ４―四八一～四八二頁）

少し大げさに言うと、客たちの会話の八割方は猥談である。ソニアは出世して給仕長になるまでにさまざまの客に接して来たであろうから、客に話を合せるすべは心得ている。彼女は、この店には色々な国の客がやって来ると言い、それからこう語る――

私いつも言うんです、「英語が話せなくても、おいしい料理は分る」って。よく言うんですよ。そう、英語が分る必要さえない。セックスみたいなものでしょう？　イギリス人でなくてもセックスは楽しめる。英語が話せなくても、セックスは楽しめる。たくさんの方がセックスを楽しんでいらっしゃいます、イギリス人じゃなくても。たとえば、ベルギーの方を一人か二人知ってますが、セックスがお好きなんですね、英語は一言もしゃべれないのに。ハンガリーの方も、同様です。

（ＡＩｂ３―III―九六～九七頁）（ＡＩａ４―四八二頁）

若い給仕が一番テーブルまでやって来て、またもや会話に割りこむ。今度は彼は、祖父がハリウッドのスターたちと親しかったと言い、何人ものスターの名を挙げる。もちろん彼の話は事実とは思えない。

彼の祖父が実際に給仕が語る経験をしたとはとても考えられない。
ランバートがスーキーに気づく。あの娘が十八歳だった時に関係したことがあると、彼はジューリーに告げる。ランバートに誘われて、スーキーとラッセルは一番テーブルへ移動する。スーキーとランバートは昔話をする。彼女は現在は教師をしている。プルーとジューリーは慈善事業に従事している。マットはラッセルが銀行家であることを一目で見抜く。マットとランバートは戦略コンサルタントで、「平和を維持するのが仕事」である。ラッセルはいたく感じ入る――

ラッセル　お二人のような方がもっと必要だ。責任を取る人が。務めを果す。平和を維持する。平和を実現させる。平和を強制する。そういう人が。お二人のような方がもっと必要だ。うちの銀行に話しておこう。私はもっと力のある銀行へ明日にでも移る身だ。連中に話しておこう。昼ご飯をご一緒したいね。シティで。打ってつけのレストランがあるんだ。ウェイトレスは全員、巨乳の持主でね。
スーキー　あなた、お乳の話をちょっとしすぎじゃない？
（ＡＩb３―Ⅲ―一〇八～一〇九頁）（ＡＩa４―四九七頁）

リチャードとソニアが高級シャンペンのマグナム瓶をもって現れ、一同のグラスにシャンペンを注ぐ。饒舌な給仕がまたまたやって来て、祖父の話をする。祖父は有名な政治家や藝術家や藝能人と親交があったと、彼は語り、数多くの名前を挙げる。

祝宴は終った。ランバートは五十ポンド紙幣の束を取り出し、そのうちの二枚をリチャードに渡す。ソニアにも若い給仕にも、ランバートはティップをはずむ。彼は多額の現金を持ち歩いているようだが、これはイギリス人には珍しい。気前よくティップを渡すのは結構だが、あまり多すぎるとかえって軽蔑されるものだ。彼はラッセルとスーキーの分の勘定ももつと言う。この男は結局のところ、札びらを切ることによってしか自分の存在を確かめることができないのだ。

人々が去ったレストランに給仕がひとりで立っている。彼は独白を語る——

私が少年だった頃、祖父はよく私を断崖の端まで連れて行きました、そして私たちは海を眺めました。祖父は私に望遠鏡を買ってくれました。望遠鏡というものは、もうないようですね。私はよくこの望遠鏡でものを見ましたが、時にはボートが見えました。ボートは望遠鏡のレンズを通すと大きくなるのでした。ボートに乗ってる人が見えたこともありました。男一人と、女一人だったこともあります、時には男が二人だったことも。海はきらきら輝いてました。

祖父は私に人生の秘密を教えてくれました、そして私は今もそれに取りつかれています。脱け出す出口が見つからないんです。祖父はそこから脱け出しました。うまく脱け出してしまいました。それを後にして、決して振り返ったりはしませんでした。

祖父のやり方は完全に正しかったのです。

で、私はもう一度、ちょっとお話をしたいんです。
（ＡＩｂ３―III―一二〇～一二一頁）（ＡＩａ４―五〇八頁）

照明が消え、劇は終る。

給仕は、スーキーとラッセルを相手に最初の長話をした後、「この店は私にとっては子宮のようなものです。私はこのまま子宮の中にいたいんです。生れてしまうより、ずっといいんです」と語る。この台詞と、彼が「人生の秘密」から脱け出す出口を見つけることができないという台詞とは、同じことを述べていると考えられる。「人生の秘密」とは、藝術が捉えるもののことであろう。それに取りつかれるというのは、この戯曲全体を念頭におくなら、現実の世界――レストランの下品な客たちが住む世界――を拒否することを意味する。彼は藝術という妄想に取りつかれているのであり、彼にとっては、レストランという子宮はこの妄想に心ゆくまで耽ることができる場所なのだ。彼は別に客たちをからかっていたのではなかった。誰も聞き手がいないのに長い台詞を語ること自体、彼が神経の平衡を失っていることを示しているであろう。

『祝宴』はピンターの戯曲の中では最も下品なものだが、同時にそれは最も滑稽感に富むものでもある。そしてこの作品における笑いは、藝術について無知な人間を徹底的に戯画化することによって生れている。おそらく、そういう人間を愚弄するのは傲慢な行為だとする考え方があるであろう。だが世の中には、藝術家は好きなことをやっているにすぎないのだから、公的に援助する必要はないとか、藝術は役に立たない（つまり、金にならない）から、何の価値もないとかといった主張を展開する人がいる。

『祝宴』の高級レストランの客たちは、おそらくこういう主張に与するであろう。彼等は大いに批判せねばならないのだ。

だがピンターは単純に怒っているのではない。妄想に取りつかれた哀れな若い給仕は、市場原理主義が支配する社会における藝術のあり方を体現しているのであり、その限りにおいて作者は自らとこの人物とを重ね合わせている。言い換えれば、彼は藝術家をも戯画化しているのだ。この劇の笑いが窮極において苦いものであるのは、作者のこういう姿勢のせいなのである。『祝宴』は全体主義体制を糾弾する政治劇ではないが、藝術家が安住することを許さない社会を描いているという意味で、それはやはり政治的な作品なのだ。

第三十六章——時間と記憶(Ⅷ)

『失われた時を求めて』

ピンターは映画シナリオの作者としても活躍し、二十本以上の作品を残した。この分野の彼の仕事でとりわけ重要なのは、ジョーゼフ・ロージーのために、種々の小説を脚色してシナリオに仕立てたことであろう。赤狩りによってハリウッドを追われ、イギリスへやって来たこの映画監督のために、ピンターは相次いで三本のシナリオを提供した。こうして出来上った映画が、ロビン・モームの小説を原作とする『召使』(一九六三年公開)、ニコラス・モーズリーの小説を原作とする『できごと』(一九六七年公開)、そしてL・P・ハートリーの小説を原作とする『仲介者』(一九七一年公開。日本公開時題名は『恋』)である。

次いでロージーとピンターは、マルセル・プルーストの小説『失われた時を求めて』を映画化する仕事に取りかかった。シナリオは完成したが、資金難のせいで映画そのものは結局製作されなかった。私は一九七六年四月にピンターの自宅を訪れた折、製本した厚いシナリオを見せてくれた彼が、この映画を製作する目途は立っていないが、契約の関係でシナリオを出版することもできないのだと言って嘆いていたのを覚えている（このことには第二十四章でふれた）。やがて問題は解決されたらしく、シナリオはまず一九七七年にアメリカで、そして翌一九七八年にイギリスで、出版された。

シナリオにはピンターによる序文が付されているが、それを読むと、シナリオが成立した事情がよく分るので、全文を紹介する（なおアメリカ版には、序文が書かれた時期を示す「一九七七年五月」という文言が含まれているが、イギリス版では、どうしたわけかこの文言は削除されている）――

一九七二年初めのことだった。『失われた時を求めて』の映画化権を保有しているニコール・ステファーヌが、ジョーゼフ・ロージーに、この小説を映画化する話をもちかけた。彼は私が興味があるかどうかを訊ねて来た。私たちはそれまでに三本の映画の仕事を一緒にしていた。すなわち、『召使』、『できごと』、『仲介者』である。

私は何年も前に、小説の第一巻である『スワン家の方へ』だけを読んだことがあった。大いに興味があると答えた私は、ジョーとニコール・ステファーヌとに逢い、仕事を進めることに同意した。私はまた、BBCラジオのスクリプト・エディターを長年務めていて、プルーストの権威であることを私が知っているバーバラ・ブレイに、この仕事に助言者として参加して貰うことを提案した。ジョーとバーバラは面談し、私の提案を受入れた。

三ヶ月の間、私は毎日『失われた時を求めて』を読んだ。そうしながら私は何百というメモを取ったが、最後には、これほど大がかりな仕事に一体どうやって取り組んだらいいのかが全く分らなくなった。ただひとつ私が確信していたのは、原作の一巻なり二巻なり――たとえば『囚われの女』なり『ソドムとゴモラ』なり――を下敷きにして映画を作ろうとするのは間違っているということだった。かりに映画を作るなら、小説全体を凝縮し、この本の重要な主題のすべてを含むまとまった作品にせねばならないだろう。この点については、ジョーもバーバラも同意見だった。私たちは、この映画の構造は、基本的でしかも対照的な二つの原則によって支えられていなければならない――すなわち、主として語りによって表現される、幻滅へと向う動きという原則と、もっと間歇的な動き、つまり啓示へと向い、やがて失われた時が見出されて藝術というかたちで永遠のものとなるまでの動きという原則とが、共存するようでなければならないという結論に達した。

プルーストは最初に『スワン家の方へ』を書き、次に最終巻の『見出された時』を書いた。それから彼は残りを書いたのだ。私たちには、最初の巻と最終巻との関係は決定的なものであると思われた。いわば作品全体は最終巻に含まれている。『見出された時』の中でマルセルは、今や自分は仕事を始めることができると述べるが、その時には、彼は既に作品を書き終えているのである。私たちはそれを読み終えたところなのだ。この驚くべき構想を何とかして別の形式で生かさねばならない。いかなる意味においても、原作に匹敵するものを作り出すことなどできる筈がないことは、私たちには分っていた。しかし、原作に忠実であることは可能なのだろうか。

シナリオを読めば、人物を犠牲にすることを含めて、私たちがさまざまの決断を下したことが分るに違いないが、どのようにして、そしてなぜ、そういう決断を下したかを詳しく説明するのはあまりに煩雑になるだろう。これらの決断は、前もって決めておいた構造が要求するところに従った結果なのだ。私たちは作業計画をまとめ、それに基づいて、私はほとんど何の準備もせずに仕事を始めた。主題は時だった。『見出された時』の中で、四十代になったマルセルは、少年時代に聞いた鈴の音を聞く。長い間忘れていた少年時代が突然、彼のうちによみがえるのだが、少年だった自分についての彼の意識や、かつての経験についての彼の記憶の方が、経験それ自体よりも現実感が豊かで切実なものなのである。何ヶ月も私は執筆を続け、書き上げたものを二人の協力者と一緒に検討した。

一九七二年夏、私たちは何度もフランスへ旅行した。イリエやカブールやパリへ行き、プルーストが小説の舞台として用いている場所の雰囲気に浸り切ったのだ。十一月になってシナリオは完成した。それは長くて、非常に金がかかるものであることが明らかだった。私は二十四頁分の原稿を削ったが、それによってシナリオはかえってよくなったと私は思った。一九七三年初めには、改訂を加えた最終版が出来上った。出版されるのは、この版である。

『失われた時を求めて』の仕事をした一年は、こういう仕事をする者としての私にとっては、生涯で最良の一年だった。

それから私たち全員は、映画の製作資金を獲得する仕事にとりかかった。これまでのところ、映画は製作されてはいない。

（ＡＩａ14—五三〜五四頁）

ピンターたちが訪れた場所のうち、イリエはプルーストの父親の生地、カブールはノルマンディの海岸にある保養地である。プルーストは小説の中で、前者を主人公の少年時代の思い出の地であるコンブレー、後者を主人公がやがて親密な関係になるアルベルチーヌと知合う場所であるバルベックの主な原型として用いている（なお小説が書かれた順序はピンターが言うほど単純明快ではないが、この点には立入らない）。

序文の中で、ピンターはプルーストの小説の主人公をマルセルと呼んでいるが、このことには問題があるようだ。私はこの章を書くに先立って、鈴木道彦訳『失われた時を求めて』（集英社文庫、全十三巻）を頻繁に参照したが、鈴木氏によると、語り手の名はマルセルだとする広く行きわたっている見解は「錯覚」なのだということである。プルーストは「仮にこの本の作者と同じ名前を語り手に与えたとしたら、それは（マルセルと）いうことになっただろう」と書いているから、語り手の名前は実はマルセルではないのだということになる。プルーストは注意して語り手を無名の存在にしているというのが、鈴木氏の主張である（集英社文庫版第九巻四二七頁の訳注を参照してほしい）。私はプルーストの専門家ではないから、この説が学界でどのように評価されているのかは知らないが、鈴木氏の主張は充分に説得力があると思う（ただ、「仮にこの本の作者」云々の文の語り手は、プルーストが創造した作中人物としての《語り手》ではなくて、プルースト自身でなければならないと思うのだが、この文に限って、語り手が変るのだろうか。と言うより、『失われた時を求めて』の語り手は、常に同一ではない、不安定な存在なのだろうか。研究者の間ではこの問題は解決ずみなのかも知れないが、素人である私には、これは非常に興味深いもののように感じられる）。

ピンターが語り手の無名性という事実を意識していたかどうかは分らない。おそらく彼は、主人公の名はマルセルだとする通説をそのまま受入れただけのことなのであろう。それに、映画の登場人物を無名の存在にするのは、必ずしも現実的なやり方ではないだろう。鈴木氏による指摘——当を得ていると私には思われる指摘——があることを承知の上で、主人公の名前の問題にはこれ以上はこだわらない。

ついでに、やはりピンターの執筆作業に関係のある事実をもうひとつ挙げておく。プルーストの小説の英語訳としては、C・K・スコット・モンクリーフによるものがあった（但し最終巻の訳はアンドレアス・メイアーが担当した）。ピンターが読んだのは、フランス語の原文ではなくて、この訳である。これは名訳として評判が高かったが、一九八一年になって、テレンス・キルマーティンがこの訳に大幅に手を入れた版が出版された。キルマーティンによると、新しい版を準備した理由は二つあった。まず、スコット・モンクリーフの訳が出た後、プルーストのテクストについての研究が大いに進んだので、その成果を採り入れた訳を出すことが必要になった。第二に、スコット・モンクリーフの訳の華麗な文体は必ずしも原文に忠実ではなく、読みやすいものでもない。キルマーティンはこの二つの点に留意しながら、新版を作ったというのである。ただ、ピンターがプルーストに取り組んでいた一九七二年には、キルマーティンの仕事はまだ公刊されてはいなかったから、彼は古い訳でプルーストを読んだのだった。

ピンターのシナリオを検討すると、スコット・モンクリーフの訳文がそのまま用いられている個所が時々現れることが分るが、幸いなことに、シナリオ全体から見ればそういう個所はそれほど多くない。ピンターが書いたのは小説ではなくて映画シナリオなのだから、プルーストのあの細緻とも煩雑とも感じられる描写は完全に消えてしまっている。シナリオの大部分は当然ながら会話で成り立っているが、それはおおむね平明で簡潔な文体、ピンター劇の台詞と同じ文体で書かれている。つまり、少くとも文体に関する限り、ピンターはプルーストからの独立を果しているのである（なお、プルーストの小説は英語圏では『過去の事柄の思い出』という題で知られている。この題名は、シェイクスピアのソネット第三十番の一節を利用したものである)。

さて、出版された『失われた時を求めて』のシナリオを読んだ人々は、それが原作を離れて評価されるに値する傑作であると感じたが、それ以上のことは起らなかった。一九九五年十二月三十一日に、このシナリオはBBCラジオで放送され、ピンター自身も出演したが、それはそれだけのことだった。事情が決定的に変るには、一九九七年二月まで待たねばならなかった。

俳優として出発し、一九八〇年代初頭から演出家として活動するようになった、ダイ・トレヴィスという人物がいる。彼女はフランスに留学したこともあり、プルーストに関心を抱いていたが、あの大作を読み通してはいなかった。一九八九年のある日、彼女はたまたまピンターによるシナリオを手にし、それを一気に読んで強い印象を受けた。そして、今度こそプルーストの小説を読むことにした。同時に、ピンターのシナリオが映画化されていないのは非常に残念だと感じた。

一九九六年のことである。ダイ・トレヴィスは名門の演劇学校であるLAMDA(ロンドン・アカデミー・オヴ・ミュージック・アンド・ドラマティック・アート)から、学生たちと一緒に四ヶ月かけて何かをまとめて上演する仕事を担当してほしいと依頼された。彼女はピンターのシナリオを舞台劇にすることを提案した。舞台版を用意するに際して、彼女はもちろんプルーストの英語訳を参照することになるのだが、彼女が用いたのはキルマーティンがスコット・モンクリーフの訳に手を入れた版であった。このことが戯曲の言葉遣いに何らかの影響を及ぼしたかどうかは分らない。第一、トレヴィスが演劇学校の学生による公演のために用意した戯曲は出版されてはいない。ただ、将来ピンターやトレヴィスの仕事を詳細に研究する人は、ピンターがシナリオ執筆のために利用した版と、トレヴィスが戯曲版のために参照した版とは別であったという事実を記憶しておいた方がいいだろうと私は思う。

演劇学校の学生たちによる『失われた時を求めて』の上演は、一九九七年二月に行われた。トレヴィスは実はピンターには無断でこの仕事を進めたので、事後に彼の自宅へ挨拶に出向いた。トレヴィスはピンターに叱られるのを恐れていたが、意外なことに彼は興味を示し、この企画をナショナル・シアターへもちこむことを提案した。トレヴィスは同年三月から四月にかけて台本に更に加筆を施した。そしてその年の九月、ナショナル・シアターの稽古場で、少数の関係者を前に試演が行われた。これは好評で、劇はナショナル・シアターの正式の演目として上演されることになった。十一月から翌一九九八年六月にかけて、今度はピンターも参加して台本を練り直す作業が行われた。それからまた時間が経ち、二〇〇〇年十月にナショナル・シアターでの公演の稽古が始まった。そしていよいよその年の十一月二十三日に、公演は初日を迎えた。演出はもちろんトレヴィスだった。公演に合わせて、ピンターとトレヴィスとの共同脚色による台本も出版された。

この舞台版のもとになったピンターのシナリオは、主人公の少年時代に始まり、成人した主人公が作家になる決意を固めるまでを、ほぼ時間通りに追うというかたちをとっている。そして、いわば脇筋として、高級娼婦オデットと結婚し、やがてそれを悔いるようになるシャルル・スワンの物語が辿られる。スワンも主人公も、自分は人生を空費したという思いにさいなまれるのであり、二人の間には明らかに共通点が認められる。

シナリオは、主人公の成長に従いながら、彼が人生のさまざまの局面で関わりをもった人物たち、すなわち、彼が憧れるゲルマント公爵夫人オリヤーヌ、彼女の従弟で同性愛者のシャルリュス男爵、シャルリュスの甥で主人公の親友になる貴族のサン＝ルー、スワンとオデットの娘で、主人公の初恋の相手であるジルベルト、主人公がしばらく同棲するアルベルチーヌ・シモネ、金持のブルジョワで貴族社会に入りこんで行くヴェルデュラン夫人、低い身分の出身だがシャルリュスに目をかけられる音楽家のモレル、サン＝ルーの恋人だった娼婦上りの女優ラシェルなどを、随時登場させる（なお、固有名詞の表記については鈴木道彦氏の訳に従う）。

もちろんピンターは時間と場所をかなり自由に処理しており、あるショットに続いてそれよりもずっと前の事件を示すショットが現れたりすることはある。また、原作の複数の場面を合体させてひとつにしたり、ある言葉の発言者を別の人物に変えたりしてもいる。しかし、基本的構造においてはシナリオはプルーストの原作に極めて忠実なものだと言えるであろう。

それならトレヴィスは、ピンターのシナリオを戯曲化するに際して改変を加えたのか（あるいは、加えなかったのか）。既に述べた通り、トレヴィスの版は出版されてはいない。厳密に言うと、彼女による舞台版には、演劇学校での上演のためのものとナショナル・シアターの稽古場での試演のためのものとの二種類があるのだが、両者の違いがどんなものであったのかを確かめることもできない。

ただ幸いなことに、トレヴィスには『プルーストの事柄の思い出――稽古日誌』という著作がある。これはナショナル・シアターによって出版されたパンフレットだが、プルーストの小説が舞台化された過程を知るためには必見の資料であり、これを読むと、トレヴィスのもとの台本がどんなものであったかがかなりの程度まで推測できるのである。

彼女はまず、ピンターがスワンとオデット、マルセルとアルベルチーヌという二つの物語の流れを設定したのに対して、シャルリュスの物語とヴェルデュラン夫妻の物語とを加えることにした。後者の二つの物語は、シナリオにも含まれているものだが、舞台版ではもっと前面に出ていると言えるだろう。トレヴィスは、ピンターのシナリオにおけるある言葉の発言者を別の人物に変えたり、シナリオにおいては異る場面の事件であるものをひとつにまとめたりもしている。つまり、ピンターがプルーストの原作に対して加えたのと同じ改変を、トレヴィスはピンターのシナリオに対して加えているのである。

これよりも興味深いのは、トレヴィスの台本についてピンターがどんな意見を述べたかという問題である。試演用の台本はマドレーヌについての挿話で始まっていたが、ピンターはそれを削除することを要求した。もちろんマドレーヌについての挿話は小説全体を通じて最も有名なものだが、最も有名であるという、まさにその理由によって、ピンターは映画シナリオにもこの挿話を含めなかったのである（ピンターは、主人公が過去を思い出すきっかけとなるものとして、マドレーヌの代りにさまざまの音や情景を列挙しているが、特に重要なのはフェルメールの『デルフトの眺望』——もっと厳密に言うなら、この絵に描かれている黄色い小さな壁——である。原作の語り手は何よりもまず味覚ないし嗅覚によって過去を思い出すのだが、シナリオの主人公は視覚や聴覚によって過去を思い出す。これは重要な改変ではないだろうか）。

アルベルチーヌがアンドレと一緒にカジノで踊る、『ソドムとゴモラ』の場面の処理についても、ピンターは異議を唱えた。トレヴィスの演出によると、娘たちは下着姿だったが、これでは彼女等が同性愛者であることが明瞭になりすぎるとピンターは感じた。娘たちの性的嗜好は曖昧でなければならない、主人公には——そして観客にも——窮極の真実を確認することはできないのだというのが、ピンターの判断だった。そこで、アルベルチーヌと娘たちの場面は、すべてこういう視点から処理されることとなった。

プルースト自身が同性愛者であったことはよく知られているが、小説の主人公は異性愛者であり、二人は区別されねばならないとも、ピンターは主張した。トレヴィスの台本には、主人公の性的嗜好が曖昧なものに感じられる点が含まれていたのかも知れない。

ピンターは「語り手」という役は削除すべきだとも述べた(トレヴィスのもとのテクストには、語り手が登場したらしい)。「そうすると、イメージがもっと必要になりますよ。だって、語りによって場面と場面をつないだり、時がいつなのかを観客に知らせたりすることができなくなりますから」とトレヴィスは言った。「構いません。イメージという手法はちゃんと目的を果していますから」とピンターは答えた。「イメージ」とは、場面転換のために挿入される短い場面のことで、そちらに観客の注意を惹きつけておいて転換を行い、転換が終った時には、観客は劇の時間や場所が別のものになったことを悟る。これは、トレヴィスが演出家としての経験に基づいて考え出した手法で、舞台版では何度も使われている。

ピンターは、観客への直接の語りかけは大詰まで現れないようにすることをも、強く求めた。シナリオでは、マルセルが最後に「始めるべき時だった」と語る。しかしトレヴィスは、マルセルが観客に向って発言する場面を他にも挿入していたらしい。彼女は語り手を登場させて劇を進行させるという、ある意味で安易な手を用いていたようだ。

だがピンターは、もともとそういうやり方が嫌いだった。一九九六年十月二十六日にマイケル・ビリントンが行ったインタヴューの中で、ピンターは、「私が自分の作品の中で一人称の語りを採用したのはただ一度だけ、それは結局は映画化されなかったプルーストのシナリオの最後の一行です。ただ一行の一人称の語りです」と述べている。そしてビリントンの「映画で一人称の語りを使うことに反対する理由は、技巧的にはどんなものなのでしょう」という問いに、次のように答えている――

フランス映画を見ていて、ひとつ気に入らないのは、イメージないし私たちが現に見ているものについて――述べられている物語について――私にはきわめて自意識過剰だと感じられる解説が加えられることでした。たとえば、スクリーンには額に汗をかいた若い女がいて、この女が「ああ、今日はほんとに暑かった」と言う画面外の声が聞えて来る――こういうものに出くわすと、本当にいらいらしました。観客が現に見ているものを説明するような一人称の語りは、大抵は余分なものだと、私は思います。映画はイメージを通じて物語を述べるものであるべきです。

（ＡⅠｂ２―一九二頁）（ＡⅠａ14―八〇頁）

この考え方を、ピンターはプルーストの小説の舞台版でも貫こうとしたようだ。その結果、プルーストからの直接の引用は舞台版には一切含まれないこととなった。プルーストの小説の精髄は語りだと言っても過言ではないであろうから、それを徹底的に排除するのはかなり大胆な選択である。実際には、舞台版の大詰では、マルセルの「始めるべき時だった」という発言の前に、彼によるかなり長い語りが現れる。ただそれは、基本的には、プルーストまがいの叙述ではあってもプルーストの原文そのものではない（このくだりは、追って引用する）。小説を映画シナリオに、そして戯曲にするに当って、ピンターは文体だけでなく語り口においても、プルーストからの独立を果したのである。

ナショナル・シアターでの公演で用いられたテクストが、トレヴィスのもとのテクストとどれほど異っていたかについては、今のところ、これ以上のことは分らない。いずれにせよ、このテクストはトレヴィスとピンターとが最終的には合意したものであったと考えられる。公演の初日から一月近く経った二〇〇〇年十二月十九日に、私はこの舞台を観た。そしてそれについての感想を月刊演劇誌『悲劇喜劇』の二〇〇一年三月号に発表した。この文章には、戯曲を読んだだけでは分らない、実際の上演についての情報が含まれているので、敢えて一部を引用する——

戯曲の台詞は、簡潔で含蓄に富んだシナリオの台詞をほとんどそのまま生かしており、社交界の陰湿な人間関係がそれとなく感じ取れる、面白いものになっている。ただ、私が心配していたことがある。シナリオも戯曲も異る時間と空間を自由に行き来するのだが、舞台では一体それをどうやって表現するのだろうと思ったのである。上演を観ると、これは杞憂にすぎなかったことが実によく分った。たとえば劇の冒頭で、主人公マルセルの記憶に残る少年時代の音や情景が相次いで現れるのだが、上演では、成人したマルセルが雪の降り注ぐ舞台中央に倒れこんでそれらを思い出すという、台本を読んだだけでは分らなかった処理が施されていた。こうして、音や情景は彼の記憶以外の何ものでもないことが、明瞭に伝えられる。他の人物（それには幼いマルセルも含まれる）の行動を成人したマルセルが舞台の縁から眺めるという手法もよく用いられる。あるいは、一群の人物の行動を途中で停止させ、別の一群の人物を動かすというやり方も見られる。更に、人物の衣装やメーキャップの変化という視覚的な情報によって、観客が目撃する事件の時間を指定することもある。最初は何のことやら分らなかった言葉や行動が後に反復されて観客の記憶を刺戟することもあった。

引用の終りの方で私が言及しているのは、もちろん「イメージ」の手法である。劇は、フェルメールの絵『デルフトの眺望』の一部である黄色い小さな壁のスライドが映し出されることによって始まる。そして、コンブレーの庭の入口の鈴の音だの、給仕が匙を皿にぶつける音だの、寝室の壁を三度ノックする音だのといった、少年時代のマルセルが聞いたさまざまの音が聞える。

こういう一種のプロローグに続いて、劇が本格的に始まる。場面は、マルセル一家が滞在しているコンブレーの屋敷の庭で、マルセルの両親や祖母が地元の医師のペルスピエを相手に、スワン夫妻や作曲家のヴァントゥイユについて噂話をしている(但し、この最初の場面が扱っているのもマルセルの少年時代のできごとであり、この場面とそれに先立って示されるマルセルのさまざまの記憶との間には、目立った時間的断絶はない。だから、この場面をもプロローグの一部と見なし、劇の本体はその次のゲルマント家におけるリセプションによって始まるのだと考える方が筋が通っているかも知れない)——

父　スワンは少し遅いんじゃありませんか? 食事は何時からだったかな?

ペルスピエ医師　いい方ですね、スワンさんは。昨日あの方の奥さんを診察しに行きました。ちょっと頭痛がするとかで。

父は咳払いする。

祖母　マルセルは疲れてるようね。

ペルスピエ医師　スワンさんは一人きりで皆さんと食事をされるんですね。

父　一人きり。そうです。

沈黙。

ペルスピエ医師　なるほど。そろそろ失礼しなくては。ヴァントゥイユさんの御様子を見に行かねばなりません。あまり具合がよくないようで、お気の毒に。

父　ほう。

ペルスピエ医師　あの方のお嬢さんの女のお友達が泊っておられるようですね。

父　（重苦しく）そうなんですか？

ペルスピエ医師　ええ、音楽の先生なんです。

母　でもヴァントゥイユさんは、ご自身が音楽の先生ですよ。

ペルスピエ医師　お嬢さんはお友達から教わる方がお好きなんです。どうやら。（声をひそめる）もちろん、お友達が教えるのは音楽じゃないと言うひともおります、ヴァントゥイユさんは何も気づいていないんだと。

父　（唐突に）さあさあマルセル。何度言えばいいんだ？　もうお休み。

（ＡⅠｂ３―Ⅲ―一三〇～一三二頁）（ＡⅠａ５―三～五頁）

プルーストの小説には、こういう噂話の場面そのものは現れない。しかし、この場面の会話に含まれている情報はすべて原作で言及されるものばかりである。小説を脚色して映画シナリオなり舞台劇なりにする時、結果が原作に《忠実》なものであるかどうかが議論されることがよくあるが、その場合、議論は作品の題材の次元でのみなされることが多いのではないだろうか。しかし、脚色が忠実であるかどうかを吟味するには、題材だけでなく、題材の処理をも考慮せねばならない。別の言い方をするなら、原作のどの情報を伝えるかだけではなくて、その情報をどんなやり方で伝えるかをも問題にせねばならないのである。戯曲『失われた時を求めて』の事実上は最初の場面になるコンブレーの庭での会話を書いたピンターは、情報の選択においては原作者に忠実だが、情報の処理においては完全に自主性を保っているのである。

もちろん舞台版には、ピンターだけでなくダイ・トレヴィスにも責任があるのだが、映画シナリオにもこの場面はほぼこのままのかたちで現れる。ただ、原作とシナリオ、シナリオと戯曲の相違を一々検討するのは、有意義ではあってもあまりに煩雑な作業なので、原則としてこの問題にはこれ以上は立入らない。ただ、原作に忠実であるにせよないにせよ、最終的な選択はピンターが（トレヴィスとともに）下したものであることを、我々は忘れてはならないだろう。ある事件が既に原作で扱われていたとしても、それを活用するかどうか、また、どのように活用するかは、あくまでもピンターの裁量に委ねられていたのだから、出来上った作品は全面的にピンターの意図に沿うものであると考えねばならない。

それにしても、マルセルの父親は、医師がスワン夫人を話題にすると、なぜ「咳払い」するのだろうか。ヴァントゥイユの娘の女友達の話が出ると、なぜ「重苦し」い調子で応じるのだろうか。医師が「声をひそめ」て何かを言うと、なぜ「唐突に」息子を寝室へと追いやるのだろうか。原作を知っている人ならすぐに気づくに違いないが、スワンの妻のオデットは高級娼婦だったのであり、マルセルの両親は彼女がこの家に出入りするのを認めていない。また、ヴァントゥイユの娘は同性愛者であり、医師が言及する彼女の友達とは同性愛関係にある。マルセルの父親は外務省に勤めているらしい高級官僚で、かなりの堅物なので、こういう話が息子の耳に入るのを恐れているのである。

そういう事情は、劇が進むにつれて次第に明らかになるのだが、プルーストについて何の予備知識ももっていない観客は、この場面の台詞を聞いて、不審に思ったり好奇心をかき立てられたりするであろう。そして、ピンターとトレヴィスが念頭においていたのは、まさにそういう観客であったと考えられる。脚色者たちは、観客がすぐには理解しきれない情報を提供しながら、直ちにそれに説明を加えて観客を安心させることを敢えて斥け、観客を不安定な状態においたままで劇を進行させる。だから、最初は理解できなかった台詞の意味がやがて明らかになった時、観客が味わう快感はそれだけ大きくなるのだ。つまりピンターたちは、綿密な計算に基づいてこの劇の観客の反応を操作しているのである。意外に聞えるに違いないが、こういうやり方は、『失われた時を求めて』という、容易には通読できない小説、正確な情報をもっている観客が比較的少い小説を戯曲化する場合には、実は有効なものなのであり、戯曲の作者としてのピンターたちの工夫の跡が最も顕著に読み取れるのはこの点なのである。だが、これについてはあらためてふれる機会があるに違いない。

コンブレーの屋敷の庭へ、約束通りスワンが食事にやって来る。彼が去ると、父親はスワンがオデットと結婚したことを批判する。マルセルは母親に「おやすみのキス」をせがむ。

次いで、成人のマルセルが少年のマルセルを憐れむように見つめる。これが、この劇に現れる最初の「イメージ」で、それに続くのは別の時間、別の場所の事件なのである。

場面はゲルマント家の「午後の集い」である(ピンターは「リセプション」という言葉を使っている)。原作では、これは最終巻の『見出された時』で扱われる事件で、ピンターのシナリオでも、これは終り近くに現れるのだが、トレヴィスは主人公の少年時代の場面の直後にこの場面をもって来た。これは彼女がシナリオに対して加えた最大の改変だと言っていいだろう(もちろんピンターもこの改変を受入れたと考えねばならない)。戯曲の中では、時間的にはこれは最後の場面になる。これ以後、戯曲の時間は遠い過去と近い過去との間を往復しながらも、基本的には逆行する――つまり、過去へ遡って行くことになる――のである。この手法を採用したトレヴィスは、ピンターの『背信』を念頭においていたようだ。

どんな戯曲の人物についても、観客は劇の進行に伴って次第に多くの情報をもつようになるものだが、時間の逆行という手法を用いると、観客は、当の人物がまだ知らない情報をも意識しながら、劇の進行を追うことになる。人物自身はどんなことが自分を待受けているかを知らないのに、観客は既にそれを知っているというわけである。『背信』の場合と同じく、戯曲『失われた時を求めて』においても、そういうことが起るのである。

さて、サナトリウムに入っていたマルセルは久しぶりにゲルマント家を訪れ、すっかり年を取った旧知の人々に再会する。ゲルマント公爵夫人オリヤーヌは、彼に向って、第一次大戦で死んだ甥のロベールの話をする。ロベールはスワンとオデットとの間にできた娘のジルベルトと結婚したと、公爵夫人は語る（ここで観客は、既に知っているスワンという名を耳にすることになる）。

ひとりの老人が登場する。それは実はマルセルがかつてよく知っていたシャルリュス男爵なのだが、マルセルにはその男が誰なのかが分らない。男爵は現れたある男を見て、「ああ、大音楽家がいる、巨匠が」と叫ぶ。観客には、現れた男が誰なのか、男爵がなぜこんなことを叫ぶのかは、まだこの段階では分らない。大抵の戯曲の台詞は、観客が劇の状況を理解するために役立つ情報を提供するものだが、この戯曲の台詞は、情報が不足していることにわざと観客の注意を向け、観客を混乱させることを狙っているように感じられる。これは奇妙なことではないだろうか。

マルセルはリセプションの主催者でゲルマント公爵夫人の従妹に当るゲルマント大公夫人を探すが、公爵夫人が指したのは、マルセルが記憶していた女ではなかった。その女は死に、かつてはヴェルデュラン夫人として知られていた女が、ゲルマント大公の後妻に納まったのである。ヴェルデュラン夫人は、この後の場面で何度も登場するが、観客は、この女がいずれは身分の高い貴族と結婚することを意識しながら、彼女の行動を眺めるに違いない。リセプションの場面で、ゲルマント大公夫人となったかつてのヴェルデュラン夫人についてゲルマント公爵夫人が語る台詞は、こうして、観客がこれ以後ヴェルデュラン夫人の行動や発言を受容するやり方を、かなり厳密に規定するのである。このリセプションの場面では、観客にとっては《初対面》の人物が他にも何人も紹介されるのだが、観客はこれ以後、彼等について詳しく知るようになる。
皮肉なことに、主人公自身は時間の経過を忘れている。スワンの娘のジルベルトから話しかけられた時、彼は見当違いな答をする——

ジルベルト　マルセル。驚いたわ。私を私の母だと思ったのね。みんなそう思うの。母はどこかにいるわ、でも……今は誰かと話をしてる。(中略) 分らないわ、あなたこんなパーティで何してるの。どう、今夜どこかのレストランで一緒に食事しましょう。

マルセル　ええ、いいね……悪い噂が立ったりしないと思うのなら、若い男と二人きりで食事しても。

ジルベルトは笑う。

年を取った男、だね。

(AIb3—III—一四五～一四六頁) (AIa5—一六～一七頁)

マルセルの意識においては、彼はまだ若い男のままなのであり、現在のジルベルトと記憶の中のオデットとの類似にすっかり気を取られている。やがてオデットが現れ、自分が死んだスワンを深く愛していたと語る。

ここで時間が逆行し、恋愛中のかつてのスワンとオデットとの場面になる。それに続くのはヴェルデュラン夫人のサロンの場面である。ヴェルデュラン夫人は貴族ではなくてブルジョワだが（観客は、やがて彼女が名門貴族と結婚することになるのを思い出すであろう）、金があり、本当に理解しているかどうかは別として藝術にも興味がある。彼女はオデットが自宅へやって来るのをいやがってはいない。オデットとスワンを含む客たちのために、夫人はお気に入りのピアニストのドシャンブルに、ヴァントゥイユが作曲したソナタを演奏させる。

オデットとスワンの恋愛が更に進行したことが示されるが、二人の場面はいくつもの「イメージ」によって分断される。たとえば、バイカウツギの花をもっているマルセルから、アルベルチーヌが「私、大嫌い、バイカウツギは」と言いながら走って逃げるという「イメージ」が挿入されるのだが、もちろん観客には何のことか分らない（この若い女がアルベルチーヌと呼ばれることさえ、まだ観客には分らない）。しかし、演じ方を充分に工夫したら、この場面は観客の記憶に残る筈である。続く場面では、オデットが胸にさしているカトレヤの花が歪んでいるので、スワンがそれを直す。この場面とその前の場面との間には直接のつながりはないが、花に関わる場面だという意味で、二つの場面には共通点がある。つまり脚色者たちは、しばしば連想によって時空間を異にする事件を結びつけるのだが、これがプルースト自身も用いている手法であることは、言うまでもないであろう。

スワンはオデットとかなり親密になった様子だが、彼女の過去が気になり始める。そして自分と知合ってから男性とつき合ったことがあるかどうかを詮索する。もちろん彼女は否定する。するとスワンはオデットの過去の同性愛体験についてしつこく問いただす。オデットはそれも否定するが、スワンの疑いは少しもはれない。そして彼は独白を語る——

何てことだ、私は人生を何年も無駄にした、死にたいと思った、一生に一度の恋の相手が、私の気に入らない、私には合わない女だったとは。（AⅠb3—Ⅲ—一六二頁）（AⅠa5—三二頁）

この独白は、戯曲の第一部を結ぶ台詞として、もう一度語られる。

スワンは明らかにオデットの男性体験よりも同性愛体験に余計にこだわっているが、そのことからの連想で、作曲家ヴァントゥイユの娘と彼女の女友達との同性愛行為の場面が次に現れる（この場面は、短い「イメージ」によって既に予告されていた）。娘は女友達に向って、「お父さんが見てる。やめてよ」と言うが、女友達は死んだヴァントゥイユの写真につばを吐きかける（野暮を承知で言うが、ヴァントゥイユの娘は本気でいやがっているのではない。二人はなれ合いのゲームを演じているのだと理解すべきであろう）。

マルセルの父が、自宅へ食事に招いた元大使のノルポワ侯爵に、マルセルの散文詩を見せる。それを読んだノルポワは何も言わない。明らかに彼はその作品が気に入らなかったのだ。

祖母と一緒にバルベックへやって来た主人公は、祖母の旧知のヴィルパリジ侯爵夫人によって、彼女の甥のシャルリュス男爵と（ゲルマント家のリセプションにやって来た、あの老人である）、男爵の甥のサン＝ルー侯爵とに紹介される（ゲルマント公爵夫人がリセプションの折に話題にしていた死んだ甥のロベールというのは、サン＝ルーのことである）。

サン=ルーと主人公は親友になったようで、二人がレストランで食事をしている場面が次に現れる。サン=ルーは語る——

社交界——と言えば、僕は不幸にしてその一員だが、そいつが披露するのは、注意深く涵養された無知にすぎない。数多くの世紀を経た結果、それは精神の凡庸さそのものになってしまっているのだが、身振りや作法や思い上りという皮をかぶることによって、育ちのよさとしてまかり通っているんだね。連中は自らの身構えや虚飾が退化していることに気づいてもいない。だが実際には、連中は何も知らず、何に対しても興味をもってはいない、金と地位の他には。俗物どもめが。

（AＩb３―Ⅲ―一七〇頁）（AＩa５―三九頁）

わが国には、原文がどんな文体で書かれているかを全く考慮することなく、外国戯曲の翻訳については、「こなれている」ことだけをひたすら求める不見識な人がいる。つまり、戯曲が日常会話とは無縁の文体で書かれていることがありうるという事実に思い及ばないほど無知な人がいるのだが、いずれにせよ、サン=ルーのこの台詞は語彙においても構文においても、およそ「こなれて」はいないものなのである。

実は戯曲『失われた時を求めて』には、こういう異様な文体の台詞を語る人物がもう一人登場する。シャルリュス男爵である。ある時、主人公は男爵の自宅を訪れるのだが、主人公が自分を中傷したと思いこんでいる男爵は、非常に機嫌が悪い。やっと口を開いた彼はこう述べる——

私はすべてであり、君は無であったのだから、いや、率直に申すなら、私は超大物であり、それに引きかえ君は微生物にすぎないのだから、当然のこととして、まず私が君に近づいた。すると君は愚劣極まる反応を示した、こういう言い方はしたくないが、私の並外れて寛大な行為に対して。いいかね、君は私のことで他人に嘘をついた。他人相手に、私を何度も中傷した。従って、私がこの地上で君と言葉を交すのは、これ限りだ。

（AIb 3—III—一八四〜一八五頁）（AIa 5—五一頁）

男爵を侮辱するような発言などしたことはないと、主人公が抗弁すると、男爵は激昂する——

私を侮辱する？　私が侮辱されたと誰が言った？　君は私を侮辱する力が自分にそなわっていると思ってるのか？　誰に向って口を利いてるのか、君はまるで分っていない。いいか、君程度の小紳士を五百人積み上げて、毒を仕込んだ唾液をここを先途と吐き出させても、高く聳える私の足の親指の先端にも届きはしないんだ。

（AIb 3—III—一八五〜一八六頁）（AIa 5—五一〜五二頁）

戯曲全体を通じて、こういう言葉遣いをする人物はこの二人以外にはいない。では、この二人の間には何か共通点があるだろうか。すぐに思いつくのは、二人が同性愛者の貴族だという事実である。シャルリュスが同性愛者であることは、戯曲の中で具体的に示される。サン＝ルーには女性の恋人がいるし、後に彼はジルベルトと結婚して子供を作るのだが、実は彼もまた同性愛者なのである。もちろん、戯曲に登場する同性愛者の男性は他にもいるが、二人よりも身分が低かったり、二人のように大きく扱われてはいなかったりする。

こういうものの言い方をするピンター劇の人物に、我々は既に出くわしたことがある。『誰もいない国』のスプーナーである。もちろんスプーナーが同性愛者であると単純に決めつけることはできないし、彼はもっと簡潔な文体を使うこともある。しかし、『誰もいない国』が同性愛の雰囲気をそこはかとなく漂わせた作品であることは、誰にも否定できないだろう。実際この雰囲気は、たとえば『コレクション』の場合のように明瞭なものでないだけに、かえって強い印象を与えるのだ。

『誰もいない国』の初演が行われたのは、一九七五年である。ピンターがプルーストに基づく映画シナリオを完成させたのは一九七三年初めのことだ。『誰もいない国』とは、プルーストの仕事を終えたピンターが、初めて発表した本格的な長篇戯曲だったのである。『失われた時を求めて』という、男女両方の同性愛を重要な主題とする小説を精読するうちに、ピンターは『誰もいない国』の着想を得たのではないだろうか。そして彼は、映画シナリオで男性同性愛者に与えた独特の文体を、戯曲で完成させたのではないか。今のところ、こういう推測を裏づける証拠は発見されてはいないようだが、私が述べているのはそれほど見当違いなことでもないであろうという気がする。

さて、レストランでマルセルと食事をしながら、サン゠ルーは、自分はさる女優と恋愛関係にあるので家族の不興を買っていると語っていた。間もなく男二人は、問題の女優ラシェルが出演している芝居を観に行く（ラシェルは、この劇が始まって間もなく主人公が出席するゲルマント家のパーティの場面でも、登場していた）。だが終演後に彼女に逢ったサン゠ルーは、このしたたかな女優が男性舞踊手に色目を使うので腹を立てる。マルセルは肺が弱いのに、たまたま居合わせたジャーナリストは葉巻をふかしていた。サン=ルーは思わずこのジャーナリストを殴ってしまう（この事件も「イメージ」として予告されていた）。

一方、シャルリュスの自宅で彼に叱責された主人公は、男のシルクハットを踏みつけ、破り捨てる。こうした事件の挙句、二人は一種の和解に達する。この直後に、シャルリュスがチョッキの仕立屋のジュピヤンに出逢い、性的な関係を結ぶ場面が現れる。ジュピヤンという男は、この先長く男爵と関わり合い、老年の男爵の面倒を見るようになる。劇の導入部のゲルマント家のパーティにやって来たシャルリュスには、この男がつき添っていたのだった。

マルセルはバルベックで一群の娘たちと知合い、そのうちの一人であるアルベルチーヌと親しくなる。スワンが関わり合うオデットと同じように、この女も甚だ厄介で扱いにくい。彼女はある晩、マルセルと同じホテルに泊るから、自分の部屋へ来てもいいと言う。しかし、部屋を訪れた彼が彼女にキスしようとすると、彼女は非常ベルを鳴らす。この調子でアルベルチーヌはマルセルを翻弄し続けるのだが、彼が何にもまして思い悩むのは、既に自分と親密な関係になっているこの女には同性愛の傾向があるのか、同性愛体験があるのかという問題である。スワンから問い詰められたオデットと同じように、アルベルチーヌもそれを否定し続けるが、マルセルの疑いは深まるばかりである。とうとう彼はアルベルチーヌに向って言う――

こういうことはやめなきゃ。けりをつけなきゃ。時間の無駄だ。

（ＡⅠｂ３―Ⅲ―二二七頁）（ＡⅠａ５―七八頁）

スワンが「何てことだ、私は人生を何年も無駄にした」という独白をもう一度語るという「イメージ」が現れ、戯曲の第一部は終る。

ピンターが映画シナリオによって伝えようとしたのは、スワンとオデットの物語とマルセルとアルベルチーヌの物語とは、いわば時を隔てて反復される同一の物語なのであるという事実であった。ダイ・トレヴィスは、この二つに加えて、シャルリュスの物語とヴェルデュラン夫妻の物語とを辿ろうとした（ヴェルデュラン夫妻の物語は、実際にはヴェルデュラン夫人の物語である。夫の方は第一次大戦中に死ぬのだが、そのことは戯曲では言及されていない。いずれにせよ、彼は妻よりもずっと影の薄い人物である）。ただ、戯曲の第一部では、トレヴィスがシナリオの場合よりも重視しようとした二つの物語は、それほど興味深い展開を見せてはいない。この二つは第二部に至って前面に出るのである。

戯曲の第二部は、主人公がゲルマント公爵夫妻を訪れる場面で始まる。彼はそこで久しぶりにスワンに逢うが、スワンは最初はこの男が誰であったかが思い出せない。公爵は最近、モネの絵二点と引き換えにフェルメールの作品かと思われる絵を入手したのだが、フェルメールの権威であるスワンにそれを鑑定してほしいと思っている。もちろんフェルメールは残っている作品が乏しいことで知られている画家であり、公爵がつかまされたのも偽物である。ただ、マルセルが『デルフトの眺望』に言及するので、スワンはこの男がかつて自分が知っていた人物であることを思い出す。

ゲルマント公爵夫人は、計画中のイタリア旅行にスワンを誘うが、彼は同行を辞退する。彼は健康がすぐれず、余命は三、四ヶ月だと医者たちからは告げられている。この後スワンは「イメージ」の人物として二度登場するが、台詞を語るのはこれが最後である。次のラ・ラスプリエール荘の場面では、彼の死が話題になる。

ラ・ラスプリエール荘と呼ばれる館は、カンブルメール侯爵という貴族の夫妻の持物だが、ブルジョワのヴェルデュラン夫妻が夏の間この館を借りているのである。貴族の方では、金持の夫妻が払う家賃は有難いのだが、夫妻が館を勝手に模様替えするので辟易している。

ヴェルデュラン夫妻は見栄を張って、貴族を含む客を招いて夕食会を開こうとしている。マルセルとアルベルチーヌも招かれてやって来た。夫妻はモレルという才能のあるヴァイオリニストを招いたのが自慢なのだが（モレルはゲルマント家のリセプションに現れた人物のひとりで、その時には出世して国立高等音楽院の院長になっていた）、あいにくシャルリュス男爵がこの男につきまとっている（この設定は、やがて起る決定的な事件の伏線になる）。

金はあっても教養のないヴェルデュラン夫妻は、食事の折の席順をどう決めるかについて自信がもてない。結局、夫妻はカンブルメール侯爵をシャルリュス男爵よりも上席につかせる。それでも不安なヴェルデュランは、自分の処置が正しかったことを確認するために、シャルリュスに話しかける――

ヴェルデュラン　（声をひそめて）もちろん、最初に言葉を交した時にすぐに分りました、あなたは私どもの仲間だってことが。

シャルリュス　何ですって？

ヴェルデュラン　つまりですね、あなたはそういうことを全く気にしてはおられないでしょう。
シャルリュス　お話がよく分りませんが。
ヴェルデュラン　私が問題にしているのは、私どもが侯爵の方を立てたことです。侯爵は家内の右側に坐っておられる。私自身は、爵位なんて何の意味もないと考えておりますが、何分、カンブルメールさんは侯爵で、あなたは男爵にすぎないでしょう――
シャルリュス　失礼ですが、私はまたブラバン公爵、更にモンタルジー家の子息、更にまたオレロン、カランシー、ヴィアレギオ、かつレ・デューヌの大公でもあります。しかし、お気遣いは無用です。それは全くどうでもいいことなのですから、ここでは。

（ＡⅠｂ３―Ⅲ―二三三〜二三四頁）（ＡⅠａ５―九一〜九二頁）

最初シャルリュスは、自分の性的嗜好をヴェルデュランが話題にしているのではないかと思うが、そうではないことが分ったので、安心して自分の称号を並べ立てる。初演の舞台を私が観たことは既に述べたが、いちばん客受けしたのは、シャルリュスのこの台詞だった。この役はデイヴィッド・リントゥールという名優が演じていたので、余計に印象的だった。この劇で最も演じ甲斐がある役は、実はマルセルではなくてシャルリュスだと思われるが、初演の劇評も揃ってそのことを指摘していた。
マルセルはアルベルチーヌへの思いを母に打ち明け、「どうしても僕はアルベルチーヌと結婚しなければならないんだ」と言う。そう言いながらも、彼女の性的嗜好についての彼の疑念は深まるばかりである（彼は、たとえばレズビアンとして知られるレアという女優とアルベルチーヌとが関係があるのではないかという疑いを抱く）。マルセルがアルベルチーヌの性癖について詮索するくだりは、スワンとオデットとの応酬の変型であり、二つの関係の近似性を作者が示そうとしていることは明らかだ。

パリのヴェルデュラン家では、シャルリュスの言葉を借りるなら「歴史に残る」催しが行われようとしている。ソナタの作曲者としてこれまでに何度も言及されて来たヴァントゥイユは、未完の作品の原稿をたくさん残していたが、そのうちのひとつを、彼の娘の同性愛関係の相手である女が（彼の娘の協力を得て）解読し、七重奏曲として完成させた。それをモレルが演奏するというのである。この催しが実現するように努力したのはシャルリュスだ。いささか躁状態に陥っているように見えるシャルリュスは、自分がモレルについてある疑いを抱いていることをマルセルに告げる。これまた観客を笑い転げさせる台詞である――

シャルリュス　先だって私は、思いがけないことから、モレル宛の手紙を開封する羽目になった。差出人は女優のレア、つまり周知の通り札つきのレズビアンだ。中身がいかがわしいから、手紙をそっくり紹介するわけには行かないがね、こういう文句があったな――相手はモレルだよ、いいね――そう、たとえば「このいけないお嬢ちゃん」とか「もちろんあなたは私たちのお仲間よ、可愛い方」とかね。しかも手紙を読めば疑問の余地はないんだが、他の女たち、レアの友達も、モレルにぞっこんなんだな。レズビアンだよ、この連中は。私はね、モレルが「お仲間」だということはずっと知ってた。そりゃ、あいつは女と寝たことはある、何人も何人もの――今でもその気になったら女と寝る、そんなことはどうでもいい、だがね、この連中は女じゃないんだよ。

分るかい、言ってること？　レアが「私たちのお仲間」と言うのは、どういう意味なんだろう？　あいつは私たちの仲間なんだと思ってた。つまりね、私たちには分ってるよ、モレルは——両刀使いだってことが。どうなんだろう、あいつはその上にレズビアンでもあるのかね？

マルセル　分りません。

シャルリュス　つまりだ、男がレズビアンだなんてことがあるのかね？　だってね、どんなことをやるんだろう？

（AIb3—III—二四八〜二四九頁）（AIa5—一〇五頁）

シャルリュスは浮かれ気味だが、ヴェルデュラン夫人は面白くない。自分たちが場所を提供しているのに、シャルリュスが主人顔をしているからである。彼女は夫を説得し、モレルとシャルリュスの仲を割くことにする。

モレルによる演奏は大成功だったが、シャルリュスの悪口をヴェルデュラン夫妻から聞かされた彼は、人々の前でシャルリュスを変態呼ばわりする。こうしてモレルとシャルリュスとのつき合いは終るのだが、記憶力のいい観客は、ゲルマント家のリセプションでシャルリュスがモレルに向って「ああ、大音楽家がいる、巨匠が」と呼びかけたのを思い出すかも知れない。別の言い方をするなら、シャルリュスのこの台詞は、彼とモレルとの関係が過去に決裂していたという事件を念頭において理解すると面白さが深まることを、観客はゲルマント家のリセプションの場面を思い返しながら悟るのである。

ヴェルデュラン家の演奏会から帰宅したマルセルを迎えるのは、ひどく不機嫌なアルベルチーヌである。どうやら彼女は、彼がまたもやしつこい詮索を続けるであろうことを予想していたらしい。とうとうマルセルは、「僕等は別れた方がいいと思うよ。出て行ってくれ、夜が明けたらすぐに」と言ってしまう。その後、彼は、「もう一度やり直してみるかい」とも言うが、もう手遅れである。翌朝、彼が目ざめた時には、既にアルベルチーヌは出て行ってしまっていた。アルベルチーヌとマルセルとの別れは、シャルリュスとモレルとの別れと重なり合うものとして提示されていると考えるべきなのであろう。しばらく時が経ち、マルセルのもとへ電報が届く。そして、乗馬の事故でアルベルチーヌが死んだことを彼は知るのである。

マルセルは、アルベルチーヌの親友でアルベルチーヌの同性愛関係の相手だった可能性があるアンドレをしつこく訊問する。アンドレはアルベルチーヌが同性愛者であったこと、自分もそういう関係の相手であったことを具体的に述べる一方、そういう噂は全くの出鱈目であることを強調する。つまり彼女は肯定と否定を交互に繰返すのである。シナリオでは、発言内容が変るに応じて場面の時刻や人物の服装が変るので、アンドレの相反する発言が別々の状況でなされることが明瞭になる。しかし舞台版では、そういう細かい変化を視覚化する余裕がないから、アンドレの発言の変化は、彼女とマルセルとの位置関係を変化させることに相応するものとして観客に伝えられる。二人がある位置を占めている時には、アンドレはアルベルチーヌが同性愛者であったことを認めるが、二人の位置が逆になったら、アンドレはそのことを否定するといった風になるのである。上演の場合に種々の制約があることはよく分るが、このやり方はいささか不十分ではないかという気がする。

アンドレの二種類の発言のうち、劇的に面白いのは、もちろんアルベルチーヌが同性愛者だったとするものである。マルセルがバイカウツギの花をもって帰宅した時にアルベルチーヌが示した反応は、既に「イメージ」として示されていたが、アンドレによれば、その時、彼女とアルベルチーヌは同性愛行為に耽っている最中だったのである——

アンドレ　覚えてるでしょう、いつだったか、あなたが早く帰って来て、私と階段のところで出逢ったことがあった。あなたはバイカウツギの束をもってたわね。

マルセル　そう、そんなことがあった。

アンドレ　ところがアルベルチーヌはバイカウツギが嫌いだった。あの人、自分の部屋へ走って行ったわ。花のせいで気分が悪くなるから。

マルセル　ああ。

アンドレ　実はね、あなたに現場を押さえられそうになったの。とても危ない、あなたがいつ帰って来ないものでもないってことは分ってたけど、でもアルベルチーヌは、どうしてもしたい、我慢できないって言ったのね。そういうわけで、あの人はバイカウツギの匂いが嫌いだって嘘をついたのよ、私。覚えてるわね。あの人、ドアのかげにいたの。あの人が同じことを言ったのは、あなたを近づけないため、だって自分についてる私の匂いがあなたに嗅ぎつけられたら大変だもの。（笑う）アルベルチーヌはバイカウツギが好きだったのよ。

（ＡＩｂ３—III—二七五〜二七六頁）（ＡＩａ５—一二七〜一二八頁）

だがこの発言の直後に、「位置を変え」たアンドレは、「アルベルチーヌはああいうことが大嫌いだったの」と断言する。

語り手はアルベルチーヌの性的嗜好について疑いを抱きながら、結局において事実を確認することはできない。しかし、同性愛の連想は残っており、それが次の場面を導き出す。第一次大戦中のパリで空襲を避けようとしたマルセルは、何の予備知識もなしに、あるホテルへやって来る。そこは実はジュピヤンが経営している男性同性愛者のための売春宿だった。常連のシャルリュスがたまたま来合せているのを、主人公は目撃する。ジュピヤンは、男爵が老後を楽しむことができるようにこのホテルの仕事を始めたのだと語る。

その時、主人公は床に戦功十字章が落ちていることに気づいた。それはサン=ルーが落したものだ。主人公は知らないが、サン=ルーもこのホテルへはよくやって来るのであり、人目を憚りながら彼がホテルから出て行くのを、観客は先ほど目撃していた。プルーストの原作にはサン=ルーの同性愛についての具体的な記述が現れるが、戯曲の中でそれが言及されるのはここだけである。

そこまで来たところで、劇はゲルマント家のリセプションの場面に戻る。これまでの事件は、すべてリセプションにやって来た主人公の回想だったと解釈することもできるだろう(もちろんスワンとオデットの恋愛は主人公が直接に見聞した事件ではないが、原作では、語り手はこの事件について第三者から聞いたのだという想定になっている。この想定を受入れるなら、戯曲のここまでの展開はすべて主人公の回想なのだと考えても、説明はつくであろう)。戦功十字章がきっかけとなって、主人公の意識は現在に戻ったのだと理解することができるのではないだろうか。

リセプションで久しぶりにマルセルに再会したジルベルトは、亡き夫について語る――

ジルベルト　ロベールが死んだ二日後に、差出人の分らない小包が届いたの。戦功十字章が入ってたわ。事情を説明する手紙はなかった、なあんにも。消印はパリだった。変でしょう？

マルセル　ああ。

ジルベルト　私、あの人を愛してたのよ。でも私たち、不幸になってしまった。あの人には他に女が、と言うより何人もの女がいたらしいわ、よく分らないけど。

マルセル　何人もの女？

ジルベルト　ええ。あの人には何か秘密の生活があったのよ、それが何なのか、私には一度も説明してくれなかったけど、どうしてもやめられないものだったことは確かよ。

（ＡＩｂ３―III―二八四～二八五頁）（ＡＩａ５―一三四～一三五頁）

ジルベルトは夫が同性愛者であることに最後まで気づかなかったらしい。

彼女は、子供の頃マルセルが好きだったことを告白する。マルセルも彼女が好きだったのだが、もう手遅れだ。その時、サン＝ルーとジルベルトとの間に生れた娘が通りかかる。ヴァントゥイユのソナタが響く。そして、戯曲を結ぶ主人公の長い語り、シナリオには含まれていなかった長い語りが始まる。このくだりは原作のいくつかの章句を利用してはいるが、全体としてはピンターとトレヴィスとがプルーストを模して書いたものである――

私は彼女がとても美しいと思った。彼女はまだ希望にみち、笑いに溢れ、私自身が既に失っていた歳月そのものから形作られていた。彼女は私自身の青春のようだった。時間は、色もなく、つかみとることもできないものだが、その時間が、私がほとんどそれを見たり、それにふれたりすることができるように、この少女というかたちをとって現れたのだ。

すべての音は消える。

冒頭のイメージがゆっくりとかたちをなし始める。

ゲルマント家のリセプションへ向う途中、私は高さの異る二つの敷石につまずいたが、すると私の眼前にヴェニスや運河やゴンドラがごくぼんやりと現れた。かつてサン＝マルコ寺院の洗礼堂で高さの異る二枚の石板を踏んだ時の感覚がよみがえって来て、私は空のように青いフレスコ画をもう一度まのあたりにし、更に、給仕がうっかりして匙を皿にぶつけた時、汽車から見えた木々の列を思い起したことを思い出した。そして私はもう一度汽車に乗っているような思いにかられた。なぜなら、匙が皿を打つ音は、鉄道員が何かの故障をハンマーで修理している時のよく似た音を、強力に思い出させたからだ。それから私は母と一緒に馬車に乗っていた時のことを思い出した。道の曲り角で、不意に私は類まれな快感を味わったが、それは夕陽を浴びるマルタンヴィルの二つの鐘塔が目に入ったからだった。続いて第三の鐘塔、ヴィユヴィックの鐘塔が現れたが、それは、最初の二つの鐘塔とは丘と谷とによって隔てられ、遠方のもっと高い場所に建てられているのに、まるで二つの鐘塔のすぐそばにあるように見えた。そしてナプキンで口を拭くと、私はたちまち、給仕が窓を開け放っていたのだと思った。私は窓を通して青空の輝きを見てとった。なぜなら、ナプキンの硬さと糊のつき方は、バルベックに着いた日に顔を拭いたタオルのものと全く同じだったからだ。

庭の門の鈴が鳴る鋭い音。

そして私は思い出した——
ユディメニルの木々を。
マルタンヴィルの鐘塔を。
コンブレーのヴィヴォンヌ川を。
コンブレーの建物の屋根を。
夕暮のコンブレーの庭を。
スワンが庭の門を開ける音を。
絵の中の黄色い小さな壁を。
フェルメールの『デルフトの眺望』を。

始めるべき時だった。

（AIb3—III—二八七〜二八九頁）（AIa5—一三七〜一三八頁）

戯曲全体を通じて、こういう長い語りの台詞はここだけにしか現れない。初演では、冒頭で成人のマルセルが雪の降り注ぐ舞台中央に倒れこんだが、それはゲルマント家へ向う途中、敷石につまずいたからだったのである。

トレヴィスが念頭においていた四つの物語のうち、スワンの物語は主人公の物語の変奏となっている。スワンは早世し、マルセルがいわば後を継ぐのである。彼はアルベルチーヌと親しくなるが、結局彼女とは別れ、やがて彼女は死んでしまう。彼は一度も結婚せず、子供をもつこともない。その代り（という言い方が妥当であるかどうかは分らないが）、彼の初恋の相手だったジルベルトと、彼の親友だったサン=ルーとが結婚し、娘に恵まれた。二人はマルセルが送ったかも知れない人生を代りに実現させたのであり、二人の間の娘とは、マルセルがもちえた娘の代りなのだと見なすことができるだろう。誰もが指摘することだが、スワンの娘であるジルベルトとゲルマント家の一員であるサン=ルーとが結婚して、娘を得ることによって、若い頃のマルセルが強く意識していたスワン家の方とゲルマント家の方の両方がひとつになる（突飛な連想であることは承知しているが、私はこの結末から、ランカスター家とヨーク家との結びつきによる、薔薇戦争の終結を思い出した。プルーストの小説が扱っているのは、つまるところ家庭的な物語にすぎないが、あの作品の度外れた長さや複雑さには、叙事詩的なものが感じられる）。

他の二つの物語のうち、ヴェルデュラン夫人の物語の基調をなすのは、社会的、階級的な上昇であろう。彼女は貴族たちからは軽蔑されるが、金をもっており、遂にゲルマント大公の後妻として社交界の頂点を極める。これに対して、シャルリュスの物語の基調は下降であろう。傲慢不遜とも毅然としているとも呼べる態度を貫こうとしたこの人物は、社交界での信用を失い、肉体的にも衰えて他人に依存せざるをえなくなる。ゲルマント家のリセプションで、彼はかつて自分を辱めたモレルを見て、「ああ、大音楽家がいる、巨匠が」と叫ぶが、こういう行動に出ることを彼自身は予想していなかったであろう。

既に述べた通り、プルーストの小説を通読するのは容易なことではない。この小説について充分な情報をもっている観客はそれほどいるわけではない。私が瞠目せざるをえないのは、戯曲の作者たちが、どう考えても不利なものとしか見えないこういう条件を、有利な条件に転化させていることである。作者たちは、観客が情報をもっていない人物や事件を敢えて紹介する。「イメージ」という手法によって、観客を不審がらせたり、観客の好奇心や期待感をかき立てたりする。そして観客が徐々に謎を解いて行くように仕向ける。この過程は、主人公が「失われた時」を発見するに至る過程と完全に一致する。ピンターとトレヴィスがプルーストの劇化という不可能としか思えない作業に成功したのは、こういう意外な手を用いたからであった。ピンターとトレヴィスとは、どの段階でどんな情報を観客に提供するかを綿密に計算しながら戯曲を書いている。その意味で、戯曲『失われた時を求めて』とは観客反応の操作についての壮大な実験の所産なのである。

第三十七章——**暴力体制の諸相（VI）**

『記者会見』

二〇〇二年二月八日と二月十一日に、ナショナル・シアターで、ピンターのレヴュー・スケッチを集めた短時間の公演が行われた（演出はゲアリー・ジョーンズだった）。両日の公演のプログラムは異っていたが、どちらの場合も、公演はピンターが新たに書下ろした『記者会見』というスケッチによって結ばれていた。

ある人物が文化大臣に就任したので、記者会見を行う。彼はそれまでは秘密警察の責任者だった。「その二つの役割について、矛盾を感じられることはありませんか?」と、記者が質問する。文化大臣は答える——

全くありません。秘密警察の責任者としての私の務めは、特に、わが国の文化遺産を保護し、安全な環境におくことでした、それを転覆させることをたくらむ勢力に対して。私どもは害虫から身を

護ろうとしていたのです。事情は今も同じです。（ＡＩｂ３―III―二九三頁）（ＡＩａ６―五頁）

彼自身はそういう言葉を使ってはいないが、これまでの仕事も新しい仕事も、「反体制的」な人物を取り締ることを目的としているのだというのである。そして、秘密警察の責任者としては、そういう人物に対しては殺害や強姦といった暴力的な手段、『景気づけに一杯』で実行に移されていたような手段に訴えたと語る。

彼は文化遺産を保護することの重要さを強調する。このこと自体に異議を唱えることは誰にもできないが、もちろん問題は、どんな文化遺産を守るべきかが権力者の恣意に委ねられている点にある。権力者の意に沿わない文化、反体制的な文化は、弾圧の対象とならざるをえないのだ。

陽気で饒舌な大臣は、社会が汚染されるのを防ぎ、平凡な市民を腐敗や転覆から護るために暴力に訴えることの正当性を自信にみちて主張した後、最後にもうひとつ言いたいことがあると述べて、こう語る――

私どもの哲学によると……消えた人間は必ず見つかることになっております。

（ＡＩｂ３―III―二九六頁）（ＡＩａ６―九頁）

この台詞は、実は新約聖書のルカ伝第十五章でキリストが語る次のような言葉を踏まえている――

なんぢらの中《うち》たれか百匹の羊を有《も》たんに、若《もし》その一匹を失はば、九十九匹を野におき、往きて失せたる者を見出すまでは尋ねざらんや。遂に見出さば、喜びて之を己が肩にかけ、家に帰りて其の友と隣人とを呼び集めて言はん「我とともに喜べ、失せたる我が羊を見出せり」われ汝らに告ぐ、斯のごとく悔改むる一人の罪人のためには、悔改の必要なき九十九人の正しき者にも勝りて、天に歓喜あるべし。

九十九匹の羊を放置しても、消えた一匹の羊を見つけようとするのは、麗しい行為であろう。だが、消えた羊は、道を踏み外した存在であるという意味で、罪人にたとえられている。文化大臣は、聖書の言葉を都合のいいように解釈し、自分が属する体制は、最後の一人まで反体制的な人物を捕えるつもりだと述べているのである。

文化大臣の役を演じたのはピンター自身だった。当時の彼は食道癌の治療を受けていたが、この公演の直後に入院することが決っていた。彼は大きな手術を受けてから退院したが、必ず退院できる保証は実はなかった。生きているうちにもう一度舞台に立っておきたいと、彼は考えたに違いない。

『声』

二〇〇五年十月十日はピンターの第七十五回の誕生日だった。それを記念して、BBCから彼の新作ラジオドラマが放送された。それが『声』である(演出はネッド・シャイエが担当した)。

もっとも『声』を《新作》と呼ぶことの是非については、議論が分れるに違いない。この作品は作曲家ジェイムズ・クラークの構想から生れた。『灰から灰へ』を読んで強い印象を受けたクラークは、ピンターと一緒に仕事をしたいと思うようになった。ピンターは彼と協議を重ねた挙句、自作の政治的な劇五篇の台詞を並べたコラージュを作り出した。この台本にクラークが音楽をつけたものが、ラジオドラマ『声』である。だから、個々の台詞はピンターが過去に書いたものばかりだが、全体の構成においてはこれは純然たる新作だったのである。

『声』(原題は複数形になっている)には九つの《声》が現れる。まず、『パーティの時間』の最後に登場する若い男ジミー(声一)が、自分にはかつてジミーという名前があった旨を語る。次いで『灰から灰へ』のリベッカ（声二）が、夢の中で誰かが自分を「可愛い人」と呼んだと言う。それから、『新世界秩序』のライオネル（声三）とデズ（声四）が、誰かを卑猥な言葉で罵る（もとの戯曲を読んだら、二人の拷問者が罵倒するのは、「目隠しをされた男」であることが分る）。

次に『山の言葉』の第二の場面「面会室」がほぼそのまま演じられる。投獄されている息子に面会するためにやって来た初老の女（声五）は「山の言葉」しかしゃべれないので、看守（声六）によって叱りつけられる。囚人（声七）が「私にも家内と三人の子がいます」と言ったので、看守はひどく機嫌を損ねる。

再び声三と声四が、今から実行しようとしている拷問について語る。声四は興奮状態に陥っており、とうとう泣き出す。

声二が、夢の中で誰かが自分を「可愛い人」と呼んだという話を繰返し、それから言葉を続けて、鉄道の駅へ行ったら、自分が愛する男が母親たちから赤ん坊を奪っていたと述べる。

次に、『景気づけに一杯』のニコラス（声八）がジーラ（声九）をしつこく訊問する場面が演じられる。なお、初演では声八はピンターが演じた。彼は舞台でもニコラスを演じたことがあった。

またもや声二が、長い台詞を語り、ある女が抱いていた赤ん坊を抱き寄せたら、赤ん坊の心臓の鼓動が聞えたと言う。最後に声一がもう一度発言し、『パーティの時間』を結ぶジミーの台詞の全体を語る。この台詞にも心臓の鼓動への言及が現れるから、ピンターはこの台詞と声二の台詞を並べたのであろう。

『声』の台本は出版されていないので（私はピンターのエイジェントの好意によって、原稿を入手することができた）、構成をやや詳しく紹介したが、この作品を鑑賞するためにもとの五篇の戯曲を考慮する必要は特にないと思う。ピンターが抜粋した場面は、人間が非人道的行為にさらされている状況として一般化されているからだ。それどころか、ある場面と別の場面との間に意外な結びつきが生れる場合もある。たとえば『新世界秩序』の拷問者たちの台詞に続いて『山の言葉』の台詞が語られるので、前者において拷問を加えられる男と後者の囚人とが重なり合ったりする。

イギリスの友人がこのラジオドラマを録音したテープをくれたが、実際に放送されたものは、台本には指定がないのに台詞が反復されている個所を含んだりしてはいても、基本的にはピンターの台本のままである。ただ、非常に長い沈黙がしばしば現れるのが印象的だった。

ラジオドラマやテレビドラマや映画の音楽には、台詞や事件を説明したり強調したりして、受け手の反応を誘導するものが多いが、クラークの音楽は全くそういうものではない。安易に感情に訴えたりしないという意味で、この音楽にはピンターの政治劇に通ずるところがある。それならこの音楽はどんな役割を果しているのか。録音を聴いて、私は、クラークの音楽は台詞が伝える非人道的な状況と並行し、それ自体としても非人道的な状況を表現していると感じた。たとえば、『山の言葉』の初老の女とその女の息子である囚人とのやりとりの場面（「山の言葉」は禁止されていると言って看守がすごむ場面）で、アゼリ人の女性歌手の歌が流れる（アゼリ人はアゼルバイジャンなどで暮すトルコ系の少数民族である）。つまり、自らの言語を禁止されている人物の台詞と並行して、別の抑圧された文化の所産である歌が聴き手の耳に届くのである。

ピンターはもちろん、クラークもある状況を説明ぬきで提示し、その状況についての解釈は全面的に受け手に委ねている。送り手が解答を与えてはくれないから、受け手は自分の頭を使って解答を見つけ

『声』

ねばならない。これは非常に苦しい作業である。しかも、舞台での上演が提供する視覚的な情報は完全に排除されている。受け手は聴覚だけを頼りにして、想像力を自由に働かせることができるのだが、その結果、この作品は途方もない悪夢のような印象を受け手に与えるのである。

第三十九章――場所を失った人々（III）

『それはそれとして』

二〇〇五年二月二十八日にＢＢＣラジオに出演したピンターは、「私は二十九本もの劇を書きました。充分じゃないでしょうか」と述べた。劇作家としてのピンターが《断筆宣言》を行ったとして、かなりの話題になったが、その頃のピンターは既に重い病気にかかっていたから、劇作という体力を要する仕事に取組むのは無理だと判断したに違いない。事実、ピンターが戯曲を書くことはもうなかった。ただ、「二十九本」というのは本格的な戯曲だけを数えたもので、短いレヴュー・スケッチは含まれていない。そしてピンターはごく短いスケッチをもう一本だけ発表した。それが二〇〇六年五月に執筆された『それはそれとして』である。

ピンター夫人のアントーニア・フレイザーはロングフォード伯爵家の生れだが、彼女の父親の第七代ロングフォード伯爵（一九〇五～二〇〇一）の仕事を記念して二〇〇二年に設立されたロングフォード・トラスト（正式の名称は「フランク・ロングフォード・チャリタブル・トラスト」）という慈善団体がある。

伯爵は社会的に恵まれない人や服役者の境遇を改善することに力を注いだ人物で、この団体もそういう活動を目的としている。

『それはそれとして』は、携帯電話で話をしているジーンとレイクという二人の人物を扱ったスケッチである。ピンターはロングフォード・トラストの行事のためにこのスケッチを書き、夫人と一緒にそれを演じた。だから、ジーンは女性なのだと一応は考えられる。ところが、二〇〇六年六月二十三日に、このスケッチはBBCテレビの『ニューズナイト』という番組でも披露された。そして、その時には、レイクをピンター、ジーンを男優のルーパート・グレイヴズが演じた。英語は日本語ほど性差が明瞭ではないから、このスケッチに関する限り、どちらのやり方も可能なのである（「ジーン」は「ユージーン」の略でもあり「ユージーニア」の略でもある。前者なら男性の名、後者なら女性の名になる）。

ただ、日本語に訳する時には人物の性別をはっきりさせる必要があるので、BBCテレビのやり方に従って、以下、このスケッチは男同士の応酬を描いているものと見なすことにする。スケッチの冒頭は次の通りだ――

ジーン　どうしてる？
レイク　とても元気だ。で、君は？　君は元気かい？
ジーン　おそろしく元気だ。君はどうだい？
レイク　ほんとに元気だ。ほんとに元気だよ、僕は。

（ＡＩｂ３―III―三一七頁）（ＡＩａ９―一八頁）

この調子で進行するなら、どこが面白いのか分らないが、もちろんこのままで終るわけはない。自分が元気であることを強調するジーンもレイクも、どうも歯切れが悪い。二人とも、二言目には「それはそれとして」という言葉を発するからだ。最後にレイクが言う――「それはそれとして、どうなんだい君は、ほんとのところ？　それはそれとして？」。どうやら二人は何か問題を抱えており、万全な状態にあるとは言えないようだ。

相手の顔が見えない状況での会話という手法は、『ヴィクトリア駅』を思わせる。『ヴィクトリア駅』も『それはそれとして』も、晩年のピンターの大多数の作品と違って、別に政治的なものではない。しかし、これらの小品は、人間の言葉遣いの奇妙さ（そして、その背後に隠れている不安感）という、ピンターが終生関心を失わなかった対象を扱ったものとして、忘れられない印象を与える。

なお、このスケッチの劇場での初演は、二〇〇七年一月三十日に行われた。ヘイマーケットのシアター・ロイアルで、ピンターのスケッチを集めた『ピンターの人々』というだしものが上演されたのだが（演出はショーン・フォーリー）、それには『それはそれとして』も含まれていた。

〈付記〉『声』と『それはそれとして』はイギリスではまだ出版されてはいない（『それはそれとして』は、アメリカに本拠のある研究者の団体ハロルド・ピンター協会の機関誌『ピンター・レヴュー　二〇〇五―二〇〇八』に収録されている）。単行本にはなっていないこの二作品のテクストを入手することができたのは、ピンター氏のエイジェントであるジューディ・デイシュ・アソシエイツのジューディ・デイシュ氏と、日本におけるエイジェントであるネイラー、ハラ　インターナショナル株式会社のマーチン・ネイラー氏とのご好意と、早川浩社長を初めとする早川書房の方々のご尽力のおかげである。厚くお礼申上げたい。

終章

劇作家としてのハロルド・ピンター

『管理人』第一幕に次のような一節がある――

なあ、こう言っても本気にはしないだろうが、お前はおれが前にショーディッチで知ってたやつに妙に似てるんだ。実際はそいつはオールドゲイトに住んでた。おれは従弟と一緒にキャムデン・タウンにいた。で、この男はフィンズベリー・パークに縄張りがあった。バスの車庫のすぐそばだ。だんだん聞いてみるとこいつの育った場所はパットニーだってことが分った。もっとも、だからどうってことはない。パットニーで生れた人間ならこっちは何人も知ってる。よしやそいつらがパットニー生れでないとしても、その時はフラム生れだ。ただ問題は、こいつはパットニーで生れたわけじゃない、ただパットニーで育っただけだってことだ。つまり生れはキャレドーニアン・ロード、ナッグズ・ヘッドのすぐ手前だな。こいつの母親はまだその時分エインジェルに住んでた。どのバスもどのバスも家のすぐ前を通る。だからバスなら三十八番、五百八十一番、三十番、三十八番のA、どれに乗ってもエセックス・ロードを通って、あっという間にドールストンの乗換駅に着くって寸法だ。いやもちろん、三十番に乗ったとすれば、アッパー・ストリートを通り、ハイベリー・コーナーをまわって聖ポール教会へ行く、しかし結局はやはりドールストン乗換駅に着くことに変りはない。おれはよく自転車をばあさんの家の庭において仕事に出たもんだ。そうよ、妙な話だった。お前にそっくりだったよ、この男は。鼻のあたりがもう少し大きかったが、だからどうってことはない。

（AⅠb1―1―一九三頁）（AⅠa2―三〇頁）

これは、浮浪者のデイヴィスに初めて逢ったミックが語る長台詞のひとつである。

文化唯物論、ポーストコローニアリズム、フェミニズム、新歴史主義などといった近年の数々の文学理論がこの台詞の面白さを説明することは絶対にできないと、私は思う。なぜなら、これらの理論は対象となる文藝作品を巨視的に捉えて、その作品の主題や素材を問題にするのであり、作品の微細な言葉遣いは、こういう理論の視野からは洩れているのが普通であるからだ。しかし、『管理人』のこの台詞は、劇全体の文脈だの語り手と聞き手の関係だのといった、近年の文学理論が軽視しがちな《末梢的》な条件を考慮しないと、全く理解できない。

ここ数十年もてはやされて来た文学理論がいけないと言うつもりは、私にはない。現にシェイクスピア批評においては、さまざまの理論は目ざましい成果を挙げている。もちろんそれは、シェイクスピアがどんな方法による批評にもたえうる多様性をそなえた劇作家であるからだ。文化唯物論や新歴史主義によるシェイクスピア研究と並んで、他方ではシェイクスピアの言葉についての研究も行われているのであり、その中には極めて刺戟的なものも少くない。

ある時期以後、ピンターはアーサー・ミラーと親しくしていたが、ミラーの戯曲の題材に注目して、たとえば彼の作品における《アメリカの夢》の挫折だの、父親と息子の相克だの、資本主義社会の批判だのを論じても、興味ある成果は得られるであろう。あるいは、ピンターのいわば後輩に当る劇作家で、彼が高く評価していた――そして、私自身も高く評価している――デイヴィッド・ヘアというひとがいる。ヘアはもともと社会性の濃厚な作家だったが、近年は鉄道民営化やイラク戦争や金融危機といった生々しい素材を扱った戯曲を発表している。こういう作品において何よりも重要なのは、素材であろう。その代り、ミラーやヘアの戯曲における台詞なり言語表現なりを問題にする批評家はあまりいないようだ。それは、これが彼等の作品の最も重要な、あるいは最も興味ある側面ではないからだ。

もちろん私は二種類の劇作家の一方が他方よりもすぐれているなどと主張しているのではない。ただ、劇作家には色々あり、批評家は当の劇作家の最も興味ある面が何であるかを心得ていなければならない。ピンターの場合、それは言葉であり、言葉を無視あるいは軽視したピンター批評は面白くない――ピンターの戯曲を読めば読むほど、私はそう感じるようになるのだ。

この本の第二十四章で、私は『背信』の筋を手短に述べたが、それだけを読んで、この戯曲を読みたいとか、この戯曲の上演を観たいとかと思う人がたくさん現れることを、私は全く期待していない。『背信』が扱っているのは、割合に陳腐な不倫にすぎないのであり、この作品の面白さは、時間を逆行させる手法や、個々の台詞のサブテクストに潜んでいるのである。

あるいは『景気づけに一杯』が独裁的な体制の暴力を激しく糾弾していることは確かだが、素材の選択そのものには、独創性はほとんど認められない。この劇の独創性は、主人公の言葉遣いや主人公が犠牲者に対して示す態度にこもっているのだ。主題や素材に関する限り、ピンターはとりたてて独創的な劇作家ではないのであって、彼の独創性は作品に密着することによってしか理解できないのである。

『背信』に登場する二人の男性は、どちらもW・B・イェイツの読者だが、たとえばイェイツの詩を論じる場合、やむなく内容を要約する人はいるかも知れない。しかし、要約が作品そのものの代りになると思う人はいないだろう。また、議論の中で作品を全く引用しないことも考えられない。つまり、言語表現を全く無視するイェイツ論はありえないのである。同じことはピンターにも当てはまる。ピンターは劇作家ではあったが、言語感覚においてはむしろ詩人——それも叙事詩ではなくて抒情詩の作者——なのだった。ピンターはしばしば難解視されるが、それは、彼が詩人の感覚で言葉を用いているという決定的な事実に、論者が気づいていないせいではないかと思われる。

私のこの本に対しては、おそらく二種類の批判が加えられるであろう。すなわち、ピンターの戯曲からの引用が多すぎるという批判と、他のピンター研究書への言及が乏しいという批判とである。確かに私はピンターの台詞の実例をたくさん挙げたが、それは、詩人の感覚で作品を書いているピンターの面白さを知って貰うには、そうするほかないと考えたからである。

ピンター研究書の中には、たとえば、彼の戯曲をいわば象徴の体系として捉え、そういうものとして戯曲を読み解こうとしているものがある。あるいは、フェミニズムの立場から、ピンター劇の女性の登場人物を論じるものがある。あるいは、ピンター劇を悪夢の世界として捉え、フロイトを援用して彼の作品を理解しようとするものがある。これらはすべて有意義な仕事であり、私自身もそういうことをいくらか実行してはいるが、それだけでは、ピンターの最も面白いところは洩れてしまうのではないかと思うのだ。

私がいちばん頻繁に言及したピンター研究書は、一九七〇年に初版が出たマーティン・エスリンの本である。これは、事実上、最初の本格的なピンター研究書だったが、その後、何度も増補され、二〇〇〇年に出た最後の第六版では、『祝宴』までのすべての戯曲が論じられている。ただ、後に加えられた章は概して短く、作品の分析にも、かつてのエネルギーが感じられなくなっているのは、本当に悲しい。また、私はエスリンの読みに賛成できない場合があったので、そのことは率直に述べた。

しかし、四十年ほど前に初版が出たこの本は、今なお最良のピンター研究書である。そして、そう考えるのは私だけではない。私はマイケル・ビリントンによるピンターの評伝にも何度も言及したが、一九九六年に初版が出たこの本の序文で、ビリントンは、「マーティン・エスリンのものを初めとして」すぐれたピンター論の本はたくさんある（BⅡ 1―x頁）と書いている。つまり、数あるピンター研究書の中で、彼はただ一冊、エスリンの本だけをいわば名指しで挙げているのである。ついでながら、エスリンの本に加えてもう一冊、ピンター論の本を挙げるように求められたら、私はためらうことなくビリントンの本を推す。この本は評伝だから、ピンターの実生活についても多くの頁を割いているが、彼の作品も丁寧に分析している。

ビリントンやエスリンによる作品分析に説得力があるのは、それがテクストに密着して行われているからだ。特にエスリンは、作品の内容を辿りながら、それが劇としてどんな効果を生んでいるかを論じるという、一見平凡極まりない方法を守っている。つまり、私が従った方法はエスリンの方法とほとんど同じなのであり(もちろん、結論は異っている場合がある)、これがピンターに対してはいちばん有効な方法だと、私は信じている。ただ、エスリンの本の目次は、ピンターの戯曲の題を発表順に並べているだけであり、いくら何でもそれでは素っ気ないので、私は、それぞれの作品の中心的な主題と感じられるものを章題に含めた。しかし、これはあくまでも便宜的な処置であり、個々の戯曲の内容がこれで尽くされているわけではない。

マーティン・エスリンと言えば、もちろん『不条理の演劇』(一九六一年初版)の著者として知られている。これはいわゆる前衛劇を理解するための見方を提示した画期的な名著であり、ある権威を獲得するに至ったのも不思議ではない。しかし、エスリン自身はこういう状況を必ずしも喜んではいなかった。たとえば、一九八〇年版の序文で、彼は、《不条理劇》とは「ある流派、ある運動、いや、ある新しいジャンルだとさえ」考えている人がいるが、それは誤りだと明言している。それより早く、一九六八年版の序文では、彼は《不条理劇》は作業仮説にすぎなかったのに、「この本の題名だけを読んで、不条理劇について語ったり書いたりする人が大勢いるようだ」と言って嘆いている。不条理劇とは実体のあるジャンルなのだと断定して、ある劇作家のある作品が不条理劇に属するかどうか、不条理劇の条件をみたしているかどうかを議論する批評家にしばしば出くわすが、エスリンが自著の序文で不満を洩らしていたことを、そういう批評家は知っているのだろうか。

私が何よりも我慢できないのは、ピンターは不条理劇の作家なのだと決めつけ、それですべてが分ったような気になる人たちである。確かにピンターは古風なリアリズム作家と違って、劇中人物がある行動を選ぶ動機を分りやすく説明したりはしない。しかし、彼の作品は《不条理劇》なのだから、難解なのは当然だと主張するのは、そもそも議論になってはいない。『不条理の演劇』の著者マーティン・エスリン自身が、《不条理劇》というジャンルなどは存在しないと明言しているからである。

実際、こういう現象の根底にあるのは、現代の批評家の――少くとも、一部の批評家の――営為が、信じられないような頽廃状態に陥っているという事実である。ピンターの作品に接した批評家は、旧来のリアリズム劇に慣れた自らの理解力によってはどうやらそれと太刀打ちできないらしいことに気づく。そこで、ピンター劇は不条理劇なのだと称して仕事を終えた気になる。

ピンター自身は、実際に起りうる事件を捉えるために作品を書いたつもりでいたに違いない。一体、『背信』や『景気づけに一杯』のどこが不条理劇風だというのか。『料理昇降機』のような初期の作品――しばしば《不条理劇》の典型と見なされる作品――でさえも、現実を捉えた戯曲なのだと、ピンターは考えていた。ニコラス・ハーンとの対談で、彼はこう述べている――

テレビで『料理昇降機』をやることになったので、私は通し稽古を見に行きました。建物の上の階にいて、一度もすがたを現さない男が権威を代表していることは、俳優たちには分りきったことでした。ガスはこの権威を問題にし、それに反抗するので、この人物が消される――消されようとするところで、劇は終るのです。一九六〇年の初演の俳優たちや演出家にとっても、政治的な比喩は非常に明瞭でした。

（AIa8―七頁）

ピンターは、この劇が現実の建物で起る現実の事件を扱ったものであると語っているだけではない。彼は、登場人物のひとりがなぜ殺されるのかを説明してもいるのだ。

ピンターは人物の行動の動機を説明したりはしないと私は書いたが、それは常に事実であるとは限らない。戯曲を丹念に読むなら、それが自ずと明らかになる場合も少くはないのである。私はピンター劇の上演の現場に立会ったことが何度かあるが、俳優や演出家は——少くとも、良心的な俳優や演出家は——戯曲を何十回、何百回と読み、一語一語を吟味する。ピンター劇に限らない。どんな戯曲を採り上げるにせよ、俳優や演出家にはこういう作業が求められるのだ。批評家や研究者も、せめてその何分の一かの手間をかけるべきではないのだろうか。

かりにピンターの劇が分りにくいとすれば、それは彼の作品が《不条理劇》であるからではなくて、彼が詩人の感覚で言葉を使っているからだ。ピンターのいわゆる難解さは、彼が愛読したイェイツやディラン・トマスやフィリップ・ラーキンの詩を読む場合のように、テクストの言葉に全神経を集中させ、一語一語を丁寧に吟味しながら作品を読んだら、ほとんど解消されるに違いない。そういう労を惜しみ、ピンターの作品を《不条理劇》として片づけて安心しているような怠惰な人にとっては——自分の安心感の支えとなっているものが、実は、この稀に見る劇作家を頭から理解しようとしない傲慢さにすぎないことに気づいてさえいない人にとっては——ピンターはいつまでも難解な劇作家であり続けるだろう。

あとがき

ハロルド・ピンターは二〇〇八年十二月二十四日に亡くなった。その半年ほど前、私は彼に手紙を出し、彼の全戯曲を論じる日本で最初の本を書こうとしていること、本が出たら一冊送るつもりであることを知らせた。ピンターは日本語は読めなかったが、一九七七年に、彼がそれまでに発表していたすべての戯曲を収録した三巻の『ハロルド・ピンター全集』が新潮社から出た時、わざわざ手紙をくれた。「この本が読めたらいいのだが」と書いてあった。私が書こうとしている本の年譜や索引には作品の原題も含まれているから、本の内容もある程度は見当がつくのではないか。おそらく彼は、大部な本が出たことを喜んでくれるだろう。だが私は、重病のピンターが果してそれまで生きているだろうかという思いを振り払うことができなかった。

訃報を聞いた私は、ピンターが手にすることはもはやできなくなった本の原稿を書き続けながら、何か自分にできることはないかと考えた。ピンターの資料はすべて、生前からブリティッシュ・ライブラリー（大英図書館）に収められていた。資料はケイト・オブライエンという館員によって整理されることになったが、彼女のブログを私は時々読んでいた。私はオブライエン氏に手紙を出して自己紹介をし、手元にあるピンターの手紙や原稿を寄贈するからアーカイヴに加えてほしいと述べた。そして二〇〇九年六月、私は彼女に逢った。近現代文学の原稿についての責任者で、彼女の上司かと思われるジェイミー・アンドルーズ氏も同席していた(私は今年八月にイギリスへ行き、手紙などを渡すつもりでいる)。

打合せが終ると、オブライエン氏は資料の収蔵庫へ案内してくれた。ピンターの資料は、戯曲関係、映画シナリオ関係、手紙、写真、視聴覚資料、手帳などに分類されていたが、オブライエン氏は手紙を収めた箱のひとつを開けた。数冊のファイルが入っていたが、ファイルのひとつは私がピンターに出した手紙をまとめたものだった。想像以上に几帳面な人物だったハロルド・ピンターは、私の手紙の少なくともいくつかを保存していたのだ。それを知った時、彼から受取った手紙を一緒に保存すること以上に筋の通ったやり方は考えられないと私は感じた。いささか気取った言い方をするなら、一九六一年七月にウィンザーのシアター・ロイアルで始まった、ピンターをめぐる私の旅は、半世紀後にブリティッシュ・ライブラリーで終るのだ。

ブリティッシュ・ライブラリーを訪れたのは二〇〇九年六月十五日のことだったが、その二ヶ月ほど前に、私はピンターに関わりのある別の仕事を引受けていた。

新潮社の『全集』以後のピンターの戯曲を、私は折にふれて翻訳し、種々の雑誌に発表したが、いちばん多くの作品を掲載してくれたのは早川書房の月刊演劇誌『悲劇喜劇』だった。この出版社は「ハヤカワ演劇文庫」という戯曲専門の叢書も出しているが、二〇〇九年四月に担当者から連絡があった。新潮社の本以後のピンターのすべての戯曲を「ハヤカワ演劇文庫」に収めたいということだった(研究社から出る本の「あとがき」で別の出版社の本に言及するのが異例であることは承知しているが、私の意識においては、二つの仕事は不可分なのである)。冷静に考えたら、二つの仕事を並行して進めるのが無茶であることは明らかだった。しかし私には、他のやり方は考えられなかった。そして、どちらの仕事も予定通り仕上げることができた。人間の霊魂が不滅であるかどうかは私は知らないが、ピンターの霊に取りつかれて仕事を進めたような気が何となくする。

この本が無事に世に出るとすれば、それは誰よりも研究社出版部の津田正氏のおかげである。ものを書く人間は必ず不安にかられるものだが、津田氏は、私が原稿を送るたびに私の不安感を解消するような感想を述べてくれた。この本のカヴァーには、ピンター自身が出演している『誰もいない国』の舞台写真を使うことができたが、津田氏はそれについて使用許可を取得するという面倒な仕事も処理してくれた。また、ピンターの日本におけるエイジェントであるネイラー、ハラ インターナショナル株式会社のマーチン・ネイラー氏からは、この仕事を進めるについて数多くの貴重な助言を頂いた。おふたりに厚くお礼申上げたい。

ピンターは『失われた時を求めて』のシナリオの序文の中で、「(プルーストの小説をシナリオ化する)仕事をした一年は、こういう仕事をする者としての私にとっては、生涯で最良の一年だった」と述べている。それに倣うなら、読者として、訳者として、そして研究者として、ピンターの仕事に没入することができた一年は、私にとってはこれまでで最も充実した一年だった。

二〇一〇年二月

喜志哲雄

IV.　定期刊行物

1．*The Pinter Review* (University of Tampa Press)

――アメリカに本拠をおく研究団体、The Harold Pinter Society の機関誌。論文、書評、書誌、上演記録などを収録する。第 1 巻は 1987 年刊。最初は年刊の予定だったが、複数年に 1 巻出ることが多くなり、2009 年末現在、13 巻が出版されている。

V.　その他

1．Bakewell, Joan. *The Centre of the Bed: An Autobiography*. London: Hodder & Stoughton, 2003.

――『背信』の素材となった事件についての記述を含む。

2．Crabbe, Kerry Lee. *The Dwarfs*, adapted from the novel by Harold Pinter. London: Faber and Faber, 2003.

――小説『こびとたち』に基づく戯曲。

3．Sacks, Oliver. *Awakenings*. New York: Vintage Books, 1999.

――『いわばアラスカ』の素材となった記述や、この戯曲についての著者の感想を含む。

4．Trevis, Di. *Remembrance of Things Proust: A Rehearsal Diary*. London: Royal National Theatre, 2001.

――『失われた時を求めて』の舞台化についての記録。

VI.　ウェブサイト

1．ピンターの公式ウェブサイト

――http://www.haroldpinter.org/home/index.shtml

2．The Harold Pinter Society の公式ウェブサイト

――http://www.pintersociety.org/

3．The British Library Pinter Archive blog

――http://britishlibrary.typepad.co.uk/pinter_archive_blog/

――ピンターの資料は一括してブリティッシュ・ライブラリー（大英図書館）に収蔵されているが、このアーカイヴについての情報が随時得られる。

69. Scott, Michael, ed. *Harold Pinter: The Birthday Party, The Caretaker & The Homecoming*. Basingstoke and London: Macmillan Education, 1986.
70. Sicher, Efraim. *Beyond Marginality: Anglo-Jewish Literature after the Holocaust*. Albany: State University of New York Press, 1985.
71. Silverstein, Marc. *Harold Pinter and the Language of Cultural Power*. London and Toronto: Associated University Presses, 1993.
72. Smith, Ian, comp. *Pinter in the Theatre*. London: Nick Hern Books, 2005.
73. Stephen, Martin. *Notes on* The Birthday Party. London: Longman, 1980.
74. Strunk, Volker. *Harold Pinter: Towards a Poetics of His Plays*. New York: Peter Lang, 1989.
75. Sykes, Alrene. *Harold Pinter*. St. Lucia: University of Queensland Press, 1970.
76. Taylor, John Russell. *Anger and After: A Guide to the New British Drama*. London: Methuen & Co., 1969.
77. ———. *Harold Pinter.* London: Longman, 1973.
78. Thompson, David T. *Pinter: The Player's Playwright*. Basingstoke and London: Macmillan Press, 1985.
79. Trussler, Simon. *The Plays of Harold Pinter: An Assessment*. London: Victor Gollancz Ltd., 1973.
80. Wellwarth, George E. *The Theater of Protest and Paradox: Developments in the Avant-Garde Drama*. New York: New York University Press, 1971.
81. Worth, Katharine J. *Revolutions in Modern English Drama*. London: G. Bell & Sons, 1972.
82. Zarhy-Levo, Yael. *The Theatrical Critic as Cultural Agent: Constructing Pinter, Orton and Stoppard as Absurdist Playwrights*. New York: Peter Lang, 2001.

Albee, and Pinter. London and Toronto: Associated University Presses, 1989.

56. Merritt, Susan Hollis. *Pinter in Play: Critical Strategies and the Plays of Harold Pinter*. Durham and London: Duke University Press, 2002.
57. Morrison, Kristin. *Canters and Chronicles: The Use of Narrative in the Plays of Samuel Beckett and Harold Pinter*. Chicago and London: The University of Chicago Press, 1983.
58. Naismith, Bill. *Harold Pinter*. London: Faber and Faber, 2000.
59. Owens, Craig N., ed. *Pinter Et Cetera*. Newcastle upon Tyne: Cambridge Scholars Publishing, 2009.
60. Peacock, D. Keith. *Harold Pinter and the New British Theatre*. Westport: Greenwood Press, 1997.
61. Prentice, Penelope. *The Pinter Ethic: The Erotic Aesthetic*. New York and London: Garland Publishing, 1994.
62. Quigley, Austin E. *The Pinter Problem*. Princeton: Princeton University Press, 1975.
63. Raby, Peter, ed. *The Cambridge Companion to Harold Pinter*. Cambridge: Cambridge University Press, 2009.
64. Regal, Martin S. *Harold Pinter: A Question of Timing*. Basingstoke and London: Macmillan Press, 1995.
65. Renton, Linda. *Pinter and the Object of Desire: An Approach through the Screenplays*. Oxford: Legenda, 2002.
66. Sahai, Surendra. *Harold Pinter: A Critical Evaluation*. Lewiston: Edwin Mellen Press, 1981.
67. Sakellaridou, Elizabeth. *Pinter's Female Portraits: A Study of Female Characters in the Plays of Harold Pinter*. Basingstoke and London: Macmillan Press, 1988.
68. Schroll, Herman T. *Harold Pinter: A Study of His Reputation (1958–1969) and a Checklist*. Metuchen: The Scarecrow Press, 1971.

43. Homan, Sidney. *The Audience as Actor and Character: The Modern Theater of Beckett, Brecht, Genet, Ionesco, Pinter, Stoppard, and Williams*. London and Toronto: Associated University Presses, 1989.
44. Homan, Sidney, with Stephanie Dugan, Sandra Langsner and Thomas Pender. *Pinter's Odd Man Out: Staging and Filming Old Times*. London and Toronto: Associated University Presses, 1993.
45. Jenkins, John. *Three Plays: Harold Pinter*. London: Pan Books, 1991.
46. Kane, Leslie, ed. *The Art of Crime: The Plays and Films of Harold Pinter and David Mamet*. New York and London: Routledge, 2004.
47. Kennedy, Andrew. *Six Dramatists in Search of a Language*. London: Cambridge University Press, 1975.
48. Kerr, Walter. *Harold Pinter*. New York: Columbia University Press, 1967.
49. Klein, Joanne. *Making Pictures: The Pinter Screenplays*. Columbus: Ohio State University Press, 1985.
50. Knowles, Ronald. *The Birthday Party and The Caretaker*. Basingstoke and London: Macmillan Education, 1988.
51. ———. *Understanding Harold Pinter*. Columbia: University of South Carolina Press, 1995.
52. Lahr, John, ed. *A Casebook on Harold Pinter's* The Homecoming. New York: Grove Press, 1971.
53. Lloyd Evans, Gareth and Barbara, eds. *Plays in Review 1956–1980*. London: Batsford Academic and Educational, 1985.
54. Marowitz, Charles, Tom Milne, and Owen Hale, eds. *The Encore Reader: A Chronicle of the New Drama*. London: Methuen & Co., 1965.
55. Mayberry, Bob. *Theatre of Discord: Dissonance in Beckett,*

Works. New York: Monarch Press, 1972.
29. ———. *Butter's Going Up: A Critical Analysis of Harold Pinter's Work*. Durham: Duke University Press, 1977.
30. ———, ed. *Harold Pinter: Critical Approaches*. London and Toronto: Associated University Presses, 1986.
31. ———, ed. *Critical Essays on Harold Pinter*. Boston: G. K. Hall & Co., 1990.
32. ———, ed. *The Films of Harold Pinter*. Albany: State University of New York Press, 2001.
33. ———. *Sharp Cut: Harold Pinter's Screenplays and the Artistic Process*. Lexington: The University Press of Kentucky, 2003.
34. Ganz, Arthur, ed. *Pinter: A Collection of Critical Essays*. Englewood Cliffs: Prentice-Hall, 1972.
35. Gordon, Lois G. *Stratagems to Uncover Nakedness: The Dramas of Harold Pinter*. Columbia: University of Missouri Press, 1969.
36. ———. ed. *Harold Pinter: A Casebook*. New York and London: Garland Publishing, 1990.
37. ———. ed. *Pinter at 70: A Casebook*. New York and London: Routledge, 2001.
38. Grimes, Charles. *Harold Pinter's Politics: A Silence Beyond Echo*. Madison: Fairleigh Dickinson University Press, 2005.
39. Guralnick, Elissa S. *Sight Unseen: Beckett, Pinter, Stoppard, and Other Contemporary Dramatists on Radio*. Athens: Ohio University Press, 1996.
40. Hayman, Ronald. *Harold Pinter*. London: Heinemann, 1975.
41. Hinchliffe, Arnold P. *Harold Pinter*. Boston: G.K. Hall & Co., 1981.
42. Hollis, James R. *Harold Pinter: The Poetics of Silence*. Carbondale and Edwardsville: Southern Illinois University Press, 1970.

Pinter: Its Basis in Ritual. Columbus: Ohio State University Press, 1971.

15. Burkman, Katherine H., and John L. Kundert-Gibbs, eds. *Pinter at Sixty*. Bloomington and Indianapolis: Indiana University Press, 1993.
16. Cahn, Victor L. *Gender and Power in the Plays of Harold Pinter*. Basingstoke and London: Macmillan Press, 1994.
17. Calitz, Marcelle. *Shakespeare's influence in some of Harold Pinter's plays*. Köln: Lambert Academic Publishing, 2008.
18. Diamond, Elin. *Pinter's Comic Play*. London and Toronto: Associated University Presses, 1985.
19. Dobrez, L. A. C. *The Existential and its Exits: Literary and philosophical perspectives on the work of Beckett, Ionesco, Genet and Pinter*. London: The Athlone Press, 1986.
20. Dukore, Bernard F. *Where Laughter Stops: Pinter's Tragicomedy*. Columbia and London: University of Missouri Press, 1976.
21. ———. *Harold Pinter*. Basingstoke and London: Macmillan Education, 1988.
22. Elsom, John. *Post-war British Theatre Criticism*. London: Routledge & Kegan Paul, 1981.
23. Esslin, Martin. *The Theatre of the Absurd*. Harmondsworth: Penguin Books, 1980.
24. ———. *Pinter the Playwright*. London: Methuen, 2000.
25. Eyre, Richard, et al. *Harold Pinter: A Celebration*. London: Faber and Faber, 2000.
26. Gabbard, Lucina Paquet. *The Dream Structure of Pinter's Plays: A Psychoanalytic Approach*. Cranbury and London: Associated University Presses, 1976.
27. Gale, Steven H. *Harold Pinter's The Homecoming and Other Works*. New York: Monarch Press, 1971.
28. ———. *Harold Pinter's The Birthday Party and Other*

2007.
2. Fraser, Antonia. *Must You Go?: My Life with Harold Pinter*. London: Weidenfeld & Nicolson, 2010.

III. 批評、研究など

1. Almansi, Guido, and Simon Henderson. *Harold Pinter*. London: Methuen, 1983.
2. Anderson, Michael. *Anger and Detachment: A Study of Arden, Osborne and Pinter*. London: Pitman Publishing, 1976.
3. Armstrong, Raymond. *Kafka and Pinter: Shadow-Boxing*. Basingstoke and London: Macmillan Press, 1999.
4. Aylwin, A. M. *Notes on Harold Pinter's* The Caretaker. London: Methuen, 1976.
5. Baker, William, and Stephen Ely Tabachnick. *Harold Pinter*. Edinburgh: Oliver & Boyd, 1973.
6. Baker, William. *Harold Pinter*. London: Continuum, 2008.
7. Batty, Mark. *Harold Pinter*. Horndon: Northcote House Publishers, 2001.
8. ———. *About Pinter: The Playwright and the Work*. London: Faber and Faber, 2005.
9. Begley, Varun. *Harold Pinter and the Twilight of Modernism*. Toronto: University of Toronto Press, 2005.
10. Bloom, Harold, ed. *Harold Pinter.* New York: Chelsea House Publishers, 1987.
11. Bold, Alan, ed. *Harold Pinter: You Never Heard Such Silence*. London: Vision Press; Totowa: Barnes & Noble Books, 1985.
12. Brewer, Mary F., ed. *Harold Pinter's* The Dumb Waiter. Amsterdam and New York: Rodopi, 2009.
13. Brown, John Russell. *Theatre Language: A Study of Arden, Osborne, Pinter and Wesker*. London: Allen Lane the Penguin Press, 1972.
14. Burkman, Katherine H. *The Dramatic World of Harold*

2. *The Dumb Waiter* (1987)

——以上2点は、Robert Altmanの演出により、テレビ映画として製作された。

3. *Pieces of Eight*. LP. London: Decca Record, 1959.

——*Last to Go*の録音を含む。現在はCDとして入手可能。

4. *The Caretaker*. CD. London: EMI Records, 2006.

——1960年8月4日の公演の録音。

5. *The Collection*. London: Granada Ventures, 2009.

——1976年にテレビで放映されたもののDVD。1998年に放映されたピンターに対する長時間のインタヴューを含む。

6. *No Man's Land*. New York: Caedmon, 1982.

——1978年に放映されたテレビ版の音声を収めたオーディオカセット。

付記——ピンターが関わった映画の多くはDVDやヴィデオとして入手できる。現在は入手困難な作品や、このリストに含まれていない作品も、将来DVDとして市販されるようになる可能性がある。

B. ピンターに関する資料（増補や改訂が施された書籍については最新版のみを挙げる）

I. 書誌、上演記録

1. Baker, William, and John C. Ross. *Harold Pinter: A Bibliographical History*. London: The British Library; New Castle: Oak Knoll Press, 2005.
2. Gale, Steven H. *Harold Pinter: An Annotated Bibliography*. Boston: G. K. Hall & Co., 1978.
3. Imhof, Rudiger, comp., *Pinter: A Bibliography*. London: TQ Publications, 1976.
4. Page, Malcolm, comp., *File on Pinter*. London: Methuen, 1993.

II. 評伝、回想録

1. Billington, Michael. *Harold Pinter*. London: Faber and Faber,

ii. 他の作家の作品を脚色したもの

1. *The Servant** (1963)
2. *The Pumpkin Eater* (1964)
3. *The Quiller Memorandum* (1966)
4. *Accident** (1967)
5. *The Go-Between* (1971)
6. *The Last Tycoon* (1976)
7. *Langrishe, Go Down** (1978)
8. *The French Lieutenant's Woman* (1981)
9. *Turtle Diary** (1985)
10. *The Heat of the Day* (1989)
11. *The Handmaid's Tale* (1990)
12. *Reunion* (1991)
13. *The Comfort of Strangers* (1991)
14. *The Trial* (1992)
15. *Sleuth** (2007)

c. **ピンターが演出した映画**

1. *Butley* (1974)

d. **ピンターが出演した放送劇及び映画**（テレビ映画を含む）

1. Beckett, Samuel. *Works for Radio*. CD. London: The British Library, 2006.
   ――ピンターが出演した *Rough for Radio* を含む。
2. *Beckett on Film*. DVD. London: Blue Angel Films, 2001.
   ――ピンターが出演した *Catastrophe* を含む。
3. *The Rise and Rise of Michael Rimmer* (1970)
4. *Rogue Male* (1976)
5. *Mojo* (1997)
6. *Mansfield Park* (2000)
7. *The Tailor of Panama* (2001)
8. *Wit* (2001)

e. **その他**

1. *The Room* (1987)

b.　日本語

1.　喜志哲雄・小田島雄志・沼澤洽治　訳『ハロルド・ピンター全集』全3巻（新潮社、2005）
——1975年までに発表された全戯曲および講演や短篇の訳を収録。

2.　喜志哲雄　編訳『何も起こりはしなかった——劇の言葉、政治の言葉』（集英社新書、集英社、2007）
——ノーベル賞記念講演を含む政治と藝術についての発言集。

3.　喜志哲雄　訳『ハロルド・ピンター』I〜III（ハヤカワ演劇文庫、早川書房、2009）
——1978年以後に発表された全戯曲の訳を収録。

II.　視聴覚資料

a.　講演、インタヴューなど

1.　*Talking about Theatre*. LP. London: Argo Records, 1962.
——ピンターを含む9人の演劇人に対するインタヴューを編集したもの。

2.　*The Spoken Word: British Writers*. CD. London: The British Library, 2008.
——ピンターに対するインタヴューを含む。

3.　*Various Voices*. London: Penguin Books, 1998.
——AIa14の一部をピンターが朗読したオーディオカセット。

4.　*Art, Truth and Politics*. DVD. London: Illuminations, 2006.
——ノーベル賞記念講演。

b.　ピンターが脚本を担当した映画（テレビ映画を含む）（* 出演を兼ねているもの）

i.　自作戯曲の映画化（括弧内は公開年。以下の項についても同じ）

1.　*The Caretaker** (1963)
2.　*The Birthday Party* (1968)
3.　*The Homecoming* (1973)
4.　*Betrayal* (1982)

Harold Pinter and Di Trevis. London: Faber and Faber, 2000.
6. *Press Conference*. London: Faber and Faber, 2002.
7. *The Hothouse*. London: Faber and Faber, 2007.
— *Plays One* に収録されたテクストに更に加筆したもの。
8. *One for the Road*. London: Methuen, 1985.
— Nicholas Hern との対談 "A Play and its Politics" を含む。
9. *Apart from That*. *The Pinter Review 2005–2008*. Tampa: University of Tampa Press, 2008.
10. *Collected Screenplays One*. London: Faber and Faber, 2000.
— *The Servant, The Pumpkin Eater, The Quiller Memorandum, Accident, The Last Tycoon, Langrishe, Go Down* を収録。
11. *Collected Screenplays Two*. London: Faber and Faber, 2000.
— *The Go-Between, The Proust Screenplay, Victory, Turtle Diary, Reunion* を収録。
12. *Collected Screenplays Three*. London: Faber and Faber, 2000.
— *The French Lieutenant's Woman, The Heat of the Day, The Comfort of Strangers, The Trial, The Dreaming Child* を収録。
13. *The Dwarfs*. London: Faber and Faber, 1990.
—小説。
14. *Various Voices: Sixty Years of Prose, Poetry, Politics 1948–2008*. London: Faber and Faber, 2009.
15. Gussow, Mel. *Conversations with Pinter*. London: Nick Hern Books, 1994.
—インタヴュー。
16. "The Art of the Theater III". *The Paris Review* Fall 1966.
— Lawrence M. Bensky によるインタヴュー。Charles Marowitz and Simon Trussler, eds., *Theatre at Work* (London: Methuen & Co., 1967) と Kay Dick, ed., *Writers at Work* (Harmondsworth: Penguin Books, 1972) に再録されている。
17. "Radical Departures". *The Listener* 27 October 1988.
— Anna Ford によるインタヴュー。

ハロルド・ピンター関係基本資料一覧

A.　ピンターの著作

I.　書籍など（増補や改訂が施されたものについては、最新版のみを挙げる）

a.　英語

1. *Plays One*. London: Faber and Faber, 1991.
— "Writing for the Theatre", *The Birthday Party*, *The Room*, *The Dumb Waiter*, *A Slight Ache*, *The Hothouse*, *A Night Out*, *The Black and White*（短篇）, *The Examination*（短篇）を収録。
2. *Plays Two*. London: Faber and Faber, 1991.
— "Writing for Myself", *The Caretaker*, *The Dwarfs*, *The Collection*, *The Lover*, *Night School*, Revue Sketches (*Trouble in the Works*, *The Black and White*, *Request Stop*, *Last to Go*, *Special Offer*) を収録。
3. *Plays Three*. London: Faber and Faber, 1997.
— "Introduction" ("On Being Awarded the German Shakespeare Prize in Hamburg"), *The Homecoming*, *Tea Party*, *The Basement*, *Landscape*, *Silence*, Revue Sketches (*Night*, *That's Your Trouble*, *That's All*, *Applicant*, *Interview*, *Dialogue for Three*), *Tea Party*（短篇）, *Old Times*, *No Man's Land* を収録。
4. *Plays Four*. London: Faber and Faber, 2005.
— "Introduction" ("Speech of Thanks for the David Cohen British Literature Prize for 1995"), *Betrayal, Monologue, Family Voices, A Kind of Alaska, Victoria Station, Precisely, One for the Road, Mountain Language, The New World Order, Party Time, Moonlight, Ashes to Ashes, Celebration* を収録。
5. Proust, Marcel. *Remembrance of Things Past*, adapted by

（邦題は『スルース』）が公開される。監督はケネス・ブラナー（Kenneth Branagh）（なお、シナリオは未刊）。
フランス政府からレジョン・ドヌール勲章を贈られる。

2008 年　9 月 8 日、大英図書館（British Library）で、第二次大戦後のイギリスの新しい劇についての展示 “The Golden Generation” に合せてインタヴューを受ける。
12 月 24 日、死去。
12 月 31 日、ロンドン北西部のケンスル・グリーン墓地（Kensal Green Cemetery）に埋葬される。

2009 年　ノーベル賞記念講演などを新たに加えた *Various Voices: Sixty Years of Prose, Poetry, Politics 1948–2008* が出版される。
6 月 7 日、ナショナル・シアターのオリヴィエ劇場で、ピンター追悼のだしもの、*Harold Pinter: A Celebration* が上演される。

2010 年　1 月、夫人による回想録、*Must You Go?: My Life with Harold Pinter* が出版される。

新作スケッチ『記者会見』(*Press Conference*) を提供し、自ら出演。

「文学に対する貢献」によって名誉勲位 (Companion of Honour) を与えられる。

2003年　詩集『戦争』(*War*) が出版される。

2004年　7月1日、サイモン・グレイの『古大家たち』(*The Old Masters*) (ピンター演出) が、コメディ劇場で初日を迎える。

2005年　3月18日、詩集『戦争』によってウィルフリッド・オウエン賞 (Wilfred Owen Poetry Prize) を受ける。

フランツ・カフカ賞を受ける。

10月10日、75歳の誕生日を記念して、政治劇5篇のコラージュ『声』(*Voices*) (ジェイムズ・クラークの音楽を伴う) がBBCラジオで放送される。ピンターは「声八」を演じる。

10月13日、ノーベル文学賞受賞が発表される。

12月7日、あらかじめ録画したノーベル賞記念講演『藝術・真実・政治』(*Art, Truth and Politics*) が、スウェーデン・アカデミーの会場で映写され、同時にインターネットで全世界に流される (授賞式は10日に行われたが、ピンターは体調不良で出席できなかった)。


2006年　3月12日、トリーノでヨーロッパ演劇賞を受ける。

5月11日、イナー・テンプルで催されたロングフォード・トラストの行事で、夫人と一緒に新作スケッチ『それはそれとして』(*Apart from That*) を演じる。

6月23日、BBCテレビの番組『ニューズナイト』(*Newsnight*) に出演し、『それはそれとして』を演じる。

10月15日、ロイアル・コート劇場でサミュエル・ベケットの一人芝居『クラップの最後のテープ』(*Krapp's Last Tape*) が初日を迎える (最後の舞台出演となる)。

2007年　1月30日、ピンターのレヴュー・スケッチを集めただしもの『ピンターの人々』(*Pinter's People*) が、ヘイマーケットのシアター・ロイアルで初日を迎える (『それはそれとして』の劇場での初演)。
3月18日、BBCラジオで『帰郷』のマックスを演じる。
アントニー・シャファー (Anthony Shaffer) の戯曲に基づく映画『探偵』(*Sleuth*) (ピンターはシナリオを担当し、出演)

Middle Classes）（ピンター演出）が、ワットフォードのパレス劇場で初日を迎える。

2000年　3月16日、『祝宴』（*Celebration*）がアルミーダ劇場で初日を迎える。『部屋』との2本立てで、演出はどちらもピンター（翌年7月、ニューヨークのリンカーン・センターで再演される）。

5月、サミュエル・ベケットの『カタストロフィ』（*Catastrophe*）がHBOの番組として放映され、出演。演出はデイヴィッド・マメット。

7月、ピンターが出演した映画『マンスフィールド・パーク』（*Mansfield Park*）が公開される。監督はパトリシア・ローザマ（Patricia Rozema）。

10月8日、BBCラジオで『月の光』のアンディを演じる。

10月13日、BBCラジオで『かすかな痛み』のエドワードを演じる。

11月23日、プルーストの小説に基づく映画シナリオをピンターがダイ・トレヴィス（Di Trevis）と共同で舞台化した『失われた時を求めて』（*Remembrance of Things Past*）が、ナショナル・シアターで初日を迎える。

シェイクスピアの戯曲に基づくシナリオ『リア王の悲劇』（*The Tragedy of King Lear*）を執筆。映画化は実現せず（シナリオは未刊）。

2001年　3月24日、ピンターが出演したテレビ映画『ウィット』（*Wit*）が、HBO映画として放映される。演出はマイク・ニコルズ（Mike Nichols）。

7月3日、『景気づけに一杯』のニコラス役で、ニュー・アンバサダーズ劇場に出演、続いてニューヨークのリンカーン・センターにも出演。

12月6日、『誰もいない国』（ピンター演出）が、ナショナル・シアターで初日を迎える。

ピンターが出演した映画『パナマの仕立屋』（*The Tailor of Panama*）が公開される。監督はジョン・ブアマン（John Boorman）。

2002年　2月8日と11日にナショナル・シアターで上演された、ピンターのレヴュー・スケッチを集めた短いプログラムのために、

演劇における生涯の業績に対してローレンス・オリヴィエ賞を贈られる。

1997年　2月、ヒュー・ウィットモア（Hugh Whitemore）の劇『暗号を破る』（*Breaking the Code*）がテレビドラマとしてBBCから放映され、出演。演出はハーバート・ワイズ（Herbert Wise）。

4月7日、第2回の「ピンター・フェスティヴァル」の演目として『灰から灰へ』（ピンター演出）が、ダブリンのゲイト劇場で初日を迎える。

6月10日、サイモン・グレイの『生命維持装置』（*Life Support*）（ピンター演出）が、ギルフォードのイヴォンヌ・アーノー劇場で初日を迎える。8月5日からオールドウィッチ劇場で続演。

8月7日、第2回の「ピンター・フェスティヴァル」のために、『コレクション』のハリー役でダブリンのゲイト劇場に出演（27日まで）。

秋、イタリアで『灰から灰へ』（イタリア語訳）を演出。

10月5日、アルミーダ劇場で行われたガジ・ラビハヴィ（Ghazi Rabihavi）の戯曲『見よヨーロッパ！』（*Look Europe!*）の朗読に出演。

ピンターが出演した映画『モージョー』（*Mojo*）が公開される。監督はジェズ・バターワース（Jez Butterworth）。

カーレン・ブリクセン（Karen Brixen）（筆名はイサク・ディーネセン、Isak Dienesen）の小説『夢見る子供』（*The Dreaming Child*）に基づくシナリオを執筆。映画化は実現せず。

1998年　3月19日、フランス語訳の『灰から灰へ』（ピンター演出）が、ジャン・ヴォーチエ劇場で初日を迎える（5月17日まで公演）。

5月7日から、『コレクション』のハリー役でドンマー・ウェアハウスに出演（前年、ダブリンで披露された舞台の再演）（6月13日まで）。

12月24日、BBCラジオでジューリアン・マクラレン・ロス（Julian McLaren Ross）の短篇『私は気分が悪くなった』（*I Had to Go Sick*）を朗読。

Various Voices: Prose, Poetry, Politics 1948–1998 が出版される。

1999年　3月19日、サイモン・グレイの『後期の中流階級』（*The Late*

1992年　11月2日、『誰もいない国』のハースト役でアルミーダ劇場に出演。93年2月8日からコメディ劇場で続演。

11月17日、『パーティの時間』(ピンター演出) がチャネル4で放映される。

フランツ・カフカの小説に基づく映画『審判』(*The Trial*) (シナリオはピンター) (邦題は『トライアル――審判――』) が公開される。監督はデイヴィッド・ジョーンズ。

1993年　6月24日、デイヴィッド・マメット (David Mamet) の『オーレアナ』(*Oleanna*) (ピンター演出) が、ロイアル・コート劇場で初日を迎える。

9月7日、『月の光』(*Moonlight*) がアルミーダ劇場で初日を迎える。

1994年　ダブリンで催された「ピンター・フェスティヴァル」のために『風景』を演出、5月19日、ゲイト劇場で初日を迎える。11月23日からナショナル・シアターで上演。

1995年　3月15日、デイヴィッド・コーエン・イギリス文学賞 (David Cohen British Literature Prize) を受ける。

5月15日、ロナルド・ハーウッド (Ronald Harwood) の『立場を決める』(*Taking Sides*) (ピンター演出) が、チチェスターのミナーヴァ・ステューディオー劇場で初日を迎える。8月22日からクライティアリオン劇場で続演。

8月17日から9月9日まで、『温室』のルート役で、チチェスター・フェスティヴァル劇場に出演。9月12日から16日まで、コメディ劇場でロンドン公演。

10月21日、『風景』(ピンター演出) が、BBCテレビで放映される。

12月31日、BBCラジオで『失われた時を求めて』のシナリオの「シナリオの声」を演じる。

1996年　3月7日、レジナルド・ローズ (Reginald Rose) の『十二人の怒れる男』(*Twelve Angry Men*) (ピンター演出) が、ブリストル・オールド・ヴィックで初日を迎える。4月8日からコメディ劇場で続演。

9月12日、『灰から灰へ』(*Ashes to Ashes*) がロイアル・コート劇場主催の公演としてアンバサダーズ劇場で初日を迎える (演出もピンター)。

1987年　6月21日、BBCテレビで放映された『誕生日のパーティ』で、ゴールドバーグを演じる。

1988年　9月26日、クウィーン・エリザベス・ホールでT・S・エリオットに因むリサイタル *How Pleasant to Meet Mr. Eliot* に出演、エリオットの詩を朗読する。

10月20日、『山の言葉』(*Mountain Language*) が、ナショナル・シアターで初日を迎える (演出もピンター)。

12月11日、『山の言葉』(ピンター演出) がBBCテレビで放映される。

1989年　12月30日、エリザベス・ボウエン (Elizabeth Bowen) の小説に基づく映画『日ざかり』(*The Heat of the Day*) (シナリオはピンター) がグラナーダ・テレヴィジョンで放映される。演出はクリストファ・モラハン (Christopher Morahan)。

1990年　3月、マーガレット・アトウッド (Margaret Atwood) の小説に基づく映画『侍女の物語』(*The Handmaid's Tale*) (シナリオはピンター) が公開される。監督はフォルカー・シュレーンドルフ (Volker Schlöndorff) (なお、シナリオは未刊)。

5月10日、ジェイン・スタントン・ヒッチコック (Jane Stanton Hitchcock) の『ヴァニラ』(*Vanilla*) (ピンター演出) が、ハマスミスのリリック劇場で初日を迎える。

10月3日、BBCラジオで『背信』のロバートを演じる。

『こびとたち』(小説) が出版される。

1991年　3月、イアン・マキューアン (Ian McEwan) の小説に基づく映画『異邦人たちの慰め』(*The Comfort of Strangers*) (シナリオはピンター) (ヴィデオの邦題は『迷宮のヴェニス』) が公開される。監督はポール・シュレイダー (Paul Schrader)。

3月、フレッド・ウールマン (Fred Uhlman) の小説に基づく映画『再会』(*Reunion*) (シナリオはピンター) (邦題は『リユニオン——再会——』) が公開される。監督はジェリー・シャッツバーグ (Jerry Schatzberg)。

7月19日、『新世界秩序』(*The New World Order*)、ロイアル・コート劇場で初演 (演出もピンター)。

10月31日、『パーティの時間』(*Party Time*)、アルミーダ劇場で初演。『山の言葉』との2本立てで、演出はどちらもピンター。

『背信』が映画化され（シナリオはピンター）、公開される。監督はデイヴィッド・ジョーンズ。

ジョーゼフ・コンラッドの小説『勝利』（*Victory*）に基づくシナリオを執筆。映画化は実現せず。

1983 年　5 月 10 日、ジャン・ジロードゥーの『トロイ戦争は起らないだろう』（英語版の題名は *The Trojan War Will Not Take Place*）（ピンター演出）がナショナル・シアターで初日を迎える。

12 月 18 日、アポロ・ヴィクトリア劇場で上演された『ザ・ビッグ・ワン』（*The Big One*）という核兵器廃絶のためのだしものに、ピンターはスケッチ『丁度それだけ』（*Precisely*）を提供し、演出。

1984 年　3 月 13 日、『景気づけに一杯』（*One for the Road*）、ハマスミスのリリック劇場のスタジオで初演（演出もピンター）。

6 月 28 日、サイモン・グレイの『共通の追求』（*The Common Pursuit*）（ピンター演出）が、ハマスミスのリリック劇場で初日を迎える。

1985 年　3 月 7 日、『いわばアラスカ』、『ヴィクトリア駅』、『景気づけに一杯』が、まとめて『別の場所』という題でダッチェス劇場で上演される。

3 月 17 日、国際ペン・クラブの代表としてアーサー・ミラーとともにトルコを訪れ、言論弾圧の実情を調査する。

7 月 9 日、テネシー・ウィリアムズの『青春の甘き小鳥』（*Sweet Bird of Youth*）（ピンター演出）がヘイマーケットのシアター・ロイアルで初日を迎える。

『昔の日々』のディーリー役で、ロスアンジェルスのヘンリー・フォンダ劇場などに出演。

ラッセル・ホーバン（Russell Hoban）の小説に基づく映画『海亀日記』（*Turtle Diary*）（ピンターはシナリオを担当し、出演）（ヴィデオの邦題は『海に帰る日』）が公開される。監督はジョン・アーヴィン（John Irvin）。

1986 年　5 月 29 日、ドナルド・フリード（Donald Freed）の『サーシとブラーヴォー』（*Circe and Bravo*）（ピンター演出）が、ハムステッド・シアター・クラブで初日を迎える。7 月 23 日からウィンダムズ劇場で続演。

1978年　2月22日、サイモン・グレイの『後方部隊』(*The Rear Column*)(ピンター演出)がグローブ劇場で初日を迎える。

9月20日、『ラングリッシュ、下りて行け』がデイヴィッド・ジョーンズ(David Jones)の演出でテレビ映画となり、BBCテレビで放映される。ピンターも出演。

11月15日、『背信』(*Betrayal*)がナショナル・シアターで初日を迎える。

1979年　5月24日、サイモン・グレイの『ゲームの終り』(*Close of Play*)(ピンター演出)がナショナル・シアターで初日を迎える。

1980年　4月13日、『後方部隊』(ピンター演出)が、BBCテレビで放映される。

4月24日、『温室』がハムステッド劇場で初演(演出もピンター)。6月25日からアンバサダーズ劇場で続演。

8月、ヴィヴィアン・マーチャントと離婚。

11月27日、アントーニア・フレイザー(Antonia Fraser)と再婚。


1981年　1月22日、『家族の声』(*Family Voices*)がBBCラジオで放送される。

7月30日、サイモン・グレイの『クォーターメインの学期』(*Quartermaine's Terms*)(ピンター演出)が、クウィーンズ劇場で初日を迎える。

12月2日、ロバート・イースト(Robert East)の『タルス・ヒルの事件』(*Incident at Tulse Hill*)(ピンター演出)が、ハムステッド劇場で初日を迎える。

ジョン・ファウルズ(John Fowles)の小説に基づく映画『フランス軍中尉の女』(*The French Lieutenant's Woman*)(シナリオはピンター)が公開される。監督はカレル・ライス(Karel Reisz)。

1982年　3月27日、『温室』(ピンター演出)がBBCテレビで放映される。
10月14日、『家族の声』が『いわばアラスカ』(*A Kind of Alaska*)、『ヴィクトリア駅』(*Victoria Station*)とあわせて、『別の場所』(*Other Places*)という題でナショナル・シアターで上演される。

月にかけてキングズ・ヘッド劇場で上演)。

『帰郷』が映画化され(シナリオはピンター)、まずアメリカで公開される(イギリスでの公開は76年)。監督はもとの舞台版を演出したピーター・ホール。

1974年 1月、ピンターの監督で『バトリー』が映画化され(シナリオはグレイ)、公開される。
5月2日、ジョン・ホプキンズ(John Hopkins)の『最近親』(*Next of Kin*)(ピンター演出)が、ナショナル・シアターで初日を迎える。

1975年 4月23日、『誰もいない国』(*No Man's Land*)がナショナル・シアターの公演としてオールド・ヴィックで初日を迎える。

7月30日、サイモン・グレイの『只今取込み中』(*Otherwise Engaged*)(ピンター演出)がクウィーンズ劇場で初日を迎える。

12月3日、BBCラジオで『独白』を演じる。


1976年 6月24日、ノーエル・カワード(Noël Coward)の『陽気な幽霊』(*Blithe Spirit*)(ピンター演出)が、ナショナル・シアターで初日を迎える。

10月、ウィリアム・アーチボールド(William Archibald)の『無垢なる者たち』(*The Innocents*)(ピンター演出)が、ニューヨークのモロースコー劇場で初日を迎える。

11月、F・スコット・フィッツジェラルド(F. Scott Fitzgerald)の小説に基づく映画『最後の大立者』(*The Last Tycoon*)(シナリオはピンター)(邦題は『ラスト・タイクーン』)がアメリカで公開される(イギリスでの公開は翌年)。監督はイーリア・カザン(Elia Kazan)。

ピンターが出演したテレビ映画『悪漢』(*Rogue Male*)がBBCで放映される。演出はクライヴ・ドナー。

BBCラジオでサミュエル・ベケットの『ラジオのためのスケッチ』(*Rough for Radio*)に出演。

1977年 2月2日、グレイの『只今取込み中』(ピンター演出)のニューヨーク公演が、プリマス劇場で初日を迎える。
『失われた時を求めて』による映画シナリオ(*The Proust Screenplay*)がアメリカで出版される(イギリスでの出版は翌年)。

『混合ダブルズ』(*Mixed Doubles*) がコメディ劇場で開幕。

7月2日、ロイアル・シェイクスピア劇団による『風景』と『沈黙』(*Silence*) の2本立ての公演がオールドウィッチ劇場で初日を迎える。


1970年　9月17日、ダッチェス劇場における『ティー・パーティ』と『地階』の公演が始まる。

11月12日、ジェイムズ・ジョイスの唯一の戯曲『亡命者たち』(*Exiles*)(ピンター演出)が、マーメイド劇場で初日を迎える。

11月、ピンターが出演した映画『マイケル・リマーの成上り一直線』(*The Rise and Rise of Michael Rimmer*) が公開される。監督はケヴィン・ビリントン (Kevin Billington)。

エイダン・ヒギンズ (Aidan Higgins) の小説『ラングリッシュ、下りて行け』(*Langrishe, Go Down*) に基づく映画シナリオを執筆。自らの監督で映画化するつもりだったが、計画は実現しなかった。

ドイツで「シェイクスピア賞」を受ける。


1971年　6月1日、ロイアル・シェイクスピア劇団による『昔の日々』(*Old Times*) が、オールドウィッチ劇場で初日を迎える。

7月14日、サイモン・グレイ (Simon Gray) の『バトリー』(*Butley*)(ピンター演出)が、クライティアリオン劇場で初日を迎える。

7月、L・P・ハートリー (L. P. Hartley) の小説に基づく映画『仲介者』(*The Go-Between*)(シナリオはピンター)(邦題は『恋』)が公開される。監督はジョーゼフ・ロージー。

10月7日、『亡命者たち』がロイアル・シェイクスピア劇団の演目として、配役の一部を変更した上で、オールドウィッチ劇場で再演される。

1972年　10月31日、『バトリー』(ピンター演出)のニューヨーク公演が、モロースコー劇場で初日を迎える。
ジョーゼフ・ロージーのために、マルセル・プルーストの『失われた時を求めて』に基づく映画シナリオを執筆し、73年初めに完成。映画化は実現せず。

1973年　4月13日、親友ヘンリー・ウルフのために書いた『独白』(*Monologue*) がBBCテレビで放映される(続いて8月から9

7月、ペネロピ・モーティマー (Penelope Mortimer) の小説に基づく映画『かぼちゃを食べる人』(*The Pumpkin Eater*)(シナリオはピンター)(邦題は『女が愛情に渇くとき』) が公開される。監督はジャック・クレイトン (Jack Clayton)。

1965年　3月25日、自作短篇を脚色した戯曲『ティー・パーティ』がBBCテレビで放映される。

6月3日、ロイアル・シェイクスピア劇団による『帰郷』(*The Homecoming*) がオールドウィッチ劇場で初日を迎える。

11月15日、BBCテレビでサルトルの『出口なし』に出演。

1966年　6月、CBEの称号を受ける。

9月25日　BBCラジオで『夜間学校』が放送される。

11月、アダム・ホール (Adam Hall) の小説に基づく映画『クウィラーのメモ』(*The Quiller Memorandum*)(シナリオはピンター)(邦題は『さらばベルリンの灯』) が公開される。監督はマイケル・アンダーソン (Michael Anderson)。

1967年　1月3日、『帰郷』のニューヨーク公演がミュージック・ボックス劇場で始まり、ピンターはしばらくニューヨークで暮す。

2月、ニコラス・モーズリー (Nicholas Mosley) の小説に基づく映画『できごと』(*Accident*)(ピンターはシナリオを担当し、出演) が公開される。監督はジョーゼフ・ロージー。

2月20日、BBCテレビで『地階』(*The Basement*) が放映され、ピンターはストット役で出演。

7月27日、ロバート・ショー (Robert Shaw) の『ガラスの箱の中の男』(*The Man in the Glass Booth*)(ピンター演出) が、セント・マーティンズ劇場で初日を迎える。

1968年　4月25日、『風景』(*Landscape*) がBBCラジオで放送される。

9月26日、『ガラスの箱の中の男』(ピンター演出) のニューヨーク公演がロイアル劇場で始まる。

12月、『誕生日のパーティ』が映画化され (シナリオはピンター)、まずアメリカで公開される (イギリスでの公開は1970年)。監督はウィリアム・フリードキン (William Friedkin).

1969年　2月4日から15日まで、ワットフォードのパレス劇場に『帰郷』のレニー役で出演。

4月9日、ピンターのスケッチ『夜』(*Night*) を含むレヴュー

12月2日、自作の小説に基づく戯曲『こびとたち』がBBCラジオで放送される。

1961年　1月18日、『かすかな痛み』がアーツ劇場で上演される。

5月11日、『コレクション』(*The Collection*)がアソシエイティッド・リディフュージョン・テレヴィジョンで放映される。

9月17日、ダブリンのゲイト劇場で『夜遊び』が初めて舞台化される。10月2日、この公演はロンドンのコメディ劇場でも披露された。

1962年　6月18日、『コレクション』がオールドウィッチ劇場で上演される。ピンターはこの公演をピーター・ホール(Peter Hall)と共同で演出。

9月7日、BBCラジオで自作短篇『試験』(*The Examination*)を朗読。

1963年　3月28日、『恋人』(*The Lover*)がアソシエイティッド・リディフュージョン・テレヴィジョンで放映される。

9月18日、『恋人』と『こびとたち』がアーツ劇場で上演され、ピンターは両方を演出。

6月、『管理人』が映画化され(シナリオはピンター)、公開される。監督はクライヴ・ドナー(Clive Donner)。

11月、ロビン・モーム(Robin Maugham)の小説に基づく映画『召使』(*The Servant*)(ピンターはシナリオを担当し、出演)が公開される。監督はジョーゼフ・ロージー(Joseph Losey)。

1964年　2月〜3月、BBCラジオで、ピンターのスケッチ「最後の一部」、「応募者」(“Applicant”)、「リクウェスト・ストップ」、「そこがいけない」(“That's Your Trouble”)、「それだけのこと」(“That's All”)、「インタヴュー」(“Interview”)、「工場でのもめごと」、「ブラック・アンド・ホワイト」、「三人の対話」(“Dialogue for Three”)が放送される。

6月2日、BBCラジオで自作短篇『ティー・パーティ』(*Tea Party*)を朗読。

6月18日、『誕生日のパーティ』のロイアル・シェイクスピア劇団による再演(ピンター演出)がオールドウィッチ劇場で初日を迎える。

演は 1 週間で打切られる。
9 月から翌年 8 月までリッチモンドのレパートリー劇団に参加。この間、10 月にはワージングのレパートリー劇団に参加。
『温室』(*The Hothouse*) を執筆するが、上演を保留する。

1959 年　2 月 28 日、『料理昇降機』(*The Dumb Waiter*) の初演がフランクフルトで行われる (ドイツ語訳による)。
7 月 15 日、レヴュー『ワン・トゥ・アナザー』(*One to Another*) がハマスミスのリリック劇場で初日を開ける。ピンターは自作の短篇に基づく「ブラック・アンド・ホワイト」(“The Black and White”) と、「工場でのもめごと」(“Trouble in the Works”) という 2 本のスケッチを提供。
7 月 29 日、『かすかな痛み』(*A Slight Ache*) が BBC ラジオで放送される。
9 月 23 日、レヴュー『ピーシズ・オヴ・エイト』(*Pieces of Eight*) がアポロ劇場で初日を開ける。ピンターは「知合いになって」(“Getting Acquainted”)、「リクウェスト・ストップ」(“Request Stop”)、「特別提供」(“Special Offer”)、「最後の一部」(“Last to Go”) の 4 本のスケッチを提供 (なお、「知合いになって」の原稿は残っていない)。

1960 年　1 月 21 日、『部屋』と『料理昇降機』のロンドンでの初演がハムステッド・シアター・クラブで行われる。3 月 8 日からロイアル・コート劇場で続演。
3 月 1 日、『夜遊び』(*A Night Out*) が BBC ラジオで放送され、ピンターはシーリーの役で出演。
4 月 24 日、『夜遊び』が ABC テレビで放映され、ピンターは再びシーリー役で出演。
4 月 27 日、『管理人』(*The Caretaker*) がアーツ劇場で初日を迎える。5 月 30 日からダッチェス劇場で続演。この公演の間に 4 週間ばかり、ピンターはアラン・ベイツに代ってミック役で舞台に立つ。
7 月 21 日、『夜間学校』(*Night School*) がアソシエイティッド・リディフュージョン・テレヴィジョンで放映される。
9 月、チェルトナムのエヴリマン劇場に『誕生日のパーティ』のゴールドバーグ役で出演。デイヴィッド・バロンという藝名を用いるのは、これが最後となる。

10月31日、*Focus on Libraries* の語り手としてBBCラジオに出演。

1951年　1月から7月まで、セントラル・スクール・オヴ・スピーチ・アンド・ドラマで学ぶ。
9月、アニュー・マクマースター（Anew McMaster）の劇団に参加し、シェイクスピアの作品などの古典劇をレパートリーとしてアイルランドを巡演（翌年秋まで）。
この年、BBCラジオで、シェイクスピアの『ヘンリー八世』のアバガヴェニー、*Mr Punch Passes* の語り手をつとめる。

1952年　小説『こびとたち』（*The Dwarfs*）の執筆を始める（1956年、一応完成）。

1953年　2月、ドナルド・ウルフィット（Donald Wolfit）の劇団に参加して、ハマスミスのキングズ劇場に出演（4月まで）。
秋、再びマクマースターの劇団に参加。

1954年　デイヴィッド・バロン（David Baron）という藝名を使い始める（最後にこの名を使うのは1960年9月19日）。
6月にウィットビーの、次いで11月にハダーズフィールドの、レパートリー劇団に参加。

1955年　2月、コルチェスターのレパートリー劇団に参加（12月まで）。

1956年　3月、ボーンマスのレパートリー劇団に参加（9月まで）。
9月14日、ヴィヴィアン・マーチャント（Vivien Merchant）と結婚。
10月、トーキーのレパートリー劇団に参加（翌年3月まで）。

1957年　少年時代からの親友ヘンリー・ウルフ（Henry Woolf）の求めにより、初めての戯曲『部屋』（*The Room*）を書く。5月15日、ウルフが在籍するブリストル大学演劇科によって上演され、好評。
7月から9月までバーミンガムの、12月から翌年3月までパーマーズ・グリーンの、レパートリー劇団に参加。
12月20日、ブリストルで催された『サンデイ・タイムズ』紙主催の学生演劇コンクールで、別の配役による『部屋』が上演され、好評。

1958年　4月28日、『誕生日のパーティ』（*The Birthday Party*）、ケンブリッジのアーツ劇場で初演。5月19日、ハマスミスのリリック劇場でロンドン公演の初日をあけるが、酷評を浴び、公

ハロルド・ピンター年譜

1930 年　10 月 10 日、ジャック (Jack) とフランシス (Frances) を両親として東部ロンドンのハックニー (Hackney) に生れる。両親はユダヤ人。父親は仕立屋として仕事場へ出勤する生活を送っていた。

1939 年　ドイツ軍による空襲を避けるため、他の男子生徒たちとともにコーンウォールへ疎開し、約 1 年後にロンドンへ戻るが、1941 年、母親とともに今度はレディングへ移る。やむなく転校を重ねる。

1944 年　ロンドンへ戻り、地元のハックニー・ダウンズ・グラマー・スクール (Hackney Downs Grammar School) に入学。ようやく落着いた学校生活を送るようになる。読書、映画鑑賞、詩作、スポーツに熱中。

1947 年　ハックニー・ダウンズ校の英語教師ジョーゼフ・ブリアリー (Joseph Brearley) が、生徒たちによる『マクベス』の上演を計画し、3 月 26 日から 28 日まで公演。ピンターは主役を演じる。

1948 年　同じくブリアリーの演出で『ロミオとジュリエット』が上演され、ピンターはロミオを演じる。
ハックニー・ダウンズ・グラマー・スクールを卒業。
ロイアル・アカデミー・オヴ・ドラマティック・アート (RADA) に入学 (約 1 年後に中退)。
良心的反戦論者として徴兵を忌避する。

1949 年　徴兵忌避のかどで 2 度裁判にかけられ、罰金刑に処される。
年末から翌年初めにかけて、チェスターフィールドのレパートリー劇団に短期間参加。

1950 年　『ポエトリー・ロンドン』(*Poetry London*) 誌に自作の詩 2 篇が掲載される。
9 月 19 日、*Focus on Football Pools* という番組の語り手として BBC ラジオに出演。

「モーンの山々」“The Mountains of Mourne” 43, 44, 46

〔ヤ行〕
『夜間学校』*Night School* **135〜143**, 203
山崎正和 5
『山の言葉』 *Mountain Language* 89, 101, 228, 347, **354〜359**, 361, 369, 382, 403, 467, 468

『夜遊び』*A Night Out* 42, **104〜112**, 113, 141, 324
『四つの四重奏』*Four Quartets* 277
『夜』*Night* **229〜231**

〔ラ行〕
ラー、ジョン John Lahr 201
ラーキン、フィリップ Philip Larkin 480
ランボー、アルチュール Arthur Rimbaud 15

「リクウェスト・ストップ」“Request Stop” 79, **80〜81**, 175
リグビー、テレンス Terence Rigby 274
『リスナー』*The Listener* 354
リチャードソン、ラルフ Ralph Richardson 267
リード、キャロル Carol Reed 242
『料理昇降機』(映画) *The Dumb Waiter* 63
『料理昇降機』(戯曲) *The Dumb Waiter* 6, 19, 30, 52, **53〜63**, 68, 101, 133, 366, 479
リントゥール、デイヴィッド David Rintoul 452

ルヴォー、デイヴィッド David Leveaux 370
ルース＝エヴァンズ、ジェイムズ James Roose-Evans 53

『レナードの朝』→『覚醒』

ロージー、ジョーゼフ Joseph Losey 217, 424, 425
ロジャーズ、ポール Paul Rogers 202
ロジャーズ、リチャード Richard Rodgers 242
ロレンス、D・H・ D. H. Lawrence 15, 415

〔ワ行〕
『ワット』*Watt* 15
『ワン・トゥー・アナザー』*One to Another* 76

34, 35, 37, 39, 53, 65, 69, 113, 114, 133, 137, 181, 216, 326, 406
ベンスキー、ローレンス・M・ Lawrence M. Bensky 14, 17, 86, 87

ボウイ、デイヴィッド → バウイ、デイヴィッド
『亡命者たち』*Exiles* 167
『ポエトリー・ロンドン』*Poetry London* 17
ホブソン、ハロルド Harold Hobson 52
ホール、ピーター Peter Hall 157, 190, 199, 219, 232, 240, 241, 267, 289, 327, 336, 337

〔マ行〕
マギー、パトリック Patrick Magee 35
マクウィニー、ドナルド Donald McWhinnie 65, 104, 113
マクニース、ルイ Louis MacNeice 415
『マクベス』*Macbeth* 17
マクマースター、アニュー Anew McMaster 19, 20, 35, 43, 68
マコーミック、F・J・ F.J. McCormick 247, 248
マーチャント、ヴィヴィアン Vivien Merchant 6, 13, 20, 30, 72, 110, 157, 167, 169, 184, 199, 229, 241, 319
マッカラーズ、カーソン Carson McCullers 415
『マーフィ』*Murphy* 15

ミラー、アーサー Arthur Miller 347, 354, 475
ミラー、ジョナサン Jonathan Miller 84
ミラー、ヘンリー Henry Miller 17
ミルトン、ジョン John Milton 377

ムア、ダドリー Dudley Moore 84
『昔の日々』 *Old Times* 11, 225, 231, 237, **241〜260**, 266, 285

メイアー、アンドレアス Andreas Mayor 429
メイソン、ジェイムズ James Mason 246, 247
『召使』*The Servant* 217, 424, 425
メリー、ジョージ George Melly 229

モーズリー、ニコラス Nicholas Mosley 424
モーズリー、マックス Max Mosley 66
モーティマー、ジョン John Mortimer 65
モーム、ロビン Robin Maugham 424
モラハン、クリストファ Christopher Morahan 261

フォーリー、ショーン　Sean Foley 472
福田恆存　5
『不条理の演劇』*The Theatre of the Absurd* 12, 478
ブッシュ、ジョージ　George Bush 361
ブニュエル、ルイス　Luis Buñuel 16
「ブラック・アンド・ホワイト」"The Black and White" 76, **77〜79**, 175
ブリアリー、ジョーゼフ　Joseph Brearley 17, 262
フリードキン、ウィリアム　William Friedkin 35, 49
プルースト、マルセル　Marcel Proust 8, 144, 319, 322, 424, 425, 426, 427, 428, 429, 430, 432, 433, 434, 435, 436, 439, 440, 444, 448, 457, 458, 461, 462
『プルーストの事柄の思い出――稽古日誌』*Remembrance of Things Proust: A Rehearsal Diary* 432
ブルトン、アンドレ　André Breton 262
「ブルー・ムーン」"Blue Moon" 242
ブレイ、バーバラ　Barbara Bray 144, 425
フレイザー、アントーニア　Antonia Fraser 318, 319, 470
フレイザー、ヒュー　Hugh Fraser 318, 319
『プレイボーイ』*Playboy* 184
プレゼンス、ドナルド　Donald Pleasence 27, 119
フレンチ、パーシー　Percy French 43, 47
フロイト、ジグムント　Sigmund Freud 476
『プロスペクト』*Prospect* 211

ヘア、デイヴィッド　David Hare 475
ベイクウェル、ジョーン　Joan Bakewell 175, 319〜320
ベイクウェル、マイケル　Michael Bakewell 175, 319
ペイジ、アントニー　Anthony Page 30
ベイツ、アラン　Alan Bates 121, 128
ベケット、サミュエル　Samuel Beckett 15, 17, 211, 239, 240
『ヘッダ・ガブラー』*Hedda Gabler* 190
『ベッドの中央』*The Centre of the Bed* 320
『別の場所』*Other Places* 327, 346
ベネット、アラン　Alan Bennett 84
ヘミングウェイ、アーネスト　Ernest Hemingway 15, 17, 415
『部屋』(映画) *The Room* 27〜28, 63
『部屋』(戯曲) *The Room* **22〜30**,

101, **363〜369**, 405, 466, 467
ハート、ロレンズ　Lorenz Hart 242
ハートリー、L・P・　L. P. Hartley 424
ハーバック、オットー　Otto Harbach 242
ハマースタイン、ジェイムズ　James Hammerstein 184, 212
『パリス・レヴュー』*The Paris Review* 14, 86
『ハロルド・ピンター』*Harold Pinter* 13
『ハロルド・ピンターの「帰郷」についてのケイスブック』*A Casebook on Harold Pinter's* The Homecoming 202
『ハロルド・ピンターの生涯と仕事』*The Life and Work of Harold Pinter* 13, 320
バロン、デイヴィッド　David Baron 21
ハーン、ニコラス　Nicholas Hern 345, 346, 479

『悲劇喜劇』 436
『ピーシズ・オヴ・エイト』*Pieces of Eight* 79, 84
『人が充ちた傷口――ハロルド・ピンターの戯曲』*The Peopled Wound: The Plays of Harold Pinter* 12
『陽は昇る』*Le Jour se lève* 16
ビリントン、マイケル　Michael Billington 13, 16, 19, 35, 68, 102, 128, 146, 320, 393, 435, 477
ヒルトン、ジェイムズ　James Hilton 377
『ピンター――彼の戯曲の研究』*Pinter: A Study of his Plays* 12
『ピンターその他』*Pinter Et Cetera* 74
『ピンター――俳優の劇作家』*Pinter: The Player's Playwright* 20
『ピンターとの会話』*Conversations with Pinter* 12
『ピンターの人々』*Pinter's People* 472

フィースト、マイケル　Michael Feast 274
フィッツジェラルド、F・スコット　F. Scott Fitzgerald 415
フィンドレイター、リチャード　Richard Findlater 145
『風景』*Landscape* **218〜226**, 232, 262, 326, 387
フェルメール、ヤン　Jan Vermeer 433, 437, 450, 460
フォークナー、ウィリアム　William Faulkner 415, 416
フォスター、バリー　Barry Foster 68
フォード、アナ　Anna Ford 354, 358
フォード、フォード・マドックス　Ford Madox Ford 305〜306, 415

『闘技者サムソン』 *Samson Agonistes* 377
『動物園物語』*The Zoo Story* 3, 5
『独白』*Monologue* **261〜265**
「特別提供」“Special Offer” **79〜80**
ドストエフスキー、フョードル Fyodor Dostoevsky 15
ドス・パソス、ジョン John Dos Passos 262, 415, 416
ドナー、クライヴ Clive Donner 115
ドビュッシー、クロード Claude Debussy 215
トマス、ディラン Dylan Thomas 415, 480
トムソン、デイヴィッド・T・ David T. Thompson 20, 21
トラヴォルタ、ジョン John Travolta 63
『トランズアトランティック・レヴュー』*Transatlantic Review* 77
ドルフマン、アリエル Ariel Dorfman 360
ドーレイ、アレグザンダー Alexander Doré 229
トレヴィス、ダイ Di Trevis 430, 431, 432, 433, 434, 436, 439, 440, 441, 450, 458, 461, 462
『ドレッサー』*The Dresser* 19

〔ナ行〕

仲谷昇 6
『何も起こりはしなかった――劇の言葉、政治の言葉』 9
『二十世紀』*The Twentieth Century* 145
ニュートン、ロバート Robert Newton 246, 247, 248, 249
『ニューヨーカー』*The New Yorker* 6

沼澤洽治 5

〔ハ行〕

『灰から灰へ』*Ashes to Ashes* 228, **389〜404**, 466
『背信』(映画) *Betrayal* 320〜321
『背信』(戯曲) *Betrayal* 156, 176, 216, 231, 241, 258, 262, 265, 278, **286〜318**, 319, 322, 370, 380, 441, 475, 476, 479
バウイ、デイヴィッド David Bowie 400
ハーウッド、ロナルド Ronald Harwood 19
パウンド、エズラ Ezra Pound 415
バーカー、ジョージ George Barker 415
パーカー、チャーリー Charlie Parker 159
ハックスリー、オールダス Aldous Huxley 377, 415
ハーディ、トマス Thomas Hardy 415
『パーティの時間』*Party Time*

C. K. Scott Moncrieff　429, 430
鈴木道彦　428, 429, 432
スタインベック、ジョン　John Steinbeck　415, 416
ステファーヌ、ニコール　Nicole Stephane　425
ストロー、ジャック　Jack Straw　268
スペンダー、スティーヴン　Stephen Spender　415
『スリー』*Three*　65

セリーヌ、ルイ＝フェルディナン　Louis-Ferdinand Céline　262

「そこがいけない」“That's Your Trouble”　175, **176**
「それだけのこと」“That's All”　175, **177〜179**
『それはそれとして』*Apart from That*　**469〜471**

〔タ行〕

タイラー、ワット　Wat Tyler　268
ターナー、シリル　Cyril Tourneur　262
ダリ、サルヴァドール　Salvador Dalí　16
『誰もいない国』*No Man's Land*　156, 265, **266〜285**, 318, 371, 372, 373, 380, 386, 448
『誕生日のパーティ』（映画）*The Birthday Party*　35〜36, 115
『誕生日のパーティ』（戯曲）*The Birthday Party*　19, 21, 33, **34〜52**, 53, 54, 62, 65, 69, 87, 88, 95, 96, 101, 112, 113, 114, 181, 318, 326, 366

『地階』*The Basement*　**211〜217**, 265
『仲介者』*The Go-Between*　424, 425
『昼食の時間』*Lunch Hour*　65
『丁度それだけ』*Precisely*　85, **343〜345**
『沈黙』*Silence*　219, 228, **232〜240**, 244, 262, 326, 387

ツァラ、トリスタン　Tristan Tzara　262
『月の光』*Moonlight*　327, **370〜388**, 389
『妻を帽子と間違えた男』*The Man Who Mistook his Wife for a Hat*　328

『ティー・パーティ』（戯曲）*Tea Party*　181, **184〜189**, 212
『ティー・パーティ』（短篇小説）*Tea Party*　**181〜184**, 189
デイ・ルイス、C・　C. Day Lewis　415
『できごと』*Accident*　217, 424, 425
『デルフトの眺望』*View of Delft*　433, 437, 450, 460
デンチ、ジューディ　Judi Dench　336

partment 211
コンラッド、ジョーゼフ　Joseph Conrad 415

〔サ行〕
「最後の一部」"Last to Go" 79, **81〜84**, 175
サヴィル、フィリップ　Philip Saville 104
サックス、オリヴァー　Oliver Sacks 328, 329, 330, 335, 336
『ザ・ビッグ・ワン』*The Big One* 343
『さまざまの声』*Various Voices* 33
『サンデイ・タイムズ』*The Sunday Times* 52
「三人の対話」"Dialogue for Three" 99, 175

シェイクスピア、ウィリアム　William Shakespeare 19, 20, 430, 474〜475
『試験』*The Examination* 211
『私生活』*Private Lives* 68, 74
『死と乙女』*Death and the Maiden* 360, 361
『芝居がすべてだ』*The Play's the Thing* 33
「自分のために書くこと」"Writing for Myself" 145
シモ、ラモン　Ramon Simó 13, 351, 363, 390
シャイエ、ネッド　Ned Chaillet 66, 466
ジャコメッティ、アルベルト　Alberto Giacometti 262
『邪魔者は殺せ』*Odd Man Out* 241, 242, 245〜246, 247, 248, 251, 252
ジャロット、チャールズ　Charles Jarrott 184, 212
『周縁を越えて』*Beyond the Fringe* 84
『祝宴』*Celebration* **405〜423**, 477
シュペーア、アルベルト　Albert Speer 393
ショー、ロバート　Robert Shaw 35, 115, 119, 128
ジョイス、ジェイムズ　James Joyce 15, 17, 147, 167, 416
ジョーンズ、ゲアリー　Gari Jones 463
ジョーンズ、デイヴィッド　David Jones 320
「知合いになって」"Getting Acquainted" 79
シンクレア、アプトン　Upton Sinclair 415, 416
『新世界秩序』*The New World Order* 85, **360〜362**, 367, 467, 468
シンプソン、N・F・　N. F. Simpson 65
新約聖書 464

スウェイト、アントニー　Anthony Thwaite 4
スコット・モンクリーフ、C・K・

『帰郷』（映画）*The Homecoming* 198〜199, 202
『帰郷』（戯曲）*The Homecoming* 6, 11, 72, 174, **190〜209**, 240, 247〜248, 274, 276, 386
岸田今日子 6
『記者会見』*Press Conference* 85, **463〜465**
キートン、バスター Buster Keaton 211
ギャンボン、マイケル Michael Gambon 372
『霧の波止場』*Le Quai des brumes* 16
ギールグッド、ジョン John Gielgud 267
キルマーティン、テレンス Terence Kilmartin 429, 430

グソー、メル Mel Gussow 12, 51, 88, 102, 209, 239, 249, 319, 371, 373, 382, 385
クック、ピーター Peter Cook 84
『雲』 7
クラーク、ジェイムズ James Clarke 466, 468
クラブ、ケリー・リー Kerry Lee Crabbe 155
グレイヴズ、ルーパート Rupert Graves 471

『景気づけに一杯』*One for the Road* 18, 44, 89, 101, 102, 343, **346〜353**, 355, 357, 362, 383, 403, 464, 467, 476, 479
『藝術・真実・政治』*Art, Truth and Politics* 11, 398
ケイン、マイケル Michael Caine 30
『劇作家ピンター』*Pinter the Playwright* 12
「煙が目にしみる」"Smoke Gets in Your Eyes" 242
ケンプ＝ウェルチ、ジョーン Joan Kemp-Welch 135, 157, 169

『恋』→『仲介者』
『恋人』*The Lover* 6, 72, 156, **169〜174**, 188
「工場でのもめごと」"Trouble in the Works" **76〜77**, 79, 175
『声』*Voices* **466〜469**
『こびとたち』（戯曲）*The Dwarfs* 144, **147〜155**, 157, 164, 173, 217, 380
『こびとたち』（小説）*The Dwarfs* 21, 144〜147, 149〜150, 152, 155, 156, 216, 262
コリソン、ヒューストン Houston Collisson 43
コールドウェル、アースキン Erskine Caldwell 415
『コレクション』*The Collection* 72, 156, **157〜168**, 169, 216, 265, 266, 285, 448
『混合ダブルズ』*Mixed Doubles* 229
コンティ、トム Tom Conti 63
『コンパートメント』*The Com-*

ウッド、ピーター　Peter Wood　51
ウッドソープ、ピーター　Peter Woodthorpe　119
ウルフ、ヴァージニア　Virginia Woolf　15, 17, 147, 415
ウルフ、ヘンリー　Henry Woolf　22, 30, 261
ウルフィット、ドナルド　Donald Wolfit　19, 20

『映画』*Film*　211
エイゼンシュテイン、セルゲイ　Sergei Eisenstein　16
エスリン、マーティン　Martin Esslin　12, 31, 33, 65, 66, 70, 73, 137, 141, 142, 184, 217, 326, 477, 478, 479
エリオット、T・S・　T. S. Eliot　276, 414〜415, 416

『黄金時代』*L'Age d'or*　16
「応募者」"Applicant"　97, 99, 175
オズボーン、ジョン　John Osborne　133, 360
オリヴィエ、ローレンス　Laurence Olivier　157, 267
オールトマン、ロバート　Robert Altman　27〜28, 63
オールビー、エドワード　Edward Albee　3, 5
『温室』*The Hothouse*　19, **86〜103**, 113, 135, 175, 366

〔カ行〕

「帰っておいで、パディ・ライリー」"Come Back Paddy Reilly"　47
『覚醒』*Awakenings*　328
『かすかな痛み』*A Slight Ache*　**64〜74**, 75, 113, 114, 181, 189, 209
『家族の声』*Family Voices*　**322〜327**, 346, 386
『かたち』*The Form*　65
『ガーディアン』*The Guardian*　65, 66, 73, 102
ガードナー、リン　Lyn Gardner　65, 66, 73
カフカ、フランツ　Franz Kafka　17
『カラス』*Kullus*　210, 211
『カリガリ博士』*The Cabinet of Dr Caligari*　16
カルネ、マルセル　Marcel Carné　16
カワード、ノーエル　Noël Coward　68, 69, 133〜134
カーン、ジェローム　Jerome Kern　242
『管理人』（映画）*The Caretaker*　115, 119, 121, 123, 128〜129, 133〜134
『管理人』（戯曲）*The Caretaker*　4, 5, 8, 27, 42, 79, 85, 86, 87, 88, 96, **113〜134**, 137, 142, 151, 153, 192, 216, 239, 244, 256, 275, 284, 285, 382, 473〜474

索　　引

1. 本文に現れる主な人名、作品名、書名などを五十音順に配列した。
2. 外国の人名には原綴を添えた。但しロシア人の名についてはローマ字表記を用いた。
3. 外国語の著作には原題を添えた。但し英語圏以外の著作でも、英語の題が挙げられている場合は、それを記載した。
4. 特定の作品を詳しく論じた個所の頁番号は太字で示した。

〔ア行〕

アイヴズ、ケネス　Kenneth Ives　346

『アイリッシュ・ライティング』 *Irish Writing*　15

アシュクロフト、ペギー　Peggy Ashcroft　219

アラガイ、ミレイア　Mireia Aragay　13, 351, 363, 390

荒川哲生　6

アルトマン、ロバート → オールトマン、ロバート

『アンダルシアの犬』 *Un Chien Andalou*　16

イェイツ、W・B・　W. B. Yeats　15, 298〜299, 305〜306, 311, 312, 415, 476, 480

『怒りをこめて振り返れ』 *Look Back in Anger*　133, 360

イプセン、ヘンリック　Henrik Ibsen　190

イヨネスコ、ウジェーヌ　Eugène Ionesco　211

『いわばアラスカ』 *A Kind of Alaska*　327, **328〜336**, 337, 346

「インタヴュー」 "Interview"　175, **179〜180**

ヴィヴァルディ、アントーニオー　Antonio Vivaldi　163

ウィクソン、クリストファ　Christopher Wixson　74

『ヴィクトリア駅』 *Victoria Station*　327, **337〜342**, 346, 472

ヴェイゼン、ガイ　Guy Vaesen　135, 144, 169, 218

ウェブスター、ジョン　John Webster　262

ウォードル、アーヴィング　Irving Wardle　53

『失われた時を求めて』（映画シナリオ） *The Proust Screenplay*　424〜428, 429〜430, 431〜432, 435, 439, 448, 450

『失われた時を求めて』（戯曲） *Remembrance of Things Past*　322, 430〜431, **432〜462**

『失われた時を求めて』（小説） *À la Recherche du Temps Perdu*　8, 144, 319, 424, 425, 428, 434, 439, 440, 448, 461, 462

《著者紹介》

喜志哲雄（きし・てつお）　1935年生れ。京都大学大学院修了。京都大学教授を経て、現在は京都大学名誉教授。

著書に『劇場のシェイクスピア』（早川書房）、『英米演劇入門』（研究社）、*Shakespeare in Japan*（共著、Continuum）、『喜劇の手法』（集英社）、『ミュージカルが《最高》であった頃』（晶文社）、『シェイクスピアのたくらみ』（岩波書店）など。訳書にヤン・コット『シェイクスピアはわれらの同時代人』（共訳、白水社）、ピーター・ブルック『なにもない空間』（共訳、晶文社）、『ハロルド・ピンター』I〜III（早川書房）など。

KENKYUSHA

〈検印省略〉

劇作家《げきさっか》ハロルド・ピンター

二〇一〇年三月二十四日　初版発行

著者　喜《き》志《し》哲《てつ》雄《お》

発行者　関戸雅男

発行所　株式会社　研究社

〒一〇二―八一五二

東京都千代田区富士見二―十一―三

電話　（編集）〇三―三二八八―七七一一
（営業）〇三―三二八八―七七七七

振替　〇〇一五〇―九―二六七一〇

http://www.kenkyusha.co.jp

装丁　柳川貴代

印刷所　研究社印刷株式会社

ISBN 978-4-327-47221-4　C3098
Printed in Japan